COLLECTION

Complette

DES

ŒUVRES

DE

Mr. DE VOLTAIRE.

―――――――――――――

TOME CINQUIÉME.

―――――――――――――

THÉATRE

Complet

DE

Mᴿ. DE VOLTAIRE.

TOME TROISIÉME.

CONTENANT

ADELAÏDE DU GUESCLIN, LE DUC DE FOIX, L'ORPHELIN DE LA CHINE, TANCREDE, ZULIME, OLIMPIE, avec toutes les piéces rélatives à ces Drames.

GENEVE.

M. DCC. LXVIII.

ADÉLAÏDE

DU GUESCLIN,

TRAGÉDIE.

Jouée en 1734. & reprise en 1765.

Tom. V. *& du Théâtre le troisième.*   A

PRÉFACE DE L'EDITEUR.

L'Auteur m'ayant laiſſé le maître de cette Tragédie, j'ai cru ne pouvoir mieux faire que d'imprimer la Lettre qu'il écrivit à cette occaſion à un de ſes amis.

Quand vous m'apprites, Monſieur, qu'on jouait à Paris une Adélaïde du Gueſclin *avec quelque ſuccès, j'étais très loin d'imaginer que ce fût la mienne ; & il importe fort peu au Public que ce ſoit la mienne, ou celle d'un autre. Vous ſavez ce que j'entends par le Public. Ce n'eſt pas l'Univers, comme nous autres barbouilleurs de papier l'avons dit quelquefois. Le Public, en fait de livres, eſt compoſé de quarante ou cinquante perſonnes ſi le livre eſt ſérieux, de quatre ou cinq cent lorſqu'il eſt plaiſant, & d'environ onze ou douze cent s'il s'agit d'une piéce de Théâtre. Il y a toûjours dans Paris plus de cinq cent mille ames qui n'entendent jamais parler de tout cela.*

Il y avait plus de trente ans que j'avais hazardé devant ce Public une Adélaïde du Gueſclin *eſcortée d'un Duc de Vendôme & d'un Duc de Nemours qui n'exiſtèrent jamais dans l'hiſtoire. Le fonds de la piéce était tiré des Annales de Bretagne, & je l'avais ajuſtée comme j'avais pû au Théâtre ſous des noms ſuppoſés ; elle fut ſiſlée dès le premier acte. Les ſiſlets redoublèrent au ſecond, quand on vît arriver le Duc de Nemours bleſſé, & le bras en écharpe. Ce fut bien pis lorſqu'on entendit au cinquiéme le ſignal que le Duc de Vendôme avait ordonné ; & lorſqu'à la fin le Duc de Vendôme diſait, Es-tu content, Coucy ? pluſieurs bons plaiſans crièrent, couſſi, couſſi.*

Vous jugez bien que je ne m'obſtinai pas contre cette bel-

A ij

le réception. Je donnai quelques années après la même Tragédie
sous le nom du Duc de Foix *, mais je l'affaiblis beaucoup par*
respect pour le ridicule. Cette piéce devenue plus mauvaise réussit
assez, & j'oubliai entiérement celle qui valait mieux.

Il restait une copie de cette Adélaïde *entre les mains des*
Acteurs de Paris. Ils ont ressuscité, sans m'en rien dire, cette
défunte Tragédie ; ils l'ont représentée telle qu'ils l'avaient don-
née en 1734 *, sans y changer un seul mot, & elle a été accueil-*
lie avec beaucoup d'applaudissemens. Les endroits qui avaient été
le plus sifflés ont été ceux qui ont excité le plus de battemens de
mains.

Vous me demanderez auquel des deux jugemens je me tiens.
Je vous répondrai ce que dit un Avocat Vénitien aux sérénissi-
mes Sénateurs devant lesquels il plaidait : Il mese passato,
disait-il *, le vostre Eccellenze hanno judicato così, e questo*
mese nella medesima causa hanno judicato tutto l' contrario, e
sempre ben. Vos Excellences, le mois passé, jugèrent de cette
façon, & ce mois-ci, dans la même cause, ils ont jugé tout le
contraire, & toûjours à merveille.

Mr. Oghières *, riche Banquier à Paris, ayant été chargé*
de faire composer une marche pour un des Régimens de Charles
XII. *, s'adressa au Musicien* Mourette. *La marche fut exécutée*
chez le Banquier, en présence de ses amis, tous grands connais-
seurs. La Musique fut trouvée détestable ; Mourette *remporta*
sa marche, & l'inséra dans un Opéra qu'il fit jouer. Le Ban-
quier & ses amis allèrent à son Opéra. La marche fut très ap-
plaudie. Eh voila ce que nous voulions, disaient-ils à Mourette,
que ne nous donniez-vous une piéce dans ce goût-là ? Messieurs,
c'est la même.

On ne tarit point sur ces exemples. Qui ne sait que la même
chose est arrivée aux idées innées, à l'émétique, & à l'inocula-
tion, tour à tour sifflés & bien reçus ? Les opinions ont ainsi flotté
dans les affaires sérieuses, comme dans les beaux Arts & dans
les sciences.

Quod petiit spernit, repetit quod nuper omisit.

La vérité & le bon goût n'ont remis leur sceau que dans

la main du tems. Cette réflexion doit retenir les *Auteurs* des Journaux dans les bornes d'une grande circonspection. *Ceux* qui rendent compte des ouvrages , doivent rarement s'empresser de les juger. Ils ne savent pas si le *Public* , à la longue , jugera comme eux ; & puisqu'il n'a un sentiment décidé & irrévocable qu'au bout de plusieurs années , que penser de ceux qui jugent de tout sur une lecture précipitée ?

ACTEURS.

Le Duc de VENDOME.

Le Duc de NEMOURS.

Le Sire de COUCY.

ADÉLAIDE DU GUESCLIN.

TAISE DANGLURE.

DANGESTE, confident du Duc de Nemours.

Un Officier.

Un Garde &c.

La scène est à Lille.

ADÉLAÏDE
DU GUESCLIN,
TRAGÉDIE.

ACTE PREMIER.

SCENE PREMIERE.

Le Sire de COUCY, ADELAIDE.

COUCY.

Digne sang de Guesclin, vous qu'on voit aujourd'hui,
Le charme des Français dont il était l'appui,
Souffrez, qu'en arrivant dans ce séjour d'allarmes,
Je dérobe un moment au tumulte des armes :
Ecoutez-moi. Voyez d'un œil mieux éclairci,
Les desseins, la conduite, & le cœur de Coucy ;
Et que votre vertu cesse de méconnaître
L'ame d'un vrai soldat, digne de vous peut-être.

ADELAÏDE.

Je sais quel est Coucy ; sa noble intégrité
Sur ses lévres toûjours plaça la vérité.
Quoi que vous m'annonciez, je vous croirai sans peine.

Coucy.

Sachez que fi ma foi dans Lille me ramène,
Si du Duc de Vendôme embraffant le parti,
Mon zèle en fa faveur ne s'eft pas démenti,
Je n'approuvai jamais la fatale alliance
Qui l'unit aux Anglais & l'enlève à la France ;
Mais dans ces tems affreux de difcorde & d'horreur,
Je n'ai d'autre parti que celui de mon cœur.
Non que pour ce héros mon ame prévenuë,
Prétende à fes défauts fermer toûjours ma vuë.
Je ne m'aveugle pas ; je vois avec douleur
De fes emportemens l'indifcrette chaleur :
Je vois que de fes fens l'impétueufe yvreffe
L'abandonne aux excès d'une ardente jeuneffe ;
Et ce torrent fougueux que j'arrête avec foin,
Trop fouvent me l'arrache, & l'emporte trop loin.
Il eft né violent, non moins que magnanime,
Tendre, mais emporté, mais capable d'un crime.
Du fang qui le forma je connais les ardeurs ;
Toutes les paffions font en lui des fureurs :
Mais il a des vertus qui rachètent fes vices ;
Et qui faurait, Madame, où placer fes fervices,
S'il ne nous falait fuivre & ne chérir jamais
Que des cœurs fans faibleffe & des Princes parfaits ?
Tout mon fang eft à lui ; mais enfin cette épée
Dans celui des Français à regret s'eft trempée ;
Le Dauphin généreux.....

Adelaïde.

Ofez le nommer Roi ;
Il l'eft, il le mérite.

Coucy.

C O U C Y.

Il ne l'eſt pas pour moi.

Je voudrais , il eſt vrai , lui porter mon hommage ;
Tous mes vœux font pour lui ; mais l'amitié m'engage.
Mon bras eſt à Vendôme , & ne peut aujourd'hui
Ni ſervir , ni traiter , ni changer qu'avec lui.
Le malheur de nos tems , nos diſcordes finiſtres ,
Charle qui s'abandonne à d'indignes Miniſtres ,
Dans ce cruel parti tout l'a précipité ;
Je ne peux à mon choix fléchir ſa volonté.
J'ai ſouvent , de ſon cœur aigriſſant les bleſſures ,
Révolté ſa fierté par des vérités dures :
Vous ſeule , à votre Roi le pourriez rappeller ,
Madame , & c'eſt de quoi je cherche à vous parler.
J'aſpirai juſqu'à vous avant qu'aux murs de Lille ,
Vendôme trop heureux vous donnat cet azile.
Je crus que vous pouviez , approuvant mon deſſein ,
Accepter ſans mépris mon hommage & ma main ;
Que je pouvais unir , ſans une aveugle audace ,
Les lauriers des Gueſclins aux lauriers de ma race.
La gloire le voulait , & peut-être l'amour ,
Plus puiſſant & plus doux , l'ordonnait à ſon tour.
Mais à de plus beaux nœuds je vous vois deſtinée.
La guerre dans Cambrai vous avait amenée ,
Parmi les flots d'un peuple à ſoi-même livré ,
Sans raiſon , ſans juſtice , & de ſang enyvré.
Un ramas de mutins , troupe indigne de vivre ,
Vous méconnut aſſez pour oſer vous pourſuivre.
Vendôme vint , parut , & ſon heureux ſecours
Punit leur inſolence , & ſauva vos beaux jours.
Quel Français , quel mortel eût pû moins entreprendre ?

Tom. V. & du Théâtre le troiſiéme.　　　　B

Et qui n'aurait brigué l'honneur de vous défendre ?
La guerre en d'autres lieux égarait ma valeur.
Vendôme vous fauva, Vendôme eut ce bonheur :
La gloire en eft à lui, qu'il en ait le falaire.
Il a par trop de droit mérité de vous plaire.
Il eft Prince, il eft jeune, il eft votre vengeur ;
Ses bienfaits & fon nom, tout parle en fa faveur.
La juftice & l'amour vous preffent de vous rendre :
Je n'ai rien fait pour vous ; je n'ai rien à prétendre :
Je me tais.... Mais fachez que pour vous mériter,
A tout autre qu'à lui j'irais vous difputer ;
Je céderais à peine aux enfans des Rois même ;
Mais Vendôme eft mon chef, il vous adore, il m'aime ;
Coucy ni vertueux, ni fuperbe à demi,
Aurait bravé le Prince, & cède à fon ami.
Je fais plus ; de mes fens maitrifant la faibleffe,
J'ofe de mon rival appuyer la tendreffe,
Vous montrer votre gloire, & ce que vous devez
Au héros qui vous fert & par qui vous vivez.
Je verrai d'un œil fec & d'un cœur fans envie,
Cet hymen qui pouvait empoifonner ma vie.
Je réunis pour vous, mon fervice & mes vœux.
Ce bras qui fut à lui combattra pour tous deux.
Voilà mes fentimens ; fi je me facrifie,
L'amitié me l'ordonne, & furtout la patrie.
Songez que fi l'hymen vous range fous fa loi,
Si ce Prince eft à vous, il eft à votre Roi.

                 A D E L A Ï D E.

Qu'avec étonnement, Seigneur, je vous contemple !
Que vous donnez au monde un rare & grand exemple !
Quoi, ce cœur (je le crois fans feinte & fans détour)

Connaît l'amitié feule & peut braver l'amour !
Il faut vous admirer quand on fait vous connaître :
Vous fervez votre ami , vous fervirez mon maître.
Un cœur fi généreux doit penfer comme moi :
Tous ceux de votre fang font l'appui de leur Roi.
Eh bien , de vos vertus je demande une grace.

C O U C Y.

Vos ordres font facrés , que faut - il que je faffe ?

A D E L A ï D E.

Vos confeils généreux me preffent d'accepter
Ce rang dont un grand Prince a daigné me flatter.
Je n'oublîrai jamais combien fon choix m'honore ;
J'en vois toute la gloire ; & quand je fonge encore
Qu'avant qu'il fût épris de cet ardent amour ,
Il daigna me fauver & l'honneur & le jour ,
Tout ennemi qu'il eft de fon Roi légitime ,
Tout vengeur des Anglais , tout protecteur du crime ,
Accablée à fes yeux du poids de fes bienfaits ,
Je crains de l'affliger , Seigneur , & je me tais.
Mais malgré fon fervice & ma reconnaiffance ,
Il faut par des refus répondre à fa conftance.
Sa paffion m'afflige , il eft dur à mon cœur ,
Pour prix de tant de foins , de caufer fon malheur.
A ce Prince , à moi - même , épargnez cet outrage.
Seigneur , vous pouvez tout fur ce jeune courage.
Souvent on vous a vû , par vos confeils prudens ,
Modérer de fon cœur les tranfports turbulens.
Daignez débarraffer ma vie & ma fortune ,
De ces nœuds trop brillans dont l'éclat m'importune.
De plus fières beautés , de plus dignes appas
Brigueront fa tendreffe où je ne prétens pas.

B ij

D'ailleurs , quel appareil , quel tems pour l'hyménée !
Des armes de mon Roi Lille eſt environnée ;
J'entens de tous côtés les clameurs des ſoldats ,
Et les ſons de la guerre , & les cris du trépas.
La terreur me conſume ; & votre Prince ignore
Si Nemours . . . . ſi ſon frère hélas reſpire encore !
Ce frère qu'il aima . . . ce vertueux Nemours. . . .
On diſait que la Parque avait tranché ſes jours.
Que la France en aurait une douleur mortelle !
Seigneur , au ſang des Rois il fut toûjours fidelle.
S'il eſt vrai que ſa mort . . . . excuſez mes ennuis ,
Mon amour pour mes Rois & le trouble où je ſuis.

C O U C Y.

Vous pouvez l'expliquer au Prince qui vous aime ,
Et de tous vos ſecrets l'entretenir vous - même.
Il va venir , Madame , & peut - être vos vœux. . . . .

A D E L A Ï D E.

Ah ! Coucy , prévenez le malheur de tous deux.
Si vous aimez ce Prince , & ſi dans mes allarmes ,
Avec quelque pitié vous regardez mes larmes ,
Sauvez - le , ſauvez - moi de ce triſte embarras ,
Daignez tourner ailleurs ſes deſſeins & ſes pas.
Pleurante & déſolée , empêchez qu'il me voye.

C O U C Y.

Je plains cette douleur , où votre ame eſt en proye ;
Et loin de la gêner d'un regard curieux ,
Je baiſſe devant elle un œil reſpectueux ;
Mais quel que ſoit l'ennui dont votre cœur ſoupire ,
Je vous ai déja dit ce que j'ai dû vous dire.
Je ne puis rien de plus. Le Prince eſt ſoupçonneux ;
Je lui ferais ſuſpect en expliquant vos vœux.

Je fais à quel excès irait fa jaloufie,
Quel poifon mes difcours répandraient fur fa vie :
Je vous perdrais peut-être, & mon foin dangereux,
Madame, avec un mot ferait trois malheureux.
Vous, à vos intérêts rendez-vous moins contraire,
Pefez fans paffion l'honneur qu'il veut vous faire.
Moi, libre entre vous deux, fouffrez que dès ce jour,
Oubliant à jamais le langage d'amour,
Tout entier à la guerre, & maître de mon ame,
J'abandonne à leur fort & vos vœux & fa flamme.
Je crains de l'affliger ; je crains de vous trahir ;
Et ce n'eft qu'aux combats que je dois le fervir.
Laiffez-moi d'un foldat garder le caractère,
Madame ; & puifqu'enfin la France vous eft chère,
Rendez-lui ce héros qui ferait fon appui :
Je vous laiffe y penfer, & je cours près de lui.
Adieu, Madame.

S C E N E I I.

A D E L A I D E , T A I S E.

A D E L A Ï D E.

OU fuis-je ? hélas ! tout m'abandonne.
Nemours.... De tous côtés le malheur m'environne.
Ciel ! qui m'arrachera de ce cruel féjour ?

T A Ï S E.

Quoi ? du Duc de Vendôme & le choix & l'amour,
Quoi ? ce rang qui ferait le bonheur ou l'envie
De toutes les beautés dont la France eft remplie,

Ce rang qui touche au trône, & qu'on met à vos pieds,
Ferait couler les pleurs dont vos yeux font noyés ?

ADELAÏDE.

Ici du haut des cieux, Du Guefclin me contemple.
De la fidélité ce héros fut l'exemple.
Je trahirais le fang, qu'il verfa pour nos loix,
Si j'acceptais la main du vainqueur de nos Rois.

TAÏSE.

Quoi ? dans ces triftes tems de ligues & de haines,
Qui confondent des droits les bornes incertaines,
Où le meilleur parti femble encor fi douteux,
Où les enfans des Rois font divifés entre eux ;
Vous qu'un aftre plus doux femblait avoir formée
Pour unir tous les cœurs & pour en être aimée ;
Vous refufez l'honneur qu'on offre à vos appas,
Pour l'intérêt d'un Roi qui ne l'exige pas ?

ADELAÏDE (*en pleurant.*)

Mon devoir me rangeait du parti de fes armes.

TAÏSE.

Ah ! le devoir tout feul fait-il verfer des larmes ?
Si Vendôme vous aime, & fi par fon fecours.....

ADELAÏDE.

Laiffe là fes bienfaits, & parle de Nemours.
N'en as-tu rien appris ? fait-on s'il vit encore ?

TAÏSE.

Voilà donc en effet le foin qui vous dévore,
Madame ?

ADELAÏDE.

Il eft trop vrai. Je l'avoûë, & mon cœur
Ne peut plus foutenir le poids de fa douleur.
Elle échappe, elle éclate, elle fe juftifie ;

Et fi Nemours n'eft plus, fa mort finit ma vie.

T A ï s e.

Et vous pouviez cacher ce fecret à ma foi ?

A d e l a ï d e.

Le fecret de Nemours dépendait-il de moi ?
Nos feux toûjours brulans, dans l'ombre du filence,
Trompaient de tous les yeux la trifte vigilance.
Séparés l'un de l'autre, & fans ceffe préfens,
Nos cœurs de nos foupirs étaient feuls confidens ;
Et Vendôme, furtout, ignorant ce myftère,
Ne fait pas fi mes yeux ont jamais vu fon frère.
Dans les murs de Paris.... Mais, ô foins fuperflus !
Je te parle de lui quand peut-être il n'eft plus.
O murs où j'ai vécu de Vendôme ignorée !
O tems où de Nemours en fecret adorée,
Nous touchions l'un & l'autre au fortuné moment
Qui m'allait aux autels unir à mon amant !
La guerre a tout détruit. Fidèle au Roi fon maître,
Mon amant me quitta, pour m'oublier peut-être.
Il partit, & mon cœur qui le fuivait toûjours,
A vingt peuples armés redemanda Nemours.
Je portai dans Cambrai ma douleur inutile ;
Je voulus rendre au Roi cette fuperbe ville ;
Nemours à ce deffein devait fervir d'appui ;
L'amour me conduifait, je faifais tout pour lui.
C'eft lui qui d'une fille animant le courage,
D'un peuple factieux me fit braver la rage.
Il expofa mes jours pour lui feul refervés,
Jours triftes ! jours affreux, qu'un autre a confervés !
Ah ! qui m'éclaircira d'un deftin que j'ignore ?
Français ! qu'avez-vous fait du héros que j'adore ?

Ses lettres , autrefois chers gages de fa foi ,
Trouvaient mille chemins pour venir jufqu'à moi.
Son filence me tuë ; hélas ! il fait peut-être
Cet amour , qu'à mes yeux fon frère a fait paraitre.
Tout ce que j'entrevois confpire à m'allarmer ;
Et mon amant eft mort , ou ceffe de m'aimer !
Et pour comble de maux , je dois tout à fon frère !

T A ï s e.

Cachez bien à fes yeux ce dangereux myftère.
Pour vous , pour votre amant , redoutez fon couroux.
Quelqu'un vient.

A D E L A ï D E.

C'eft lui - même , ô ciel !

T A ï s e.

Contraignez-vous.

S C E N E I I I.

Le Duc de VENDOME , ADELAIDE , TAISE.

V E N D O M E.

J'Oublie à vos genoux , charmante Adélaïde ,
Le trouble & les horreurs où mon deftin me guide.
Vous feule adouciffez les maux que nous fouffrons ;
Vous nous rendez plus pur l'air que nous refpirons.
La difcorde fanglante afflige ici la terre ;
Vos jours font entourés des piéges de la guerre.
J'ignore à quel deftin le ciel veut me livrer ;
Mais fi d'un peu de gloire il daigne m'honorer ,
Cette gloire , fans vous obfcure & languiffante ,
Des flambeaux de l'hymen deviendra plus brillante.

Souffrez

Souffrez que mes lauriers attachés par vos mains
Ecartent le tonnerre & bravent les deftins ;
Ou fi le ciel jaloux a conjuré ma perte,
Souffrez que de nos noms, ma tombe au moins couverte,
Apprenne à l'avenir que Vendôme amoureux
Expira votre époux & périt trop heureux.

A D E L A Ï D E.

Tant d'honneurs, tant d'amour fervent à me confondre,
Prince.... Que lui dirai-je ? & comment lui répondre ?
Ainfi, Seigneur.... Coucy ne vous a point parlé ?

V E N D O M E.

Non, Madame.... d'où vient que votre cœur troublé
Répond en frémiffant à ma tendreffe extrême ?
Vous parlez de Coucy quand Vendôme vous aime.

A D E L A Ï D E.

Prince, s'il était vrai, que ce brave Nemours,
De fes ans pleins de gloire eût terminé le cours,
Vous qui le chériffiez d'une amitié fi tendre,
Vous qui devez au moins des larmes à fa cendre,
Au milieu des combats, & près de fon tombeau,
Pourriez-vous de l'hymen allumer le flambeau ?

V E N D O M E.

Ah ! je jure par vous, vous qui m'êtes fi chère,
Par les doux noms d'amans, par le faint nom de frère,
Que ce frère après vous, fut toûjours à mes yeux,
Le plus cher des mortels, & le plus précieux.
Lors qu'à mes ennemis fa valeur fut livrée,
Ma tendreffe en fouffrit, fans en être alterée.
Sa mort m'accablerait des plus horribles coups ;
Et pour m'en confoler, mon cœur n'aurait que vous.
Mais on croit trop ici l'aveugle renommée ;

Tom. V. & du Théâtre le troifiéme.   C

Son infidèle voix vous a mal informée.
Si mon frère était mort, doutez-vous que son Roi
Pour m'apprendre sa perte eût dépêché vers moi ?
Ceux que le ciel forma d'une race si pure,
Au milieu de la guerre écoutant la nature,
Et protecteurs des loix que l'honneur doit dicter,
Même en se combattant savent se respecter.
A sa perte, en un mot, donnons moins de créance.
Un bruit plus vraisemblable & m'afflige & m'offense.
On dit que vers ces lieux il a porté ses pas.

A D E L A ï D E.

Seigneur, il est vivant ?

V E N D O M E.

Je lui pardonne hélas,
Qu'au parti de son Roi son intérêt le range ;
Qu'il le défende ailleurs, & qu'ailleurs il le venge ;
Qu'il triomphe pour lui, je le veux, j'y consens :
Mais se mêler ici parmi les assiégeans,
Me chercher, m'attaquer, moi, son ami, son frère....

A D E L A ï D E.

Le Roi le veut, sans doute.

V E N D O M E.

Ah ! destin trop contraire !
Se pourrait-il qu'un frère élevé dans mon sein,
Pour mieux servir son Roi, levat sur moi sa main ?
Lui qui devrait plutôt, témoin de cette fête,
Partager, augmenter mon bonheur qui s'apprête.

A D E L A ï D E.

Lui ?

V E N D O M E.

C'est trop d'amertume en des momens si doux.

Malheureux par un frère , & fortuné par vous ,
Tout entier à vous feule , & bravant tant d'allarmes ;
Je ne veux voir que vous , mon hymen & vos charmes.
Qu'attendez-vous ? donnez à mon cœur éperdu
Ce cœur que j'idolâtre , & qui m'eft fi bien dû.

A D E L A Ï D E.

Seigneur , de vos bienfaits mon ame eft pénétrée ;
La mémoire à jamais m'en eft chère & facrée ;
Mais c'eft trop prodiguer vos auguftes bontés ,
C'eft mêler trop de gloire à mes calamités ;
Et cet honneur....

V E N D O M E.

Comment ! ô ciel ! qui vous arrête ?

A D E L A Ï D E.

Je dois....

S C E N E   I V.

VENDOME , ADELAIDE , TAISE , COUCY.

C O U C Y.

PRince , il eft tems , marchez à notre tête.
Déja les ennemis font aux pieds des remparts ;
Echauffez nos guerriers du feu de vos regards.
Venez vaincre.

V E N D O M E.

Ah ! courons : dans l'ardeur qui me preffe....

Quoi vous n'ofez d'un mot raffurer ma tendreffe ?
Vous détournez les yeux ! vous tremblez ! & je voi
Que vous cachez des pleurs qui ne font pas pour moi ?

C O U C Y.

Le temps preffe.

C ij

VENDOME.

Il eſt tems que Vendôme périſſe :
Il n'eſt point de Français que l'amour aviliſſe.
Amans aimés, heureux, ils cherchent les combats,
Ils courent à la gloire, & je vole au trépas.
Allons, brave Coucy, la mort la plus cruelle,
La mort que je déſire eſt moins barbare qu'elle.

ADELAÏDE.

Ah ! Seigneur, moderez cet injuſte couroux ;
Autant que je le dois je m'intéreſſe à vous.
J'ai payé vos bienfaits, mes jours, ma délivrance,
Par tous les ſentimens qui ſont en ma puiſſance ;
Senſible à vos dangers, je plains votre valeur.

VENDOME.

Ah ! que vous ſavez bien le chemin de mon cœur !
Que vous ſavez mêler la douceur à l'injure !
Un ſeul mot m'accablait, un ſeul mot me raſſure.
Content, rempli de vous, j'abandonne ces lieux,
Et crois voir ma victoire écrite dans vos yeux.

SCENE V.

ADELAIDE, TAISE.

TAïSE.

Vous voyez ſans pitié ſa tendreſſe allarmée.

ADELAÏDE.

Eſt-il bien vrai ? Nemours ſerait-il dans l'armée ?
O diſcorde fatale ! amour plus dangereux !
Que vous couterez cher à ce cœur malheureux !

Fin du premier acte.

ACTE II.

S C E N E   P R E M I E R E.

VENDOME, COUCY.

V E N D O M E.

N Ous périſſions ſans vous , Coucy , je le confeſſe.
Vos conſeils ont guidé ma fougueuſe jeuneſſe ;
C'eſt vous dont l'eſprit ferme & les yeux pénétrans
M'ont porté des ſecours en cent lieux différens.
Que n'ai - je , comme vous , ce tranquille courage ,
Si froid dans le danger , ſi calme dans l'orage !
Coucy m'eſt néceſſaire aux conſeils , aux combats ;
Et c'eſt à ſa grande ame à diriger mon bras.

C O U C Y.

Ce 'courage brillant , qu'en vous on voit paraître ,
Sera maître de tout quand vous en ſerez maître.
Vous l'avez ſû régler , & vous avez vaincu.
Ayez dans tous les tems cette utile vertu.
Qui ſait ſe poſſéder , peut commander au monde.
Pour moi , de qui le bras faiblement vous ſeconde ,
Je connais mon devoir , & je vous ai ſuivi ;
Dans l'ardeur du combat , je vous ai peu ſervi.
Nos guerriers ſur vos pas marchaient à la victoire ,
Et ſuivre les Bourbons , c'eſt voler à la gloire.
Vous ſeul , Seigneur , vous ſeul avez fait priſonnier
Ce chef des aſſaillans , ce ſuperbe guerrier.
Vous l'avez pris vous - même , & maître de ſa vie ,

C iij

Vos secours l'ont sauvé de sa propre furie.

V E N D O M E.

D'où vient donc, cher Coucy, que cet audacieux,
Sous son casque fermé, se cachait à mes yeux ?
Doù vient qu'en le prenant, qu'en saisissant ses armes,
J'ai senti, malgré moi, de nouvelles allarmes ?
Un je ne sais quel trouble en moi s'est élevé ;
Soit que ce triste amour, dont je suis captivé,
Sur mes sens égarés répandant sa tendresse,
Jusqu'au sein des combats, m'ait prêté sa faiblesse,
Qu'il ait voulu marquer toutes mes actions
Par la molle douceur de ses impressions ;
Soit plutôt que la voix de ma triste patrie
Parle encor en secret au cœur qui l'a trahie ;
Qu'elle condamne encor mes funestes succès,
Et ce bras qui n'est teint que du sang des Français.

C O U C Y.

Je prévois que bientôt cette guerre fatale,
Ces troubles intestins de la Maison Royale,
Ces tristes factions céderont au danger,
D'abandonner la France au fils de l'étranger.
Je vois que de l'Anglais la race est peu chérie ;
Que leur joug est pesant ; qu'on aime la patrie ;
Que le sang de Clovis est toûjours adoré.
Tôt ou tard il faudra que de ce tronc sacré
Les rameaux divisés & courbés par l'orage,
Plus unis & plus beaux, soient notre unique ombrage.
Nous, Seigneur, n'avons-nous rien à nous reprocher ?
Le sort au Prince Anglais voulut vous attacher.
De votre sang, du sien la querelle est commune ;
Vous suivez son parti, je suis votre fortune.

Comme vous aux Anglais le deſtin m'a lié,
Vous, par le droit du ſang, moi, par notre amitié ;
Permettez-moi ce mot .... Eh ! quoi ! votre ame émuë ....

V E N D O M E.

Ah ! voila ce guerrier qu'on amène à ma vuë.

S C E N E I I.

VENDOME, le Duc de NEMOURS, COUCY,
Soldats, Suite.

V E N D O M E.

Il ſoupire, il parait accablé de regrets.

C O U C Y.

Son ſang ſur ſon viſage a confondu ſes traits.
Il eſt bleſſé ſans doute.

N E M O U R S (*dans le fond du théâtre.*)
Entrepriſe funeſte,
Qui de ma triſte vie arrachera le reſte !
Où me conduiſez-vous ?

V E N D O M E.
Devant votre vainqueur,
Qui fait d'un ennemi reſpeſter la valeur.
Venez, ne craignez rien.

N E M O U R S (*ſe tournant vers ſon écuyer.*)
Je ne crains que de vivre ;
Sa préſence m'accable, & je ne puis pourſuivre.
Il ne me connaît plus, & mes ſens attendris .....

V E N D O M E.

Quelle voix, quels accens ont frappé mes eſprits ?

N E M O U R S (*le regardant.*)

M'as-tu pû méconnaître ?

VENDOME (*l'embraffant.*)
            Ah Nemours ! ah mon frère !

NEMOURS.

Ce nom jadis fi cher, ce nom me defefpère.
Je ne le fuis que trop ce frère infortuné ,
Ton ennemi vaincu , ton captif enchaîné.

VENDOME.

Tu n'es plus que mon frère. Ah ! moment plein de charmes !
Ah ! laiffe - moi laver ton fang avec mes larmes.
      (*à fa Suite.*)
Avez - vous par vos foins . . . .

NEMOURS.

                  Oui , leurs cruels fecours
Ont arrêté mon fang , ont veillé fur mes jours ,
De la mort que je cherche ont écarté l'approche.

VENDOME.

Ne te détourne point , ne crain point mon reproche.
Mon cœur te fut connu ; peux - tu t'en défier ?
Le bonheur de te voir me fait tout oublier.
J'euffe aimé contre un autre à montrer mon courage.
Hélas ! que je te plains !

NEMOURS.

                  Je te plains davantage,
De haïr ton pays , de trahir fans remords ,
Et le Roi qui t'aimait , & le fang dont tu fors.

VENDOME.

Arrête : Epargne - moi l'infame nom de traître ;
A cet indigne mot je m'oublîrais peut - être.
Frémi d'empoifonner la joye & les douceurs ,
Que ce tendre moment doit verfer dans nos cœurs.
Dans ce jour malheureux que l'amitié l'emporte.

                                        NE-

NEMOURS.

Quel jour !

VENDOME.

Je le bénis.

NEMOURS.

Il eſt affreux.

VENDOME.

N'importe ;
Tu vis ; je te revois ; & je ſuis trop heureux.
O ciel ! de tous côtés vous rempliſſez mes vœux !

NEMOURS.

Je te crois. On diſait que d'un amour extrême,
Violent, effréné, (car c'eſt ainſi qu'on aime)
Ton cœur depuis trois mois s'occupait tout entier.

VENDOME.

J'aime ; oui, la renommée a pû le publier ;
Oui, j'aime avec fureur : une telle alliance
Semblait pour mon bonheur attendre ta préſence ;
Oui, mes reſſentimens, mes droits, mes alliés,
Gloire, amis, ennemis, je mets tout à ſes pieds.
    (à un officier de ſa ſuite.)
Allez, & dites-lui que deux malheureux frères,
Jettés par le deſtin dans des partis contraires,
Pour marcher deſormais ſous le même étendart,
De ſes yeux ſouverains n'attendent qu'un regard.
    (à Nemours.)
Ne blâme point l'amour où ton frère eſt en proye ;
Pour me juſtifier il ſuffit qu'on la voye.

NEMOURS.

O ciel.... elle vous aime !...

VENDOME.

Elle le doit, du moins ;
Il n'était qu'un obstacle au succès de mes soins ;
Il n'en est plus ; je veux que rien ne nous sépare.

NEMOURS.

Quels effroyables coups le cruel me prépare !
Ecoute ; à ma douleur ne veux-tu qu'insulter ?
Me connais-tu ? fais-tu ce que j'ose attenter ?
Dans ces funestes lieux fais-tu ce qui m'amène ?

VENDOME.

Oublions ces sujets de discorde & de haine.

SCENE III.

VENDOME, NEMOURS, ADELAIDE, COUCY.

VENDOME.

Madame, vous voyez que du sein du malheur,
Le ciel qui nous protège, a tiré mon bonheur.
J'ai vaincu : je vous aime, & je retrouve un frère ;
Sa présence à mon cœur vous rend encor plus chère.

ADELAÏDE.

Le voici ! malheureuse ! ah ! cache au moins tes pleurs !

NEMOURS (*entre les bras de son écuyer.*)

Adélaïde.... ô ciel !... c'en est fait, je me meurs.

VENDOME.

Que vois-je ! Sa blessure à l'instant s'est rouverte !
Son sang coule.

NEMOURS.

Est-ce à toi de prévenir ma perte ?

VENDOME.

Ah ! mon frère !

NEMOURS.

Ote-toi, je chéris mon trépas.

ADELAÏDE.

Ciel !... Nemours !

NEMOURS à *Vendôme.*

Laiſſe-moi.

VENDOME.

Je ne te quitte pas.

SCENE IV.

ADELAIDE, TAISE.

ADELAÏDE.

ON l'emporte : il expire : il faut que je le ſuive.

TAÏSE.

Ah ! que cette douleur ſe taiſe & ſe captive.
Plus vous l'aimez, Madame, & plus il faut ſonger
Qu'un rival violent....

ADELAÏDE.

Je ſonge à ſon danger.

Voila ce que l'amour, & mon malheur lui coute.
Taïſe, c'eſt pour moi qu'il combattait ſans doute,
C'eſt moi que dans ces murs il oſait ſecourir ;
Il ſervait ſon Monarque, il m'allait conquérir.
Quel prix de tant de ſoins ! quel fruit de ſa conſtance !
Hélas ! mon tendre amour accuſait ſon abſence.
Je demandais Nemours, & le ciel me le rend,
J'ai revu ce que j'aime, & l'ai revû mourant,
Ces lieux ſont teints du ſang qu'il verſait à ma vuë.

D ij

Ah ! Taïfe , eft-ce ainfi que je lui fuis rendüe ?
Va le trouver ; va , cours auprès de mon amant.

T A ï S E.

Eh ne craignez-vous pas que tant d'empreffement
N'ouvre les yeux jaloux d'un Prince qui vous aime ?
Tremblez de découvrir...

A D E L A ï D E.

J'y volerai moi-même.

D'une autre main, Taïfe, il reçoit des fecours !
Un autre a le bonheur d'avoir foin de fes jours !
Il faut que je le voye, & que de fon amante
La faible main s'uniffe à fa main défaillante.
Hélas ! des mêmes coups nos deux cœurs pénétrés....

T A ï S E.

Au nom de cet amour, arrêtez, demeurez ;
Reprenez vos efprits.

A D E L A ï D E.

Rien ne m'en peut diftraire.

S C E N E V.

VENDOME, ADELAIDE, TAISE.

A D E L A ï D E.

AH ! Prince, en quel état laiffez-vous votre frère ?

V E N D O M E.

Madame, par mes mains fon fang eft arrêté.
Il a repris fa force & fa tranquillité.
Je fuis le feul à plaindre, & le feul en allarmes ;
Je mouille en frémiffant mes lauriers de mes larmes ;
Et je hais ma victoire & mes profpérités,

Si je n'ai par mes foins vaincu vos cruautés ;
Si votre incertitude , allarmant mes tendreffes ,
Ofe encor démentir la foi de vos promeffes.

ADELAÏDE.

Je ne vous promis rien. Vous n'avez point ma foi ,
Et la reconnaiffance eft tout ce que je doi.

VENDOME.

Quoi ! lorfque de ma main je vous offrais l'hommage !..

ADELAÏDE.

D'un fi noble préfent j'ai vû tout l'avantage ;
Et fans chercher ce rang qui ne m'était pas dû ,
Par de juftes refpeéts je vous ai répondu.
Vos bienfaits , votre amour , & mon amitié même ,
Tout vous flattait fur moi d'un empire fuprême ;
Tout vous a fait penfer qu'un rang fi glorieux ,
Préfenté par vos mains , éblouïrait mes yeux.
Vous vous trompiez : Il faut rompre enfin le filence.
Je vais vous offenfer ; je me fais violence ;
Mais réduite à parler , je vous dirai , Seigneur ,
Que l'amour de mes Rois eft gravé dans mon cœur.
De votre fang au mien je vois la différence ;
Mais celui dont je fors a coulé pour la France.
Ce digne Connétable en mon cœur a tranfmis
La haine qu'un Français doit à fes ennemis ;
Et fa niéce jamais n'acceptera pour maître
L'allié des Anglais , quelque grand qu'il puiffe être.
Voilà les fentimens que fon fang m'a tracés ,
Et s'ils vous font rougir , c'eft vous qui m'y forcez.

VENDOME.

Je fuis , je l'avouerai , furpris de ce langage.
Je ne m'attendais pas à ce nouvel outrage ,

D iij

Et n'avais pas prévû que le fort en couroux,
Pour m'accabler d'affronts dût fe fervir de vous.
Vous avez fait, Madame, une fecrette étude
Du mépris, de l'infulte & de l'ingratitude ;
Et votre cœur, enfin, lent à fe déployer,
Hardi par ma faibleffe, a paru tout entier.
Je ne connaiffais pas tout ce zèle héroïque,
Tant d'amour pour vos Rois, ou tant de politique.
Mais vous qui m'outragez, me connaiffez-vous bien ?
Vous refte-t-il ici de parti que le mien ?
Vous qui me devez tout ; vous qui fans ma défenfe,
Auriez de ces Français affouvi la vengeance,
De ces mêmes Français à qui vous vous vantez
De conferver la foi d'un cœur que vous m'ôtez !
Eft-ce donc là le prix de vous avoir fervie ?

ADELAÏDE.

Oui, vous m'avez fauvée ; oui, je vous dois la vie ;
Mais, Seigneur, mais, hélas, n'en puis-je difpofer ?
Me la conferviez-vous pour la tyrannifer ?

VENDOME.

Je deviendrai tyran ; mais moins que vous, cruelle ;
Mes yeux lifent trop bien dans votre ame rebelle ;
Tous vos prétextes faux m'apprennent vos raifons ;
Je vois mon deshonneur, je vois vos trahifons.
Quel que foit l'infolent que ce cœur me préfère,
Redoutez mon amour, tremblez de ma colère ;
C'eft lui feul deformais que mon bras va chercher ;
De fon cœur tout fanglant j'irai vous arracher ;
Et fi dans les horreurs du fort qui nous accable,
De quelque joye encor ma fureur eft capable,
Je la mettrai, perfide, à vous defefpérer.

ADELAÏDE.

Non, Seigneur, la raifon faura vous éclairer.
Non, votre ame eft trop noble, elle eft trop élevée,
Pour opprimer ma vie, après l'avoir fauvée.
Mais fi votre grand cœur s'aviliffait jamais
Jufqu'à perfécuter l'objet de vos bienfaits,
Sachez que ces bienfaits, vos vertus, votre gloire,
Plus que vos cruautés vivront dans ma mémoire.
Je vous plains, vous pardonne & veux vous refpecter.
Je vous ferai rougir de me perfécuter ;
Et je conferverai, malgré votre menace,
Une ame fans couroux, fans crainte, & fans audace.

VENDOME.

Arrêtez ; pardonnez aux tranfports égarés,
Aux fureurs d'un amant que vous defefpérez.
Je vois trop qu'avec vous Coucy d'intelligence
D'une cour qui me hait embraffe la défenfe,
Que vous voulez tous deux m'unir à votre Roi,
Et de mon fort enfin difpofer malgré moi.
Vos difcours font les fiens. Ah ! parmi tant d'allarmes,
Pourquoi recourez-vous à ces nouvelles armes ?
Pour gouverner mon cœur, l'affervir, le changer,
Aviez-vous donc befoin d'un fecours étranger ?
Aimez, il fuffira d'un mot de votre bouche.

ADELAÏDE.

Je ne vous cache point, que du foin qui me touche,
A votre ami, Seigneur, mon cœur s'était remis ;
Je vois qu'il a plus fait qu'il ne m'avait promis.
Ayez pitié des pleurs que mes yeux lui confient ;
Vous les faites couler, que vos mains les effuyent.
Devenez affez grand pour m'apprendre à domter

Des feux que mon devoir me force à rejetter.
Laiſſez-moi toute entière à la reconnaiſſance.

VENDOME.

Le ſeul Coucy, ſans doute, a votre confiance !
Mon outrage eſt connu ; je fais vos ſentimens.

ADELAÏDE.

Vous les pourrez, Seigneur, connaître avec le tems ;
Mais vous n'aurez jamais le droit de les contraindre,
Ni de les condamner, ni même de vous plaindre.
D'un guerrier généreux j'ai recherché l'appui ;
Imitez ſa grande ame, & penſez comme lui.

SCENE VI.

VENDOME (*ſeul.*)

EH bien, c'en eſt donc fait ; l'ingrate, la parjure,
A mes yeux ſans rougir étale mon injure :
De tant de trahiſon l'abîme eſt découvert ;
Je n'avais qu'un ami, c'eſt lui ſeul qui me perd.
Amitié, vain fantôme, ombre que j'ai chérie,
Toi qui me conſolais des malheurs de ma vie,
Bien que j'ai trop aimé, que j'ai trop méconnu,
Tréſor cherché ſans ceſſe, & jamais obtenu !
Tu m'as trompé, cruelle, autant que l'amour même ;
Et maintenant pour prix de mon erreur extrême,
Détrompé des faux biens trop faits pour me charmer,
Mon deſtin me condamne à ne plus rien aimer.
Le voilà cet ingrat, qui fier de ſon parjure,
Vient encor de ſes mains déchirer ma bleſſure.

SCENE

S C E N E   VII.

VENDOME, COUCY.

C o u c y.

PRince, me voila prêt. Difpofez de mon bras....
Mais d'où nait à mes yeux cet étrange embarras?
Quand vous avez vaincu, quand vous fauvez un frère,
Heureux de tous côtés, qui peut donc vous déplaire?

V e n d o m e.

Je fuis defefpéré, je fuis haï, jaloux.

C o u c y.

Eh bien, de vos foupçons quel eft l'objet, qui?

V e n d o m e.
Vous.

Vous, dis-je; & du refus qui vient de me confondre,
C'eft vous, ingrat ami, qui devez me répondre.
Je fais qu'Adélaïde ici vous a parlé.
En vous nommant à moi, la perfide a tremblé.
Vous affeêtez fur elle un odieux filence,
Interprète muet de votre intelligence.
Elle cherche à me fuir, & vous à me quitter.
Je crains tout, je crois tout.

C o u c y.
Voulez-vous m'écouter?

V e n d o m e.
Je le veux.

C o u c y.
Penfez-vous que j'aime encor la gloire?
M'eftimez-vous encor, & pourrez-vous me croire?

V e n d o m e.
Oui, jufqu'à ce moment je vous crus vertueux;

Tom. V. *& du Théâtre le troifiéme.*   E

Je vous crus mon ami.

C O U C Y.

Ces titres glorieux
Furent toûjours pour moi l'honneur le plus infigne ;
Et vous allez juger fi mon ame en eft digne.
Sachez qu'Adélaïde avait touché mon cœur,
Avant que de fa vie heureux libérateur,
Vous euffiez par vos foins, par cet amour fincère,
Surtout par vos bienfaits, tant de droits de lui plaire.
Moi plus foldat que tendre, & dédaignant toûjours
Ce grand art de féduire inventé dans les cours,
Ce langage flatteur, & fouvent fi perfide,
Peu fait pour mon efprit, peut-être trop rigide ;
Je lui parlai d'hymen, & ce nœud refpeêté,
Refferré par l'eftime & par l'égalité,
Pouvait lui préparer des deftins plus propices,
Qu'un rang plus élevé, mais fur des précipices.
Hier avec la nuit je vins dans vos remparts ;
Tout votre cœur parut à mes premiers regards.
De cet ardent amour la nouvelle femée,
Par vos emportemens me fut trop confirmée.
Je vis de vos chagrins les funeftes accès ;
J'en approuvai la caufe, & j'en blâmai l'excès.
Aujourd'hui j'ai revû cet objet de vos larmes ;
D'un œil indifférent j'ai regardé fes charmes.
Libre & jufte auprès d'elle, à vous feul attaché,
J'ai fait valoir les feux dont vous êtes touché ;
J'ai de tous vos bienfaits rappellé la mémoire,
L'éclat de votre rang, celui de votre gloire,
Sans cacher vos défauts, vantant votre vertu ;
Et pour vous contre moi, j'ai fait ce que j'ai dû.

Je m'immole à vous feul, & je me rends juftice;
Et fi ce n'eft affez d'un fi grand facrifice ,
S'il eft quelque rival qui vous ofe outrager ,
Tout mon fang eft à vous ; & je cours vous venger.

V E N D O M E.

Ah ! généreux ami, qu'il faut que je révère ,
Oui , le deftin dans toi me donne un fecond frère ;
Je n'en étais pas digne , il le faut avouer :
Mon cœur.....

C O U C Y.

Aimez-moi , Prince , au lieu de me louer ;
Et fi vous me devez quelque reconnaiffance ,
Faites votre bonheur, il eft ma récompenfe.
Vous voyez quelle ardente & fière inimitié
Votre frère nourrit contre votre allié.
Sur ce grand intérêt fouffrez que je m'explique.
Vous m'avez foupçonné de trop de politique ,
Quand j'ai dit que bientôt on verrait réunis
Les débris difperfés de l'Empire des Lis.
Je vous le dis encor au fein de votre gloire ;
Et vos lauriers brillans cueillis par la victoire ,
Pourront fur votre front fe flétrir deformais ,
S'ils n'y font foutenus de l'olive de paix.
Tous les chefs de l'Etat laffés de ces ravages ,
Cherchent un port tranquille après tant de naufrages ;
Gardez d'être réduit au hazard dangereux ,
De vous voir ou trahir, ou prévenir par eux.
Paffez-les en prudence, auffi-bien qu'en courage.
De cet heureux moment prenez tout l'avantage ;
Gouvernez la fortune , & fachez l'affervir ;
C'eft perdre fes faveurs que tarder d'en jouïr :

Ses retours font fréquens, vous devez les connaître.
Il eſt beau de donner la paix à votre Maître.
Son égal aujourd'hui, demain dans l'abandon,
Vous vous verrez réduit à demander pardon.
La gloire vous conduit, que la raiſon vous guide.

VENDOME.

Brave & prudent Coucy, crois-tu qu'Adélaïde
Dans ſon cœur amolli partagerait mes feux,
Si le même parti nous uniſſait tous deux ?
Penſes-tu qu'à m'aimer je pourrais la réduire ?

COUCY.

Dans le fond de ſon cœur je n'ai point voulu lire :
Mais qu'importent pour vous ſes vœux & ſes deſſeins ?
Faut-il que l'amour ſeul faſſe ici nos deſtins ?
Lorſque Philippe-Auguſte, aux plaines de Bovines,
De l'Etat déchiré répara les ruïnes,
Quand ſeul il arrêta dans nos champs inondés,
De l'Empire Germain les torrens débordés,
Tant d'honneurs étaient-ils l'effet de ſa tendreſſe ?
Sauva-t-il ſon pays pour plaire à ſa maîtreſſe ?
Verrai-je un ſi grand cœur à ce point s'avilir ?
Le ſalut de l'Etat dépend-il d'un ſoupir ?
Aimez, mais en héros qui maîtriſe ſon ame,
Qui gouverne à la fois ſes Etats & ſa flamme.
Mon bras contre un rival eſt prêt à vous ſervir ;
Je voudrais faire plus, je voudrais vous guérir.
On connaît peu l'amour, on craint trop ſon amorce ;
C'eſt ſur nos lâchetés qu'il a fondé ſa force ;
C'eſt nous qui ſous ſon nom troublons notre repos ;
Il eſt tyran du faible, eſclave du héros.
Puiſque je l'ai vaincu, puiſque je le dédaigne,

Dans l'ame d'un Bourbon fouffrirez-vous qu'il règne ?
Vos autres ennemis par vous font abbattus ,
Et vous devez en tout l'exemple des vertus.

V E N D O M E.

Le fort en eft jetté , je ferai tout pour elle ;
Il faut bien à la fin defarmer la cruelle ;
Ses loix feront mes loix , fon Roi fera le mien ;
Je n'aurai de parti , de maître que le fien.
Poffeffeur d'un tréfor où s'attache ma vie ,
Avec mes ennemis je me reconcilie ;
Je lirai dans fes yeux mon fort & mon devoir :
Mon cœur eft enyvré de cet heureux efpoir.
Enfin plus de prétexte à fes refus injuftes ;
Raifon , gloire , intérèt , & tous ces droits auguftes
Des Princes de mon fang & de mes Souverains ,
Sont des liens facrés refferrés par fes mains.
Du Roi , puifqu'il le faut , foutenons la couronne ,
La vertu le confeille , & la beauté l'ordonne.
Je veux entre tes mains , en ce fortuné jour ,
Scêler tous les fermens que je fais à l'amour.
Quant à mes intérêts , que toi feul en décide.

C O U C Y.

Souffrez donc , près du Roi , que mon zèle me guide ;
Peut-être il eût falu que ce grand changement
Ne fût dû qu'au héros , & non pas à l'amant ;
Mais fi d'un fi grand cœur une femme difpofe ,
L'effet en eft trop beau pour en blâmer la caufe ;
Et mon cœur tout rempli de cet heureux retour ,
Bénit votre faibleffe , & rend grace à l'amour.

Fin du fecond acte.

ACTE III.

SCENE PREMIERE.

NEMOURS, DANGESTE.

NEMOURS.

Combat infortuné, destin qui me poursuis !
O mort, mon seul recours, douce mort qui me fuis !
Ciel ! n'as-tu conservé la trame de ma vie,
Que pour tant de malheurs, & tant d'ignominie ?
Adélaïde, au moins, pourrai-je la revoir ?

DANGESTE.

Vous la verrez, Seigneur.

NEMOURS.

Ah ! mortel desespoir !
Elle ose me parler, & moi je le souhaite.

DANGESTE.

Seigneur, en quel état votre douleur vous jette !
Vos jours sont en péril, & ce sang agité ....

NEMOURS.

Mes déplorables jours sont trop en sûreté.
Ma blessure est légère, elle m'est insensible ;
Que celle de mon cœur est profonde & terrible !

DANGESTE.

Remerciez les cieux de ce qu'ils ont permis,
Que vous ayez trouvé de si chers ennemis.
Il est dur de tomber dans des mains étrangères ;

Vous êtes prifonnier du plus tendre des frères.

N E M O U R S.

Mon frère ! ah ! malheureux !

D A N G E S T E.

Il vous était lié
Par les nœuds les plus faints d'une pure amitié.
Que n'éprouvez - vous point de fa main fecourable !

N E M O U R S.

Sa fureur m'eût flatté ; fon amitié m'accable.

D A N G E S T E.

Quoi ! pour être engagé dans d'autres intérêts,
Le haïffez - vous tant ?

N E M O U R S.

Je l'aime , & je me hais ;
Et dans les paffions de mon ame éperduë,
La voix de la nature eft encor entenduë.

D A N G E S T E.

Si contre un frère aimé vous avez combattu,
J'en ai vû quelque tems frémir votre vertu :
Mais le Roi l'ordonnait , & tout vous juftifie.
L'entreprife était jufte , auffi - bien que hardie.
Je vous ai vû remplir , dans cet affreux combat,
Tous les devoirs d'un chef, & tous ceux d'un foldat ;
Et vous avez rendu , par des faits incroyables,
Votre défaite illuftre , & vos fers honorables.
On a perdu bien peu quand on garde l'honneur.

N E M O U R S.

Non , ma défaite , ami , ne fait point mon malheur.
Du Guefclin , des Français l'amour & le modèle ,
Aux Anglais fi terrible , à fon Roi fi fidèle ,
Vit fes honneurs flétris par de plus grands revers :

Deux fois fa main puiffante a langui dans les fers :
Il n'en fut que plus grand , plus fier & plus à craindre ;
Et fon vainqueur tremblant fut bientôt feul à plaindre.
Du Guefclin , nom facré , nom toûjours précieux !
Quoi , ta coupable niéce évite encor mes yeux !
Ah ! fans doute , elle a dû redouter mes reproches ;
Ainfi donc , cher Dangefte , elle fuit tes approches ?
Tu n'as pû lui parler ?

DANGESTE.
Seigneur , je vous ai dit
Que bientôt . . . .

NEMOURS.
Ah ! pardonne à mon cœur interdit.
Trop chère Adélaïde ! Eh bien quand tu l'as vuë,
Parle , à mon nom du moins paraiffait - elle émuë ?

DANGESTE.
Votre fort en fecret paraiffait la toucher ;
Elle verfait des pleurs , & voulait les cacher.

NEMOURS.
Elle pleure & m'outrage ! elle pleure & m'opprime !
Son cœur , je le vois bien , n'eft pas né pour le crime.
Pour me facrifier elle aura combattu ;
La trahifon la gêne , & pèfe à fa vertu,
Faible foulagement à ma fureur jaloufe !
T'a - t - on dit en effet que mon frère l'époufe ?

DANGESTE.
S'il s'en vantait lui - même , en pouvez - vous douter ?

NEMOURS.
Il l'époufe ! à ma honte elle vient infulter.
Ah Dieu !

SCENE

SCENE II.

ADELAÏDE, NEMOURS.

ADELAÏDE.

LE ciel vous rend à mon ame attendrie ;
En veillant fur vos jours il conferva ma vie.
Je vous revois , cher Prince , & mon cœur empreffé...
Jufte ciel ! quels regards , & quel accueil glacé !

NEMOURS.

L'intérêt qu'à mes jours vos bontés daignent prendre ,
Eft d'un cœur généreux ; mais il doit me furprendre.
Vous aviez en effet befoin de mon trépas :
Mon rival plus tranquille eût paffé dans vos bras.
Libre dans vos amours , & fans inquiétude ,
Vous jouïriez en paix de votre ingratitude ;
Et les remords honteux qu'elle traîne après foi,
S'il peut vous en refter , périffaient avec moi.

ADELAÏDE.

Hélas ! que dites - vous ? Quelle fureur fubite...

NEMOURS.

Non, votre changement n'eft pas ce qui m'irrite.

ADELAÏDE.

Mon changement ? Nemours !

NEMOURS.

A vous feule affervi ,
Je vous aimai trop bien pour n'être point trahi ;
C'eft le fort des amans , & ma honte eft commune ;
Mais que vous infultiez vous - même à ma fortune !
Qu'en ces murs où vos yeux ont vû couler mon fang ,

Vous acceptiez la main qui m'a percé le flanc,
Et que vous ofiez joindre à l'horreur qui m'accable,
D'une fauffe pitié l'affront infupportable !
Qu'à mes yeux . . . .

ADELAÏDE.

Ah ! plutôt donnez - moi le trépas.
Immolez votre amante , & ne l'accufez pas.
Mon cœur n'eft point armé contre votre colère,
Cruel , & vos foupçons manquaient à ma mifère.
Ah ! Nemours , de quels maux nos jours empoifonnés . . .

NEMOURS.

Vous me plaignez , cruelle , & vous m'abandonnez.

ADELAÏDE.

Je vous pardonne , hélas ! cette fureur extrême,
Tout jufqu'à vos foupçons ; jugez fi je vous aime.

NEMOURS.

Vous m'aimeriez ? qui , vous ? Et Vendôme à l'inftant
Entoure de flambeaux l'autel qui vous attend.
Lui - même il m'a vanté fa gloire & fa conquête.
Le barbare ! il m'invite à cette horrible fête.
Que plutôt . . .

ADELAÏDE.

Ah , cruel ! me faut - il employer
Les momens de vous voir à me juftifier ?
Votre frère , il eft vrai , perfécute ma vie ,
Et par un fol amour & par fa jaloufie,
Et par l'emportement dont je crains les effets,
Et , le dirai - je encor , Seigneur ? par fes bienfaits.
J'attefte ici le ciel témoin de ma conduite . . . .
Mais pourquoi l'attefter ? Nemours , fuis - je réduite,
Pour vous perfuader de fi vrais fentimens,

Au fecours inutile & honteux des fermens ?
Non , non , vous connaiffez le cœur d'Adélaïde ;
C'eft vous qui conduifez ce cœur faible & timide.

NEMOURS.

Mais mon frère vous aime ?

ADELAÏDE.

Ah ! n'en redoutez rien.

NEMOURS.

Il fauva vos beaux jours !

ADELAÏDE.

Il fauva votre bien.

Dans Cambrai , je l'avoue , il daigna me défendre.
Au Roi que nous fervons , il promit de me rendre ;
Et mon cœur fe plaifait , trompé par mon amour ,
Puifqu'il eft votre frère , à lui devoir le jour.
J'ai répondu , Seigneur , à fa flamme funefte ,
Par un refus conftant , mais tranquille & modefte ,
Et mêlé du refpeƈt que je devrai toûjours
A mon libérateur , au frère de Nemours.
Mais mon refpeƈt l'enflamme , & mon refus l'irrite.
J'anime en l'évitant l'ardeur de fa pourfuite.
Tout doit , fi je l'en crois , céder à fon pouvoir ;
Lui plaire eft ma grandeur , l'aimer eft mon devoir.
Qu'il eft loin , jufte Dieu ! de penfer que ma vie ,
Que mon ame à la votre eft pour jamais unie ,
Que vous caufez les pleurs dont mes yeux font chargés ,
Que mon cœur vous adore , & que vous m'outragez !
Oui , vous êtes tous deux formés pour mon fupplice ,
Lui par fa paffion , vous par votre injuftice :
Vous , Nemours , vous , ingrat ! que je vois aujourd'hui ,
Moins amoureux peut-être , & plus cruel que lui.

NEMOURS.

C'en eft trop.... pardonnez.... voyez mon ame en proye
A l'amour, aux remords, à l'excès de ma joye.
Digne & charmant objet d'amour & de douleur,
Ce jour infortuné, ce jour fait mon bonheur.
Glorieux, fatisfait, dans un fort fi contraire,
Tout captif que je fuis, j'ai pitié de mon frère.
Il eft le feul à plaindre avec votre couroux;
Et je fuis fon vainqueur étant aimé de vous.

SCENE III.

VENDOME, NEMOURS, ADELAIDE.

VENDOME.

COnnaiffez donc enfin, jufqu'où va ma tendreffe,
Et tout votre pouvoir, & toute ma faibleffe:
Et vous, mon frère, & vous, foyez ici témoin
Si l'excès de l'amour peut emporter plus loin.
Ce que votre amitié, ce que votre prière,
Les confeils de Coucy, le Roi, la France entière,
Exigeaient de Vendôme & qu'ils n'obtenaient pas,
Soumis & fubjugué je l'offre à fes appas.
L'amour, qui malgré vous nous a fait l'un pour l'autre,
Ne me laiffe de choix, de parti que le vôtre.
Je prens mes loix de vous; votre maître eft le mien;
De mon frère, & de moi, foyez l'heureux lien.
Soyez-le de l'Etat, & que ce jour commence
Mon bonheur & le votre, & la paix de la France.
Vous, courez, mon cher frère, allez dès ce moment

Annoncer à la cour un fi grand changement.

Moi , fans perdre de tems , dans ce jour d'allégreffe ,

Qui m'a rendu mon Roi , mon frère & ma maîtreffe ,

D'un bras vraiment Français je vais dans nos remparts ,

Sous nos Lys triomphans brifer les Léopards.

Soyez libre , partez , & de mes facrifices

Allez offrir au Roi vos heureufes prémices.

Puiffai - je à fes genoux , préfenter aujourd'hui

Celle qui m'a domté , qui me ramène à lui ,

Qui d'un Prince ennemi fait un fujet fidelle ,

Changé par fes regards & vertueux par elle !

(*à part.*) N E M O U R S.

Il fait ce que je veux , & c'eft pour m'accabler !

(*à Adélaïde.*)

Prononcez notre arrêt , Madame , il faut parler.

V E N D O M E.

Eh quoi ! vous demeurez interdite & muette ?

De mes foumiffions êtes - vous fatisfaite ?

Eft - ce affez qu'un vainqueur vous implore à genoux ?

Faut - il encor ma vie , ingrate ? elle eft à vous.

Vous n'avez qu'à parler , j'abandonne fans peine

Ce fang infortuné profcrit par votre haine.

A D E L A Ï D E.

Seigneur , mon cœur eft jufte ; on ne m'a vû jamais

Méprifer vos bontés , & haïr vos bienfaits ;

Mais je ne puis penfer qu'à mon peu de puiffance

Vendôme ait attaché le deftin de la France ;

Qu'il n'ait lû fon devoir que dans mes faibles yeux ;

Qu'il ait befoin de moi pour être vertueux.

Vos deffeins ont fans doute une fource plus pure ;

Vous avez confulté le devoir , la nature ;

L'amour a peu de part, où doit régner l'honneur.

V E N D O M E.

L'amour feul a tout fait, & c'eft là mon malheur ;
Sur tout autre intérêt ce trifte amour l'emporte.
Accablez - moi de honte, accufez - moi, n'importe !
Duffai - je vous déplaire & forcer votre cœur,
L'autel eft prêt ; venez.

N E M O U R S.

Vous ofez ?....

A D E L A Ï D E.

Non, Seigneur.

Avant que je vous cède, & que l'hymen nous lie,
Aux yeux de votre frère arrachez - moi la vie.
Le fort met entre nous un obftacle éternel.
Je ne puis être à vous.

V E N D O M E.

Nemours.... ingrate... Ah ciel !

C'en eft donc fait... mais non... mon cœur fait fe contraindre.
Vous ne méritez pas que je daigne m'en plaindre.
Vous auriez dû peut - être, avec moins de détour,
Dans fes premiers tranfports étouffer mon amour ;
Et par un promt aveu, qui m'eût guéri fans doute,
M'épargner les affronts que ma bonté me coute.
Mais je vous rends juftice ; & ces féductions,
Qui vont au fond des cœurs chercher nos paffions,
L'efpoir qu'on donne à peine afin qu'on le faififfe,
Ce poifon préparé des mains de l'artifice,
Sont les armes d'un fexe auffi trompeur que vain,
Que l'œil de la raifon regarde avec dédain.
Je fuis libre par vous : cet art que je détefte,
Cet art qui m'enchaîna, brife un joug fi funefte ;

Et je ne prétens pas , indignement épris ,
Rougir devant mon frère , & fouffrir des mépris.
Montrez - moi feulement ce rival qui fe cache ;
Je lui cède avec joye un poifon qu'il m'arrache.
Je vous dédaigne affez tous deux pour vous unir ,
Perfide ! & c'eft ainfi que je dois vous punir.

A D E L A Ï D E.

Je devrais feulement vous quitter & me taire ;
Mais je fuis accufée , & ma gloire m'eft chère.
Votre frère eft préfent , & mon honneur bleffé
Doit repouffer les traits dont il eft offenfé.
Pour un autre que vous ma vie eft deftinée ;
Je vous en fais l'aveu , je m'y vois condamnée.
Oui , j'aime ; & je ferais indigne devant vous
De celui que mon cœur s'eft promis pour époux ,
Indigne de l'aimer , fi par ma complaifance
J'avais à votre amour laiffé quelque efpérance.
Vous avez regardé ma liberté , ma foi ,
Comme un bien de conquête , & qui n'eft plus à moi.
Je vous devais beaucoup ; mais une telle offenfe
Ferme à la fin mon cœur à la reconnaiffance :
Sachez que des bienfaits qui font rougir mon front ,
A mes yeux indignés ne font plus qu'un affront.
J'ai plaint de votre amour la violence vaine ;
Mais après ma pitié , n'attirez point ma haine.
J'ai rejetté vos vœux , que je n'ai point bravés.
J'ai voulu votre eftime , & vous me la devez.

V E N D O M E.

Je vous dois ma colère , & fachez qu'elle égale
Tous les emportemens de mon amour fatale.
Quoi donc , vous attendiez , pour ofer m'accabler ,

Que Nemours fût préfent , & me vît immoler ?
Vous vouliez ce témoin de l'affront que j'endure ?
Allez , je le croirais l'auteur de mon injure ,
Si . . . . mais il n'a point vû vos funeftes appas ;
Mon frère trop heureux ne vous connaïffait pas.
Nommez donc mon rival : mais gardez - vous de croire
Que mon lâche dépit lui cède la victoire.
Je vous trompais : mon cœur ne peut feindre longtems :
Je vous traîne à l'autel à fes yeux expirans ;
Et ma main fur fa cendre à votre main donnée
Va tremper dans le fang les flambeaux d'hyménée.
Je fais trop qu'on a vû lâchement abufés
Pour des mortels obfcurs des Princes méprifés ;
Et mes yeux perceront , dans la foule inconnuë ,
Jufqu'à ce vil objet qui fe cache à ma vuë.

NEMOURS.

Pourquoi d'un choix indigne ofez - vous l'accufer ?

VENDOME.

Et pourquoi , vous , mon frère , ofez - vous l'excufer ?
Eft - il vrai que de vous elle était ignorée ?
Ciel ! à ce piége affreux ma foi ferait livrée !
Tremblez.

NEMOURS.

　　　Moi , que je tremble ! Ah ! j'ai trop dévoré
L'inexprimable horreur où toi feul m'as livré.
J'ai forcé trop longtems mes tranfports au filence :
Connai - moi donc , barbare , & rempli ta vengeance.
Connais un defefpoir à tes fureurs égal.
Frappe , voilà mon cœur , & voilà ton rival.

VENDOME.

Toi , cruel ! toi , Nemours ?

NE-

N E M O U R S.

Oui, depuis deux années,
L'amour la plus fecrette a joint nos deftinées.
C'eft toi dont les fureurs ont voulu m'arracher
Le feul bien fur la terre où j'ai pû m'attacher.
Tu fais depuis trois mois les horreurs de ma vie.
Les maux que j'éprouvais paffaient ta jaloufie.
Par tes égaremens juge de mes tranfports.
Nous puifâmes tous deux dans ce fang dont je fors,
L'excès des paffions qui dévorent une ame.
La nature à tous deux fit un cœur tout de flamme.
Mon frère eft mon rival, & je l'ai combattu.
J'ai fait taire le fang, peut-être la vertu.
Furieux, aveuglé, plus jaloux que toi-même,
J'ai couru, j'ai volé, pour t'ôter ce que j'aime ;
Rien ne m'a retenu, ni tes fuperbes tours,
Ni le peu de foldats que j'avais pour fecours,
Ni le lieu, ni le tems, ni furtout ton courage ;
Je n'ai vû que ma flamme, & ton feu qui m'outrage.
L'amour fut dans mon cœur plus fort que l'amitié.
Sois cruel comme moi, puni-moi fans pitié :
Auffi-bien tu ne peux t'affurer ta conquête,
Tu ne peux l'époufer qu'aux dépens de ma tête.
A la face des cieux je lui donne ma foi ;
Je te fais de nos vœux le témoin malgré toi.
Frappe, & qu'après ce coup ta cruauté jaloufe
Traîne aux pieds des autels ta fœur, & mon époufe.
Frappe, dis-je : ofes-tu ?

V E N D O M E.

Traître, c'en eft affez.
Qu'on l'ôte de mes yeux : foldats, obéiffez.

Tom. V. & du Théâtre le troifiéme. G

ADELAÏDE.

(*aux foldats.*)

Non, demeurez, cruels.... Ah ! Prince, eft-il poffible
Que la nature en vous trouve une ame inflexible ?
Seigneur !

NEMOURS.

Vous le prier ? plaignez-le plus que moi.
Plaignez-le : il vous offenfe, il a trahi fon Roi.
Va, je fuis dans ces lieux plus puiffant que toi-même ;
Je fuis vengé de toi : l'on te hait, & l'on m'aime.

ADELAÏDE.

(*à Nemours.*)   (*à Vendôme.*)

Ah cher Prince !.... Ah Seigneur, voyez à vos genoux....

VENDOME.

(*aux foldats.*)   (*à Adélaïde.*)

Qu'on m'en réponde, allez : Madame, levez-vous.
Vos prières, vos pleurs en faveur d'un parjure,
Sont un nouveau poifon verfé fur ma bleffure :
Vous avez mis la mort dans ce cœur outragé ;
Mais, perfide, croyez que je mourrai vengé.
Adieu : Si vous voyez les effets de ma rage,
N'en accufez que vous ; nos maux font votre ouvrage.

ADELAÏDE.

Je ne vous quitte pas : Ecoutez-moi, Seigneur.

VENDOME.

Eh bien, achevez donc de déchirer mon cœur :
Parlez.

S C E N E I V.

VENDOME, NEMOURS, ADELAIDE, COUCY, DANGESTE, un Officier, Soldats.

C o u c y.

J'Allais partir : un peuple téméraire
Se foulève en tumulte au nom de votre frère.
Le defordre eft partout : vos foldats confternés
Défertent les drapeaux de leurs chefs étonnés ;
Et pour comble de maux , vers la ville allarmée
L'ennemi raffemblé fait marcher fon armée.

V e n d o m e.

Allez , cruelle , allez ; vous ne joüirez pas
Du fruit de votre haine , & de vos attentats :
Rentrez. Aux factieux je vais montrer leur maître.

   (*à l'Officier.*)   (*à Coucy.*)
Qu'on la garde. Courons. Vous , veillez fur ce traître.

S C E N E V.

N E M O U R S , C O U C Y.

C o u c y.

LE feriez - vous , Seigneur ? auriez - vous démenti
Le fang de ces héros dont vous êtes forti ?
Auriez - vous violé , par cette lâche injure ,
Et les droits de la guerre , & ceux de la nature ?
Un Prince à cet excès pourrait - il s'oublier ?

NEMOURS.

Non ; mais fuis - je réduit à me juſtifier ?
Coucy , ce peuple eſt juſte ; il t'apprend à connaître
Que mon frère eſt rebelle , & que Charle eſt ſon maître.

COUCY.

Ecoutez : Ce ſerait le comble de mes vœux ,
De pouvoir aujourd'hui vous réunir tous deux.
Je vois avec regret la France déſolée ,
A nos diſſenſions la nature immolée ,
Sur nos communs débris l'Anglais trop élevé ,
Menaçant cet Etat par nous - même énervé.
Si vous avez un cœur digne de votre race ,
Faites au bien public ſervir votre diſgrace.
Rapprochez les partis ; uniſſez - vous à moi ,
Pour calmer votre frère , & fléchir votre Roi ,
Pour éteindre le feu de nos guerres civiles.

NEMOURS.

Ne vous en flattez pas ; vos ſoins ſont inutiles.
Si la diſcorde ſeule avait armé mon bras ,
Si la guerre & la haine avaient conduit mes pas ,
Vous pourriez eſpérer de réunir deux frères ,
L'un de l'autre écartés dans des partis contraires.
Un obſtacle plus grand s'oppoſe à ce retour.

COUCY.

Et quel eſt - il , Seigneur ?

NEMOURS.

Ah ! reconnai l'amour ,
Reconnai la fureur qui de nous deux s'empare ,
Qui m'a fait téméraire , & qui le rend barbare.

COUCY.

Ciel ! faut - il voir ainſi , par des caprices vains ,

Anéantir le fruit des plus nobles deſſeins ?
L'amour ſubjuguer tout ? ſes cruelles faibleſſes
Du ſang qui ſe révolte étouffer les tendreſſes ?
Des frères ſe haïr , & naître en tous climats
Des paſſions des grands le malheur des Etats ?
Prince , de vos amours laiſſons là le miſtère.
Je vous plains tous les deux ; mais je ſers votre frère.
Je vais le ſeconder ; je vais me joindre à lui ,
Contre un peuple inſolent qui ſe fait votre appui.
Le plus preſſant danger eſt celui qui m'appelle.
Je vois qu'il peut avoir une fin bien cruelle :
Je vois les paſſions plus puiſſantes que moi ;
Et l'amour ſeul ici me fait frémir d'effroi.
Mon devoir a parlé ; je vous laiſſe , & j'y vole.
Soyez mon priſonnier , mais ſur votre parole ;
Elle me ſuffira.

N E M O U R S.

Je vous la donne.

C O U C Y.

Et moi

Je voudrais de ce pas porter la ſienne au Roi ;
Je voudrais cimenter , dans l'ardeur de lui plaire ,
Du ſang de nos tyrans une union ſi chère.
Mais ces fiers ennemis ſont bien moins dangereux
Que ce fatal amour qui vous perdra tous deux.

Fin du troiſiéme acte.

ACTE IV.

SCENE PREMIERE.

NEMOURS, ADELAIDE, DANGESTE.

NEMOURS.

Non, non, ce peuple en vain s'armait pour ma défenfe ;
Mon frère teint de fang, enyvré de vengeance,
Devenu plus jaloux, plus fier & plus cruel,
Va traîner à mes yeux fa victime à l'autel.
Je ne fuis donc venu difputer ma conquête,
Que pour être témoin de cette horrible fête !
Et dans le defefpoir d'un impuiffant couroux,
Je ne puis me venger qu'en me privant de vous !
Partez, Adélaïde.

ADELAÏDE.

Il faut que je vous quitte !...
Quoi, vous m'abandonnez !... vous ordonnez ma fuite !

NEMOURS.

Il le faut : chaque inftant eft un péril fatal ;
Vous êtes une efclave aux mains de mon rival.
Remercions le ciel, dont la bonté propice
Nous fufcite un fecours aux bords du précipice.
Vous voyez cet ami qui doit guider vos pas ;
Sa vigilance adroite a féduit des foldats.
    (*à Dangefte.*)
Dangefte, fes malheurs ont droit à tes fervices ;

Je fuis loin d'exiger d'injuftes facrifices ;
Je refpecte mon frère , & je ne prétens pas
Confpirer contre lui dans fes propres Etats.
Ecoute feulement la pitié qui te guide ;
Ecoute un vrai devoir , & fauve Adélaïde.

ADELAÏDE.

Hélas ! ma délivrance augmente mon malheur.
Je déteftais ces lieux , j'en fors avec terreur.

NEMOURS.

Privez-moi par pitié d'une fi chère vuë.
Tantôt à ce départ vous étiez réfoluë,
Le deffein était pris, n'ofez-vous l'achever ?

ADELAÏDE.

Ah , quand j'ai voulu fuir , j'efpérais vous trouver.

NEMOURS.

Prifonnier fur ma foi dans l'horreur qui me preffe ,
Je fuis plus enchainé par ma feule promeffe ,
Que fi de cet Etat les tyrans inhumains
Des fers les plus pefans avaient chargé mes mains.
Au pouvoir de mon frère ici l'honneur me livre ;
Je peux mourir pour vous , mais je ne peux vous fuivre ;
Vous fuivrez cet ami par des détours obfcurs ,
Qui vous rendront bientôt fous ces coupables murs.
De la Flandre à fa voix on doit ouvrir la porte ;
Du Roi fous les remparts il trouvera l'efcorte.
Le tems preffe , évitez un ennemi jaloux.

ADELAÏDE.

Je vois qu'il faut partir... cher Nemours , & fans vous !

NEMOURS.

L'amour nous a rejoints , que l'amour nous fépare.

ADELAÏDE.

Qui ! moi ? que je vous laiffe au pouvoir d'un barbare ?
Seigneur , de votre fang l'Anglais eft altéré ;
Ce fang à votre frère eft-il donc fi facré ?
Craindra-t-il d'accorder , dans fon couroux funefte ,
Aux alliés qu'il aime , un rival qu'il détefte ?

NEMOURS.

Il n'oferait.

ADELAÏDE.

Son cœur ne connait point de frein ;
Il vous a menacé , menace-t-il en vain ?

NEMOURS.

Il tremblera bientôt ; le Roi vient & nous venge ;
La moitié de ce peuple à fes drapeaux fe range.
Allez : Si vous m'aimez , dérobez vous aux coups
Des foudres allumés grondans autour de nous ,
Au tumulte , au carnage , au defordre effroyable ,
Dans des murs pris d'affaut , malheur inévitable :
Mais craignez encor plus mon rival furieux ,
Craignez l'amour jaloux qui veille dans fes yeux.
Je frémis de vous voir encor fous fa puiffance ;
Redoutez fon amour autant que fa vengeance ;
Cédez à mes douleurs ; qu'il vous perde , partez.

ADELAÏDE.

Et vous vous expofez feul à fes cruautés !

NEMOURS.

Ne craignant rien pour vous , je craindrai peu mon frère ;
Et bientôt mon appui lui devient néceffaire.

ADELAÏDE.

Auffi-bien que mon cœur mes pas vous font foumis.
Eh bien , vous l'ordonnez , je pars & je frémis !

Je

Je ne fais... mais enfin la fortune jalouse
M'a toûjours envié le nom de votre épouse.

N E M O U R S.

Partez avec ce nom. La pompe des autels ,
Ces voiles , ces flambeaux , ces témoins folemnels ,
Inutiles garants d'une foi fi facrée ,
La rendront plus connuë , & non plus affurée.
Vous , mânes des Bourbons , Princes , Rois mes ayeux ,
Du féjour des héros tournez ici les yeux.
J'ajoute à votre gloire en la prenant pour femme ;
Confirmez mes fermens , ma tendreffe & ma flamme ;
Adoptez - la pour fille , & puiffe fon époux
Se montrer à jamais digne d'elle & de vous !

A D E L A Ï D E.

Rempli de vos bontés , mon cœur n'a plus d'allarmes ,
Cher époux ; cher amant....

N E M O U R S.

Quoi , vous verfez des larmes !
C'eft trop tarder , adieu.... Ciel ! quel tumulte affreux !

S C E N E   I I.

ADELAIDE , NEMOURS , VENDOME , Gardes.

V E N D O M E.

JE l'entends , c'eft lui-même : arrête , malheureux ;
Lâche qui me trahis , rival indigne , arrête.

N E M O U R S.

Il ne te trahit point ; mais il t'offre fa tête.
Porte à tous les excès ta haine & ta fureur ;
Va , ne perds point de tems , le ciel arme un vengeur.

Tom. V. *& du Théâtre le troifiéme.* H

Tremble, ton Roi s'approche, il vient, il va paraître.
Tu n'as vaincu que moi, redoute encor ton Maître.

VENDOME.

Il pourra te venger, mais non te secourir ;
Et ton sang...

ADELAÏDE.

Non, cruel, c'est à moi de mourir.
J'ai tout fait, c'est par moi que ta garde est séduite ;
J'ai gagné tes soldats, j'ai préparé ma fuite.
Puni ces attentats, & ces crimes si grands,
De sortir d'esclavage, & de fuir ses tyrans :
Mais respecte ton frère, & sa femme, & toi-même ;
Il ne t'a point trahi, c'est un frère qui t'aime ;
Il voulait te servir, quand tu veux l'opprimer.
Quel crime a-t-il commis, cruel, que de m'aimer ?
L'amour n'est-il en toi qu'un juge inexorable ?

VENDOME.

Plus vous le défendez, plus il devient coupable ;
C'est vous qui le perdez, vous qui l'assassinez ;
Vous par qui tous nos jours étaient empoisonnés ;
Vous, qui pour leur malheur armiez des mains si chères.
Puisse tomber sur vous tout le sang des deux frères !
Vous pleurez ! mais vos pleurs ne peuvent me tromper ;
Je suis prêt à mourir, & prêt à le frapper.
Mon malheur est au comble, ainsi que ma faiblesse.
Oui, je vous aime encor ; le tems, le péril presse.
Vous pouvez à l'instant parer le coup mortel ;
Voilà ma main, venez. Sa grace est à l'autel.

ADELAÏDE.

Moi, Seigneur ?

V E N D O M E.

C'eſt aſſez.

A D E L A ï D E.

Moi , que je le trahiſſe !

V E N D O M E.

Arrêtez ... répondez ....

A D E L A ï D E.

Je ne puis.

V E N D O M E.

Qu'il périſſe.

N E M O U R S.

Ne vous laiſſez pas vaincre en ces affreux combats ;
Oſez m'aimer aſſez pour vouloir mon trépas ;
Abandonnez mon ſort au coup qu'il me prépare.
Je mourrai triomphant des coups de ce barbare ;
Et ſi vous ſuccombiez à ſon lâche couroux ,
Je n'en mourrais pas moins , mais je mourrais par vous.

V E N D O M E.

Qu'on l'entraîne à la tour : allez : qu'on m'obéiſſe.

S C E N E I I I.

V E N D O M E , A D E L A I D E.

A D E L A ï D E.

Vous , cruel ! vous feriez cet affreux ſacrifice !
De ſon vertueux ſang vous pourriez vous couvrir !
Quoi , voulez-vous ? ...

V E N D O M E.

Je veux vous haïr & mourir ,
Vous rendre malheureuſe encor plus que moi-même ,

H ij

Répandre devant vous tout le fang qui vous aime,
Et vous laiffer des jours plus cruels mille fois,
Que le jour où l'amour nous a perdu tous trois.
Laiffez-moi : votre vuë augmente mon fupplice.

S C E N E   I V.

VENDOME, ADELAIDE, COUCY.

ADELAÏDE *à Coucy.*

AH ! je n'attends plus rien que de votre juftice,
Coucy, contre un cruel ofez me fecourir.

VENDOME.

Garde-toi de l'entendre, ou tu vas me trahir.

ADELAÏDE.

J'attefte ici le ciel...

VENDOME.

Qu'on l'ôte de ma vuë.
Ami, délivrez-moi d'un objet qui me tuë.

ADELAÏDE.

Va, tyran, c'en eft trop, va, dans mon defefpoir,
J'ai combattu l'horreur que je fens à te voir ;
J'ai cru, malgré ta rage, à ce point emportée,
Qu'une femme du moins en ferait refpeétée.
L'amour adoucit tout, hors ton barbare cœur ;
Tigre ! je t'abandonne à toute ta fureur.
Dans ton féroce amour, immole tes viétimes ;
Compte dès ce moment ma mort parmi tes crimes ;
Mais compte encor la tienne : un vengeur va venir,
Par ton jufte fupplice, il va tous nous unir.

Tombe avec tes remparts ; tombe, & péris fans gloire,
Meurs, & que l'avenir prodigue à ta mémoire,
A tes feux, à ton nom juſtement abhorrés,
La haine & le mépris que tu m'as inſpirés.

S C E N E   V.

V E N D O M E , C O U C Y.

V E N D O M E.

Oui, cruelle ennemie, & plus que moi farouche,
Oui, j'accepte l'arrêt prononcé par ta bouche ;
Que la main de la haine, & que les mêmes coups
Dans l'horreur du tombeau nous réuniſſent tous.

(Il tombe dans un fauteuil.)

C O U C Y.

Il ne ſe connait plus, il ſuccombe à ſa rage.

V E N D O M E.

Eh bien, fouffriras-tu ma honte & mon outrage ?
Le tems preſſe ; veux-tu qu'un rival odieux
Enlève la perfide & l'épouſe à mes yeux ?
Tu crains de me répondre ! attens-tu que le traître
Ait foulevé mon peuple, & me livre à ſon Maître ?

C O U C Y.

Je vois trop, en effet, que le parti du Roi
Du peuple fatigué fait chanceler la foi.
De la ſédition la flamme reprimée
Vit encor dans les cœurs en ſecret rallumée.

V E N D O M E.

C'eſt Nemours qui l'allume, il nous a trahi tous.

H iij

Coucy.

Je fuis loin d'excufer fes crimes envers vous ;
La fuite en eft funefte , & me remplit d'allarmes.
Dans la plaine déja les Français font en armes ;
Et vous êtes perdu , fi le peuple excité
Croit dans la trahifon trouver fa fûreté.
Vos dangers font accrus.

Vendome.

Eh bien , que faut-il faire ?

Coucy.

Les prévenir , domter l'amour & la colère.
Ayons encor , mon Prince , en cette extrémité ,
Pour prendre un parti fûr , affez de fermeté.
Nous pouvons conjurer , ou braver la tempête ;
Quoi que vous décidiez , ma main eft toute prête.
Vous vouliez ce matin , par un heureux traité ,
Appaifer avec gloire un Monarque irrité :
Ne vous rebutez pas : Ordonnez , & j'efpère
Signer en votre nom cette paix falutaire :
Mais s'il vous faut combattre , & courir au trépas ,
Vous favez qu'un ami ne vous furvivra pas.

Vendome.

Ami , dans le tombeau , laiffe-moi feul defcendre ;
Vi pour fervir ma caufe , & pour venger ma cendre ;
Mon deftin s'accomplit , & je cours l'achever.
Qui ne veut que la mort eft fûr de la trouver ;
Mais je la veux terrible , & lorfque je fuccombe ,
Je veux voir mon rival entraîné dans ma tombe.

Coucy.

Comment ! de quelle horreur vos fens font poffédés !

V E N D O M E.

Il eſt dans cette tour, où vous ſeul commandez ;
Et vous m'avez promis que contre un téméraire....

C O U C Y.

De qui me parlez-vous, Seigneur ? de votre frère ?

V E N D O M E.

Non, je parle d'un traître, & d'un lâche ennemi,
D'un rival qui m'abhorre, & qui m'a tout ravi.
L'Anglais attend de moi la tête du parjure.

C O U C Y.

Vous leur avez promis de trahir la nature ?

V E N D O M E.

Dès longtems du perfide ils ont proſcrit le ſang.

C O U C Y.

Et pour leur obéir, vous lui percez le flanc ?

V E N D O M E.

Non, je n'obéis point à leur haine étrangère ;
J'obéis à ma rage, & veux la ſatisfaire.
Que m'importe l'Etat, & mes vains alliés ?

C O U C Y.

Ainſi donc à l'amour vous le ſacrifiez ?
Et vous me chargez, moi, du ſoin de ſon ſupplice !

V E N D O M E.

Je n'attends pas de vous cette promte juſtice.
Je ſuiş bien malheureux ! bien digne de pitié !
Trahi dans mon amour, trahi dans l'amitié !
Ah ! trop heureux Dauphin, c'eſt ton ſort que j'envie ;
Ton amitié, du moins, n'a point été trahie ;
Et Tangui du Châtel, quand tu fus offenſé,
T'a ſervi ſans ſcrupule, & n'a pas balancé.
Allez ; Vendôme encor, dans le ſort qui le preſſe,

Trouvera des amis qui tiendront leur promeſſe ;
D'autres me ſerviront , & n'allégueront pas
Cette triſte vertu , l'excuſe des ingrats.

        C o u c y (*après un long ſilence.*)

Non ; j'ai pris mon parti. Soit crime , ſoit juſtice,
Vous ne vous plaindrez pas que Coucy vous trahiſſe.
Je ne ſouffrirai pas que d'un autre que moi ,
Dans de pareils momens , vous éprouviez la foi.
Quand un ami ſe perd , il faut qu'on l'avertiſſe ,
Il faut qu'on le retienne au bord du précipice ;
Je l'ai dû , je l'ai fait , malgré votre couroux ;
Vous y voulez tomber , vous m'y jette avec vous ;
Et vous reconnaîtrez , au ſuccès de mon zèle ,
Si Coucy vous aimait , & s'il vous fut fidèle.

           V e n d o m e.

Je revois mon ami.... vengeons - nous , vole.... attend.....
Non , va , te dis-je , frappe , & je mourrai content.
Qu'à l'inſtant de ſa mort , à mon impatience ,
Le canon des remparts annonce ma vengeance.
J'irai , je l'apprendrai ſans trouble & ſans effroi,
A l'objet odieux qui l'immole par moi.
Allons.

           C o u c y.

    En vous rendant ce malheureux ſervice,
Prince , je vous demande un autre ſacrifice.

           V e n d o m e.

Parle.

           C o u c y.

    Je ne veux pas que l'Anglais en ces lieux ,
Protecteur inſolent , commande ſous mes yeux ;
Je ne veux pas ſervir un tyran qui nous brave.

                       Ne

Ne puis-je vous venger fans être fon efclave ?
Si vous voulez tomber, pourquoi prendre un appui ?
Pour mourir avec vous, ai-je befoin de lui ?
Du fort de ce grand jour laiffez-moi la conduite.
Ce que je fais pour vous peut-être le mérite.
Les Anglais avec moi pourraient mal s'accorder ;
Jufqu'au dernier moment je veux feul commander.

V E N D O M E.

Pourvu qu'Adélaïde, au defefpoir réduite,
Pleure en larmes de fang l'amant qui l'a féduite ;
Pourvû que de l'horreur de fes gémiffemens,
Mon couroux fe repaiffe à mes derniers momens ;
Tout le refte eft égal, & je te l'abandonne :
Prépare le combat, agi, difpofe, ordonne.
Ce n'eft plus la victoire où ma fureur prétend ;
Je ne cherche pas même un trépas éclatant.
Aux cœurs defefpérés, qu'importe un peu de gloire ?
Périffe ainfi que moi ma funefte mémoire !
Périffe avec mon nom le fouvenir fatal
D'une indigne maitreffe, & d'un lâche rival !

C O U C Y.

Je l'avoue avec vous : une nuit éternelle
Doit couvrir, s'il fe peut, une fin fi cruelle :
C'était avant ce coup qu'il nous falait mourir :
Mais je tiendrai parole, & je vais vous fervir.

Fin du quatriéme acte.

A C T E V.

S C E N E P R E M I E R E.

VENDOME , un Officier , Gardes.

VENDOME.

O Ciel ! me faudra-t-il de momens en momens ,
Voir & des trahifons & des foulévemens ?
Eh bien , de ces mutins , l'audace eft terraffée ?

L'OFFICIER.

Seigneur, ils vous ont vû , leur foule eft difperfée.

VENDOME.

L'ingrat de tous côtés m'opprimait aujourd'hui ;
Mon malheur eft parfait , tous les cœurs font à lui.
Dangefte eft-il puni de fa fourbe cruelle ?

L'OFFICIER.

Le glaive a fait couler le fang de l'infidelle.

VENDOME.

Ce foldat , qu'en fecret vous m'avez amené ,
Va-t-il exécuter l'ordre que j'ai donné ?

L'OFFICIER.

Oui , Seigneur , & déja vers la tour il s'avance.

VENDOME.

Je vais donc à la fin jouïr de ma vengeance.
Sur l'incertain Coucy mon cœur a trop compté ;
Il a vû ma fureur avec tranquillité.
On ne foulage point des douleurs qu'on méprife ;

Il faut qu'en d'autres mains ma vengeance foit mife.
Vous, que fur nos remparts on porte nos drapeaux ;
Allez, qu'on fe prépare à des périls nouveaux.
Vous fortez d'un combat, un autre vous appelle ;
Ayez la même audace avec le même zèle ;
Imitez votre maître ; & s'il vous faut périr,
Vous recevrez de moi l'exemple de mourir.

(*feul.*)

Le fang, l'indigne fang qu'a demandé ma rage,
Sera du moins, pour moi, le fignal du carnage.
Un bras vulgaire & fûr va punir mon rival ;
Je vais être fervi : j'attends l'heureux fignal.
Nemours, tu vas périr, mon bonheur fe prépare....
Un frère affaffiné ! quel bonheur ! ah, barbare !
S'il eft doux d'accabler fes cruels ennemis,
Si ton cœur eft content, d'où vient que tu frémis ?
Allons.... mais quelle voix gémiffante & févère
Crie au fond de mon cœur, arrête, il eft ton frère !
Ah ! Prince infortuné, dans ta haine affermi,
Songe à des droits plus faints ; Nemours fut ton ami.
O jours de notre enfance ! ô tendreffes paffées !
Il fut le confident de toutes mes penfées.
Avec quelle innocence & quels épanchemens,
Nos cœurs fe font appris leurs premiers fentimens !
Que de fois partageant mes naiffantes allarmes,
D'une main fraternelle effuya-t-il mes larmes !
Et c'eft moi qui l'immole ! & cette même main,
D'un frère que j'aimai, déchirerait le fein !
O paffion funefte ! ô douleur qui m'égare !
Non, je n'étais point né pour devenir barbare.
Je fens combien le crime eft un fardeau cruel.

Mais, que dis-je ? Nemours eſt le ſeul criminel.
Je reconnais mon ſang, mais c'eſt à ſa furie ;
Il m'enlève l'objet dont dépendait ma vie ;
Il aime Adélaïde... Ah ! trop jaloux tranſport !
Il l'aime ; eſt-ce un forfait qui mérite la mort ?
Hélas ! malgré le tems, & la guerre & l'abſence,
Leur tranquille union croiſſait dans le ſilence ;
Ils nourriſſaient en paix leur innocente ardeur,
Avant qu'un fol amour empoiſonnât mon cœur.
Mais lui-même il m'attaque, il brave ma colère,
Il me trompe, il me hait ; n'importe, il eſt mon frère !
Il ne périra point. Nature, je me rens ;
Je ne veux point marcher ſur les pas des tyrans.
Je n'ai point entendu le ſignal homicide,
L'organe des forfaits, la voix du parricide ;
Il en eſt encor tems.

SCENE II.

VENDOME, l'Officier des Gardes.

VENDOME.

QUe l'on ſauve Nemours ;
Portez mon ordre, allez, répondez de ſes jours.

L'OFFICIER.

Hélas, Seigneur ! j'ai vû, non loin de cette porte,
Un corps ſouillé de ſang qu'en ſecret on emporte ;
C'eſt Coucy qui l'ordonne, & je crains que le ſort....

VENDOME.

(*On entend le canon.*)

Quoi, déja !.... Dieu, qu'entens-je ! Ah ciel ! mon frère eſt mort !

Il eſt mort, & je vis! Et la terre entr'ouverte,
Et la foudre en éclats n'ont point vengé ſa perte!
Ennemi de l'Etat, faƈtieux, inhumain,
Frère dénaturé, raviſſeur, aſſaſſin,
Voilà quel eſt Vendôme. Ah! vérité funeſte!
Je vois ce que je ſuis, & ce que je déteſte!
Le voile eſt déchiré, je m'étais mal connu.
Au comble des forfaits je ſuis donc parvenu!
Ah, Nemours! ah, mon frère! ah, jour de ma ruïne!
Je ſens que je t'aimais, & mon bras t'aſſaſſine,
Mon frère!

L'O F F I C I E R.

Adélaïde, avec empreſſement,
Veut, Seigneur, en ſecret vous parler un moment.

V E N D O M E.

Chers amis, empêchez que la cruelle avance;
Je ne puis ſoutenir ni ſouffrir ſa préſence.
Mais non. D'un parricide elle doit ſe venger;
Dans mon coupable ſang ſa main doit ſe plonger;
Qu'elle entre.... Ah! je ſuccombe, & ne vis plus qu'à peine.

S C E N E   I I I.

V E N D O M E, A D E L A I D E.

A D E L A ï D E.

VOus l'emportez, Seigneur, & puiſque votre haine,
(Comment puis-je autrement appeller en ce jour
Ces affreux ſentimens que vous nommez amour?)
Puiſqu'à ravir ma foi, votre haine obſtinée

Veut, ou le fang d'un frère, ou ce trifte hyménée....
Puifque je fuis réduite au déplorable fort
Ou de trahir Nemours, ou de hâter fa mort,
Et que de votre rage & miniftre & victime,
Je n'ai plus qu'à choifir mon fupplice & mon crime,
Mon choix eft fait, Seigneur, & je me donne à vous:
Par le droit des forfaits vous êtes mon époux.
Brifez les fers honteux dont vous chargez un frère;
De Lille fous fes pas abaiffez la barrière;
Que je ne tremble plus pour des jours fi chéris;
Je trahis mon amant; je le perds à ce prix.
Je vous épargne un crime, & fuis votre conquête;
Commandez, difpofez, ma main eft toute prête;
Sachez que cette main que vous tirannifez,
Punira la faibleffe où vous me réduifez.
Sachez qu'au Temple même, où vous m'allez conduire....
Mais vous voulez ma foi, ma foi doit vous fuffire.
Allons... Eh quoi! d'où vient ce filence affecté?
Quoi! votre frère encor n'eft point en liberté?

VENDOME.

Mon frère?

ADELAÏDE.

Dieu puiffant! diffipez mes allarmes.
Ciel! de vos yeux cruels je vois tomber des larmes!

VENDOME.

Vous demandez fa vie....

ADELAÏDE.

Ah! qu'eft-ce que j'entens?
Vous qui m'aviez promis.....

VENDOME.

Madame, il n'eft plus tems.

A D E L A Ï D E.

Il n'eſt plus tems ! Nemours ! . . . .

V E N D O M E.

Il eſt trop vrai , cruelle !
Oui , vous avez diĉté ſa ſentence mortelle.
Coucy pour nos malheurs a trop ſû m'obéïr.
Ah ! revenez à vous , vivez pour me punir ,
Frappez : que votre main contre moi ranimée
Perce un cœur inhumain qui vous a trop aimée ,
Un cœur dénaturé qui n'attend que vos coups.
Oui , j'ai tué mon frère , & l'ai tué pour vous.
Vengez ſur un amant coupable , & ſanguinaire ,
Tous les crimes affreux que vous m'avez fait faire.

A D E L A Ï D E.

Nemours eſt mort ? barbare ! . . . .

V E N D O M E.

Oui : mais c'eſt de ta main
Que ſon ſang veut ici le ſang de l'aſſaſſin.

A D E L A Ï D E (ſoutenue par Taïſe & preſque évanouïe.)
Il eſt mort !

V E N D O M E.

Ton reproche. . . .

A D E L A Ï D E.

Epargne ma miſère :
Laiſſe - moi , je n'ai plus de reproche à te faire.
Va , porte ailleurs ton crime , & ton vain repentir.
Je veux encor le voir , l'embraſſer , & mourir.

V E N D O M E.

Ton horreur eſt trop juſte. Eh bien , Adélaïde ,
Pren ce fer , arme - toi , mais contre un parricide

Je ne mérite pas de mourir de tes coups ;
Que ma main les conduise.

SCENE IV.

VENDOME, ADELAIDE, COUCY.

COUCY.

AH ciel ! que faites-vous ?

VENDOME. (*On le défarme.*)

Laiffez-moi me punir, & me rendre juftice.

ADELAIDE *à Coucy.*

Vous, d'un affaffinat vous êtes le complice ?

VENDOME.

Miniftre de mon crime, as-tu pû m'obéir ?

COUCY.

Je vous avais promis, Seigneur, de vous fervir.

VENDOME.

Malheureux que je fuis ! ta févère rudeffe
A cent fois de mes fens combattu la faibleffe.
Ne devais-tu te rendre à mes triftes fouhaits,
Que quand ma paffion t'ordonnait des forfaits ?
Tu ne m'as obéi que pour perdre mon frère !

COUCY.

Lorfque j'ai refufé ce fanglant miniftère,
Votre aveugle couroux n'allait-il pas foudain,
Du foin de vous venger charger une autre main ?

VENDOME.

L'amour, le feul amour, de mes fens toûjours maître,
En m'ôtant ma raifon, m'eût excufé peut-être :

Mais

Mais toi, dont la fageffe , & les réflexions ,
Ont calmé dans ton fein toutes les paffions ,
Toi , dont j'avais tant craint l'efprit ferme & rigide ,
Avec tranquillité permettre un parricide !

C O U C Y.

Eh bien , puifque la honte avec le repentir ,
Par qui la vertu parle à qui peut la trahir ,
D'un fi jufte remords ont pénétré votre ame ;
Puifque malgré l'excès de votre aveugle flamme ,
Au prix de votre fang , vous voudriez fauver
Ce fang dont vos fureurs ont voulu vous priver ,
Je peux donc m'expliquer , je peux donc vous apprendre ,
Que de vous - même enfin Coucy fait vous défendre.
Connaiffez - moi , Madame , & calmez vos douleurs.

(*au Duc.*)   (*à Adélaïde.*)

Vous , gardez vos remords ; & vous féchez vos pleurs.
Que ce jour à tous trois foit un jour falutaire.
Venez , paraiffez , Prince , embraffez votre frère.

Le théâtre s'ouvre , Nemours paraît.

S C E N E V.

VENDOME , ADELAIDE , NEMOURS , COUCY.

A D E L A Ï D E.

Nemours !

V E N D O M E.

Mon frère !

A D E L A Ï D E.

Ah ciel !

Tom. V. & du Théâtre le troifiéme. K

VENDOME.

Qui l'aurait pû penfer ?

NEMOURS (*s'avançant du fond du théâtre.*)

J'ofe encor te revoir, te plaindre & t'embraffer.

VENDOME.

Mon crime en eft plus grand, puifque ton cœur l'oublie.

ADELAïDE.

Coucy, digne héros, qui me donnez la vie !

VENDOME.

Il la donne à tous trois.

COUCY.

Un indigne affaffin

Sur Nemours à mes yeux avait levé la main ;

J'ai frappé le barbare ; & prévenant encore

Les aveugles fureurs du feu qui vous dévore,

J'ai fait donner foudain le fignal odieux,

Sûr que le repentir vous ouvrirait les yeux.

VENDOME.

Après ce grand exemple, & ce fervice infigne,

Le prix que je t'en dois, c'eft de m'en rendre digne.

Le fardeau de mon crime eft trop pefant pour moi ;

Mes yeux couverts d'un voile & baiffés devant toi,

Craignent de rencontrer, & les regards d'un frère,

Et la beauté fatale à tous les deux trop chère.

NEMOURS.

Tous deux auprès du Roi, nous voulions te fervir.

Quel eft donc ton deffein ? parle.

VENDOME.

De me punir,

De nous rendre à tous trois une égale juftice ;

D'expier devant vous, par le plus grand fupplice,

Le plus grand des forfaits , où la fatalité ,
L'amour & le couroux m'avaient précipité.
J'aimais Adélaïde , & ma flamme cruelle ,
Dans mon cœur défolé s'irrite encor pour elle.
Coucy fait à quel point j'adorais fes appas ,
Quand ma jaloufe rage ordonnait ton trépas ;
Dévoré , malgré moi , du feu qui me poffède ,
Je l'adore encor plus . . . . & mon amour la cède.
Je m'arrache le cœur , je la mets dans tes bras ;
Aimez - vous : mais au moins ne me haïffez pas.

NEMOURS (*à fes pieds.*)

Moi vous haïr jamais ! Vendôme , mon cher frère !
J'ofai vous outrager . . . vous me fervez de père.

ADELAïDE.

Oui , Seigneur , avec lui j'embraffe vos genoux ;
La plus tendre amitié va me rejoindre à vous.
Vous me payez trop bien de ma douleur foufferte.

VENDOME.

Ah ! c'eft trop me montrer mes malheurs & ma perte !
Mais vous m'apprenez tous à fuivre la vertu.
Ce n'eft point à demi que mon cœur eft rendu.

(*à Nemours.*)

Trop fortunés époux , oui , mon ame attendrie
Imite votre exemple , & chérit fa patrie.
Allez apprendre au Roi , pour qui vous combattez ,
Mon crime , mes remords , & vos félicités.
Allez ; ainfi que vous , je vais le reconnaître.
Sur nos remparts foumis amenez votre maître ,
Il eft déja le mien : nous , allons à fes pieds
Abaiffer fans regret nos fronts humiliés.
J'égalerai pour lui votre intrépide zèle ;

Bon Français , meilleur frère , ami , sujet fidèle ;
Es - tu content , Coucy ?

COUCY.

J'ai le prix de mes foins ,

Et du fang des Bourbons je n'attendais pas moins.

Fin du cinquiéme & dernier acte.

AMÉLIE,

OU LE

DUC DE FOIX,

TRAGÉDIE.

Repréſentée au mois de Décembre 1752.

P R E F A C E.

LE fonds de cette tragédie n'eſt point une fiction. Un Duc de Bretagne en 1387. commanda au Seigneur de *Bavalan* d'aſſaſſiner le Connétable de *Cliſſon. Bavalan* le lendemain dit au Duc qu'il avait obéi. Le Duc alors voyant toute l'horreur de ſon crime, & en redoutant les ſuites funeſtes, s'abandonna au plus violent deſeſpoir. *Bavalan* le laiſſa quelque tems ſentir ſa faute & ſe livrer au repentir ; enfin il lui apprit qu'il l'avait aimé aſſez pour deſobéir à ſes ordres &c.

On a tranſporté cet événement dans d'autres tems & dans d'autres pays pour des raiſons particulières.

NB. *Quoique cette piéce ſoit fort reſſemblante à celle qui la précède, & qu'elle n'ait été faite que pour la ſuppléer,* a) *néanmoins, comme dans l'ordre des ſcènes, & ſurtout dans la verſification, on y voit des différences conſidérables, & intéreſſantes pour les amateurs du Théâtre, nous avons crû devoir donner ici* AMÉLIE *en entier, avec la précaution de faire imprimer en caractères italiques, tous les vers &c. qui ne ſe trouvent pas dans* ADÉLAÏDE.

a) Voyez la préface de l'Editeur pour la tragédie d'ADÉLAÏDE DU GUESCLIN.

ACTEURS.

LE DUC DE FOIX.

AMÉLIE.

VAMIR, frère du Duc de Foix.

LISOIS.

TAISE, confidente d'Amélie.

Un Officier du Duc de Foix.

EMAR, confident de Vamir.

La scène est dans le palais du Duc de Foix.

AMÉLIE,

AMÉLIE,

OU

LE DUC DE FOIX,

TRAGÉDIE.

ACTE PREMIER.

SCENE PREMIERE.

AMELIE, LISOIS.

LISOIS.

Souffrez qu'en arrivant dans ce féjour d'allarmes,
Je dérobe un moment au tumulte des armes.
Le grand cœur d'Amélie eſt du parti des Rois ;
Contre eux , vous le favez , je fers le Duc de Foix ;
Ou plutôt je combats ce redoutable Maire ,
Ce Pepin qui du trône heureux dépoſitaire ,
En ſubjuguant l'Etat en ſoutient la ſplendeur ,
Et de Thierri ſon maître oſe être protecteur.
Le Duc de Foix ici vous tient ſous ſa puiſſance ;
J'ai de ſa paſſion prévû la violence ;

Tom. V. & du Théâtre le troiſiéme.   L

Et fur lui , fur moi - même , & fur votre intérêt ,
Je viens ouvrir mon cœur , & dicter mon arrêt.
Ecoutez - moi , Madame , & vous pourrez connaître
L'ame d'un vrai foldat, digne de vous peut-être.

AMELIE.

Je fais quel eft *Lifois :* fa noble intégrité
Sur fes lévres toûjours plaça la vérité.
Quoi que vous m'annonciez , je vous croirai fans peine.

LISOIS.

Sachez que fi *dans Foix mon zèle me ramène ,*
Si de ce Prince altier j'ai fuivi les drapeaux ,
Si je cours pour lui feul à des périls nouveaux ,
Je n'approuvai jamais la fatale alliance ,
Qui *le foumet au Maure* & l'enlève à la France.
Mais dans ces tems affreux de difcorde & d'horreur ,
Je n'ai d'autre parti que celui de mon cœur :
Non que pour ce héros mon ame prévenuë
Prétende à fes défauts fermer toûjours ma vuë.
Je ne m'aveugle pas , je vois avec douleur
De fes emportemens l'indifcrète chaleur ;
Je vois que de fes fens l'impétueufe yvreffe
L'abandonne aux excès d'une ardente jeuneffe ;
Et ce torrent fougueux , que j'arrête avec foin ,
Trop fouvent me l'arrache , & l'emporte trop loin.
Mais il a des vertus qui rachètent fes vices :
Eh ! qui faurait , Madame , où placer fes fervices ,
S'il ne nous falait fuivre , & ne chérir jamais ,
Que des cœurs fans faibleffe , & des Princes parfaits ?
Tout le mien eft à lui ; mais enfin cette épée ,
Dans le fang des Français à regret s'eft trempée.
Je voudrais à l'Etat rendre le Duc de Foix.

A M E L I E.

Seigneur, qui le peut mieux que le fage Lifois ?
Si ce Prince égaré chérit encor fa gloire,
C'eſt à vous de parler, & c'eſt vous qu'il doit croire.
Dans quel affreux parti s'eſt-il précipité !

L I S O I S.

Je ne peux à mon choix fléchir fa volonté.
J'ai fouvent, de fon cœur aigriſſant les bleſſures,
Revolté fa fierté par des vérités dures.
Vous feule à votre Roi le pourriez rappeller,
Et c'eſt de quoi *furtout* je cherche à vous parler.
Dans des tems plus heureux j'ofai, belle Amélie,
Confacrer à vos loix le reſte de ma vie ;
Je crus que vous pouviez, approuvant mon deſſein,
Accepter fans mépris mon hommage & ma main ;
Mais à *d'autres deſtins* je vous vois *refervée.*
Par les Maures cruels dans Leucate enlevée,
Lorfque le fort jaloux portait ailleurs mes pas,
Cet heureux Duc de Foix vous fauva de leurs bras :
La gloire en eſt à lui, qu'il en ait le falaire ;
Il a par trop de droits mérité de vous plaire :
Il eſt Prince, il eſt jeune, il eſt votre vengeur ;
Ses bienfaits & fon nom, tout parle en fa faveur.
La juſtice & l'amour vous preſſent de vous-rendre.
Je n'ai rien fait pour vous, je n'ai rien à prétendre.
Je me tais.... *Cependant s'il faut* vous mériter,
A tout autre qu'à lui j'irais vous difputer ;
Je céderais à peine aux enfans des Rois même.
Mais *ce Prince* eſt mon chef : *il me chérit, je l'aime.*
Lifois ni vertueux, ni fuperbe à demi,
Aurait bravé le Prince, & cède à fon ami.

Je fais plus , de mes fens maîtrifant la faibleffe ,
J'ofe de mon rival appuyer la tendreffe ,
Vous montrer votre gloire , & ce que vous devez
Au héros qui vous fert , & par qui vous vivez.
Je verrai d'un œil fec , & d'un cœur fans envie,
Cet hymen qui pouvait empoifonner ma vie.
Je réunis pour vous mon fervice & mes vœux ;
Ce bras qui fut à lui combattra pour tous deux.
Voilà mes fentimens : fi je me facrifie ,
L'amitié me l'ordonne , & furtout la patrie.
Songez que fi l'hymen vous range fous fa loi ,
Si le Prince eft à vous , il eft à votre Roi.

A M E L I E.

Qu'avec étonnement , Seigneur , je vous contemple !
Que vous donnez au monde un rare & grand exemple !
Quoi , ce cœur (je le crois fans feinte & fans détour)
Connait l'amitié feule , & peut braver l'amour !
Il faut vous admirer quand on fait vous connaître ;
Vous fervez votre ami , vous fervirez mon maître.
Un cœur fi généreux doit penfer comme moi.
Tous ceux de votre fang font l'appui de leur Roi.
Eh bien ! de vos vertus je demande une grace.

L I S O I S.

Vos ordres font facrés , que faut - il que je faffe ?

A M E L I E.

Vos confeils généreux me preffent d'accepter
Ce rang dont un grand Prince a daigné me flatter.
Je ne me cache point combien fon choix m'honore ;
J'en vois toute la gloire ; & quand je fonge encore ,
Qu'avant qu'il fût épris de *ce funefte* amour ,
Il daigna me fauver & l'honneur & le jour ;

Tout ennemi qu'il eſt de ſon Roi légitime,
Tout *allié du Maure*, & protecteur du crime,
Accablée à ſes yeux du poids de ſes bienfaits,
Je crains de l'affliger, Seigneur, & je me tais.
Mais malgré ſon ſervice & ma reconnaiſſance,
Il faut par des refus répondre à ſa conſtance.
Sa paſſion m'afflige ; il eſt dur à mon cœur,
Pour prix de ſes bontés, de cauſer ſon malheur :
Non, Seigneur ; il lui faut épargner cet outrage.
Qui pourrait mieux que vous gouverner ſon courage ?
Eſt-ce à ma faible voix d'annoncer ſon devoir ?
Je ſuis loin de chercher ce dangereux pouvoir.
Quel appareil affreux ! quel tems pour l'hyménée !
Des armes de mon Roi *la ville* environnée,
N'attend que des aſſauts, ne voit que des combats ;
Le ſang de tous côtés coule ici ſous mes pas.
Armé contre mon maître, armé contre ſon frère !
Que de raiſons !.. Seigneur, c'eſt en vous que j'eſpère.
Pardonnez... achevez vos deſſeins généreux ;
Qu'il me rende à mon Roi, c'eſt tout ce que je veux.
Ajoutez cet effort à l'effort que j'admire ;
Vous devez ſur ſon cœur avoir pris quelque empire.
Un eſprit mâle & ferme, un ami reſpecté,
Fait parler le devoir avec autorité ;
Ses conſeils ſont des loix.

LISOIS.

Il en eſt peu, Madame,
Contre les paſſions qui ſubjuguent ſon ame ;
Et ſon emportement a droit de m'allarmer.
Le Prince eſt ſoupçonneux, & j'oſai vous aimer.
Quels que ſoient les ennuis dont votre cœur ſoupire,

Je vous ai déja dit ce que j'ai dû vous dire.
Laiſſez-moi ménager ſon eſprit ombrageux ;
Je crains d'effaroucher ſes feux impétueux ;
Je ſais à quels excès irait ſa jalouſie,
Quel poiſon mes diſcours répandraient ſur ſa vie :
Je vous perdrais peut-être, & *mes ſoins* dangereux,
Madame, avec un mot feraient trois malheureux.
Vous, à vos intérêts rendez-vous moins contraire,
Peſez ſans paſſion l'honneur qu'il vous veut faire :
Moi, libre entre vous deux, ſouffrez que dès ce jour,
Oubliant à jamais le langage d'amour,
Tout entier à la guerre, & maître de mon ame,
J'abandonne à leur ſort & vos vœux & ſa flamme.
Je crains de *l'outrager*, je crains de vous trahir ;
Et ce n'eſt qu'aux combats que je dois le ſervir.
Laiſſez-moi d'un ſoldat garder le caractère,
Madame ; & puiſqu'enfin la France vous eſt chère,
Rendez-lui ce héros, qui ſerait ſon appui.
Je vous laiſſe y penſer, & je cours près de lui.

S C E N E I I.

A M E L I E , T A I S E.

A M E L I E.

AH ! s'il faut à ce prix le donner à la France,
Un ſi grand changement n'eſt pas en ma puiſſance.
Taïſe, & cet hymen eſt un crime à mes yeux.

T A ï S E.

Quoi ! le Prince à ce point vous ſerait odieux ?
Quoi ! dans ces triſtes tems de ligues & de haines ;

Qui confondent des droits les bornes incertaines,
Où le meilleur parti semble encor si douteux,
Où les enfans des Rois sont divisés entr'eux,
Vous qu'un astre plus doux semblait avoir formée
Pour *l'unique douceur d'aimer & d'être* aimée,
Pouvez-vous n'opposer qu'un sentiment d'horreur
Aux soupirs d'un héros, qui fut votre vengeur ?
Vous savez que ce Prince au rang de ses ancêtres
Compte les premiers Rois que la France eut pour maîtres.
D'un puissant appanage il est né Souverain ;
Il vous aime, il vous sert, il vous offre sa main.
Ce rang à qui tout cède, & pour qui tout s'oublie,
Brigué par tant d'appas, objet de tant d'envie,
Ce rang qui touche au trône, & qu'on met à vos pieds,
Peut-il causer les pleurs dont vos yeux sont noyés ?

A M E L I E.

Quoi, pour m'avoir sauvée, il faudra qu'il m'opprime !
De son fatal secours je serai la victime !
Je lui dois tout sans doute, & c'est pour mon malheur.

T A ï S E.

C'est être trop injuste.

A M E L I E.

Eh bien, connai mon cœur,
Mon devoir, mes douleurs, le destin qui me lie ;
Je mets entre tes mains le secret de ma vie ;
De ta foi desormais c'est trop me défier,
Et je me livre à toi pour me justifier.
Voi combien mon devoir à ses vœux est contraire ;
Mon cœur n'est point à moi, ce cœur est à son frère.

T A ï S E.

Quoi ! ce vaillant Vamir ?

A M E L I E.

Nos fermens mutuels
Devançaient les fermens refervés aux autels.
J'attendais dans Leucate en fecret retirée ,
Qu'il y vint dégager la foi qu'il m'a jurée ,
Quand les Maures cruels inondant nos déferts ,
Sous mes toits embrafés me chargèrent de fers.
Le Duc eft l'allié de ce peuple indomtable ;
Il me fauva , Taïfe , & c'eft ce qui m'accable.
Mes jours à mon amant feront-ils refervés ?
Jours triftes , jours affreux , qu'un autre a confervés !

T A ï S E.

Pourquoi donc avec lui vous obftinant à feindre ,
Nourrir en lui des feux qu'il vous faudrait éteindre ?
Il eût pû refpecter ces faints engagemens ;
Vous euffiez mis un frein à fes emportemens.

A M E L I E.

Je ne le puis ; le ciel , pour combler mes mifères ,
Voulut l'un contre l'autre animer les deux frètes.
Vamir toûjours fidèle à fon maítre , à nos loix ,
A contre un révolté vengé l'honneur des Rois.
De fon rival altier tu vois la violence ;
J'oppofe à fes fureurs un douloureux filence.
Il ignore du moins qu'en des tems plus heureux ,
Vamir a prévenu fes deffeins amoureux :
S'il en était inftruit , fa jaloufie affreufe
Le rendrait plus à craindre , & moi plus malheureufe.
C'en eft trop , il eft tems de quitter fes Etats.
Fuyons des ennemis ; mon Roi me tend les bras.
Ces prifonniers , Taïfe , à qui le fang te lie ,
De ces murs en fecret méditent leur fortie :

Ils

Ils pouront me conduire ; ils pouront m'eſcorter ;
Il n'eſt point de péril que je n'oſe affronter.
Je haʒarderai tout , pourvû qu'on me délivre
De la priſon illuſtre où je ne ſaurais vivre.

T A ï S E.

Madame , il vient à vous.

A M E L I E.

Je ne puis lui parler ;
Il verrait trop mes pleurs toûjours prêts à couler.
Que ne puis-je à jamais éviter ſa pourſuite !

S C E N E   III.

LE DUC DE FOIX , LISOIS , TAISE.

LE D U C à *Taïſe.*

*E*ſt-ce elle qui m'échappe ? eſt-ce elle qui m'évite ?
Taïſe , demeureʒ ; vous connaiſſeʒ trop bien
Les tranſports douloureux d'un cœur tel que le mien.
Vous ſaveʒ ſi je l'aime , & ſi je l'ai ſervie ,
Si j'attens d'un regard le deſtin de ma vie.
Qu'elle n'étende pas l'excès de ſon pouvoir
Juſqu'à porter ma flamme au dernier deſeſpoir.
Je hais ces vains reſpeɛts , cette reconnaiſſance ,
Que ſa froideur timide oppoſe à ma conſtance.
Le plus léger délai m'eſt un cruel refus ;
Un affront que mon cœur ne pardonnera plus.
C'eſt en vain qu'à la France , à ſon maitre fidèle ,
Elle étale à mes yeux le faſte de ſon ʒèle.
Il eſt tems que tout cède à mon amour , à moi ,

Qu'elle trouve en moi seul sa patrie & son Roi.
Elle me doit la vie , & jusqu'à l'honneur même ;
Et moi je lui dois tout , puisque c'est moi qui l'aime.
Unis par tant de droits , c'est trop nous séparer ;
L'autel est prêt , j'y cours ; allez l'y préparer.

S C E N E IV.

LE DUC, LISOIS.

LISOIS.

S*Eigneur , songez - vous bien que de cette journée ,*
Peut - être de l'Etat dépend la destinée ?

LE DUC.

Oui , vous me verrez vaincre ou mourir son époux.

LISOIS.

L'ennemi s'avançait , & n'est pas loin de nous.

LE DUC.

Je l'attens sans le craindre , & je vais le combattre.
Crois - tu que ma faiblesse ait pû jamais m'abbattre ?
Penses - tu que l'amour , mon tyran , mon vainqueur ,
De la gloire en mon ame ait étouffé l'ardeur ?
Si l'ingrate me hait , je veux qu'elle m'admire :
Elle a sur moi sans doute un souverain empire ,
Et n'en a point assez pour flétrir ma vertu.
Ah ! trop sévère ami , que me reproches = tu ?
Non , ne me juge point avec tant d'injustice.
Est - il quelque Français *que l'amour avilisse ?*
Amans , aimés , heureux , ils vont tous aux combats ,
Et du sein du bonheur ils volent au trépas.

Je mourrai digne au moins de l'ingrate que j'aime.

L I S O I S.

Que mon Prince plutôt soit digne de lui-même !
Le salut de l'Etat m'occupait en ce jour ;
Je vous parle du votre, & vous parlez d'amour !
Seigneur, des ennemis j'ai visité l'armée ;
Déja de tous côtés la nouvelle est semée,
Que Vamir votre frère est armé contre nous.
Je sais que dès longtems il s'éloigna de vous.
Vamir ne m'est connu que par la renommée ;
Mais si par le devoir, par la gloire animée,
Son ame écoute encor ces premiers sentimens,
Qui l'attachaient à vous dans la fleur de vos ans,
Il peut vous ménager une paix nécessaire ;
Et mes soins. . . .

L E D U C.

   Moi, devoir quelque chose à mon frère !
Près de mes ennemis mendier sa faveur !
Pour le haïr sans doute, il en coute à mon cœur.
Je n'ai point oublié notre amitié passée ;
Mais puisque ma fortune est par lui traversée,
Puisque mes ennemis l'ont détaché de moi,
Qu'il reste au milieu d'eux, qu'il serve sous un Roi.
Je ne veux rien de lui.

L I S O I S.

    Votre fière constance
D'un Monarque irrité brave trop la vengeance.

L E D U C.

Quel Monarque ? un fantôme, un Prince efféminé,
Indigne de sa race, esclave couronné,
Sur un trône avili soumis aux loix d'un Maire ?

De Pepin fon tyran je crains peu la colère ;
Je détefte un fujet qui croit m'intimider,
Et je méprife un Roi qui n'ofe commander :
Puifqu'il laiffe ufurper fa grandeur fouveraine,
Dans mes Etats au moins je foutiendrai la mienne.
Ce cœur eft trop altier pour adorer les loix
De ce Maire infolent, l'oppreffeur de fes Rois ;
Et Clovis que je compte au rang de mes ancêtres,
N'apprit point à fes fils à ramper fous des maîtres.
Les Arabes du moins s'arment pour me venger,
Et tyran pour tyran, j'aime mieux l'étranger.

L I S O I S.

Vous haïffez un Maire, & votre haine eft jufte ;
Mais ils ont des Français fauvé l'Empire augufte,
Tandis que nous aidons l'Arabe à l'opprimer ;
Cette trifte alliance a de quoi m'allarmer ;
Nous préparons peut-être un avenir horrible.
L'exemple de l'Efpagne eft honteux & terrible ;
Ces brigands Africains font des tyrans nouveaux,
Qui font fervir nos mains à creufer nos tombeaux.
Ne vaudrait-il pas mieux fléchir avec prudence ?

L E D u c.

Non, je ne peux jamais implorer qui m'offenfe.

L I S O I S.

Mais vos vrais intérêts oubliés trop longtems. . . .

L E D u c.

Mes premiers intérêts font mes reffentimens.

L I S O I S.

Ah ! vous écoutez trop l'amour & la colère.

L E D u c.

Je le fais, je ne peux fléchir mon caractère.

L I S O I S.

On le peut, on le doit, je ne vous flatte pas ;
Mais en vous condamnant je suivrai tous vos pas.
Il faut à son ami montrer son injustice,
L'éclairer, l'arrêter au bord du précipice ;
Je l'ai dû, je l'ai fait, malgré votre couroux :
Vous y voulez tomber ; & j'y cours avec vous.

L E D U C.

Ami, que m'as-tu dit ?

L I S O I S.

Ce que j'ai dû vous dire.
Ecoutez un peu plus l'amitié qui m'inspire.
Quel parti prendrez-vous ?

L E D U C.

Quand mes brûlans desirs
Auront soumis l'objet qui brave mes soupirs ;
Quand l'ingrate Amélie, à son devoir renduë,
Aura remis la paix dans cette ame éperduë ;
Alors j'écouterai tes conseils généreux.
Mais jusqu'à ce moment fais-je ce que je veux ?
Tant d'agitations, de tumultes, d'orages,
Ont sur tous les objets répandu des nuages.
Puis-je prendre un parti ? puis-je avoir un dessein ?
Allons près du tyran, qui seul fait mon destin.
Que l'ingrate à son gré décide de ma vie,
Et nous déciderons du sort de la patrie.

Fin du premier acte.

ACTE II.

SCENE PREMIERE.

LE DUC DE FOIX *feul.*

O Sera-t-elle encor refufer de me voir ?
Ne craindra-t-elle point d'aigrir mon defefpoir ?
Ah ! c'eft moi feul ici qui tremble de déplaire.
Ame fuperbe & faible ! efclave volontaire !
Cours aux pieds de l'ingrate abaiffer ton orgueil ;
Voi tes jours dépendans d'un mot & d'un coup d'œil.
Lâche, confume-les dans l'éternel paffage
Du dépit aux refpects, & des pleurs à la rage.
Pour la dernière fois je prétens lui parler.
Allons....

SCENE II.

LE DUC, AMELIE, & TAISE *dans le fond.*

AMELIE.

J'Efpère encor, & tout me fait trembler.
Vamir tenterait-il une telle entreprife ?
Que de dangers nouveaux ! Ah ! que vois-je ? Taïfe.

LE DUC.

J'ignore quel objet attire ici vos pas ;
Mais vos yeux difent trop qu'ils ne me cherchent pas ;

Quoi ! vous les détournez ? Quoi ! vous voulez encore
Insulter aux tourmens d'un cœur qui vous adore ?
Et de la tyrannie exerçant le pouvoir,
Nourrir votre fierté de mon vain désespoir ?
C'est à ma triste vie ajouter trop d'allarmes,
Trop flétrir des lauriers arrosés de mes larmes,
Et qui me tiendront lieu de malheur & d'affront,
S'ils ne sont par vos mains attachés sur mon front,
Si votre incertitude, allarmant mes tendresses,
Peut encor démentir la foi de vos promesses.

AMELIE.

Je ne vous promis rien, vous n'avez point ma foi ;
Et la reconnaissance est tout ce que je doi.

LE DUC.

Quoi ? lorsque de ma main je vous offrais l'hommage ?

AMELIE.

D'un si noble présent j'ai vû tout l'avantage ;
Et sans chercher ce rang, qui ne m'était pas dû,
Par de justes respects je vous ai répondu.
Vos bienfaits, votre amour, & mon amitié même,
Tout vous flattait sur moi d'un empire suprême ;
Tout vous a fait penser qu'un rang si glorieux,
Présenté par vos mains, éblouïrait mes yeux.
Vous vous trompiez : il faut rompre enfin le silence :
Je vais vous offenser, je me fais violence :
Mais réduite à parler, je vous dirai, Seigneur,
Que l'amour de mes Rois est gravé dans mon cœur.
Votre sang est auguste, & le mien est sans crime ;
Il coula pour l'Etat, que l'étranger opprime.
Cominge, mon ayeul, dans mon cœur a transmis
La haine qu'un Français doit à ses ennemis ;

Et ſa *fille* jamais n'acceptera pour maître
L'ami de nos tyrans , quelque grand qu'il puiſſe être.
Voilà les ſentimens que ſon ſang m'a tracés ,
Et s'ils vous font rougir , c'eſt vous qui m'y forcez.

L E D u c.

Je ſuis , je l'avoûrai , ſurpris de ce langage ;
Je ne m'attendais pas à ce nouvel outrage ,
Et n'avais pas prévû que le ſort en couroux ,
Pour m'accabler d'affronts , dût ſe ſervir de vous.
Vous avez fait , Madame , une ſecrette étude
Du mépris , de l'inſulte , & de l'ingratitude ;
Et votre cœur enfin , lent à ſe déployer ,
Hardi par ma faibleſſe , a paru tout entier.
Je ne connaiſſais pas tout ce zèle héroïque ,
Tant d'amour pour *l'Etat ,* & tant de politique ;
Mais vous qui m'outragez , me connaiſſez - vous bien ?
Vous reſte - t - il ici de parti que le mien ?
M'oſeẓ - vous reprocher une heureuſe alliance ,
Qui fait ma ſûreté , qui ſoutient ma puiſſance ,
Sans qui vous gémirieẓ dans la captivité ,
A qui vous aveẓ dû l'honneur , la liberté ?
Eſt - ce donc - là le prix de vous avoir ſervie ?

A M E L I E.

Oui , vous m'avez ſauvée ; oui , je vous dois la vie ;
Mais *de mes triſtes jours ne* puis - je diſpoſer ?
Me *les* conſerviez - vous pour *les* tyranniſer ?

L E D u c.

Je deviendrai tyran , mais moins que vous , cruelle ;
Mes yeux liſent trop bien dans votre ame rebelle.
Tous vos prétextes faux m'apprennent vos raiſons ;
Je vois mon deshonneur , je vois vos trahiſons.

Quel

Quel que foit l'infolent que ce cœur me préfère,
Redoutez mon amour, tremblez de ma colère :
C'eft lui feul déformais que mon bras va chercher ;
De fon cœur tout fanglant j'irai vous arracher ;
Et fi dans les horreurs du fort qui nous accable,
De quelque joie encor ma fureur eft capable,
Je la mettrai, perfide, à vous defefpérer.

A M E L I E.

Non, Seigneur, la raifon faura vous éclairer ;
Non, votre ame eft trop noble, elle eft trop élevée,
Pour opprimer ma vie, après l'avoir fauvée.
Mais fi votre grand cœur s'aviliffait jamais,
Jufqu'à perfécuter l'objet de vos bienfaits,
Sachez que ces bienfaits, vos vertus, votre gloire,
Plus que vos cruautés vivront dans ma mémoire.
Je vous plains, vous pardonne, & veux vous refpecter.
Je vous ferai rougir de me perfécuter ;
Et je conferverai, malgré votre menace,
Une ame fans couroux, fans crainte, & fans audace.

L E D U C.

Arrêtez, pardonnez aux tranfports égarés,
Aux fureurs d'un amant, que vous defefpérez.
Je vois trop qu'avec vous *Lifois* d'intelligence,
D'une cour qui me hait embraffe la défenfe ;
Que vous voulez tous deux m'unir à votre Roi,
Et de mon fort enfin difpofer malgré moi.
Vos difcours font les fiens. Ah ! parmi tant d'allarmes,
Pourquoi recourez-vous à ces nouvelles armes ?
Pour gouverner mon cœur, l'affervir, le changer,
Aviez-vous donc befoin d'un fecours étranger ?
Aimez : il fuffira d'un mot de votre bouche.

Tom. V. & du Théâtre le troifiéme. N

A M E L I E.

Je ne vous cache point que du foin qui me touche
A votre ami, Seigneur, mon cœur s'était remis.
Je vois qu'il a plus fait qu'il ne m'avait promis.
Ayez pitié des pleurs que mes yeux lui confient ;
Vous les faites couler ; que vos mains les effuyent :
Devenez affez grand pour apprendre à domter
Des feux, que mon devoir me force à rejetter.
Laiffez-moi toute entière à la reconnaiffance.

L E   D U C.

Ainfi le feul *Lifois* a votre confiance !
Mon outrage eft connu, je fais vos fentimens.

A M E L I E.

Vous les pourez, Seigneur, connaître avec le tems ;
Mais vous n'aurez jamais le droit de les contraindre,
Ni de les condamner, ni même de vous plaindre.
Du généreux Lifois j'ai recherché l'appui ;
Imitez fa grande ame, & penfez comme lui.

S C E N E   III.

LE DUC *feul.*

EH bien ! c'en eft donc fait ; l'ingrate, la parjure,
A mes yeux fans rougir étale mon injure ;
De tant de trahifons l'abîme eft découvert.
Je n'avais qu'un ami, c'eft lui feul qui me perd.
Amitié, vain fantôme, ombre que j'ai chérie,
Toi qui me confolais des malheurs de ma vie,
Bien que j'ai trop aimé, que j'ai trop méconnu,
Tréfor cherché fans ceffe, & jamais obtenu !

Tu m'as trompé, cruelle, autant que l'amour même;
Et maintenant pour prix de mon erreur extrême,
Détrompé des faux biens trop faits pour me charmer,
Mon deftin me condamne à ne' plus rien aimer.
Le voilà, cet ingrat, qui fier de fon parjure,
Vient encor de fes mains déchirer ma bleffure.

S C E N E   I V.

LE DUC, LISOIS.

L I S O I S.

A Vos ordres, Seigneur, vous me voyez rendu.
D'où vient fur votre front ce chagrin répandu?
Votre ame aux paffions longtems abandonnée,
A-t-elle en liberté pefé fa deftinée?

L E D u c.

Oui.

L I S O I S.

Quel eft le projet où vous vous arrétez?

L E D u c.

D'ouvrir enfin les yeux aux infidélités,
De fentir mon malheur, & d'apprendre à connaître
La perfide amitié d'un rival & d'un traître.

L I S O I S.

Comment?

L E D u c.

C'en eft affez.

L I S O I S.

C'en eft trop entre nous.

N ij

Ce traître, quel est-il ?

LE DUC.

Me le demandez-vous ?
De l'affront inouï qui vient de me confondre,
Quel autre était instruit, quel autre en doit répondre ?
Je sais *trop qu'Amélie* ici vous a parlé ;
En vous nommant à moi, *l'infidèle* a tremblé.
Vous affectez sur elle un odieux silence,
Interprète muet de votre intelligence.
Je ne sais qui des deux je dois plus détester.

LISOIS.

Vous sentez-vous capable au moins de m'écouter ?

LE DUC.
Je le veux.

LISOIS.

Pensez-vous que j'aime encor la gloire ?
M'estimez-vous encor, & *pouvez*-vous me croire ?

LE DUC.
Oui, jusqu'à ce moment je vous crus vertueux,
Je vous crus mon ami.

LISOIS.
Ces titres *précieux*
Ont été jusqu'ici la règle de ma vie ;
Mais vous, méritez-vous que je me justifie ?
Apprenez qu'Amélie avait touché mon cœur,
Avant que de sa vie heureux libérateur,
Vous eussiez, par vos soins, par cet amour sincère,
Sur-tout par vos bienfaits, tant de droits de lui plaire.
Moi, plus soldat que tendre, & dédaignant toûjours
Ce grand art de séduire inventé dans les cours,

Ce langage flatteur, & fouvent fi perfide,
Peu fait pour mon efprit peut-être trop rigide ;
Je lui parlai d'hymen ; & ce nœud refpeɛté,
Refferré par l'eftime, & par l'égalité,
Pouvait lui préparer des deftins plus propices,
Qu'un rang plus élevé, mais fur des précipices.
Hier avec la nuit, je vins dans vos remparts ;
Tout votre cœur parut à mes premiers regards.
Aujourd'hui j'ai revû cet objet de vos larmes ;
D'un œil indifférent j'ai regardé fes charmes ;
Et je me fuis vaincu, fans rendre de combats ;
J'ai fait valoir vos feux, que je n'approuve pas.
J'ai de tous vos bienfaits rappellé la mémoire,
L'éclat de votre rang, celui de votre gloire,
Sans cacher vos défauts, vantant votre vertu ;
Et pour vous contre moi, j'ai fait ce que j'ai dû.
Je m'immole à vous feul, & je me rends juftice ;
Et fi ce n'eft affez d'un *pareil* facrifice,
S'il eft quelque rival qui vous ofe outrager,
Tout mon fang eft à vous, & je cours vous venger.

LE DUC.

Que tout ce que j'entens t'élève & m'humilie !
Ah ! tu devais fans doute adorer Amélie ;
Mais qui peut commander à fon cœur enflammé ?
Non, tu n'as pas vaincu ; tu n'avais point aimé.

LISOIS.

J'aimais ; & notre amour fuit notre caraɛtère.

LE DUC.

Je ne peux t'imiter : mon ardeur m'eft trop chère.
Je t'admire avec honte, il le faut avouer.

N iij

Mon cœur....

LISOIS.

Aimez-moi, Prince, au lieu de me louer ;
Et fi vous me devez quelque reconnaiffance,
Faites votre bonheur, il eft ma récompenfe.
Vous voyez quelle ardente & fière inimitié
Votre frère nourrit contre votre allié ;
La fuite, croyez-moi, peut en être funefte ;
Vous êtes fous un joug que ce peuple détefte.
Je prévois que bientôt on verra réunis
Les débris difperfés de l'Empire des Lis.
Chaque jour nous produit un nouvel adverfaire,
Hier le Béarnois, aujourd'hui votre frère.
Le pur fang de Clovis eft toûjours adoré ;
Tôt ou tard il faudra que de ce tronc facré
Les rameaux divifés & courbés par l'orage,
Plus unis & plus beaux, foient notre unique ombrage.
Vous, placé près du trône, à ce trône attaché,
Si les malheurs des tems vous en ont arraché,
A des nœuds étrangers s'il falut vous réfoudre,
L'intérêt qui les forme a droit de les diffoudre.
On pourrait balancer avec dextérité
Des Maires du palais la fière autorité ;
Et bientôt par vos mains leur puiffance affaiblie....

LE DUC.

Je le fouhaite au moins ; mais crois-tu *qu'Amélie*
Dans fon cœur amolli partagerait mes feux,
Si le même parti nous uniffait tous deux ?
Penfes-tu qu'à m'aimer je pourrais la réduire ?

LISOIS.

Dans le fond de fon cœur je n'ai point voulu lire ;

Mais qu'importent pour vous ſes vœux & ſes deſſeins ?
Faut-il que l'amour ſeul faſſe ici nos deſtins ?
Lorſque *le grand Clovis aux champs de la Touraine*
Détruiſit les vainqueurs de la grandeur Romaine ,
Quand ſon bras arrêta, dans nos champs inondés ,
Des Ariens ſanglans les torrens débordés ,
Tant d'honneurs étaient-ils l'effet de ſa tendreſſe ?
Sauva-t-il ſon pays pour plaire à ſa maîtreſſe ?
Mon bras contre un rival eſt prêt à vous ſervir ;
Je voudrais faire plus , je voudrais vous guérir.
On connait peu l'amour , on craint trop ſon amorce ;
C'eſt ſur nos *paſſions* qu'il a fondé ſa force ;
C'eſt nous qui ſous ſon nom troublons notre repos ;
Il eſt tyran du faible , eſclave du héros.
Puiſque je l'ai vaincu , puiſque je le dédaigne ,
Sur le ſang de nos Rois ſouffrirez-vous qu'il règne ?
Vos autres ennemis par vous ſont abattus ;
Et vous devez en tout l'exemple des vertus.

LE Duc.

Le ſort en eſt jetté , je ferai tout pour elle.
Il faut bien à la fin déſarmer la cruelle.
Ses loix ſeront mes loix : ſon Roi ſera le mien ;
Je n'aurai de parti , de maître que le ſien.
Poſſeſſeur d'un tréſor où s'attache ma vie ,
Avec mes ennemis je me réconcilie.
Je lirai dans ſes yeux mon ſort & mon devoir.
Mon cœur eſt enyvré de cet heureux eſpoir.
Je n'ai point de rival , j'avais tort de me plaindre ;
Si tu n'es point aimé , quel mortel ai-je à craindre ?
Qui pourrait dans ma cour avoir pouſſé l'orgueil ,
Juſqu'à laiſſer vers elle échapper un coup d'œil ?

Enfin, plus de prétexte à ſes refus injuſtes ;
Raiſon, gloire, intérêt, & tous ces droits auguſtes
Des Princes de mon ſang, & de mes Souverains,
Sont des liens ſacrés reſſerrés par ſes mains.
Du Roi, puiſqu'il le faut, ſoutenons la couronne ;
La vertu le conſeille, & la beauté l'ordonne.
Je veux entre tes mains, dans ce fortuné jour,
Scéler tous les ſermens que je fais à l'amour.
Quant à mes intérêts, que toi ſeul en décide.

L I S O I S.

Souffrez donc près du Roi que mon zèle me guide.
Peut-être il eût falu que ce grand changement
Ne fût dû qu'au héros, & non pas à l'amant ;
Mais ſi d'un ſi grand cœur une femme diſpoſe,
L'effet en eſt trop beau, pour en blâmer la cauſe ;
Et mon cœur tout rempli de cet heureux retour,
Bénit votre faibleſſe, & rend grace à l'amour.

S C E N E V.

LE DUC, LISOIS, un Officier.

L'O F F I C I E R.

*S*Eigneur, auprès des murs les ennemis paraiſſent ;
On prépare l'aſſaut, le tems, les périls preſſent :
Nous attendons votre ordre.

LE DUC.

　　　　　Eh bien ! cruels deſtins,
Vous l'emportez ſur moi, vous trompez mes deſſeins ;
Plus d'accord, plus de paix, je vole à la victoire ;

Méri-

Méritons Amélie en me couvrant de gloire.
Je ne suis pas en peine , ami , de réfister
Aux téméraires mains qui m'ofent infulter.
De tous les ennemis qu'il faut combattre encore ;
Je n'en redoute qu'un , c'eft celui que j'adore.

Fin du fecond acte.

ACTE III.

SCENE PREMIERE.
LE DUC DE FOIX, LISOIS.

LE DUC.

*L*A *victoire est à nous , vos soins l'ont assurée.*
Vous avez sû guider ma jeunesse égarée.
Lisois m'est nécessaire aux conseils , aux combats ,
Et c'est à sa grande ame à diriger mon bras.

LISOIS.

Prince , ce feu guerrier , qu'en vous on voit paraître ,
Sera maître de tout , quand vous en serez maître :
Vous l'avez *pû* régler , & vous avez vaincu.
Ayez dans tous les tems cette *heureuse* vertu :
L'effet en est illustre , autant qu'il est utile.
Le faible est inquiet , le grand - homme est tranquile.

LE DUC.

Ah ! l'amour est - il fait pour la tranquillité ?
Mais ce chef inconnu sur nos remparts monté ,
Qui tint seul si longtems la victoire en balance ,
Qui m'a rendu jaloux de sa haute vaillance ,
Que devient - il ?

LISOIS.

Seigneur , environné de morts ,
Il a seul repoussé nos plus puissans efforts.
Mais ce qui me confond , & qui doit vous surprendre ,

Pouvant nous échapper , il eft venu fe rendre ;
Sans vouloir fe nommer , & fans fe découvrir ,
Il accufait le ciel , & cherchait à mourir.
Un feul de fes fuivans auprès de lui partage
La douleur qui l'accable , & le fort qui l'outrage.

LE DUC.

Quel eft donc , cher ami , ce chef audacieux ,
Qui cherchant le trépas fe cachait à nos yeux ?
Son cafque était fermé. Quel charme inconcevable ,
Quand je l'ai combattu , le rendait refpectable ?
Un je ne fais quel trouble en moi s'eft élevé :
Soit que ce trifte amour , dont je fuis captivé ,
Sur mes fens égarés répandant fa tendreffe ,
Jufqu'au fein des combats m'ait prêté fa faibleffe ,
Qu'il ait voulu marquer toutes mes actions ,
Par la molle douceur de fes impreffions ;
Soit plutôt que la voix de ma trifte patrie
Parle encor en fecret au cœur qui l'a trahie ,
Ou que le trait fatal enfoncé dans ce cœur ,
Corrompe en tous les tems ma gloire & mon bonheur.

LISOIS.

Quant aux traits dont votre ame a fenti la puiffance ,
Tous les confeils font vains , agréez mon filence.
Mais ce fang des Français , que nos mains font couler ,
Mais l'Etat , la patrie , il faut vous en parler.
Vos nobles fentimens peuvent encor paraître :
Il eft beau de donner la paix à votre maître.
Son égal aujourd'hui , demain dans l'abandon ,
Vous vous *verriez* réduit à demander pardon.
Sûr enfin d'Amélie , & de votre fortune ,
Fondez votre grandeur fur la caufe commune ;

Ce guerrier, quel qu'il foit, remis entre vos mains,
Poura fervir lui - même à vos juftes deffeins :
De cet heureux moment *faififfons* l'avantage.

LE DUC.

Ami, de ma parole Amélie eft le gage ;
Je la tiendrai : je vais de ce même moment,
Préparer les efprits à ce grand changement.
A tes confeils heureux tous mes fens s'abandonnent ;
La gloire, l'hyménée & la paix me couronnent ;
Et libre des chagrins où mon cœur fut noyé,
Je dois tout à l'amour, & tout à l'amitié.

SCENE II.

LISOIS, VAMIR, EMAR *dans le fond du théâtre.*

LISOIS.

JE me trompe, ou je vois ce captif qu'on amène ;
Un des fiens l'accompagne ; il fe foutient à peine ;
Il paraît accablé d'un defefpoir affreux.

VAMIR.

Où fuis - je ? où vais - je ? ô ciel !

LISOIS.

Chevalier généreux,
Vous êtes dans des murs où l'on chérit la gloire,
Où l'on n'abufe point d'une faible victoire,
Où l'on fait refpecter de braves ennemis :
C'eft en de nobles mains que le fort vous a mis.
Ne puis - je vous connaître ? & faut - il qu'on ignore
De quel grand prifonnier le Duc de Foix s'honore ?

VAMIR.

Je fuis un malheureux, le jouet des deſtins,
Dont la moindre infortune eſt d'être entre vos mains.
Souffrez qu'au Souverain de ce ſéjour funeſte
Je puiſſe au moins cacher un ſort que je déteſte ;
Me faut-il des témoins encor de mes douleurs ?
On apprendra trop tôt mon nom & mes malheurs.

LISOIS.

Je ne vous preſſe point, Seigneur ; je me retire ;
Je reſpecte un chagrin dont votre cœur ſoupire.
Croyez que vous pourez retrouver parmi nous
Un deſtin plus heureux & plus digne de vous.

SCENE III.

VAMIR, EMAR.

VAMIR.

*U*N deſtin plus heureux ! mon cœur en deſeſpère :
J'ai trop vécu.

EMAR.

   Seigneur, dans un ſort ſi contraire,
Rendez graces au ciel, de ce qu'il a permis
Que vous ſoyez tombé ſous de tels ennemis,
Non ſous le joug affreux d'une main étrangère.

VAMIR.

Qu'il eſt dur bien ſouvent d'être aux mains de ſon frère !

EMAR.

Mais enſemble élevés, dans des tems plus heureux,
La plus tendre amitié vous uniſſait tous deux.

V A M I R.

Il m'aimait autrefois ; c'est ainsi qu'on commence :
Mais bientôt l'amitié s'envole avec l'enfance.
Il ne sait pas encor ce qu'il me fait souffrir,
Et mon cœur déchiré ·ne saurait le haïr.

E M A R.

Il ne soupçonne pas qu'il ait en sa puissance
Un frère infortuné qu'animait la vengeance.

V A M I R.

Non , la vengeance , ami , n'entra point dans mon cœur ;
Qu'un soin trop différent égara ma valeur !
Juste ciel ! est-il vrai ce que la renommée
Annonçait dans la France à mon ame allarmée ?
Est-il vrai qu'Amélie , après tant de sermens ,
Ait violé la foi de ses engagemens ?
Et pour qui ? juste ciel ! O comble de l'injure !
O nœuds du tendre amour ! ô loix de la nature !
Liens sacrés des cœurs , êtes-vous tous trahis ?
Tous les maux dans ces lieux sont sur moi réunis.
Frère injuste , cruel !

E M A R.

                    Vous disiez qu'il ignore
Que parmi tant de biens , qu'il vous enlève encore,
Amélie en effet est le plus précieux,
Qu'il n'avait jamais sû le secret de vos feux.

V A M I R.

Elle le sait , l'ingrate ; elle sait que ma vie
Par d'éternels sermens à la sienne est unie ;
Elle sait qu'aux autels nous allions confirmer
Ce devoir que nos cœurs s'étaient fait de s'aimer,
Quand le Maure enleva mon unique espérance :

Et je n'ai pû fur eux achever ma vengeance !
Et mon frère a ravi le bien que j'ai perdu !
Il jouït des malheurs dont je fuis confondu.
Quel eft donc en ces lieux le deffein qui m'entraîne ?
La confolation , trop funefte & trop vaine ,
De faire avant ma mort à fes traîtres appas
Un reproche inutile , & qu'on n'entendra pas !
Allons ; je périrai , quoi que le ciel décide ,
Fidèle au Roi mon maître , & même à la perfide.
Peut-être en apprenant ma conftance & mon fort ,
Dans les bras de mon frère elle plaindra ma mort.

E M A R.

Cachez vos fentimens ; c'eft lui qu'on voit paraître.

V A M I R.

Des troubles de mon cœur puis-je me rendre maître ?

S C E N E   I V.

LE DUC DE FOIX, VAMIR, EMAR.

LE D u c.

C E myftère m'irrite ; & je prétens favoir
Quel guerrier les deftins ont mis en mon pouvoir :
Il femble avec horreur qu'il détourne la vuë.

V A M I R.

O lumière du jour , pourquoi m'es-tu renduë ?
Te verrai-je ? infidèle ! en quels lieux ? à quel prix ?

LE D u c.

Qu'entens-je ? & quels accens ont frappé mes efprits ?

V A M I R.

M'as-tu pû méconnaître ?

LE DUC.

Ah *Vamir* ! ah mon frère !

VAMIR.

Ce nom jadis fi cher, ce nom me defefpère.
Je ne le fuis que trop ce frère infortuné,
Ton ennemi vaincu, ton captif enchaîné.

LE DUC.

Tu n'es plus que mon frère, & mon cœur te pardonne ;
Mais je te l'avoûrai, ta cruauté m'étonne.
Si ton Roi me pourfuit, Vamir, était-ce à toi
A briguer, à remplir cet odieux emploi ?
Que t'ai-je fait ?

VAMIR.

Tu fais le malheur de ma vie :
Je voudrais qu'aujourd'hui ta main me l'eût ravie.

LE DUC.

De nos troubles civils quels effets malheureux !

VAMIR.

Les troubles de mon cœur font encor plus affreux.

LE DUC.

J'euffe aimé contre un autre à montrer mon courage.
Vamir, que je te plains !

VAMIR.

Je te plains davantage,
De haïr ton pays, de trahir fans remords,
Et le Roi qui t'aimait, & le fang dont tu fors.

LE DUC.

Arrête, épargne-moi l'infame nom de traître ;
A cet indigne mot je m'oublîrais peut-être.
Non, mon frère, jamais je n'ai moins mérité
Le reproche odieux de l'infidélité.

Je

Je suis prêt de donner à nos tristes provinces ,
A la France sanglante , au reste de nos Princes ,
L'exemple auguste & saint de la réunion ,
Après l'avoir donné de la division.

V A M I R.

Toi , tu pourrais.....

L E D U C.

Ce jour , qui semble si funeste ,
Des feux de la discorde éteindra ce qui reste.

V A M I R.

Ce jour est trop horrible.

L E D U C.

Il va combler mes vœux.

V A M I R.

Comment ?

L E D U C.

Tout est changé ; ton frère est trop heureux.

V A M I R.

Je *le* crois : on disait que d'un amour extrême ,
Violent , effréné , (car c'est ainsi qu'on aime)
Ton cœur depuis trois mois s'occupait tout entier.

L E D U C.

J'aime ; oui , la renommée a pû le publier ;
Oui , j'aime avec fureur. Une telle alliance
Semblait pour mon bonheur attendre ta présence.
Oui , mes ressentimens , mes droits , mes alliés ,
Gloire , amis , ennemis , je mets tout à ses pieds.
  (*A sa suite.*)
Allez , & dites - lui que deux malheureux frères ,
Jettés par le destin dans des partis contraires ,
Pour marcher desormais sous le même étendart ,

Tom. V. *& du Théâtre le troisième.*   P

De ſes yeux ſouverains n'attendent qu'un regard.
            (*A Vamir.*)
Ne blâme point l'amour où ton frère eſt en proie :
Pour me juſtifier , il ſuffit qu'on la voie.

                    V A M I R.
Cruel ! ... elle vous aime ?

                    L E D u c.
                            Elle le doit du moins :
Il n'était qu'un obſtacle au ſuccès de mes ſoins ;
Il n'en eſt plus, je veux que rien ne nous ſépare.

                    V A M I R.
Quels effroyables coups le cruel me prépare !
Ecoute ; à ma douleur ne veux-tu qu'inſulter ?
Me connais-tu ? ſais-tu ce que *j'oſais tenter ?*
Dans ces funeſtes lieux ſais-tu ce qui m'amène ?

                    L E D u c.
Oublions ces ſujets de diſcorde & de haine.

S C E N E V.

LE DUC DE FOIX , VAMIR , AMELIE.

                    A M E L I E.
C *Iel ! qu'eſt-ce que je vois ? Je me meurs.*

                    L E D u c.
                                    Ecoutez.

Mon bonheur eſt venu de nos calamités ;
J'ai vaincu ; je vous aime , & je retrouve un frère ,
Sa préſence à mes yeux vous rend encor plus chère :
Et vous , mon frère , & vous , ſoyez ici témoin ,
Si l'excès de l'amour peut emporter plus loin.

Ce que votre _reproche , ou bien_ votre prière ,
Le généreux Lifois , le Roi , la France entière ,
Demanderaient enfemble , & qu'ils n'obtiendraient pas ,
Soumis & fubjugué , je l'offre à fes appas.
De l'ennemi des Rois vous ave\ craint l'hommage.
Vous aime\ , vous ferve\ une cour qui m'outrage ;
Eh bien ! il faut céder ; vous difpofe\ de moi ;
Je n'ai plus d'alliés ; je fuis à votre Roi.
L'amour , qui , malgré vous , nous a faits l'un pour l'autre ,
Ne me laiffe de choix , de parti que le votre.
Vous , courez , mon cher frère , allez dès ce moment
Annoncer à la cour un fi grand changement.
Soyez libre , partez ; & de mes facrifices
Allez offrir au Roi les heureufes prémices.
Puiffai - je à fes genoux préfenter aujourd'hui
Celle qui m'a domté , qui me ramène à lui ,
Qui d'un Prince ennemi fait un fujet fidelle ,
Changé par fes regards & vertueux par elle !

     V A M I R (_à part._)

Il fait ce que je veux , & c'eft pour m'accabler.

   (_à Amélie._)

Prononcez notre arrêt , Madame ; il faut parler.

     L E D u c.

Eh quoi ! vous demeurez interdite & muette !
De mes foumiffions êtes - vous fatisfaite ?
Eft - ce affez qu'un vainqueur vous implore à genoux ?
Faut - il encor ma vie , ingrate ? elle eft à vous :
Un mot peut me l'ôter : la fin m'en fera chère.
Je vivais pour vous feule , & mourrai pour vous plaire.

     A M E L I E.

Je demeure éperdue , & tout ce que je vois

       P ij

Laiſſe à peine à mes ſens l'uſage de la voix.
Ah ! Seigneur , ſi votre ame , en effet attendrie ,
Plaint le ſort de la France , & chérit la patrie ,
Un ſi noble deſſein , des ſoins ſi vertueux ,
Ne ſeront point l'effet du pouvoir de mes yeux :
Ils auront dans vous - même une ſource plus pure.
Vous avez *écouté la voix de* la nature ;
L'amour a peu de part où doit régner l'honneur.

L E   D U C.

Non , tout eſt votre ouvrage , & c'eſt là mon malheur.
Sur tout autre intérêt ce triſte amour l'emporte.
Accablez - moi de honte , accuſez - moi , n'importe.
Duſſai - je vous déplaire , & forcer votre cœur ,
L'autel eſt prêt , venez.

V A M I R.

Vous oſez !

A M E L I E.

Non , Seigneur.

Avant que je vous cède , & que l'hymen nous lie ,
Aux yeux de votre frère arrachez - moi la vie.
Le ſort met entre nous un obſtacle éternel.
Je ne puis être à vous.

L E   D U C.

Vamir... ingrate ... ah ciel !

C'en eſt donc fait ... Mais non ... mon cœur ſait ſe contraindre.
Vous ne méritez pas que je daigne m'en plaindre :
Je vous rens *trop* juſtice ; & ces ſéductions ,
Qui vont au fond des cœurs chercher nos paſſions ,
L'eſpoir qu'on donne à peine afin qu'on le ſaiſiſſe ,
Ce poiſon préparé des mains de l'artifice ,
Sont les *effets d'un charme* auſſi trompeur que vain ,

Que l'œil de la raifon regarde avec dédain.
Je fuis libre par vous : cet art que je détefte ,
Cet art qui m'enchaîna , brife un joug fi funefte :
Et je ne prétens pas , indignement épris ,
Rougir devant mon frère , & fouffrir des mépris.
Montrez-moi feulement ce rival qui fe cache ;
Je lui cède avec joie un poifon qu'il m'arrache.
Je vous dédaigne affez tous deux pour vous unir ,
Perfide ! & c'eft ainfi que je dois vous punir.

A M E L I E.

Je devrais feulement vous quitter & me taire ;
Mais je fuis accufée , & ma gloire m'eft chère.
Votre frère eft préfent , & mon honneur bleffé
Doit repouffer les traits dont il eft offenfé.
Pour un autre que vous ma vie eft deftinée ;
Je vous en fais l'aveu , je m'y vois condamnée.
Oui , j'aime ; & je ferais indigne devant vous
De celui que mon cœur s'eft promis pour époux ,
Indigne de l'aimer , fi par ma complaifance ,
J'avais à votre amour laiffé quelque efpérance.
Vous avez regardé ma liberté , ma foi ,
Comme un bien de conquête , & qui n'eft plus à moi.
Je vous devais beaucoup ; mais une telle offenfe
Ferme à la fin mon cœur à la reconnaiffance.
Sachez que des bienfaits , qui font rougir mon front ,
A mes yeux indignés ne font plus qu'un affront.
J'ai plaint de votre amour la violence vaine ;
Mais , après ma pitié , n'attirez point ma haine.
J'ai rejetté vos vœux , que je n'ai point bravés.
J'ai voulu votre eftime , & vous me la devez.

LE DUC.

Je vous dois ma colère , & fachez qu'elle égale
Tous les emportemens de mon amour fatale.
Quoi donc , vous attendiez , pour ofer m'accabler ,
Que *Vamir* fût préfent , & me vît immoler ?
Vous vouliez ce témoin de l'affront que j'endure ?
Allez , je le croirais l'auteur de mon injure ,
Si.... Mais il n'a point vû vos funeftes appas ;
Mon frère trop heureux ne vous connaiffait pas.
Nommez donc mon rival ; mais gardez-vous de croire
Que mon lâche dépit lui cède la victoire.
Je vous trompais : mon cœur ne peut feindre longtems.
Je vous traîne à l'autel à fes yeux expirans ;
Et ma main fur fa cendre à votre main donnée ,
Va tremper dans le fang les flambeaux d'hyménée.
Je fais trop qu'on a vû , lâchement abufés ,
Pour des mortels obfcurs des Princes méprifés ;
Et mes yeux perceront , dans la foule inconnuë ,
Jufqu'à ce vil objet qui fe cache à ma vuë.

VAMIR.

Pourquoi d'un choix indigne ofez-vous l'accufer ?

LE DUC.

Et pourquoi , vous , mon frère , ofez-vous l'excufer ?
Eft-il vrai que de vous elle était ignorée ?
Ciel ! à ce piége affreux ma foi ferait livrée !
Tremblez.

VAMIR.

　　　Moi , que je tremble ! ah ! j'ai trop dévoré
L'inexprimable horreur où toi feul m'as livré.
J'ai forcé trop longtems mes tranfports au filence.
Connai-moi donc , barbare , & rempli ta vengeance.

Connais un defefpoir à tes fureurs égal.
Frappe, voilà mon cœur, & voilà ton rival.

LE DUC.

Toi, cruel ! toi, *Vamir* !

VAMIR.

      Oui, depuis deux années,
L'amour la plus fecrette a joint nos deftinées.
C'eft toi dont les fureurs ont voulu m'arracher
Le feul bien fur la terre où j'ai pu m'attacher.
Tu fais depuis trois mois les horreurs de ma vie.
Les maux que j'éprouvais paffaient ta jaloufie.
Par tes égaremens juge de mes tranfports.
Nous puifâmes tous deux dans ce fang dont je fors,
L'excès des paffions qui dévorent une ame ;
La nature à tous deux fit un cœur tout de flamme.
Mon frère eft mon rival, & je l'ai combattu.
J'ai fait taire le fang, peut-être la vertu.
Furieux, aveuglé, plus jaloux que toi-même,
J'ai couru, j'ai volé, pour t'ôter ce que j'aime ;
Rien ne m'a retenu, ni tes fuperbes tours,
Ni le peu de foldats que j'avais pour fecours,
Ni le lieu, ni le tems, ni furtout ton courage ;
Je n'ai vû que ma flamme, & ton feu qui m'outrage.
L'amour fut dans mon cœur plus fort que l'amitié ;
Sois cruel comme moi, puni-moi fans pitié :
Auffi-bien tu ne peux t'affurer ta conquête,
Tu ne peux l'époufer qu'aux dépens de ma tête.
A la face des cieux je lui donne ma foi ;
Je te fais de nos vœux le témoin malgré toi.
Frappe, & qu'après ce coup ta cruanté jaloufe
Traîne aux pieds des autels ta fœur, & mon époufe.

Frappe , dis - je : ofes - tu ?

LE DUC.

Traître , c'en eſt aſſez.

Qu'on l'ôte de mes yeux ; ſoldats , obéiſſez.

AMELIE.

(*aux ſoldats.*)   (*au Duc.*)

Non , demeurez , cruels… Ah Prince , eſt-il poſſible

Que la nature en vous trouve une ame inflexible ?

Seigneur !

VAMIR.

Vous le prier ? plaignez - le plus que moi.

Plaignez - le ? il vous offenſe , il a trahi ſon Roi.

Va , je ſuis dans ces lieux plus puiſſant que toi-même ;

Je ſuis vengé de toi : l'on te hait , & l'on m'aime.

AMELIE.

(*à Vamir.*)   (*au Duc.*)

Ah , cher Prince !… Ah , Seigneur ! voyez à vos genoux…

LE DUC.

Qu'on m'en réponde , allez. Madame , levez-vous.

Vos prières , vos pleurs en faveur d'un parjure ,

Sont un nouveau poiſon verſé ſur ma bleſſure :

Vous avez mis la mort dans ce cœur outragé ;

Mais , perfide , croyez que je mourrai vengé.

Adieu : ſi vous voyez les effets de ma rage ,

N'en accuſez que vous , nos maux ſont votre ouvrage.

AMELIE.

Je ne vous quitte pas ; écoutez - moi , Seigneur.

LE DUC.

Eh bien ! achevez donc de déchirer mon cœur :

Parlez.

SCENE

SCENE VI.

LE DUC, VAMIR, AMELIE, LISOIS, un Officier, &c.

L I S O I S.

J'Allais partir : un peuple teméraire
Se soulève en tumulte au nom de votre frère.
Le défordre eft partout : vos foldats confternés
Défertent les drapeaux de leurs chefs étonnés ;
Et pour comble de maux , vers la ville allarmée
L'ennemi raffemblé fait marcher fon armée.

L E D U C.

Allez , cruelle , allez ; vous ne jouïrez pas
Du fruit de votre haine , & de vos attentats :
Rentrez. Aux factieux je vais montrer leur maître.
    (*à l'Officier.*)   (*à Lifois.*)
Qu'on la garde. Courons. Vous , veillez fur ce traître.

SCENE VII.

V A M I R , L I S O I S.

L I S O I S.

LE feriez-vous , Seigneur ? auriez-vous démenti
Le fang de ces héros dont vous êtes forti ?
Auriez-vous violé , par cette lâche injure ,
Et les droits de la guerre , & ceux de la nature ?
Un Prince à cet excès pourrait-il s'oublier ?

V A M I R.

Non : mais fuis-je réduit à me juftifier ?
Tom. V. *& du Théâtre le troifiéme.*   Q

Lisois, ce peuple est juste ; il t'apprend à connaître
Que mon frère est rebelle, & *qu'il trahit* son maître.

LISOIS.

Ecoutez ; ce serait le comble de mes vœux ,
De pouvoir aujourd'hui vous réunir tous deux.
Je vois avec regret la France défolée ,
A nos diffenfions la nature immolée ,
Sur nos communs débris *l'Africain* élevé ,
Menaçant cet Etat par nous - même énervé.
Si vous avez un cœur digne de votre race ,
Faites au bien public fervir votre difgrace.
Rapprochez les partis ; uniffez - vous à moi ,
Pour calmer votre frère , & fléchir votre Roi ,
Pour éteindre le feu de nos guerres civiles.

VAMIR.

Ne vous en flattez pas : vos foins font inutiles.
Si la difcorde feule avait armé mon bras ,
Si la guerre & la haine avaient conduit mes pas ,
Vous pourriez efpérer de réunir deux frères ,
L'un de l'autre écartés dans des partis contraires.
Un obftacle plus grand s'oppofe à ce retour.

LISOIS.

Et quel eft - il , Seigneur ?

VAMIR.

Ah ! reconnai l'amour.
Reconnai la fureur qui de nous deux s'empare ,
Qui m'a fait téméraire , & qui le rend barbare.

LISOIS.

Ciel ! faut - il voir ainfi , par des caprices vains ,
Anéantir le fruit des plus nobles deffeins ?
L'amour fubjuguer tout ? fes cruelles faibleffes

Du fang qui fe révolte étouffer les tendreffes ?
Des frères fe haïr, & naître en tous climats
Des paffions des grands le malheur des Etats ?
Prince, de vos amours laiffons là le myftère.
Je vous plains tous les deux, mais je fers votre frère.
Je vais le feconder ; je vais me joindre à lui,
Contre un peuple infolent qui fe fait votre appui.
Le plus preffant danger eft celui qui m'appelle.
Je vois qu'il peut avoir une fin bien cruelle :
Je vois les paffions plus puiffantes que moi :
Et l'amour feul ici me fait frémir d'effroi.
Je lui dois mon fecours ; je vous laiffe, & j'y vole.
Soyez mon prifonnier, mais fur votre parole ;
Elle me fuffira.

V A M I R.

Je vous la donne.

L I S O I S.

      Et moi,
Je voudrais de ce pas porter la fienne au Roi ;
Je voudrais cimenter, dans l'ardeur de lui plaire,
Du fang de nos tyrans une union fi chère.
Mais ces fiers ennemis font bien moins dangereux
Que ce fatal amour qui vous perdra tous deux.

Fin du troifiéme aĉte.

ACTE IV.

SCENE PREMIERE.
VAMIR, AMELIE, EMAR.

AMELIE.

QUelle suite, grand Dieu, d'affreuses destinées !
Quel tissu de douleurs l'une à l'autre enchaînées !
Un orage imprévu m'enlève à votre amour :
Un orage nous joint : & dans le même jour,
Quand je vous suis rendue, un autre nous sépare !
Vamir, frère adoré d'un frère trop barbare,
Vous le voulez, Vamir ; je pars, & vous restez.

VAMIR.

Voyez par quels liens mes pas sont arrêtés.
Au pouvoir d'un rival ma parole me livre :
Je peux mourir pour vous ; & je ne peux vous suivre.

AMELIE.

Vous l'osâtes combattre, & vous n'osez le fuir.

VAMIR.

L'honneur est mon tyran : je lui dois obéir.
Profitez du tumulte où la ville est livrée.
La retraite à vos pas déja semble assurée.
On vous attend : le ciel a calmé son couroux.
Espérez....

AMELIE.

Et que puis-je espérer loin de vous ?

VAMIR.

Ce n'eſt qu'un jour.

AMELIE.

Ce jour eſt un ſiécle funeſte.
Rendez vains mes ſoupçons , ciel vengeur que j'atteſte.
Seigneur , de votre ſang *le Maure* eſt altéré.
Ce ſang à votre frère eſt-il donc ſi ſacré ?
Il aime en furieux ; mais il hait plus encore.
Il eſt votre rival , & l'allié du Maure.
Je crains ....

VAMIR.

Il n'oſerait...

AMELIE.

Son cœur *n'a* point de frein.
Il vous a menacé , menace-t-il en vain ?

VAMIR.

Il tremblera bientôt : le Roi vient , & nous venge.
La moitié de ce peuple à ſes drapeaux ſe range.
Allez : ſi vous m'aimez , dérobez-vous aux coups
Des foudres allumés grondans autour de nous ,
Au tumulte , au carnage , au déſordre effroyable ,
Dans des murs pris d'aſſaut malheur inévitable :
Mais *redoutez* encor mon rival furieux :
Craignez l'amour jaloux qui veille dans ſes yeux.
Cet amour mépriſé ſe tournerait en rage.
Fuyez ſa violence : évitez un outrage ,
Qu'il me faudrait laver de ſon ſang & du mien.
Seul eſpoir de ma vie , & mon unique bien ,
Mettez en ſûreté ce ſeul bien qui me reſte :
Ne vous expoſez pas à cet éclat funeſte.
Cédez à mes douleurs. Qu'il vous perde : partez.

A M E L I E.

Et vous vous expofez feul à fes cruautés !

V A M I R.

Ne craignant rien pour vous, je craindrai peu mon frère.
Que dis-je ? mon appui lui devient néceffaire.
Son captif aujourd'hui, demain fon bienfaiteur,
Je pourai de fon Roi lui rendre la faveur.
Protéger mon rival eft la gloire où j'afpire.
Arrachez-vous furtout à fon fatal empire.
Songez que ce matin vous quittiez fes Etats.

A M E L I E.

Ah ! je quittais des lieux que vous n'habitiez pas.
Dans quelque afyle affreux que mon deftin m'entraine,
Vamir, j'y porterai mon amour & ma haine.
Je vous adorerai dans le fond des déferts,
Au milieu des combats, dans l'exil, dans les fers,
Dans la mort que j'attens de votre feule abfence.

V A M I R.

C'en eft trop : vos douleurs ébranlent ma conftance.
Vous avez trop tardé.... Ciel ! quel tumulte affreux !

S C E N E   I I.

AMELIE, VAMIR, LE DUC DE FOIX, Gardes.

LE ^{tn}D U C.

JE l'entens ; c'eft lui-même. Arrête, malheureux :
Lâche qui me trahis, rival indigne, arrête.

V A M I R.

Il ne te trahit point, mais il t'offre fa tête.
Porte à tous les excès ta haine & ta fureur.

Va , ne perds point de tems : le ciel arme un vengeur.
Tremble , ton Roi s'approche : il vient , il va paraître ;
Tu n'as vaincu que moi : redoute encor ton maître.

LE DUC.

Il poura te venger , mais non te fecourir ;
Et ton fang...

AMELIE.

    Non , cruel ; c'eft à moi de mourir.
J'ai tout fait ; c'eft par moi que ta garde eft féduite.
J'ai gagné tes foldats , j'ai préparé ma fuite.
Puni ces attentats , & ces crimes fi grands ,
De fortir d'efclavage , & de fuir fes tyrans :
Mais refpecte ton frère , & fa femme , & toi-même.
Il ne t'a point trahi , c'eft un frère qui t'aime.
Il voulait te fervir , quand tu veux l'opprimer.
Quel crime a-t-il commis , cruel , que de m'aimer ?
L'amour n'eft-il en toi qu'un juge inexorable ?

LE DUC.

Plus vous le défendez , plus il devient coupable.
C'eft vous qui le perdez , vous qui l'affaffinez ;
Vous , par qui tous nos jours étaient empoifonnés ;
Vous , qui pour leur malheur armiez des mains fi chères.
Puiffe tomber fur vous tout le fang des deux frères !
Vous pleurez ! mais vos pleurs ne peuvent me tromper.
Je fuis prêt à mourir , & prêt à le frapper.
Mon malheur eft au comble , ainfi que ma faibleffe.
Oui , je vous aime encor : le tems , le péril preffe.
Vous pouvez à l'inftant parer le coup mortel.
Voila ma main , venez : fa grace eft à l'autel.

AMELIE.

Moi , Seigneur ?

LE DUC.

C'eft affez.

AMELIE.

Moi, que je le trahiffe?

LE DUC.

Arrêtez... répondez...

AMELIE.

Je ne puis.

LE DUC.

Qu'il périffe.

VAMIR.

Ne vous laiffez pas vaincre en ces affreux combats.
Ofez m'aimer affez pour vouloir mon trépas.
Abandonnez mon fort au coup qu'il me prépare.
Je mourrai triomphant des mains de ce barbare ;
Et fi vous fuccombiez à fon lâche couroux,
Je n'en mourrais pas moins, mais je mourrais par vous.

LE DUC.

Qu'on l'entraîne à la tour ; allez, qu'on m'obéiffe.

SCENE III.

LE DUC, AMELIE.

AMELIE.

Vous, cruel, vous feriez cet affreux facrifice?
De fon vertueux fang vous pourriez vous couvrir?
Quoi ! voulez-vous ?...

LE DUC.

Je veux vous haïr & mourir,
Vous rendre malheureufe encor plus que moi-même,

Répandre

Répandre devant vous tout le fang qui vous aime,
Et vous laiſſer des jours plus cruels mille fois
Que le jour où l'amour nous a perdu tous trois.
Laiſſez - moi : votre vuë augmente mon ſupplice.

S C E N E   I V.

LE DUC, AMELIE, LISOIS.

A M E L I E *à Liſois.*

AH ! je n'attens plus rien que de votre juſtice :
Liſois , contre un cruel oſez me ſecourir.

LE DUC.

Garde-toi de l'entendre , ou tu vas me trahir.

A M E L I E.

J'atteſte ici le ciel.

LE DUC.

Eloignez de ma vuë ,
Amis ; délivrez - moi *de l'objet* qui me tuë.

A M E L I E.

Va , tyran , c'en eſt trop : va , dans mon deſeſpoir ,
J'ai combattu l'horreur que je ſens à te voir.
J'ai cru , malgré ta rage à ce point emportée ,
Qu'une femme du moins en ferait reſpectée.
L'amour adoucit tout , hors ton barbare cœur ;
Tigre , je t'abandonne à toute ta fureur.
Dans ton féroce amour immole tes victimes ;
Compte dès ce moment ma mort parmi tes crimes ;
Mais compte encor la tienne. Un vengeur va venir ;
Par ton juſte ſupplice il va tous nous unir.
Tombe avec tes remparts , tombe & péri ſans gloire ;

Tom. V. & du Théâtre le troiſiéme. R

Meurs , & que l'avenir prodigue à ta mémoire ,
A tes feux , à ton nom juftement abhorrés ,
La haine & le mépris que tu m'as infpirés.

SCENE V.

LE DUC DE FOIX, LISOIS.

LE DUC.

Oui , cruelle ennemie, & plus que moi farouche ,
Oui , j'accepte l'arrêt prononcé par ta bouche.
Que la main de la haine , & que les mêmes coups
Dans l'horreur du tombeau nous réuniffent tous. .

(*Il tombe dans un fauteuil.*)

LISOIS.

Il ne fe connait plus ; il fuccombe à fa rage.

LE DUC.

Eh bien ! fouffriras-tu ma honte & mon outrage ?
Le tems preffe : veux-tu qu'un rival odieux
Enlève la perfide , & l'époufe à mes yeux ?
Tu crains de me répondre ! Attens-tu que le traître
Ait foulevé le peuple , & me livre à fon maître.

LISOIS.

Je vois trop en effet que le parti du Roi
Des peuples fatigués fait chanceler la foi.
De la fédition la flamme réprimée
Vit encor dans les cœurs en fecret rallumée.

LE DUC.

C'eft Vamir qui l'allume : il nous a trahi tous.

L I S O I S.

Je fuis loin d'excufer fes crimes envers vous.
La fuite en eft funefte , & me remplit d'allarmes.
Dans la plaine déja les Français font en armes ;
Et vous êtes perdu , fi le peuple excité
Croit dans la trahifon trouver fa fureté.
Vos dangers font accrus.

L E D U C.

Eh bien , que faut-il faire ?

L I S O I S.

Les prévenir , domter l'amour & la colère.
Ayons encor , mon Prince , en cette extrémité ,
Pour prendre un parti fûr affez de fermeté.
Nous pouvons conjurer ou braver la tempête.
Quoi que vous décidiez , ma main eft toute prête.
Vous vouliez ce matin , par un heureux traité ,
Appaifer avec gloire un Monarque irrité ;
Ne vous rebutez pas : ordonnez , & j'efpère ,
Seigneur , en votre nom cette paix falutaire.
Mais s'il vous faut combattre , & courir au trépas ,
Vous favez qu'un ami ne vous furvivra pas.

L E D U C.

Ami , dans le tombeau laiffe-moi feul defcendre.
Vi , pour fervir ma caufe , & pour venger ma cendre.
Mon deftin s'accomplit , & je cours l'achever.
Qui ne veut que la mort eft fûr de la trouver ;
Mais je la veux terrible , & lorfque je fuccombe ,
Je veux voir mon rival entraîné dans ma tombe.

L I S O I S.

Comment ? de quelle horreur vos fens font poffédés !

LE DUC.

Il est dans cette tour , où vous seul commandez ;
Et vous m'avez promis que contre un téméraire....

LISOIS.

De qui me parlez-vous , Seigneur ? de votre frère ?

LE DUC.

Non : je parle d'un traître , & d'un lâche ennemi ,
D'un rival qui m'abhorre , & qui m'a tout ravi.
Le Maure attend de moi la tête du parjure.

LISOIS.

Vous leur avez promis de trahir la nature ?

LE DUC.

Dès longtems du perfide ils ont proscrit le sang.

LISOIS.

Et pour leur obéir , vous lui percez le flanc ?

LE DUC.

Non , je n'obéis point à leur haine étrangère ;
J'obéis à ma rage , & veux la satisfaire.
Que m'importent l'Etat , & mes vains alliés ?

LISOIS.

Ainsi donc à l'amour vous le sacrifiez ?
Et vous me chargez , moi , du soin de son supplice ?

LE DUC.

Je n'attens pas de vous cette promte justice.
Je suis bien malheureux ! bien digne de pitié !
Trahi dans mon amour , trahi dans l'amitié !
Allez ; *je puis* encor , dans le sort qui *me* presse,
Trouver de vrais amis , qui tiendront leur promesse.
D'autres me serviront , & n'allégueront pas
Cette triste vertu , l'excuse des ingrats.

L I S O I S (*après un long silence.*)
Non ; j'ai pris mon parti. Soit crime , foit juſtice ,
Vous ne vous plaindrez *plus qu'un ami* vous trahiſſe.
Vamir eſt criminel : vous étes malheureux ;
Je vous aime ; il ſuffit : je me rens à vos vœux.
Je vois qu'il eſt des tems pour les partis extrêmes ,
Que les plus ſaints devoirs peuvent ſe taire eux-mémes.
Je ne ſouffrirai pas que d'un autre que moi
Dans de pareils momens vous éprouviez la foi ;
Et vous reconnaîtrez , au ſuccès de mon zèle ,
Si *Liſois* vous aimait , & s'il vous fut fidèle.

L E D U C.

Je te retrouve enfin dans mon adverſité :
L'univers m'abandonne , & toi ſeul m'es reſté.
Tu ne ſouffriras pas que mon rival tranquile
Inſulte impunément à ma rage inutile ;
Qu'un ennemi vaincu , maître de mes Etats ,
Dans les bras d'une ingrate inſulte à mon trépas.

L I S O I S.

Non , mais en vous rendant ce malheureux ſervice ,
Prince , je vous demande un autre ſacrifice.

L E D U C.

Parle.

L I S O I S.

Je ne veux pas que *le Maure* en ces lieux ,
Protecteur inſolent , commande ſous mes yeux :
Je ne veux pas ſervir un tyran qui nous brave.
Ne puis-je vous venger , ſans être ſon eſclave ?
Si vous voulez tomber , pourquoi prendre un appui ?
Pour mourir avec vous , ai-je beſoin de lui ?
Du fort de ce grand jour laiſſez-moi la conduite :

R iij

Ce que je fais pour vous peut-être le mérite.
Les *Maures* avec moi pourraient mal s'accorder ;
Jufqu'au dernier moment, je veux feul commander.

LE DUC.

Oui, pourvu qu'*Amélie* au defefpoir réduite,
Pleure en larmes de fang l'amant qui l'a féduite ;
Pourvu que de l'horreur de fes gémiffemens
Ma douleur fe repaiffe à mes derniers momens ;
Tout le refte eft égal ; & je te l'abandonne.
Prépare le combat ; agi, difpofe, ordonne.
Ce n'eft plus la victoire où ma fureur prétend :
Je ne cherche pas même un trépas éclatant.
Aux cœurs defefpérés qu'importe un peu de gloire ?
Périffe ainfi que moi ma funefte mémoire !
Périffe avec mon nom le fouvenir fatal
D'une indigne maîtreffe & d'un lâche rival !

LISOIS.

Je l'avoue avec vous : une nuit éternelle
Doit couvrir, s'il fe peut, une fin fi cruelle.
C'était avant ce coup qu'il nous falait mourir :
Mais je tiendrai parole, & je vais vous fervir.

Fin du quatriéme acte.

ACTE V.

S C E N E   P R E M I E R E.

LE DUC DE FOIX, un Officier des Gardes.

LE DUC.

O Ciel ! me faudra - t - il , de momens en momens ,
Voir & des trahisons & des soulévemens ?
Eh bien , de ces mutins l'audace est terrassée ?

L'OFFICIER.

Seigneur , ils vous ont vû : leur foule est dispersée.

LE DUC.

L'ingrat de tous côtés m'opprimait aujourd'hui ;
Mon malheur est parfait , tous les cœurs sont à lui.
Que fait Lisois ?

L'OFFICIER.

Seigneur , sa promte vigilance
A partout des remparts assuré la défense.

LE DUC.

Ce soldat qu'en secret vous m'avez amené ,
Va - t - il exécuter l'ordre que j'ai donné ?

L'OFFICIER.

Oui , Seigneur ; & déja vers la tour il s'avance.

LE DUC.

Ce bras vulgaire & sûr va remplir ma vengeance.
Sur l'incertain *Lisois* mon cœur a trop compté :
Il a vû ma fureur avec tranquillité.

On ne foulage point des douleurs qu'on méprife :
Il faut qu'en d'autres mains ma vengeance foit mife.
Vous, que fur nos remparts on porte nos drapeaux ;
Allez, qu'on fe prépare à des périls nouveaux.
Vous fortez d'un combat, un autre vous appelle :
Ayez la même audace, avec le même zèle ;
Imitez votre maître, & s'il vous faut périr,
Vous recevrez de moi l'exemple de mourir.

        (*Il refte feul.*)

Eh bien, c'en eft donc fait : une femme perfide
Me conduit au tombeau chargé d'un parricide.
Qui ? moi, je tremblerais des coups qu'on va porter ?
J'ai chéri la vengeance, & ne puis la goûter.
Je friffonne : une voix gémiffante & févère,
Crie au fond de mon cœur, Arrête, il eft ton frère.
Ah ! Prince infortuné, dans ta haine affermi,
Songe à des droits plus faints : *Vamir* fut ton ami.
O jours de notre enfance ! ô tendreffes paffées !
Il fut le confident de toutes mes penfées.
Avec quelle innocence, & quels épanchemens,
Nos cœurs fe font appris leurs premiers fentimens !
Que de fois partageant mes naiffantes allarmes,
D'une main fraternelle effuya-t-il mes larmes !
Et c'eft moi qui l'immole ! & cette même main
D'un frère que j'aimai déchirerait le fein !
O paffion funefte ! ô douleur qui m'égare !
Non, je n'étais point né pour devenir barbare.
Je fens combien le crime eft un fardeau cruel !
Mais que dis-je ? *Vamir* eft le feul criminel.
Je reconnais mon fang., mais c'eft à fa furie :
Il m'enlève l'objet dont dépendait ma vie.

                                            Ah !

Ah ! de mon defefpoir injufte & vain tranſport !
Il l'aime, eſt-ce un forfait qui mérite la mort ?
Hélas ! malgré le tems, & la guerre, & l'abſence,
Leur tranquille union croiſſait dans le ſilence.
Ils nourriſſaient en paix leur innocente ardeur,
Avant qu'un fol amour empoiſonnât mon cœur.
Mais lui-même il m'attaque, il brave ma colère ;
Il me trompe, il me hait. N'importe, il eſt mon frère ;
C'eſt à lui ſeul de vivre ; on l'aime, il eſt heureux ;
C'eſt à moi de mourir. Mais mourons généreux.
La pitié m'ébranlait : la nature décide.
Il en eſt tems encor.

SCENE II.

LE DUC DE FOIX, l'Officier.

LE DUC.

PRéviens *un parricide,*
Ami, *vole à la tour. Que tout ſoit ſuſpendu :*
Que mon frère....

L'OFFICIER.

Seigneur....

LE DUC.

De quoi t'allarmes-tu ?
Cours, *obéi.*

L'OFFICIER.

J'ai vû, non loin de cette porte,
Un corps ſouillé de ſang qu'en ſecret on emporte ;
C'eſt *Lifois* qui l'ordonne, & je crains que le ſort...

LE DUC.

Qu'entens-je ?... *malheureux !* Ah ciel ! mon frère eſt mort !
Il eſt mort, & je vis ! & la terre entr'ouverte,
Et la foudre en éclats n'ont point vengé ſa perte !
Ennemi de l'Etat, factieux, inhumain,
Frère dénaturé, raviſſeur, aſſaſſin :
O ciel, autour de moi que j'ai creuſé d'abîmes !
Que l'amour m'a changé ! qu'il me coûte de crimes !
Le voile eſt déchiré : je m'étais mal connu.
Au comble des forfaits je ſuis donc parvenu ?
Ah *Vamir !* ah mon frère ! ah jour de ma ruine !
Je ſens que je t'aimais, & mon bras t'aſſaſſine !
Quoi, mon frère !

L'OFFICIER.

Amélie avec empreſſement,
Veut, Seigneur, en ſecret vous parler un moment.

LE DUC.

Chers amis, empêchez que la cruelle avance ;
Je ne puis ſoutenir ni ſouffrir ſa préſence ;
Mais non. D'un parricide elle doit ſe venger ;
Dans mon coupable ſang ſa main doit ſe plonger ;
Qu'elle entre.... Ah ! je ſuccombe, & ne vis plus qu'à peine.

SCENE III.

LE DUC, AMELIE, TAISE.

AMELIE.

Vous l'emportez, Seigneur ; & puiſque votre haine,
(Comment puis-je autrement appeller en ce jour
Ces affreux ſentimens que vous nommez amour ?)

Puifqu'à ravir ma foi votre haine obftinée
Veut, ou le fang d'un frère, ou ce trifte hymenée...
Mon choix eft fait, Seigneur ; & je me donne à vous :
A force de forfaits vous êtes mon époux.
Brifez les fers honteux dont vous chargez un frère ;
De *vos murs* fous fes pas abaiffez la barrière.
Que je ne tremble plus pour des jours fi chéris :
Je trahis mon amant : je le perds à ce prix :
Je vous épargne un crime, & fuis votre conquête.
Commandez, difpofez, ma main eft toute prête.
Sachez que cette main, que vous tyrannifez,
Punira la faibleffe où vous me réduifez.
Sachez qu'au temple même où vous m'allez conduire...
Mais vous voulez ma foi, ma foi doit vous fuffire.
Allons... Eh quoi ! d'où vient ce filence affecté ?
Quoi ! votre frère encor n'eft point en liberté ?

LE DUC.

Mon frère ?

AMELIE.

Dieu puiffant ! diffipez mes allarmes.
Ciel ! de vos yeux cruels je vois tomber des larmes !

LE DUC.

Vous demandez fa vie !

AMELIE.

Ah ! qu'eft-ce que j'entens ?
Vous qui m'aviez promis...

LE DUC.

Madame, il n'eft plus tems.

AMELIE.

Il n'eft plus tems ! *Vamir !*

LE DUC.

　　　　　　　Il eſt trop vrai, cruelle !
Oui, *l'amour a conduit cette main criminelle* :
Liſois, pour *mon malheur*, a trop ſû m'obéir.
Ah ! revenez à vous, vivez pour me punir.
Frappez : que votre main contre moi ranimée
Perce un cœur inhumain qui vous a trop aimée,
Un cœur dénaturé qui n'attend que vos coups.
Oui, j'ai tué mon frère, & l'ai tué pour vous.
Vengez *ſur un coupable indigne de vous plaire*
Tous les crimes affreux que vous m'avez fait faire.

　　A M E L I E (*ſe jettant entre les bras de Taïſe.*)
Vamir eſt mort ! barbare !

LE DUC.

　　　　　　　Oui, mais c'eſt de ta main
Que ſon ſang veut ici le ſang de l'aſſaſſin.

　　A M E L I E (*ſoutenuë par Taïſe & preſque évanouïe.*)
Il eſt mort !

LE DUC.

　　Ton reproche....

　　　　　　A M E L I E.

　　　　　　　Epargne ma miſère.
Laiſſe-moi, je n'ai plus de reproche à te faire.
Va, porte ailleurs ton crime, & ton vain repentir ;
Laiſſe-moi l'adorer, l'embraſſer & moürir.

LE DUC.

Ton horreur eſt trop juſte. Eh bien, *chère Amélie*,
Par pitié, par vengeance, arrache-moi la vie.
Je ne mérite pas de moürir de tes coups ;
Que ta main les conduiſe....

SCENE IV.

LE DUC, AMELIE, LISOIS.

LISOIS.

AH, ciel, que faites-vous ?

LE DUC. (*On le défarme.*)

Laiffez-moi me punir, & me rendre juſtice.

AMELIE *à Liſois.*

Vous d'un affaffinat vous êtes le complice ?

LE DUC.

Miniftre de mon crime, as-tu pu m'obéir ?

LISOIS.

Je vous avais promis, Seigneur, de vous fervir.

LE DUC.

Malheureux que je fuis ! ta févère rudeffe
A cent fois de mes fens combattu la faibleffe.
Ne devais-tu te rendre à mes triftes fouhaits,
Que quand ma paffion t'ordonnait des forfaits ?
Tu ne m'as obéi que pour perdre mon frère !

LISOIS.

Lorfque j'ai refufé ce fanglant miniftère,
Votre aveugle couroux n'allait-il pas foudain
Du foin de vous venger charger une autre main ?

LE DUC.

L'amour, le feul amour, de mes fens toûjours maître,
En m'ôtant ma raifon, m'eût excufé peut-être ;
Mais toi, dont la fageffe, & les réflexions,
Ont calmé dans ton fein toutes les paffions,
Toi dont j'avais tant craint l'efprit ferme & rigide,

S iij

Avec tranquillité permettre un parricide !

LISOIS.

Eh bien, puifque la honte, avec le repentir,
Par qui la vertu parle à qui peut la trahir,
D'un fi jufte remors ont pénétré votre ame,
Puifque malgré l'excès de votre aveugle flamme,
Au prix de votre fang vous voudriez fauver
Le fang dont vos fureurs ont voulu vous priver ;
Je peux donc m'expliquer ; je peux donc vous apprendre,
Que de vous-même enfin *Lifois* fait vous défendre.
Connaiffez-moi, Madame, & calmez vos douleurs.

(*Au Duc.*)   (*à Amélie.*)

Vous, gardez vos remords ; & vous féchez vos pleurs.
Que ce jour à tous trois foit un jour falutaire.
Venez, paraiffez, Prince, embraffez votre frère.

(*Le théâtre s'ouvre, Vamir paraît.*)

SCENE V.

LE DUC, AMELIE, VAMIR, LISOIS.

AMELIE.

*Q*Ui ! vous ?

LE DUC.

Mon frère ?

AMELIE.

Ah ciel !

LE DUC.

Qui l'aurait pû penfer ?

VAMIR (*s'avançant du fond du théâtre.*)

J'ofe encor te revoir, te plaindre & t'embraffer.

LE DUC.

Mon crime en eſt plus grand, puiſque ton cœur l'oublie.

AMELIE.

Liſois, digne héros qui me donnez la vie!...

LE DUC.

Il la donne à tous trois.

LISOIS.

Un indigne aſſaſſin
Sur *Vamir* à mes yeux avait levé la main.
J'ai frappé le barbare ; & prévenant encore
Les aveugles fureurs du feu qui vous dévore,
J'ai *feint d'avoir verſé ce ſang ſi précieux,*
Sûr que le repentir vous ouvrirait les yeux.

LE DUC.

Après ce grand exemple, & ce ſervice inſigne,
Le prix que je t'en dois, c'eſt de m'en rendre digne.
Le fardeau de mon crime eſt trop peſant pour moi ;
Mes yeux couverts d'un voile, & baiſſés devant toi,
Craignent de rencontrer, & les regards d'un frère,
Et la beauté fatale à tous les deux trop chère.

VAMIR.

Tous deux auprès du Roi nous voulions te ſervir.
Quel eſt donc ton deſſein ? parle.

LE DUC.

De me punir ;
De nous rendre à tous trois une égale juſtice ;
D'expier devant vous, par le plus grand ſupplice,
Le plus grand des forfaits, où la fatalité,
L'amour & le couroux m'avaient précipité.
J'adorais Amélie, & ma flamme cruelle
Dans mon cœur déſolé s'irrite encor pour elle.

Lifois fait à quel point j'adorais fes appas,
Quand ma jaloufe rage ordonnait ton trépas.
Dévoré, malgré moi, du feu qui me poffède,
Je l'adore encor plus.... & mon amour la cède.
Je m'arrache le cœur *en vous rendant heureux* :
Aimez-vous ; mais au moins, *pardonnez-moi tous deux.*

V A M I R.

Ah! ton frère à tes pieds, digne de ta clémence,
Egale tes bienfaits par fa reconnaiffance.

A M E L I E.

Oui, Seigneur, avec lui j'embraffe vos genoux ;
La plus tendre amitié va me rejoindre à vous.
Vous me payez trop bien de *mes douleurs fouffertes.*

L E D U C.

Ah ! c'eft trop me montrer mes malheurs & *mes pertes.*
Mais vous m'apprenez tous à fuivre la vertu.
Ce n'eft point à demi que mon cœur eft rendu.

(*A Vamir.*)

Je fuis en tout ton frère ; & mon ame attendrie,
Imite votre exemple, & chérit fa patrie.
Allons apprendre au Roi, pour qui vous combattez,
Mon crime, mes remors & vos félicités.
Oui, je veux égaler votre foi, votre zèle,
Au fang, à la patrie, à l'amitié fidèle,
Et vous faire oublier, après tant de tourmens,
A force de vertus, tous mes égaremens.

Fin du cinquiéme & dernier acte.

L'ORPHELIN

DE LA

CHINE,

TRAGÉDIE.

Repréſentée pour la première fois à Paris le 20. Août 1755.

A MONSEIGNEUR

LE MARECHAL

DUC DE RICHELIEU,

PAIR DE FRANCE, PREMIER GENTILHOMME DE LA CHAMBRE DU ROI, COMMANDANT EN LANGUEDOC, L'UN DES QUARANTE DE L'ACADÉMIE.

JE voudrais, Monſeigneur, vous préſenter de beau marbre comme les Génois, & je n'ai que des figures Chinoiſes à vous offrir. Ce petit ouvrage ne parait pas fait pour vous. Il n'y a aucun héros dans cette piéce qui ait réuni tous les ſuffrages par les agrémens de ſon eſprit, ni qui ait ſoutenu une république prête à ſuccomber, ni qui ait imaginé de renverſer une colonne Angloiſe avec quatre canons. Je ſens mieux que perſonne le peu que je vous offre ; mais tout ſe pardonne à un attachement de quarante années. On dira peut-être, qu'au pied des Alpes, & vis-à-vis des neiges éternelles, où je me ſuis retiré, & où je devais n'être que philoſophe, j'ai ſuccombé à la vanité d'imprimer, que ce qu'il y a eu de plus brillant ſur les bords de la Seine ne m'a jamais oublié. Cependant je n'ai conſulté que mon cœur ; il me conduit ſeul ; il a toûjours inſpiré mes actions & mes paroles ; il ſe trompe quelquefois, vous le ſavez, mais ce n'eſt pas après des épreuves ſi longues. Permettez donc que ſi cette faible tragédie peut durer quelque tems après moi, on ſache que l'auteur ne vous a pas été indifférent ; permettez qu'on apprenne, que ſi votre oncle fonda les beaux arts en France, vous les avez ſoutenus dans leur décadence.

L'idée de cette tragédie me vint, il y a quelque tems, à la lecture de l'*Orphelin de Tchao*, tragédie Chinoiſe traduite par le père *Brémare*, qu'on trouve dans le recueil que le père

T ij

du Halde a donné au public. Cette piéce Chinoife fut com-
pofée au quatorziéme fiécle , fous la dynaftie même de *Gengis-
Kan.* C'eft une nouvelle preuve que les vainqueurs Tartares
ne changèrent point les mœurs de la nation vaincue ; ils pro-
tégèrent tous les arts établis à la Chine ; ils adoptèrent toutes fes loix.

Voilà un grand exemple de la fupériorité naturelle que
donnent la raifon & le génie fur la force aveugle & barbare ;
& les Tartares ont deux fois donné cet exemple. Car lorfqu'ils
ont conquis encor ce grand Empire au commencement du fiécle
paffé , ils fe font foumis une feconde fois à la fageffe des vaincus ; & les deux peuples n'ont formé qu'une nation gouvernée
par les plus anciennes loix du monde : événement frappant ,
qui a été le premier but de mon ouvrage.

La tragédie Chinoife qui porte le nom de *l'Orphelin* , eft
tirée d'un recueil immenfe des piéces de théâtre de cette nation. Elle cultivait depuis plus de trois mille ans cet art , inventé un peu plus tard par les Grecs , de faire des portraits
vivans des actions des hommes , & d'établir de ces écoles de
morale , où l'on enfeigne la vertu en action & en dialogues.
Le poëme dramatique ne fut donc longtems en honneur , que
dans ce vafte pays de la Chine , féparé & ignoré du refte du
monde , & dans la feule ville d'Athènes. Rome ne le cultiva
qu'au bout de quatre cent années. Si vous le cherchez chez
les Perfes , chez les Indiens , qui paffent pour des peuples
inventeurs , vous ne l'y trouvez pas ; il n'y eft jamais parvenu. L'Afie fe contentait des fables de *Pilpay* & de *Loc-
man* , qui renferment toute la morale , & qui inftruifent en
allégories toutes les nations & tous les fiécles.

Il femble qu'après avoir fait parler les animaux , il n'y eût
qu'un pas à faire pour faire parler les hommes , pour les introduire fur la fcène , pour former l'art dramatique : cependant ces peuples ingénieux ne s'en aviſèrent jamais. On doit
inférer de là , que les Chinois , les Grecs , & les Romains ,
font les feuls peuples anciens , qui ayent connu le véritable
efprit de la fociété. Rien , en effet , ne rend les hommes plus
fociables , n'adoucit plus leurs mœurs , ne perfectionne plus
leur raifon , que de les raffembler , pour leur faire goûter en-

femble les plaifirs purs de l'efprit. Auffi nous voyons qu'à peine *Pierre le Grand* eut policé la Ruffie , & bâti Petersbourg , que les théâtres s'y font établis. Plus l'Allemagne s'eft perfectionnée , & plus nous l'avons vûe adopter nos fpectacles. Le peu de pays où ils n'étaient pas reçus dans le fiécle paffé , n'étaient pas mis au rang des pays civilifés.

L'Orphelin de Tchao eft un monument précieux , qui fert plus à faire connaître l'efprit de la Chine que toutes les rélations qu'on a faites , & qu'on fera jamais de ce vafte Empire. Il eft vrai que cette piéce eft toute barbare , en comparaifon des bons ouvrages de nos jours ; mais auffi c'eft un chef-d'œuvre , fi on le compare à nos piéces du quatorziéme fiécle. Certainement nos *Troubadours* , notre *Bazoche* , la fociété des *Enfans fans fouci* , & de la *Mére-fotte* , n'approchaient pas de l'auteur Chinois. Il faut encor remarquer , que cette piéce eft écrite dans la langue des Mandarins , qui n'a point changé , & qu'à peine entendons-nous la langue qu'on parlait du tems de *Louïs XII.* & de *Charles VIII.*

On ne peut comparer *l'Orphelin de Tchao* qu'aux tragédies Anglaifes & Efpagnoles du dix-feptiéme fiécle , qui ne laiffent pas encor de plaire au delà des Pyrenées & de la mer. L'action de la piéce Chinoife dure vingt-cinq ans , comme dans les farces monftrueufes de *Shakefpear* & de *Lope de Vega* , qu'on a nommé tragédies ; c'eft un entaffement d'événemens incroyables. L'ennemi de la maifon de *Tchao* veut d'abord en faire périr le chef , en lâchant fur lui un gros dogue , qu'il fait croire être doué de l'inftinct de découvrir les criminels , comme *Jacques Aymar* parmi nous devinait les voleurs par fa baguette. Enfuite il fuppofe un ordre de l'Empereur , & envoye à fon ennemi *Tchao* une corde , du poifon , & un poignard ; *Tchao* chante , felon l'ufage , & fe coupe la gorge , en vertu de l'obéiffance que tout homme fur la terre doit de droit divin à un Empereur de la Chine. Le perfécuteur fait mourir trois cent perfonnes de la maifon de *Tchao*. La Princeffe veuve accouche de l'Orphelin. On dérobe cet enfant à la fureur de celui qui a exterminé toute la maifon , & qui veut encor faire périr au berceau le feul qui refte. Cet exterminateur ordonne qu'on égorge dans les villages d'alentour

tous les enfans, afin que l'Orphelin foit envelopé dans la deftruction générale.

On croit lire les *Mille & une nuit* en action & en fcènes:
mais malgré l'incroyable, il y règne de l'intérêt ; & malgré
la foule des événemens, tout eft de la clarté la plus lumi-
neufe : ce font là deux grands mérites en tout tems & chez
toutes nations ; & ce mérite manque à beaucoup de nos
piéces modernes. Il eft vrai que la piéce Chinoife n'a pas
d'autres beautés : unité de tems & d'action, dévelopement
de fentimens, peinture des mœurs, éloquence, raifon,
paffion, tout lui manque ; & cependant, comme je l'ai
déja dit, l'ouvrage eft fupérieur à tout ce que nous faifions
alors.

Comment les Chinois, qui au quatorziéme fiécle, & fi longtems auparavant, favaient faire de meilleurs poëmes dramatiques que tous les Européans *) , font-ils reftés toûjours
dans l'enfance groffiére de l'art, tandis qu'à force de foins &
de tems notre nation eft parvenuë à produire environ une
douzaine de piéces, qui, fi elles ne font pas parfaites, font
pourtant fort au-deffus de tout ce que le refte de la terre a
jamais produit en ce genre. Les Chinois, comme les autres
Afiatiques, font demeurés aux premiers élémens de la poëfie,
de l'éloquence, de la phyfique, de l'aftronomie, de la peinture, connus par eux fi longtems avant nous. Il leur a été
donné de commencer en tout plus tôt que les autres peuples,
pour ne faire enfuite aucun progrès. Ils ont reffemblé aux
anciens Egyptiens, qui ayant d'abord enfeigné les Grecs, fini-
rent par n'être pas capables d'être leurs difciples.

Ces Chinois chez qui nous avons voyagé à travers tant de
périls, ces peuples de qui nous avons obtenu avec tant de
peine la permiffion de leur apporter l'argent de l'Europe, &
de venir les inftruire, ne favent pas encor à quel point nous
leur fommes fupérieurs ; ils ne font pas affez avancés, pour
ofer feulement vouloir nous imiter. Nous avons puifé dans

---

*) Le père *du Halde*, tous les | *Européans*, & ce n'eft que depuis
auteurs des lettres édifiantes, tous | quelques années qu'on s'eft avifé
les voyageurs, ont toûjours écrit | d'imprimer *Européens*.

leur hiftoire des fujets de tragédie , & ils ignorent fi nous avons une hiftoire.

Le célèbre Abbé *Metaftafio* a pris pour fujet d'un de fes poëmes dramatiques le même fujet à peu près que moi , c'eft-à-dire , un Orphelin échappé au carnage de fa maifon , & il a puifé cette avanture dans une dynaftie qui régnait neuf cent ans avant notre ére.

La tragédie Chinoife de l'*Orphelin de Tchao* eft tout un autre fujet. J'en ai choifi un tout différent encor des deux autres , & qui ne leur reffemble que par le nom. Je me fuis arrêté à la grande époque de *Gengis-Kan* , & j'ai voulu peindre les mœurs des Tartares & des Chinois. Les avantures les plus intéreffantes ne font rien , quand elles ne peignent pas les mœurs ; & cette peinture , qui eft un des grands fecrets de l'art , n'eft encor qu'un amufement frivole , quand elle n'infpire pas la vertu.

J'ofe dire , que depuis la *Henriade* jufqu'à *Zayre* , & jufqu'à cette piéce Chinoife , bonne , ou mauvaife , tel a été toûjours le principe qui m'a infpiré , & que dans l'hiftoire du fiécle de *Louïs XIV.* j'ai célébré mon Roi & ma patrie fans flatter ni l'un ni l'autre. C'eft dans un tel travail que j'ai confumé plus de quarante années. Mais voici ce que dit un auteur Chinois , traduit en Efpagnol par le célèbre *Navarette.*

» Si tu compofes quelque ouvrage , ne le montre qu'à tes » amis ; crain le public , & tes confrères ; car on falfifiera , » on empoifonnera ce que tu auras fait , & on t'imputera ce » que tu n'auras pas fait. La calomnie , qui a cent trompet- » tes , les fera fonner pour te perdre , tandis que la vérité » qui eft muette reftera auprès de toi. Le célèbre *Ming* fut » accufé d'avoir mal penfé du *Tien* & du *Li* , & de l'Em- » pereur *Vang.* On trouva le vieillard moribond qui ache- » vait le panégyrique de *Vang* , & un hymne au *Tien* , & au » *Li ; &c.*

L E T T R E

A Mr. J. J. R. C. D. G.

J'Ai reçu, Monſieur, votre nouveau livre contre le genre
humain ; je vous en remercie. Vous plairez aux hommes
à qui vous dites leurs vérités, & vous ne les corrigerez pas.
On ne peut peindre avec des couleurs plus fortes les horreurs de la ſociété humaine, dont notre ignorance & notre
faibleſſe ſe promettent tant de conſolations. On n'a jamais
tant employé d'eſprit à vouloir nous rendre bêtes. Il prend
envie de marcher à quatre pattes, quand on lit votre ouvrage. Cependant, comme il y a plus de ſoixante ans que
j'en ai perdu l'habitude, je ſens malheureuſement qu'il m'eſt
impoſſible de la reprendre ; & je laiſſe cette allure naturelle
à ceux qui en ſont plus dignes que vous & moi. Je ne peux
non plus m'embarquer, pour aller trouver les ſauvages du
Canada ; premiérement, parce que les maladies dont je ſuis
accablé me retiennent auprès du plus grand Médecin de l'Europe, & que je ne trouverais pas les mêmes ſecours chez
les Miſſouris : ſecondement, parce que la guerre eſt portée
dans ces pays-là, & que les exemples de nos nations ont
rendu les ſauvages preſque auſſi méchans que nous. Je me
borne à être un ſauvage paiſible dans la ſolitude que j'ai choi-
ſie, auprès de votre patrie, où vous êtes tant déſiré.

Je conviens avec vous que les belles-lettres & les ſcien-
ces ont cauſé quelquefois beaucoup de mal. Les ennemis du
Taſſe firent de ſa vie un tiſſu de malheurs ; ceux de *Galilée*
le firent gémir dans les priſons à ſoixante & dix ans, pour
avoir connu le mouvement de la terre ; & ce qu'il y a de
plus honteux, c'eſt qu'ils l'obligèrent à ſe retraĉter. Vous ſavez quelles traverſes vos amis eſſuyèrent quand ils commen-
cèrent cet ouvrage auſſi utile qu'immenſe de l'*Encyclopédie*,
auquel vous avez tant contribué.

Si

Si j'ofais me compter parmi ceux dont les travaux n'ont eu que la perfécution pour récompenfe, je vous ferais voir des gens acharnés à me perdre, du jour que je donnai la tragédie d'*Œdipe*; une bibliothèque de calomnies imprimées contre moi; un homme qui m'avait des obligations affez connues, me payant de mon fervice par vingt libelles; un autre beaucoup plus coupable encore, faifant imprimer mon propre ouvrage du *Siécle de Louis XIV.* avec des notes dans lefquelles la plus craffe ignorance vomit les plus infames impoftures : un autre qui vend à un libraire quelques chapitres d'une prétendue *Hiftoire univerfelle* fous mon nom, le libraire affez avide pour imprimer ce tiffu informe de bévuës, de fauffes dates, de faits & de noms eftropiés; & enfin des hommes affez injuftes pour m'imputer la publication de cette rapfodie. Je vous ferais voir la fociété infeétée de ce nouveau genre d'hommes inconnus à toute l'antiquité, qui ne pouvant embraffer une profeffion honnête, foit de manœuvre, foit de laquais, & fachant malheureufement lire & écrire, fe font courtiers de littérature, vivent de nos ouvrages, volent des manufcrits, les défigurent, & les vendent. Je pourrais me plaindre que des fragmens d'une plaifanterie faite il y a près de trente ans fur le même fujet que *Chapelain* eut la bêtife de traiter férieufement, courent aujourd'hui le monde par l'infidélité & l'avarice de ces malheureux qui ont mêlé leurs groffiéretés à ce badinage, qui en ont rempli les vuides avec autant de fotife que de malice, & qui enfin au bout de trente ans vendent partout en manufcrit ce qui n'appartient qu'à eux, & qui n'eft digne que d'eux. J'ajouterais qu'en dernier lieu on a volé une partie des matériaux que j'avais raffemblés dans les archives publiques, pour fervir à l'hiftoire de la guerre de 1741. lorfque j'étais hiftoriographe de France; qu'on a vendu à un libraire de Paris ce fruit de mon travail; qu'on fe faifit à l'envi de mon bien, comme fi j'étais déja mort, & qu'on le dénature pour le mettre à l'encan. Je vous peindrais l'ingratitude, l'impofture & la rapine me pourfuivant depuis quarante ans jufqu'au pied des Alpes, & jufqu'au bord de mon tombeau. Mais que conclurrai-je de toutes ces tribulations?

Tom. V. *& du Théâtre le troifiéme.* · V

Que je ne dois pas me plaindre ; que *Pope* , *Defcartes* , *Bayle* , *le Camouens* , & cent autres , ont effuyé les mêmes injuftices & de plus grandes ; que cette deftinée eft celle de prefque tous ceux que l'amour des lettres a trop féduits.

Avouez , en effet , Monfieur , que ce font là de ces petits malheurs particuliers , dont à peine la focieté s'aperçoit. Qu'importe au genre humain que quelques frêlons pillent le miel de quelques abeilles ? Les gens de lettres font grand bruit de toutes ces petites querelles ; le refte du monde ou les ignore , ou en rit.

De toutes les amertumes répandues fur la vie humaine , ce font là les moins funeftes. Les épines attachées à la littérature , & à un peu de réputation , ne font que des fleurs en comparaifon des autres maux qui de tout tems ont inondé la terre. Avouez que ni *Ciceron* , ni *Varron* , ni *Lucrèce* , ni *Virgile* , ni *Horace* , n'eurent la moindre part aux profcriptions. *Marius* était un ignorant. Le barbare *Sylla* , le crapuleux *Antoine* , l'imbécille *Lépide* , lifaient peu *Platon* & *Sophocle* ; & pour ce tyran fans courage , *Octave Cépias* , furnommé fi lâchement *Augufte* , il ne fut un déteftable affaffin , que dans les tems où il fut privé de la fociété des gens de lettres.

Avouez que *Pétrarque* & *Bocace* ne firent pas naître les troubles de l'Italie. Avouez que le badinage de *Marot* n'a pas produit la *St. Barthelemi* , & que la tragédie du *Cid* ne caufa pas les troubles de la Fronde. Les grands crimes n'ont guère été commis que par de célèbres ignorans. Ce qui fait , & fera toûjours de ce monde une vallée de larmes , c'eft l'infatiable cupidité , & l'indomtable orgueil des hommes depuis *Thamas Kouli - Kan* , qui ne favait pas lire , jufqu'à un commis de la douane qui ne fait que chifrer. Les lettres noutriffent l'ame , la rectifient , la confolent ; elles vous fervent , Monfieur , dans le tems que vous écrivez contre elles ; vous êtes comme *Achille* qui s'emporte contre la gloire , & comme le père *Mallebranche* dont l'imagination brillante écrivait contre l'imagination.

Si quelqu'un doit fe plaindre des lettres , c'eft moi , puifque dans tous les tems , & dans tous les lieux , elles ont

fervi à me perfécuter. Mais il faut les aimer malgré l'abus
qu'on en fait , comme il faut aimer la fociété , dont tant
d'hommes méchans corrompent les douceurs ; comme il faut
aimer fa patrie , quelques injuftices qu'on y effuye ; comme
il faut aimer & fervir l'Etre fuprême , malgré les fuperfti-
tions , & le fanatifme qui deshonorent fi fouvent fon culte ,
&c.

PERSONNAGES.

GENGIS-KAN, Empereur Tartare.

OCTAR,
OSMAN, } Guerriers Tartares.

ZAMTI, Mandarin lettré.

IDAMÉ, femme de Zamti.

ASSELI, attachée à Idamé.

ETAN, attaché à Zamti.

La scène est dans un palais des Mandarins qui tient au palais impérial, dans la ville de Cambalu, aujourd'hui Pé-kin.

L'ORPHELIN

DE LA CHINE,

T R A G E D I E.

ACTE PREMIER.

SCENE PREMIERE.

IDAMÉ , ASSELI.

IDAMÉ.

SE peut-il qu'en ce tems de défolation ,
En ce jour de carnage & de deftruction ,
Quand ce palais fanglant , ouvert à des Tartares ,
Tombe avec l'univers fous ces peuples barbares ,
Dans cet amas affreux de publiques horreurs ,
Il foit encor pour moi de nouvelles douleurs ?

ASSELI.

Eh , qui n'éprouve , hélas ! dans la perte commune ,
Les triftes fentimens de fa propre infortune ?
Qui de nous vers le ciel n'élève pas fes cris
Pour les jours d'un époux , ou d'un père , ou d'un fils ?
Dans cette vafte enceinte , au Tartare inconnuë ,
Où le Roi dérobait à la publique vuë

Ce peuple défarmé de paifibles mortels,
Interprètes des loix, miniftres des autels,
Vieillards, femmes, enfans, troupeau faible & timide,
Dont n'a point approché cette guerre homicide,
Nous ignorons encor à quelle atrocité
Le vainqueur infolent porte fa cruauté.
Nous entendons gronder la foudre & les tempêtes.
Le dernier coup approche, & vient frapper nos têtes.

I D A M É.

O fortune ! ô pouvoir au-deffus de l'humain !
Chère & trifte Afféli, fais-tu quelle eft la main,
Qui du Catai fanglant preffe le vafte Empire,
Et qui s'appefantit fur tout ce qui refpire ?

A S S E L I.

On nomme ce tyran du nom de Roi des Rois.
C'eft ce fier Gengis-Kan, dont les affreux exploits
Font un vafte tombeau de la fuperbe Afie.
Octar fon lieutenant, déja dans fa furie,
Porte au palais, dit-on, le fer & les flambeaux.
Le Catai paffe enfin fous des maîtres nouveaux.
Cette ville autrefois fouveraine du monde,
Nage de tous côtés dans le fang qui l'inonde.
Voilà ce que cent voix, en fanglots fuperflus,
Ont appris dans ces lieux à mes fens éperdus.

I D A M É.

Sais-tu que ce tyran de la terre interdite,
Sous qui de cet Etat la fin fe précipite,
Ce deftructeur des Rois, de leur fang abreuvé,
Eft un Scythe, un foldat, dans la poudre élevé,
Un guerrier vagabond de ces déferts fauvages,
Climats qu'un ciel épais ne couvre que d'orages ?

C'eft lui qui fur les fiens briguant l'autorité,
Tantôt fort & puiffant, tantôt perfécuté,
Vint jadis à tes yeux, dans cette augufte ville,
Aux portes du palais demander un afyle.
Son nom eft Témugin ; c'eft t'en apprendre affez.

A S S E L I.

Quoi ! c'eft lui dont les vœux vous furent adreffés !
Quoi ! c'eft ce fugitif, dont l'amour & l'hommage
A vos parens furpris parurent un outrage !
Lui qui traîne après lui tant de Rois fes fuivans,
Dont le nom feul impofe au refte des vivans !

I D A M É.

C'eft lui-même, Afféli : fon fuperbe courage,
Sa future grandeur brillait fur fon vifage.
Tout femblait, je l'avoue, efclave auprès de lui ;
Et lorfque de la cour il mendiait l'appui,
Inconnu, fugitif, il ne parlait qu'en maître.
Il m'aimait ; & mon cœur s'en applaudit peut-être :
Peut-être qu'en fecret je tirais vanité
D'adoucir ce lion dans mes fers arrêté,
De plier à nos mœurs cette grandeur fauvage,
D'inftruire à nos vertus fon féroce courage,
Et de le rendre enfin, graces à ces liens,
Digne un jour d'être admis parmi nos citoyens.
Il eût fervi l'Etat, qu'il détruit par la guerre.
Un refus a produit les malheurs de la terre.
De nos peuples jaloux tu connais la fierté.
De nos arts, de nos loix l'augufte antiquité,
Une religion de tout tems épurée,
De cent fiécles de gloire une fuite averée,
Tout nous interdifait, dans nos préventions,

Une indigne alliance avec les nations.
Enfin un autre hymen, un plus faint nœud m'engage;
Le vertueux Zamti mérita mon fuffrage.
Qui l'eût cru, dans ces tems de paix & de bonheur,
Qu'un Scythe méprifé ferait notre vainqueur?
Voilà ce qui m'allarme, & qui me defefpère;
J'ai refufé fa main; je fuis époufe & mère:
Il ne pardonne pas; il fe vit outrager,
Et l'univers fait trop s'il aime à fe venger.
Etrange deftinée, & revers incroyable!
Eft-il poffible, ô Dieu, que ce peuple innombrable
Sous le glaive du Scythe expire fans combats,
Comme de vils troupeaux que l'on mène au trépas?

ASSELI.

Les Coréens, dit-on, raffemblaient une armée;
Mais nous ne favons rien que par la renommée,
Et tout nous abandonne aux mains des deftructeurs.

IDAMÉ.

Que cette incertitude augmente mes douleurs!
J'ignore à quel excès parviennent nos mifères;
Si l'Empereur encor au palais de fes pères
A trouvé quelque afyle, ou quelque défenfeur;
Si la Reine eft tombée aux mains de l'oppreffeur;
Si l'un & l'autre touche à fon heure fatale.
Hélas! ce dernier fruit de leur foi conjugale,
Ce malheureux enfant à nos foins confié,
Excite encor ma crainte, ainfi que ma pitié.
Mon époux au palais porte un pied téméraire.
Une ombre de refpect pour fon faint miniftère
Peut-être adoucira ces vainqueurs forcenés.
On dit que ces brigands aux meurtres acharnés,

Qui

Qui rempliffent de fang la terre intimidée,
Ont d'un Dieu cependant confervé quelque idée ;
Tant la nature même en toute nation
Grava l'Etre fuprême, & la religion.
Mais je me flatte en vain qu'aucun refpeit les touche ;
La crainte eft dans mon cœur, & l'efpoir dans ma bouche.
Je me meurs...

S C E N E I I.

I D A M É , Z A M T I , A S S E L I.

I D A M É.

Est-ce vous, époux infortuné ?
Notre fort fans retour eft-il déterminé ?
Hélas ! qu'avez-vous vû ?

Z A M T I.

Ce que je tremble à dire.
Le malheur eft au comble ; il n'eft plus, cet Empire.
Sous le glaive étranger j'ai vû tout abbattu.
De quoi nous a fervi d'adorer la vertu ?
Nous étions vainement, dans une paix profonde,
Et les légiflateurs & l'exemple du monde.
Vainement par nos loix l'univers fut inftruit ;
La fageffe n'eft rien, la force a tout détruit.
J'ai vû de ces brigands la horde hyperborée,
Par des fleuves de fang fe frayant une entrée,
Sur les corps entaffés de nos frères mourans,
Portant partout le glaive, & les feux dévorans.
Ils pénètrent en foule à la demeure augufte,
Où de tous les humains le plus grand, le plus jufte,

Tom. V. & du Théâtre le troifiéme.   X

D'un front majestueux attendait le trépas.
La Reine évanouïe était entre ses bras.
De leurs nombreux enfans ceux en qui le courage
Commençait vainement à croître avec leur âge,
Et qui pouvaient mourir les armes à la main,
Etaient déja tombés sous le fer inhumain.
Il restait près de lui ceux dont la tendre enfance
N'avait que la faiblesse & des pleurs pour défense :
On les voyait encor autour de lui pressés,
Tremblans à ses genoux, qu'ils tenaient embrassés.
J'entre par des détours inconnus au vulgaire ;
J'approche en frémissant de ce malheureux père ;
Je vois ces vils humains, ces monstres des déserts,
A notre auguste maître osans donner des fers,
Traîner dans son palais, d'une main sanguinaire,
Le père, les enfans, & leur mourante mère.

IDAMÉ.

C'est donc là leur destin ! Quel changement, ô cieux !

ZAMTI.

Ce Prince infortuné tourne vers moi les yeux ;
Il m'appelle, il me dit, dans la langue sacrée,
Du conquérant Tartare, & du peuple ignorée ;
Conserve au moins le jour au dernier de mes fils.
Jugez si mes sermens & mon cœur l'ont promis ;
Jugez de mon devoir quelle est la voix pressante.
J'ai senti ranimer ma force languissante ;
J'ai revolé vers vous. Les ravisseurs sanglans
Ont laissé le passage à mes pas chancelans ;
Soit que dans les fureurs de leur horrible joie,
Au pillage acharnés, occupés de leur proie,
Leur superbe mépris ait détourné les yeux ;

Soit que cet ornement d'un miniſtre des cieux,
Ce ſymbole ſacré du grand Dieu que j'adore,
A la férocité puiſſe impoſer encore ;
Soit qu'enfin ce grand Dieu, dans ſes profonds deſſeins,
Pour ſauver cet enfant, qu'il a mis dans mes mains,
Sur leurs yeux vigilans répandant un nuage,
Ait égaré leur vuë, ou ſuſpendu leur rage.

I D A M É.

Seigneur, il ferait tems encor de le ſauver :
Qu'il parte avec mon fils ; je les peux enlever.
Ne deſeſpérons point, & préparons leur fuite.
De notre promt départ qu'Etan ait la conduite.
Allons vers la Corée, au rivage des mers,
Aux lieux où l'Océan ceint ce triſte univers.
La terre a des déſerts & des antres ſauvages ;
Portons - y ces enfans, tandis que les ravages
N'inondent point encor ces aſyles ſacrés,
Eloignés de leur vuë, & peut - être ignorés.
Allons ; le tems eſt cher, & la plainte inutile.

Z A M T I.

Hélas ! le fils des Rois n'a pas même un aſyle.
J'attens les Coréens : ils viendront, mais trop tard.
Cependant la mort vole au pied de ce rempart.
Saiſiſſons, s'il ſe peut, le moment favorable
De mettre en ſureté ce gage inviolable.

S C E N E III.

ZAMTI, IDAMÉ, ASSELI, ETAN.

ZAMTI.

ETan, où courez-vous, interdit, confterné ?

IDAMÉ.

Fuyons de ce féjour au Scythe abandonné.

ETAN.

Vous êtes obfervés ; la fuite eft impoffible.
Autour de notre enceinte une garde terrible,
Aux peuples confternés offre de toutes parts
Un rempart hériffé de piques & de dards.
Les vainqueurs ont parlé. L'efclavage en filence
Obéit à leurs voix dans cette ville immenfe.
Chacun refte immobile & de crainte & d'horreur,
Depuis que fous le glaive eft tombé l'Empereur.

ZAMTI.

Il n'eft donc plus !

IDAMÉ.

O cieux !

ETAN.

De ce nouveau carnage
Qui poura retracer l'épouvantable image ?
Son époufe, fes fils fanglans & déchirés...
O famille de Dieux fur la terre adorés !
Que vous dirai-je, hélas ? Leurs têtes expofées
Du vainqueur infolent excitent les rifées,
Tandis que leurs fujets tremblans de murmurer,
Baiffent des yeux mourans qui craignent de pleurer.

De nos honteux foldats les alfanges errantes
A genoux ont jetté leurs armes impuiffantes.
Les vainqueurs fatigués dans nos murs affervis,
Laffés de leur victoire & de fang affouvis,
Publiant à la fin le terme du carnage,
Ont au lieu de la mort annoncé l'efclavage.
Mais d'un plus grand défaftre on nous menace encor.
On prétend que ce Roi des fiers enfans du Nord,
Gengis-Kan, que le ciel envoya pour détruire,
Dont les feuls lieutenans oppriment cet Empire,
Dans nos murs autrefois inconnu, dédaigné,
Vient toûjours implacable, & toûjours indigné,
Confommer fa colère, & venger fon injure.
Sa nation farouche eft d'une autre nature
Que les triftes humains qu'enferment nos remparts.
Ils habitent des champs, des tentes, & des chars ;
Ils fe croiraient gênés dans cette ville immenfe.
De nos arts, de nos loix la beauté les offenfe.
Ces brigands vont changer en d'éternels déferts
Les murs que fi longtems admira l'univers.

I D A M É.

Le vainqueur vient fans doute armé de la vengeance.
Dans mon obfcurité j'avais quelque efpérance,
Je n'en ai plus. Les cieux, à nous nuire attachés,
Ont éclairé la nuit, où nous étions cachés.
Trop heureux les mortels inconnus à leur maître !

Z A M T I.

Les notres font tombés : le jufte ciel peut-être
Voudra pour l'Orphelin fignaler fon pouvoir.
Veillons fur lui, voilà notre premier devoir.
Que nous veut ce Tartare ?

I D A M É.

O ciel , pren ma defenſe.

S C E N E   IV.

ZAMTI , IDAMÉ , ASSELI , OCTAR , Gardes.

OCTAR.

ESclaves , écoutez ; que votre obéiſſance
Soit l'unique réponſe aux ordres de ma voix.
Il reſte encor un fils du dernier de vos Rois ;
C'eſt vous qui l'élevez : votre ſoin téméraire
Nourit un ennemi , dont il faut ſe défaire.
Je vous ordonne , au nom du vainqueur des humains ,
De remettre aujourd'hui cet enfant dans mes mains.
Je vais l'attendre , allez , qu'on m'apporte ce gage.
Pour peu que vous tardiez , le ſang & le carnage
Vont de mon maître encor ſignaler le couroux ,
Et la deſtruction commencera par vous.
La nuit vient , le jour fuit ; vous , avant qu'il finiſſe ,
Si vous aimez la vie , allez , qu'on obéiſſe.

S C E N E   V.

ZAMTI , IDAMÉ.

IDAMÉ.

OU ſommes - nous réduits ? O monſtres , ô terreur !
Chaque inſtant fait éclorre une nouvelle horreur ,
Et produit des forfaits , dont l'ame intimidée

Jufqu'à ce jour de fang n'avait point eu d'idée.
Vous ne répondez rien : vos foupirs élancés
Au ciel qui nous accable en vain font adreffés.
Enfant de tant de Rois , faut-il qu'on facrifie
Aux ordres d'un foldat ton innocente vie ?

ZAMTI.

J'ai promis , j'ai juré de conferver fes jours.

IDAMÉ.

De quoi lui ferviront vos malheureux fecours ?
Qu'importent vos fermens , vos ftériles tendreffes ?
Etes-vous en état de tenir vos promeffes ?
N'efpérons plus.

ZAMTI.

Ah ! ciel ! Et quoi , vous voudriez
Voir du fils de mes Rois les jours facrifiés ?

IDAMÉ.

Non , je n'y puis penfer fans des torrens de larmes ;
Et fi je n'étais mère , & fi dans mes allarmes ,
Le ciel me permettait d'abréger un deftin
Néceffaire à mon fils élevé dans mon fein ,
Je vous dirais , mourons ; & lorfque tout fuccombe
Sous les pas de nos Rois , defcendons dans la tombe.

ZAMTI.

Après l'atrocité de leur indigne fort ,
Qui pourrait redouter & refufer la mort ?
Le coupable la craint , le malheureux l'appelle ,
Le brave la défie , & marche au devant d'elle ,
Le fage qui l'attend la reçoit fans regrets.

IDAMÉ.

Quels font en me parlant vos fentimens fecrets ?
Vous baiffez vos regards , vos cheveux fe hériffent ,

Vous pâliffez , vos yeux de larmes fe rempliffent ;
Mon cœur répond au votre , il fent tous vos tourmens.
Mais que réfolvez-vous ?

ZAMTI.

De garder mes fermens.
Auprès de cet enfant , allez , daignez m'attendre.

IDAMÉ.

Mes prières , mes cris pouront-ils le défendre ?

SCENE VI.

ZAMTI, ETAN.

ETAN.

SEigneur , votre pitié ne peut le conferver.
Ne fongez qu'à l'Etat que fa mort peut fauver :
Pour le falut du peuple il faut bien qu'il périffe.

ZAMTI.

Oui... je vois qu'il faut faire un trifte facrifice.
Ecoute : cet Empire eft-il cher à tes yeux ?
Reconnais-tu ce Dieu de la terre & des cieux,
Ce Dieu que fans mêlange annonçaient nos ancêtres,
Méconnu par le Bonze , infulté par nos maîtres ?

ETAN.

Dans nos communs malheurs il eft mon feul appui ;
Je pleure la patrie , & n'efpère qu'en lui.

ZAMTI.

Jure ici par fon nom , par fa toute-puiffance,
Que tu conferveras dans l'éternel filence
Le fecret qu'en ton fein je dois enfevelir.
Jure-moi que tes mains oferont accomplir

Ce

Ce que les intérêts , & les loix de l'Empire ,
Mon devoir & mon Dieu , vont par moi te prescrire.

E T A N.

Je le jure , & je veux , dans ces murs désolés ,
Voir nos malheurs communs sur moi seul assemblés ,
Si trahissant vos vœux , & démentant mon zèle ,
Ou ma bouche , ou ma main , vous était infidèle.

Z A M T I.

Allons , il ne m'est plus permis de reculer.

E T A N.

De vos yeux attendris je vois des pleurs couler.
Hélas , de tant de maux les atteintes cruelles
Laissent donc place encor à des larmes nouvelles !

Z A M T I.

On a porté l'arrêt ! rien ne peut le changer !

E T A N.

On presse , & cet enfant , qui vous est étranger....

Z A M T I.

Etranger ! Lui , mon Roi !

E T A N.

       Notre Roi fut son père ;
Je le sais , j'en frémis : parlez , que dois-je faire ?

Z A M T I.

On compte ici mes pas ; j'ai peu de liberté.
Sers-toi de la faveur de ton obscurité.
De ce dépôt sacré tu sais quel est l'asyle :
Tu n'es point observé ; l'accès t'en est facile.
Cachons pour quelque tems cet enfant précieux
Dans le sein des tombeaux bâtis par nos ayeux.
Nous remettrons bientôt au chef de la Corée
Ce tendre rejetton d'une tige adorée.

   Tom. V. & du Théâtre le troisième.   Y

Il peut ravir du moins à nos cruels vainqueurs
Ce malheureux enfant, l'objet de leurs terreurs.
Il peut fauver mon Roi. Je prens fur moi le refte.

ETAN.

Et que deviendrez-vous fans ce gage funefte ?
Que pourez-vous répondre au vainqueur irrité ?

ZAMTI.

J'ai de quoi fatisfaire à fa férocité.

ETAN.

Vous, Seigneur ?

ZAMTI.

O nature, ô devoir tyrannique !

ETAN.

Eh bien !

ZAMTI.

Dans fon berceau faifi mon fils unique.

ETAN.

Votre fils !

ZAMTI.

Songe au Roi que tu dois conferver.
Pren mon fils... que fon fang... je ne puis achever.

ETAN.

Ah ! que m'ordonnez-vous ?

ZAMTI.

Refpecte ma tendreffe,
Refpecte mon malheur, & furtout ma faibleffe.
N'oppofe aucun obftacle à cet ordre facré ;
Et rempli ton devoir après l'avoir juré.

ETAN.

Vous m'avez arraché ce ferment téméraire.
A quel devoir affreux me faut-il fatisfaire ?

J'admire avec horreur ce deſſein généreux ;
Mais ſi mon amitié.....

Z A M T I.

C'en eſt trop , je le veux.
Je ſuis père ; & ce cœur , qu'un tel arrêt déchire,
S'en eſt dit cent fois plus que tu ne peux m'en dire.
J'ai fait taire le ſang ; fai taire l'amitié.
Pars.

E T A N.

Il faut obéir.

Z A M T I.

Laiſſe - moi par pitié.

S C E N E VIII.

Z A M T I *ſeul.*

J'Ai fait taire le ſang ! Ah trop malheureux père !
J'entens trop cette voix ſi fatale & ſi chère.
Ciel , impoſe ſilence aux cris de ma douleur.
Mon épouſe , mon fils , me déchirent le cœur.
De ce cœur effrayé cache - moi la bleſſure.
L'homme eſt trop faible , hélas ! pour domter la nature.
Que peut - il par lui - même ? Achève , ſoutien - moi ;
Affermi la vertu prête à tomber ſans toi.

Fin du premier acte.

ACTE II.

SCENE PREMIERE.

ZAMTI *feul.*

E Tan auprès de moi tarde trop à fe rendre.
Il faut que je lui parle ; & je crains de l'entendre.
Je tremble malgré moi de fon fatal retour.
O mon fils ! mon cher fils ! as-tu perdu le jour ?
Aura-t-on confommé ce fatal facrifice ?
Je n'ai pû de ma main te conduire au fupplice ;
Je n'en eus pas la force. En ai-je affez au moins
Pour apprendre l'effet de mes funeftes foins ?
En ai-je encor affez pour cacher mes allarmes ?

SCENE II.

ZAMTI, ETAN.

ZAMTI.

V iens , ami... je t'entens... je fais tout par tes larmes.

ETAN.

Votre malheureux fils....

ZAMTI.

Arrête ; parle-moi
De l'efpoir de l'Empire , & du fils de mon Roi :
Eft-il en fureté ?

ETAN.

Les tombeaux de ſes pères
Cachent à nos tyrans ſa vie & ſes miſères.
Il vous devra des jours pour ſouffrir commencés ;
Préſent fatal peut-être !

ZAMTI.

Il vit : c'en eſt aſſez.
O vous, à qui je rens ces ſervices fidelles,
O mes Rois, pardonnez mes larmes paternelles.

ETAN.

Oſez-vous en ces lieux gémir en liberté ?

ZAMTI.

Où porter ma douleur, & ma calamité ?
Et comment deſormais ſoutenir les approches,
Le deſeſpoir, les cris, les éternels reproches,
Les imprécations d'une mère en fureur ?
Encor ſi nous pouvions prolonger ſon erreur !

ETAN.

On a ravi ſon fils dans ſa fatale abſence :
A nos cruels vainqueurs on conduit ſon enfance ;
Et ſoudain j'ai volé pour donner mes ſecours
Au royal Orphelin, dont on pourſuit les jours.

ZAMTI.

Ah ! du moins, cher Etan, ſi tu pouvais lui dire,
Que nous avons livré l'héritier de l'Empire,
Que j'ai caché mon fils, qu'il eſt en ſureté !
Impoſons quelque tems à ſa crédulité.
Hélas ! la vérité ſi ſouvent eſt cruelle !
On l'aime ; & les humains ſont malheureux par elle.
Allons... Ciel ! elle-même approche de ces lieux ;
La douleur & la mort ſont peintes dans ſes yeux.

SCENE III.

ZAMTI, IDAMÉ.

IDAMÉ.

Qu'ai-je vû ? Qu'a-t-on fait ? Barbare, est-il possible ?
L'avez-vous commandé ce sacrifice horrible ?
Non, je ne puis le croire ; & le ciel irrité
N'a pas dans votre sein mis tant de cruauté.
Non, vous ne serez point plus dur & plus barbare
Que la loi du vainqueur & le fer du Tartare.
Vous pleurez, malheureux !

ZAMTI.

Ah ! pleurez avec moi ;
Mais avec moi songez à sauver votre Roi.

IDAMÉ.

Que j'immole mon fils !

ZAMTI.

Telle est notre misère :
Vous êtes citoyenne avant que d'être mère.

IDAMÉ.

Quoi ! sur toi la nature a si peu de pouvoir !

ZAMTI.

Elle n'en a que trop, mais moins que mon devoir :
Et je dois plus au sang de mon malheureux maître,
Qu'à cet enfant obscur à qui j'ai donné l'être.

IDAMÉ.

Non, je ne connais point cette horrible vertu.
J'ai vû nos murs en cendre, & ce trône abbattu ;
J'ai pleuré de nos Rois les disgraces affreuses ;

Mais par quelles fureurs encor plus douloureufes,
Veux-tu, de ton époufe avançant le trépas,
Livrer le fang d'un fils qu'on ne demande pas ?
Ces Rois enfevelis, difparus dans la poudre,
Sont-ils pour toi des Dieux dont tu craignes la foudre?
A ces Dieux impuiffans, dans la tombe endormis,
As-tu fait le ferment d'affaffiner ton fils ?
Hélas ! grands, & petits, & fujets, & monarques,
Diftingués un moment par de frivoles marques,
Egaux par la nature, égaux par le malheur,
Tout mortel eft chargé de fa propre douleur :
Sa peine lui fuffit, & dans ce grand naufrage,
Raffembler nos débris, voilà notre partage.
Où ferais-je, grand Dieu ! fi ma crédulité
Eût tombé dans le piége à mes pas préfenté ?
Auprès du fils des Rois fi j'étais demeurée,
La victime aux bourreaux allait être livrée :
Je ceffais d'être mère ; & le même couteau
Sur le corps de mon fils me plongeait au tombeau.
Graces à mon amour, inquiète, troublée,
A ce fatal berceau l'inftinct m'a rappellée.
J'ai vû porter mon fils à nos cruels vainqueurs.
Mes mains l'ont arraché des mains des raviffeurs.
Barbare, ils n'ont point eu ta fermeté cruelle.
J'en ai chargé foudain cette efclave fidelle,
Qui foutient de fon lait fes miférables jours,
Ces jours qui périffaient fans moi, fans mon fecours ;
J'ai confervé le fang du fils & de la mère,
Et j'ofe dire encor, de fon malheureux père.

Z A M T I.

Quoi, mon fils eft vivant !

I D A M É.

Oui , ren graces au ciel ,
Malgré toi favorable à ton cœur paternel.
Repen - toi.

Z A M T I.

Dieu des cieux , pardonnez cette joie ,
Qui fe mêle un moment aux pleurs où je me noye.
O ma chère Idamé , ces momens feront courts.
Vainement de mon fils vous prolongiez les jours ;
Vainement vous cachiez cette fatale offrande.
Si nous ne donnons pas le fang qu'on nous demande,
Nos tyrans foupçonneux feront bientôt vengés ;
Nos citoyens tremblans , avec nous égorgés ,
Vont payer de vos foins les efforts inutiles ;
De foldats entourés nous n'avons plus d'afyles :
Et mon fils , qu'au trépas vous croyez arracher ,
A l'œil qui le pourfuit ne peut plus fe cacher.
Il faut fubir fon fort.

I D A M É.

Ah ! cher époux , demeure ;
Ecoute - moi , du moins.

Z A M T I.

Hélas !.... il faut qu'il meure.

I D A M É.

Qu'il meure ! arrête , tremble , & crain mon defefpoir.
Crain fa mère.

Z A M T I.

Je crains de trahir mon devoir.
Abandonnez le votre ; abandonnez ma vie
Aux déteftables mains d'un conquérant impie.
C'eft mon fang qu'à Gengis il vous faut demander.

Allez ,

Allez , il n'aura pas de peine à l'accorder.

Dans le fang d'un époux trempez vos mains perfides ;
Allez , ce jour n'eft fait que pour des parricides.
Rendez vains mes fermens , facrifiez nos loix ,
Immolez votre époux , & le fang de vos Rois.

I D A M É.

De mes Rois ! Va , te dis-je , ils n'ont rien à prétendre.
Je ne dois point mon fang en tribut à leur cendre.
Va ; le nom de fujet n'eft pas plus faint pour nous ,
Que ces noms fi facrés & de père & d'époux.
La nature & l'hymen , voilà les loix premières ,
Les devoirs , les liens des nations entières :
Ces loix viennent des Dieux ; le refte eft des humains.
Ne me fai point haïr le fang des Souverains :
Oui , fauvons l'Orphelin d'un vainqueur homicide ;
Mais ne le fauvons pas au prix d'un parricide.
Que les jours de mon fils n'achètent point fes jours.
Loin de l'abandonner , je vole à fon fecours.
Je prens pitié de lui ; pren pitié de toi-même ,
De ton fils innocent , de fa mère qui t'aime.
Je ne menace plus : je tombe à tes genoux.
O père infortuné , cher & cruel époux ,
Pour qui j'ai méprifé , tu t'en fouviens peut-être ,
Ce mortel qu'aujourd'hui le fort a fait ton maître ;
Accorde-moi mon fils , accorde-moi ce fang ,
Que le plus pur amour a formé dans mon flanc ;
Et ne réfifte point au cri terrible & tendre ,
Qu'à tes fens défolés l'amour a fait entendre.

Z A M T I.

Ah ! c'eft trop abufer du charme & du pouvoir
Dont la nature & vous combattent mon devoir.

Trop faible épouse, hélas, si vous pouviez connaître!..
I D A M É.

Je suis faible, oui, pardonne ; une mère doit l'être.
Je n'aurai point de toi ce reproche à souffrir,
Quand il faudra te suivre, & qu'il faudra mourir.
Cher époux, si tu peux au vainqueur sanguinaire,
A la place du fils, sacrifier la mère,
Je suis prête : Idamé ne se plaindra de rien :
Et mon cœur est encor aussi grand que le tien.
Z A M T I.

Oui, j'en crois ta vertu.

S C E N E   IV.

Z A M T I, I D A M É, O C T A R, Gardes.

O C T A R.

QUoi ! vous osez reprendre
Ce dépôt que ma voix vous ordonna de rendre ?
Soldats, suivez leurs pas, & me répondez d'eux :
Saisissez cet enfant qu'ils cachent à mes yeux.
Allez : votre Empereur en ces lieux va paraître.
Apportez la victime aux pieds de votre maître.
Soldats, veillez sur eux.
Z A M T I.
Je suis prêt d'obéir.

Vous aurez cet enfant.
I D A M É.
Je ne le puis souffrir.

Non, vous ne l'obtiendrez, cruels, qu'avec ma vie.

O C T A R.

Qu'on faffe retirer cette femme hardie.
Voici votre Empereur : ayez foin d'empêcher
Que tous ces vils captifs ofent en approcher.

S C E N E V.

GENGIS, OCTAR, OSMAN, Troupe de guerriers.

G E N G I S.

ON a pouffé trop loin le droit de ma conquête.
Que le glaive fe cache, & que la mort s'arrête.
Je veux que les vaincus refpirent deformais.
J'envoyai la terreur, & j'apporte la paix.
La mort du fils des Rois fuffit à ma vengeance.
Etouffons dans fon fang la fatale femence
Des complots éternels, & des rébellions,
Qu'un fantôme de Prince infpire aux nations.
Sa famille eft éteinte ; il vit ; il doit la fuivre.
Je n'en veux qu'à des Rois : mes fujets doivent vivre.

Ceffez de mutiler tous ces grands monumens,
Ces prodiges des arts confacrés par les tems ;
Refpectez-les, ils font le prix de mon courage.

Qu'on ceffe de livrer aux flammes, au pillage,
Ces archives de loix, ce vafte amas d'écrits,
Tous ces fruits du génie, objets de vos mépris.
Si l'erreur les dicta, cette erreur m'eft utile ;
Elle occupe ce peuple, & le rend plus docile.

Octar, je vous deftine à porter mes drapeaux
Aux lieux où le foleil renait du fein des eaux.

A un de ses suivans.

Vous , dans l'Inde soumise , humble dans sa défaite ,
Soyez de mes décrets le fidèle interprète ;
Tandis qu'en Occident je fais voler mes fils ,
Des murs de Samarcande aux bords du Tanaïs.
Sortez : demeure , Octar.

S C E N E   V I.

G E N G I S ,   O C T A R.

G E N G I S.

EH bien ! pouvais - tu croire
Que le sort m'élevât à ce comble de gloire ?
Je foule aux pieds ce trône ; & je régne en des lieux ,
Où mon front avili n'osa lever les yeux.
Voici donc ce palais , cette superbe ville ,
Où caché dans la foule , & cherchant un asyle ,
J'essuyai les mépris , qu'à l'abri du danger
L'orgueilleux citoyen prodigue à l'étranger.
On dédaignait un Scythe ; & la honte & l'outrage
De mes vœux mal conçus devinrent le partage.
Une femme ici même a refusé la main ,
Sous qui depuis cinq ans tremble le genre humain.

O C T A R.

Quoi , dans ce haut degré de gloire & de puissance ,
Quand le monde à vos pieds se prosterne en silence ,
D'un tel ressouvenir vous seriez occupé !

G E N G I S.

Mon esprit , je l'avouë , en fut toûjours frappé.

Des affronts attachés à mon humble fortune,
C'eſt le ſeul dont je garde une idée importune.
Je n'eus que ce moment de faibleſſe & d'erreur :
Je crus trouver ici le repos de mon cœur ;
Il n'eſt point dans l'éclat dont le fort m'environne.
La gloire le promet, l'amour, dit - on, le donne.
J'en conſerve un dépit trop indigne de moi :
Mais au moins je voudrais qu'elle connût ſon Roi,
Que ſon œil entrevît, du ſein de la baſſeſſe,
De qui ſon imprudence outragea la tendreſſe ;
Qu'à l'aſpeét des grandeurs qu'elle eût pû partager,
Son deſeſpoir ſecret ſervît à me venger.

O c t a r.

Mon oreille, Seigneur, était accoûtumée
Aux cris de la viétoire & de la renommée,
Au bruit des murs fumans renverſés ſous vos pas,
Et non à ces diſcours que je ne conçois pas.

G e n g i s.

Non, depuis qu'en ces lieux mon ame fut vaincue,
Depuis que ma fierté fut ainſi confondue,
Mon cœur s'eſt deſormais défendu ſans retour
Tous ces vils ſentimens qu'ici l'on nomme amour.
Idamé, je l'avoüe, en cette ame égarée,
Fit une impreſſion que j'avais ignorée.
Dans nos antres du Nord, dans nos ſtériles champs,
Il n'eſt point de beauté qui ſubjugue nos ſens.
De nos travaux groſſiers les compagnes ſauvages
Partageaient l'âpreté de nos mâles courages.
Un poiſon tout nouveau me ſurprit en ces lieux ;
La tranquille Idamé le portait dans ſes yeux :
Ses paroles, ſes traits reſpiraient l'art de plaire :

Z iij

Je rens grace au refus qui nourrit ma colère ;
Son mépris diffipa ce charme fuborneur,
Ce charme inconcevable & fouverain du cœur.
Mon bonheur m'eût perdu ; mon ame toute entière
Se doit aux grands objets de ma vafte carrière.
J'ai fubjugué le monde , & j'aurais foupiré !
Ce trait injurieux , dont je fus déchiré ,
Ne rentrera jamais dans mon ame offenfée.
Je bannis fans regret cette lâche penfée.
Une femme fur moi n'aura point ce pouvoir ;
Je la veux oublier , je ne veux point la voir.
Qu'elle pleure à loifir fa fierté trop rebelle ;
Octar , je vous défens que l'on s'informe d'elle.

O C T A R.

Vous avez en ces lieux des foins plus importans.

G E N G I S.

Oui , je me fouviens trop de tant d'égaremens.

S C E N E VII.

G E N G I S , O C T A R , O S M A N.

O S M A N.

LA victime , Seigneur , allait être égorgée ;
Une garde autour d'elle était déja rangée :
Mais un événement , que je n'attendais pas ,
Demande un nouvel ordre , & fufpend fon trépas :
Une femme éperdue , & de larmes baignée ,
Arrive , tend les bras à la garde indignée ,
Et nous furprenant tous par fes cris forcenés ,

Arrêtez , c'eſt mon fils que vous aſſaſſinez ;
C'eſt mon fils , on vous trompe au choix de la victime.
Le deſeſpoir affreux , qui parle , & qui l'anime ,
Ses yeux , ſon front , ſa voix , ſes ſanglots , ſes clameurs ,
Sa fureur intrépide au milieu de ſes pleurs ,
Tout ſemblait annoncer , par ce grand caractère ,
Le cri de la nature , & le cœur d'une mère.
Cependant ſon époux devant nous appellé ,
Non moins éperdu qu'elle , & non moins accablé ,
Mais ſombre & recueilli dans ſa douleur funeſte ,
De nos Rois , a-t-il dit , voilà ce qui nous reſte ;
Frappez ; voilà le ſang que vous me demandez.
De larmes en parlant ſes yeux ſont inondés.
Cette femme à ces mots d'un froid mortel ſaiſie ,
Longtems ſans mouvement , ſans couleur , & ſans vie ,
Ouvrant enfin les yeux d'horreur appeſantis ,
Dès qu'elle a pû parler a reclamé ſon fils.
Le menſonge n'a point des douleurs ſi ſincères ;
On ne verſa jamais de larmes plus amères.
On doute , on examine , & je reviens confus ,
Demander à vos pieds vos ordres abſolus.

G E N G I S.

Je ſaurai démêler un pareil artifice ;
Et qui m'a pû tromper eſt ſûr de ſon ſupplice.
Ce peuple de vaincus prétend-il m'aveugler ?
Et veut-on que le ſang recommence à couler ?

O C T A R.

Cette femme ne peut tromper votre prudence.
Du fils de l'Empereur elle a conduit l'enfance.
Aux enfans de ſon maître on s'attache aiſément.
Le danger , le malheur ajoute au ſentiment.

Le fanatifme alors égale la nature ;
Et fa douleur fi vraie ajoute à l'impofture.
Bientôt de fon fecret perçant l'obfcurité ,
Vos yeux dans cette nuit répandront la clarté.

G E N G I S.

Quelle eft donc cette femme ?

O C T A R.

On dit qu'elle eft unie
A l'un de ces lettrés que refpectait l'Afie ,
Qui trop enorgueillis du fafte de leurs loix ,
Sur leur vain tribunal ofaient braver cent Rois.
Leur foule eft innombrable ; ils font tous dans les chaînes ;
Ils connaîtront enfin des loix plus fouveraines.
Zamti , c'eft là le nom de cet efclave altier ,
Qui veillait fur l'enfant qu'on doit facrifier.

G E N G I S.

Allez interroger ce couple condamnable ;
Tirez la vérité de leur bouche coupable ;
Que nos guerriers furtout à leur pofte fixés ,
Veillent dans tous les lieux où je les ai placés ;
Qu'aucun d'eux ne s'écarte. On parle de furprife ;
Les Coréens , dit-on , tentent quelque entreprife ;
Vers les rives du fleuve on a vû des foldats.
Nous faurons quels mortels s'avancent au trépas ,
Et fi l'on veut forcer les enfans de la guerre
A porter le carnage aux bornes de la terre.

Fin du fecond acte.

A C T E

ACTE III.

SCENE PREMIERE.

GENGIS, OCTAR, OSMAN, Troupe de Guerriers.

GENGIS.

A.-T-on de ces captifs éclairci l'impoſture ?
A-t-on connu leur crime, & vengé mon injure ?
Ce rejetton des Rois à leur garde commis,
Entre les mains d'Octar eſt-il enfin remis ?

OSMAN.

Il cherche à pénétrer dans ce ſombre myſtère.
A l'aſpect des tourmens ce Mandarin ſévère
Perſiſte en ſa réponſe avec tranquillité.
Il ſemble ſur ſon front porter la vérité.
Son épouſe en tremblant nous répond par des larmes :
Sa plainte, ſa douleur augmente encor ſes charmes.
De pitié malgré nous nos cœurs étaient ſurpris,
Et nous nous étonnions de nous voir attendris.
Jamais rien de ſi beau ne frappa notre vuë.
Seigneur, le croiriez-vous ? Cette femme éperduë
A vos ſacrés genoux demande à ſe jetter.
Que le vainqueur des Rois daigne enfin m'écouter :
Il poura d'un enfant protéger l'innocence ;
Malgré ſes cruautés j'eſpère en ſa clémence :
Puiſqu'il eſt tout-puiſſant, il ſera généreux ;
Pourrait-il rebuter les pleurs des malheureux ?

Tom. V. & du Théâtre le troiſiéme.　　　　Aa

C'eſt ainſi qu'elle parle ; & j'ai dû lui promettre
Qu'à vos pieds en ces lieux vous daignerez l'admettre.

GENGIS.

De ce myſtère enfin je dois être éclairci.

(*à ſa ſuite.*)

Oui , qu'elle vienne ; allez , & qu'on l'amène ici.
Qu'elle ne penſe pas que par de vaines plaintes ,
Des ſoupirs affeĉtés , & quelques larmes feintes ,
Aux yeux d'un conquérant on puiſſe en impoſer.
Les femmes de ces lieux ne peuvent m'abuſer.
Je n'ai que trop connu leurs larmes infidelles ,
Et mon cœur dès longtems s'eſt affermi contre elles.
Elle cherche un honneur dont dépendra ſon ſort ,
Et vouloir me tromper , c'eſt demander la mort.

OSMAN.

Voilà cette captive à vos pieds amenée.

GENGIS.

Que vois-je ? eſt-il poſſible ? ô ciel , ô deſtinée !
Ne me trompai-je point ? eſt-ce un ſonge , une erreur ?
C'eſt Idamé , c'eſt elle , & mes ſens...

SCENE II.

GENGIS , IDAMÉ , OCTAR , OSMAN , Gardes.

IDAMÉ.

AH ! Seigneur ,
Tranchez les triſtes jours d'une femme éperduë.
Vous devez vous venger , je m'y ſuis attenduë ;
Mais , Seigneur , épargnez un enfant innocent.

G E N G I S.

Raffûrez vous ; fortez de cet effroi preffant...
Ma furprife , Madame , eft égale à la votre...
Le deftin qui fait tout nous trompa l'un & l'autre.
Les tems font bien changés ; mais fi l'ordre des cieux
D'un habitant du Nord , méprifable à vos yeux ,
A fait un conquérant , fous qui tremble l'Afie ,
Ne craignez rien pour vous , votre Empereur oublie
Les affronts qu'en ces lieux effuïa Témugin.
J'immole à ma victoire , à mon trône , au deftin ,
Le dernier rejetton d'une race ennemie.
Le repos de l'Etat me demande fa vie.
Il faut qu'entre mes mains ce dépôt foit livré.
Votre cœur fur un fils doit être raffûré.
Je le prens fous ma garde.

I D A M É.

A peine je refpire.

G E N G I S.

Mais de la vérité , Madame , il faut m'inftruire.
Quel indigne artifice ofe - t - on m'oppofer ?
De vous , de votre époux , qui prétend m'impofer ?

I D A M É.

Ah ! des infortunés épargnez la mifère.

G E N G I S.

Vous favez fi je dois haïr ce téméraire.

I D A M É.

Vous , Seigneur !

G E N G I S.

J'en dis trop , & plus que je ne veux.

I D A M É.

Ah ! rendez - moi , Seigneur , un enfant malheureux ;

A a ij

Vous me l'avez promis, fa grace eft prononcée.

G E N G I S.

Sa grace eft dans vos mains : ma gloire eft offenfée,
Mes ordres méprifés, mon pouvoir avili ;
En un mot vous favez jufqu'où je fuis trahi.
C'eft peu de m'enlever le fang que je demande,
De me défobéir alors que je commande.
Vous êtes dès longtems inftruite à m'outrager ;
Ce n'eft pas d'aujourd'hui que je dois me venger.
Votre époux !... ce feul nom le rend affez coupable.
Quel eft donc ce mortel pour vous fi refpeftable,
Qui fous fes loix, Madame, a pû vous captiver ?
Quel eft cet infolent qui penfe me braver ?
Qu'il vienne.

I D A M É.

Mon époux vertueux & fidelle,
Objet infortuné de ma douleur mortelle,
Servit fon Dieu, fon Roi, rendit mes jours heureux.

G E N G I S.

Qui ?... lui ?.. mais depuis quand formates-vous ces nœuds ?

I D A M É.

Depuis que loin de nous le fort qui vous feconde
Eut entraîné vos pas pour le malheur du monde.

G E N G I S.

J'entens ; depuis le jour que je fus outragé ;
Depuis que de vous deux je dus être vengé ;
Depuis que vos climats ont mérité ma haine ;

S C E N E III.

GENGIS, OCTAR, OSMAN (*d'un côté,*)
IDAMÉ, ZAMTI (*de l'autre,*) Gardes.

G E N G I S.

Parle ; as-tu fatisfait à ma loi fouveraine ?
As-tu mis dans mes mains le fils de l'Empereur ?

Z A M T I.

J'ai rempli mon devoir ; c'en eft fait ; oui, Seigneur.

G E N G I S.

Tu fais fi je punis la fraude & l'infolence ;
Tu fais que rien n'échappe aux coups de ma vengeance,
Que fi le fils des Rois par toi m'eft enlevé,
Malgré ton impofture il fera retrouvé ;
Que fon trépas certain va fuivre ton fupplice.

à fes gardes.

Mais je veux bien le croire. Allez, & qu'on faififfe
L'enfant que cet efclave a remis en vos mains.
Frappez.

Z A M T I.

Malheureux père !

I D A M É.

Arrêtez, inhumains.
Ah, Seigneur, eft-ce ainfi que la pitié vous preffe ?
Eft-ce ainfi qu'un vainqueur fait tenir fa promeffe ?

G E N G I S.

Eft-ce ainfi qu'on m'abufe, & qu'on croit me jouër ?
C'en eft trop ; écoutez, il faut tout m'avouër.
Sur cet enfant, Madame, expliquez-vous fur l'heure.

A a iij

Inſtruiſez-moi de tout, répondez, ou qu'il meure.

I D A M É.

Eh bien, mon fils l'emporte, & ſi dans mon malheur
L'aveu que la nature arrache à ma douleur
Eſt encor à vos yeux une offenſe nouvelle ;
S'il faut toûjours du ſang à votre ame cruelle,
Frappez ce triſte cœur qui cède à ſon effroi,
Et ſauvez un mortel plus généreux que moi.
Seigneur, il eſt trop vrai que notre auguſte maître,
Qui ſans vos ſeuls exploits n'eût point ceſſé de l'être,
A remis à mes mains, aux mains de mon époux,
Ce dépôt reſpeētable à tout autre qu'à vous.
Seigneur, aſſez d'horreurs ſuivaient votre viētoire,
Aſſez de cruautés terniſſaient tant de gloire.
Dans des fleuves de ſang tant d'innocens plongés,
L'Empereur & ſa femme, & cinq fils égorgés,
Le fer de tous côtés dévaſtant cet Empire ;
Tous ces champs de carnage auraient dû vous ſuffire.
Un barbare en ces lieux eſt venu demander
Ce dépôt précieux, que j'aurais dû garder,
Ce fils de tant de Rois, notre unique eſpérance.
A cet ordre terrible, à cette violence,
Mon époux inflexible en ſa fidélité,
N'a vû que ſon devoir, & n'a point héſité ;
Il a livré ſon fils. La nature outragée
Vainement déchirait ſon ame partagée ;
Il impoſait ſilence à ſes cris douloureux.
Vous deviez ignorer ce ſacrifice affreux.
J'ai dû plus reſpeēter ſa fermeté ſévère.
Je devais l'imiter ; mais enfin je ſuis mère.
Mon ame eſt au-deſſous d'un ſi cruel effort.

Je n'ai pû de mon fils confentir à la mort.
Hélas ! au defefpoir que j'ai trop fait paraître ,
Une mère aifément pouvait fe reconnaître.
Voyez de cet enfant le père confondu ,
Qui ne vous a trahi qu'à force de vertu.
L'un n'attend fon falut que de fon innocence ,
Et l'autre eft refpeftable , alors qu'il vous offenfe.
Ne puniffez que moi , qui trahis à la fois ,
Et l'époux que j'admire , & le fang de mes Rois.
Digne époux ! digne objet de toute ma tendreffe !
La pitié maternelle eft ma feule faibleffe ;
Mon fort fuivra le tien , je meurs fi tu péris.
Pardonne - moi du moins d'avoir fauvé ton fils.

Z A M T I.

Je t'ai tout pardonné ; je n'ai plus à me plaindre ;
Pour le fang de mon Roi je n'ai plus rien à craindre ,
Ses jours font affurés.

G E N G I S.

    Traître , ils ne le font pas ;
Va réparer ton crime , ou fubir ton trépas.

Z A M T I.

Le crime eft d'obéir à des ordres injuftes.
La fouveraine voix de mes maîtres auguftes
Du fein de leurs tombeaux parle plus haut que toi.
Tu fus notre vainqueur , & tu n'es pas mon Roi ;
Si j'étais ton fujet , je te ferais fidèle.
Arrache - moi la vie , & refpefte mon zèle.
Je t'ai livré mon fils , j'ai pû te l'immoler :
Penfes - tu que pour moi je puiffe encor trembler ?

G E N G I S.

. Qu'on l'ôte de mes yeux.

I D A M É.

Ah ! daignez. . . .

G E N G I S.

Qu'on l'entraine.

I D A M É.

Non, n'accablez que moi des traits de votre haine.
Cruel ! qui m'aurait dit que j'aurais par vos coups
Perdu mon Empereur, mon fils, & mon époux ?
Quoi ! votre ame jamais ne peut être amollie !

G E N G I S.

Allez, fuivez l'époux à qui le fort vous lie.
Eft-ce à vous de prétendre encor à me toucher ?
Et quel droit avez-vous de me rien reprocher ?

I D A M É.

Ah ! je l'avais prévû ; je n'ai plus d'efpérance.

G E N G I S.

Allez, dis-je, Idamé : fi jamais la clémence
Dans mon cœur malgré moi pouvait encor entrer,
Vous fentez quels affronts il faudrait réparer.

S C E N E   I V.

G E N G I S, O C T A R.

G E N G I S.

D'Où vient que je gémis ? d'où vient que je balance ?
Quel Dieu parlait en elle & prenait fa défenfe ?
Eft-il dans les vertus, eft-il dans la beauté
Un pouvoir au-deffus de mon autorité ?
Ah ! demeurez, Octar, je me crains, je m'ignore :
Il me faut un ami ; je n'en eus point encore ;

Mon

Mon cœur en a befoin.

O C T A R.

Puifqu'il faut vous parler ;
S'il eft des ennemis qu'on vous doive immoler,
Si vous voulez couper d'une race odieufe,
Dans fes derniers rameaux , la tige dangereufe,
Précipitez fa perte ; il faut que la rigueur,
Trop néceffaire appui du trône d'un vainqueur,
Frappe fans intervalle un coup fûr & rapide.
C'eft un torrent qui paffe en fon cours homicide.
Le tems ramène l'ordre & la tranquillité.
Le peuple fe façonne à la docilité.
De fes premiers malheurs l'image eft affaiblie ;
Bientôt il les pardonne , & même il les oublie.
Mais lorfque goute à goute on fait couler le fang,
Qu'on ferme avec lenteur , & qu'on rouvre le flanc,
Que les jours renaiffans ramènent le carnage,
Le defefpoir tient lieu de force & de courage,
Et fait d'un peuple faible un peuple d'ennemis,
D'autant plus dangereux qu'ils étaient plus foumis.

G E N G I S.

Quoi ! c'eft cette Idamé ! quoi ! c'eft - là cette efclave !
Quoi ! l'hymen l'a foumife au mortel qui me brave !

O C T A R.

Je conçois que pour elle il n'eft point de pitié ;
Vous ne lui devez plus que votre inimitié.
Cet amour , dites - vous , qui vous toucha pour elle,
Fut d'un feu paffager la légère étincelle.
Ses imprudens refus , la colère , & le tems,
En ont éteint dans vous les reftes languiffans.
Elle n'eft à vos yeux qu'une femme coupable,

D'un criminel obfcur époufe méprifable.

G E N G I S.

Il en fera puni ; je le dois , je le veux ;
Ce n'eft pas avec lui que je fuis généreux.
Moi laiffer refpirer un vaincu que j'abhorre !
Un efclave ! un rival !

O C T A R.

Pourquoi vit - il encore ?
Vous êtes tout - puiffant , & n'êtes point vengé !

G E N G I S.

Jufte ciel , à ce point mon cœur ferait changé !
C'eft ici que ce cœur connaîtrait les allarmes ,
Vaincu par la beauté , défarmé par les larmes ,
Dévorant mon dépit , & mes foupirs honteux !
Moi rival d'un efclave , & d'un efclave heureux !
Je fouffre qu'il refpire , & cependant on l'aime.
Je refpecte Idamé jufqu'en fon époux même :
Je crains de la bleffer en enfonçant mes coups
Dans le cœur détefté de cet indigne époux.
Eft - il bien vrai que j'aime ? eft - ce moi qui foupire ?
Qu'eft - ce donc que l'amour ? a - t - il donc tant d'empire ?

O C T A R.

Je n'appris qu'à combattre , à marcher fous vos loix.
Mes chars & mes courfiers , mes flèches , mon carquois ,
Voilà mes paffions , & ma feule fcience.
Des caprices du cœur j'ai peu d'intelligence.
Je connais feulement la victoire & nos mœurs :
Les captives toûjours ont fuivi leurs vainqueurs.
Cette délicateffe importune , étrangère ,
Dément votre fortune & votre caractère.
Et qu'importe pour vous , qu'une efclave de plus

Attende en gémiſſant vos ordres abſolus ?
G E N G I S.

Qui connait mieux que moi juſqu'où va ma puiſſance ?
Je puis , je le fais trop , uſer de violence.
Mais quel bonheur honteux , cruel , empoiſonné ,
D'aſſujettir un cœur qui ne s'eſt point donné,
De ne voir en des yeux , dont on ſent les atteintes ,
Qu'un nuage de pleurs & d'éternelles craintes ,
Et de ne poſſéder , dans ſa funeſte ardeur ,
Qu'une eſclave tremblante à qui l'on fait horreur !
Les monſtres des forêts qu'habitent nos Tartares ,
Ont des jours plus ſereins , des amours moins barbares.
Enfin , il faut tout dire ; Idamé prit ſur moi
Un ſecret aſcendant , qui m'impoſait la loi.
Je tremble que mon cœur aujourd'hui s'en ſouvienne.
J'en étais indigné ; ſon ame eut ſur la mienne ,
Et ſur mon caractère , & ſur ma volonté ,
Un empire plus ſûr , & plus illimité ,
Que je n'en ai reçu des mains de la victoire ,
Sur cent Rois détrônés , accablés de ma gloire.
Voilà ce qui tantôt excitait mon dépit.
Je la veux pour jamais chaſſer de mon eſprit ;
Je me rens tout entier à ma grandeur ſuprême ;
Je l'oublie , elle arrive , elle triomphe , & j'aime.

S C E N E   V.

G E N G I S , O C T A R , O S M A N.

G E N G I S.

EH bien , que réſoud - elle ? & que m'apprenez - vous ?
Bb ij

O S M A N.

Elle eft prête à périr auprès de fon époux,
Plutôt que découvrir l'afyle impénétrable,
Où leurs foins ont caché cet enfant miférable.
Ils jurent d'affronter le plus cruel trépas.
Son époux la retient tremblante entre fes bras.
Il foutient fa conftance, il l'exhorte au fupplice.
Ils demandent tous deux que la mort les uniffe.
Tout un peuple autour d'eux pleure & frémit d'effroi.

G E N G I S.

Idamé, dites-vous, attend la mort de moi ?
Ah ! raffurez fon ame, & faites-lui connaître,
Que fes jours font facrés, qu'ils font chers à fon maître.
C'en eft affez : volez.

SCENE VI.

G E N G I S, O C T A R.

O C T A R.

QUels ordres donnez-vous
Sur cet enfant des Rois qu'on dérobe à nos coups ?

G E N G I S.

Aucun.

O C T A R.

Vous commandiez que notre vigilance
Aux mains d'Idamé même enlevât fon enfance.

G E N G I S.

Qu'on attende.

O c t a r.

On pourrait...

G e n g i s.

Il ne peut m'échapper.

O c t a r.

Peut-être elle vous trompe.

G e n g i s.

Elle ne peut tromper.

O c t a r.

Voulez-vous de ſes Rois conſerver ce qui reſte ?

G e n g i s.

Je veux qu'Idamé vive : ordonne tout le reſte.
Va la trouver. Mais non. Cher Oĉtar , hâte-toi
De forcer ſon époux à fléchir ſous ma loi.
C'eſt peu de cet enfant , c'eſt peu de ſon ſupplice ;
Il faut bien qu'il me faſſe un plus grand ſacrifice.

O c t a r.

Lui ?

G e n g i s.

Sans doute : oui , lui-même.

O c t a r.

Et quel eſt votre eſpoir ?

G e n g i s.

De domter Idamé , de l'aimer , de la voir ,
D'être aimé de l'ingrate , ou de me venger d'elle ,
De la punir ; tu vois ma faibleſſe nouvelle.
Emporté , malgré moi , par de contraires vœux ,
Je frémis , & j'ignore encor ce que je veux.

Fin du troiſiéme aĉte.

ACTE IV.

SCENE PREMIERE.

GENGIS, Troupe de Guerriers Tartares.

Ainsi la liberté, le repos & la paix,
Ce but de mes travaux, me fuira pour jamais ?
Je ne puis être à moi ! D'aujourd'hui je commence
A sentir tout le poids de ma triste puissance.
Je cherchais Idamé : je ne vois près de moi
Que ces chefs importuns qui fatiguent leur Roi.

(A sa suite.)

Allez ; au pied des murs hâtez-vous de vous rendre ;
L'insolent Coréen ne poura nous surprendre.
Ils ont proclamé Roi cet enfant malheureux,
Et sa tête à la main je marcherai contre eux.
Pour la derniére fois que Zamti m'obéisse ;
J'ai trop de cet enfant différé le supplice.

(Il reste seul.)

Allez. Ces soins cruels à mon sort attachés
Gênent trop mes esprits d'un autre soin touchés.
Ce peuple à contenir, ces vainqueurs à conduire,
Des périls à prévoir, des complots à détruire ;
Que tout pèse à mon cœur en secret tourmenté !
Ah ! je fus plus heureux dans mon obscurité.

S C E N E   I I.

G E N G I S ,   O C T A R.

G E N G I S.

EH bien , vous avez vû ce Mandarin farouche ?

O C T A R.

Nul péril ne l'émeut , nul refpeἀ ne le touche.
Seigneur , en votre nom j'ai rougi de parler
A ce vil ennemi qu'il falait immoler.
D'un œil d'indifférence il a vû le fupplice ;
Il répète les noms de devoir , de juſtice ;
Il brave la viἀoire : on dirait que fa voix
Du haut d'un tribunal nous diἀe ici des loix.
Confondez avec lui fon époufe rebelle.
Ne vous abaiſſez point à foupirer pour elle ;
Et détournez les yeux de ce couple profcrit ,
Qui vous ofe braver quand la terre obéit.

G E N G I S.

Non , je ne reviens point encor de ma furprife.
Quels font donc ces humains que mon bonheur maîtrife ?
Quels font ces fentimens , qu'au fond de nos climats
Nous ignorions encor , & ne foupçonnions pas ?
A fon Roi , qui n'eſt plus , immolant la nature ,
L'un voit périr fon fils fans crainte & fans murmure ;
L'autre pour fon époux eſt prête à s'immoler ;
Rien ne peut les fléchir , rien ne les fait trembler.
Que dis - je ? fi j'arrête une vuë attentive
Sur cette nation défolée & captive ,

Malgré moi je l'admire, en lui donnant des fers.
Je vois que ſes travaux ont inſtruit l'univers ;
Je vois un peuple antique, induſtrieux, immenſe ;
Ses Rois ſur la ſageſſe ont fondé leur puiſſance ;
De leurs voiſins ſoumis heureux légiſlateurs,
Gouvernant ſans conquête, & régnant par les mœurs.
Le ciel ne nous donna que la force en partage.
Nos arts ſont les combats, détruire eſt notre ouvrage.
Ah ! de quoi m'ont ſervi tant de ſuccès divers ?
Quel fruit me revient-il des pleurs de l'univers ?
Nous rougiſſons de ſang le char de la victoire.
Peut-être qu'en effet il eſt une autre gloire.
Mon cœur eſt en ſecret jaloux de leurs vertus ;
Et vainqueur je voudrais égaler les vaincus.

O C T A R.

Pouvez-vous de ce peuple admirer la faibleſſe ?
Quel mérite ont des arts enfans de la molleſſe,
Qui n'ont pû les ſauver des fers & de la mort ?
Le faible eſt deſtiné pour ſervir le plus fort.
Tout cède ſur la terre aux travaux, au courage ;
Mais c'eſt vous qui cédez, qui ſouffrez un outrage,
Vous qui tendez les mains, malgré votre couroux,
A je ne ſais quels fers inconnus parmi nous ;
Vous qui vous expoſez à la plainte importune
De ceux dont la valeur a fait votre fortune.
Ces braves compagnons de vos travaux paſſés,
Verront-ils tant d'honneurs par l'amour effacés ?
Leur grand cœur s'en indigne, & leurs fronts en rougiſſent.
Leurs clameurs juſqu'à vous par ma voix retentiſſent.
Je vous parle en leur nom, comme au nom de l'Etat.
Excuſez un Tartare, excuſez un ſoldat,

Blanchi

Blanchi fous le harnois , & dans votre fervice ,
Qui ne peut fupporter un amoureux caprice ,
Et qui montre la gloire à vos yeux éblouïs.

G E N G I S.

Que l'on cherche Idamé.

O C T A R.

Vous voulez....

G E N G I S.

Obéis.

De ton zèle hardi réprime la rudeffe ;
Je veux que mes fujets refpeſtent ma faibleffe.

S C E N E III.

G E N G I S *feul.*

A Mon fort à la fin je ne puis réfifter ;
Le ciel me la deftine , il n'en faut point douter.
Qu'ai - je fait , après tout , dans ma grandeur fuprême ?
J'ai fait des malheureux , & je le fuis moi-même.
Et de tous ces mortels attachés à mon rang ,
Avides de combats , prodigues de leur fang ,
Un feul a - t - il jamais , arrêtant ma penfée ,
Diffipé les chagrins de mon ame oppreffée ?
Tant d'Etats fubjugués ont - ils rempli mon cœur ?
Ce cœur laffé de tout demandait une erreur ,
Qui pût de mes ennuis chaffer la nuit profonde ,
Et qui me confolât fur le trône du monde.
Par fes triftes confeils Oſtar m'a révolté.
Je ne vois près de moi qu'un tas enfanglanté
De monftres affamés , & d'affaffins fauvages ,

Tom. V. & du Théâtre le troifiéme. Cc

Difciplinés au meurtre, & formés aux ravages.
Ils font nés pour la guerre, & non pas pour ma cour.
Je les prens en horreur, en connaiffant l'amour.
Qu'ils combattent fous moi, qu'ils meurent à ma fuite :
Mais qu'ils n'ofent jamais juger de ma conduite.
Idamé ne vient point.... c'eft elle, je la voi.

SCENE IV.

GENGIS, IDAMÉ.

IDAMÉ.

Quoi ! vous voulez jouïr encor de mon effroi ?
Ah ! Seigneur, épargnez une femme, une mère.
Ne rougiffez-vous pas d'accabler ma mifère ?

GENGIS.

Ceffez à vos frayeurs de vous abandonner.
Votre époux peut fe rendre ; on peut lui pardonner.
J'ai déja fufpendu l'effet de ma vengeance,
Et mon cœur pour vous feule a connu la clémence.
Peut-être ce n'eft pas fans un ordre des cieux,
Que mes profpérités m'ont conduit à vos yeux.
Peut-être le deftin voulut vous faire naître,
Pour fléchir un vainqueur, pour captiver un maître,
Pour adoucir en moi cette âpre dureté
Des climats où mon fort en naiffant m'a jetté.
Vous m'entendez, je règne, & vous pourriez reprendre
Un pouvoir que fur moi vous deviez peu prétendre.
Le divorce en un mot par mes loix eft permis ;
Et le vainqueur du monde à vous feule eft foumis.
S'il vous fut odieux, le trône a quelques charmes ;

Et le bandeau des Rois peut effuyer des larmes.
L'intérêt de l'Etat , & de vos citoyens ,
Vous preffe autant que moi de former ces liens.
Ce langage fans doute a de quoi vous furprendre.
Sur les débris fumans des trônes mis en cendre ,
Le deftructeur des Rois dans la poudre oubliés ,
Semblait n'être plus fait pour fe voir à vos pieds.
Mais fachez qu'en ces lieux votre foi fut trompée ;
Par un rival indigne elle fut ufurpée.
Vous la devez , Madame , au vainqueur des humains.
Témugin vient à vous vingt fceptres dans les mains.
Vous baiffez vos regards , & je ne puis comprendre ,
Dans vos yeux interdits , ce que je dois attendre.
Oubliez mon pouvoir , oubliez ma fierté ;
Pefez vos intérêts , parlez en liberté.

I D A M É.

A tant de changemens tour à tour condamnée ,
Je ne le cèle point , vous m'avez étonnée.
Je vais , fi je le peux , reprendre mes efprits ;
Et quand je répondrai , vous ferez plus furpris.
Il vous fouvient du tems , & de la vie obfcure ,
Où le ciel enfermait votre grandeur future.
L'effroi des nations n'était que Témugin ;
L'univers n'était pas , Seigneur , en votre main ;
Elle était pure alors , & me fut préfentée.
Apprenez qu'en ce tems je l'aurais acceptée.

G E N G I S.

Ciel ! que m'avez-vous dit ? ô ciel ! vous m'aimeriez !
Vous !

I D A M É.

J'ai dit que ces vœux que vous me préfentiez ,

C c ij

N'auraient point révolté mon ame affujettie ,
Si les fages mortels , à qui j'ai dû la vie ,
N'avaient fait à mon cœur un contraire devoir.
De nos parens fur nous vous favez le pouvoir ;
Du Dieu que nous fervons ils font la vive image ;
Nous leur obéiffons en tout tems , en tout âge.
Cet Empire détruit , qui dut être immortel ,
Seigneur , était fondé fur le droit paternel ,
Sur la foi de l'hymen , fur l'honneur , la juftice ,
Le refpeft des fermens ; & s'il faut qu'il périffe ,
Si le fort l'abandonne à vos heureux forfaits ,
L'efprit qui l'anima ne périra jamais.
Vos deftins font changés , mais le mien ne peut l'être.

GENGIS.

Quoi ! vous m'auriez aimé !

IDAMÉ.

C'eft à vous de connaître ,
Que ce ferait encor une raifon de plus ,
Pour n'attendre de moi qu'un éternel refus.
Mon hymen eft un nœud formé par le ciel même ;
Mon époux m'eft facré ; je dirai plus , je l'aime.
Je le préfère à vous , au trône , à vos grandeurs.
Pardonnez mon aveu , mais refpeftez nos mœurs.
Ne penfez pas non plus que je mette ma gloire
A remporter fur vous cette illuftre viftoire ,
A braver un vainqueur , à tirer vanité
De ces juftes refus qui ne m'ont point couté.
Je remplis mon devoir , & je me rens juftice :
Je ne fais point valoir un pareil facrifice.
Portez ailleurs les dons que vous me propofez.
Détachez vous d'un cœur qui les a méprifés ;

Et puifqu'il faut toûjours qu'Idamé vous implore ,
Permettez qu'à jamais mon époux les ignore.
De ce faible triomphe il ferait moins flatté ,
Qu'indigné de l'outrage à ma fidélité.

G E N G I S.

Il fait mes fentimens , Madame , il faut les fuivre ;
Il s'y conformera , s'il aime encor à vre.

I D A M É.

Il en eft incapable ; & fi dans les tourmens
La douleur égarait fes nobles fentimens ,
Si fon ame vaincue avait quelque molleffe ,
Mon devoir & ma foi foutiendraient fa faibleffe.
De fon cœur chancelant je deviendrais l'appui ,
En atteftant des nœuds deshonorés par lui.

G E N G I S.

Ce que je viens d'entendre , ô Dieux , eft-il croyable ?
Quoi ! lorfqu'envers vous-même il s'eft rendu coupable ,
Lorfque fa cruauté , par un barbare effort ,
Vous arrachant un fils , l'a conduit à la mort !

I D A M É.

Il eut une vertu , Seigneur , que je révère ;
Il penfait en héros , je n'agiffais qu'en mère :
Et fi j'étais injufte affez pour le haïr ,
Je me refpecte affez pour ne le point trahir.

G E N G I S.

Tout m'étonne dans vous ; mais auffi tout m'outrage.
J'adore avec dépit cet excès de courage.
Je vous aime encor plus , quand vous me réfiftez.
Vous fubjuguez mon cœur , & vous le révoltez.
Redoutez-moi ; fachez que malgré ma faibleffe ,
Ma fureur peut aller plus loin que ma tendreffe.

I D A M É.

Je fais qu'ici tout tremble, ou périt fous vos coups.
Les loix vivent encor, & l'emportent fur vous.

G E N G I S.

Les loix ! il n'en eft plus : quelle erreur obftinée
Ofe les alléguer contre ma deftinée ?
Il n'eft ici de loix que celles de mon cœur,
Celles d'un fouverain, d'un Scythe, d'un vainqueur.
Les loix que vous fuivez m'ont été trop fatales.
Oui, lorfque dans ces lieux nos fortunes égales,
Nos fentimens, nos cœurs l'un vers l'autre emportés,
(Car je le crois ainfi malgré vos cruautés)
Quand tout nous uniffait, vos loix que je détefte,
Ordonnèrent ma honte, & votre hymen funefte.
Je les anéantis ; je parle, c'eft affez ;
Imitez l'univers, Madame, obéiffez.
Vos mœurs que vous vantez, vos ufages auftères,
Sont un crime à mes yeux, quand ils me font contraires.
Mes ordres font donnés, & votre indigne époux
Doit remettre en mes mains votre Empereur & vous.
Leurs jours me répondront de votre obéiffance.
Penfez-y, vous favez jufqu'où va ma vengeance ;
Et fongez à quel prix vous pouvez défarmer
Un maître qui vous aime, & qui rougit d'aimer.

S C E N E   V.

I D A M É , A S S E L I.

I D A M É.

IL me faut donc choifir leur perte ou l'infamie.

O pur fang de mes Rois ! ô moitié de ma vie !
Cher époux , dans mes mains quand je tiens votre fort ,
Ma voix fans balancer vous condamne à la mort.

A S S E L I.

Ah ! reprenez plûtôt cet empire fuprême ,
Qu'aux beautés , aux vertus attacha le ciel même ,
Ce pouvoir qui foumit ce Scythe furieux
Aux loix de la raifon qu'il lifait dans vos yeux.
Longtems accoûtumée à domter fa colère ,
Que ne pouvez-vous point , puifque vous favez plaire !

I D A M É.

Dans l'état où je fuis , c'eft un malheur de plus.

A S S E L I.

Vous feule adouciriez le deftin des vaincus.
Dans nos calamités , le ciel , qui vous féconde ,
Veut vous oppofer feule à ce tyran du monde.
Vous avez vû tantôt fon courage irrité
Se dépouiller pour vous de fa férocité.
Il aurait dû cent fois , il devrait même encore
Perdre dans votre époux un rival qu'il abhorre.
Zamti pourtant refpire après l'avoir bravé ;
A fon époufe encor il n'eft point enlevé ;
On vous refpecte en lui ; ce vainqueur fanguinaire
Sur les débris du monde a craint de vous déplaire.
Enfin fouvenez-vous , que dans ces mêmes lieux
Il fentit le premier le pouvoir de vos yeux ;
Son amour autrefois fut pur & légitime.

I D A M É.

Arrête ; il ne l'eft plus ; y penfer eft un crime.

S C E N E VI.

ZAMTI, IDAMÉ, ASSELI.

IDAMÉ.

AH ! dans ton infortune, & dans mon defefpoir,
Suis-je encor ton époufe, & peux-tu me revoir ?

ZAMTI.

On le veut : du tyran tel eft l'ordre funefte ;
Je dois à fes fureurs ce moment qui me refte.

IDAMÉ.

On t'a dit à quel prix ce tyran daigne enfin
Sauver tes triftes jours, & ceux de l'Orphelin ?

ZAMTI.

Ne parlons pas des miens, laiffons notre infortune.
Un citoyen n'eft rien dans la perte commune ;
Il doit s'anéantir. Idamé, fouvien-toi,
Que mon devoir unique eft de fauver mon Roi ;
Nous lui devions nos jours, nos fervices, notre être,
Tout jufqu'au fang d'un fils qui nâquit pour fon maître ;
Mais l'honneur eft un bien que nous ne devons pas ;
Cependant l'Orphelin n'attend que le trépas ;
Mes foins l'ont enfermé dans ces afyles fombres,
Où des Rois fes ayeux on révère les ombres ;
La mort, fi nous tardons, l'y dévore avec eux.
En vain des Coréens le Prince généreux
Attend ce cher dépôt que lui promit mon zèle.
Etan, de fon falut ce miniftre fidèle,
Etan, ainfi que moi, fe voit chargé de fers.
Toi feule à l'Orphelin reftes dans l'univers.

C'eft

C'eſt à toi maintenant de conſerver ſa vie,
Et ton fils, & ta gloire à mon honneur unie.

 I D A M É.

Ordonne ; que veux-tu ? que faut-il ?

Z A M T I.

M'oublier,
Vivre pour ton pays, lui tout ſacrifier.
La mort en éteignant les flambeaux d'hyménée,
Eſt un arrêt des cieux qui fait ta deſtinée.
Il n'eſt plus d'autres ſoins, ni d'autres loix pour nous.
L'honneur d'être fidèle aux cendres d'un époux,
Ne ſaurait balancer une gloire plus belle.
C'eſt au Prince, à l'Etat qu'il faut être fidelle.
Rempliſſons de nos Rois les ordres abſolus.
Je leur donnai mon fils, je leur donne encor plus.
Libre par mon trépas enchaine ce Tartare.
Etein ſur mon tombeau les foudres du barbare.
Je commence à ſentir la mort avec horreur,
Quand ma mort t'abandonne à cet uſurpateur.
Je fais en frémiſſant ce ſacrifice impie ;
Mais mon devoir l'épure, & mon trépas l'expie.
Il était néceſſaire autant qu'il eſt affreux.
Idamé, ſers de mère à ton Roi malheureux.
Règne, que ton Roi vive, & que ton époux meure :
Règne, dis-je, à ce prix : oui, je le veux....

I D A M É.

Demeure.
Me connais-tu ? veux-tu que ce funeſte rang
Soit le prix de ma honte, & le prix de ton ſang ?
Penſes-tu que je ſois moins épouſe que mère ?
Tu t'abuſes, cruel ; & ta vertu ſévère

A commis contre toi deux crimes en un jour,
Qui font frémir tous deux la nature & l'amour.
Barbare envers ton fils, & plus envers moi-même,
Ne te souvient-il plus qui je suis, & qui t'aime ?
Croi-moi : dans nos malheurs il est un fort plus beau,
Un plus noble chemin pour descendre au tombeau.
Soit amour, soit mépris, le tyran, qui m'offense,
Sur moi, sur mes desseins, n'est pas en défiance.
Dans ces remparts fumans, & de sang abreuvés,
Je suis libre, & mes pas ne sont point observés.
Le chef des Coréens s'ouvre un secret passage,
Non loin de ces tombeaux, où ce précieux gage
A l'œil qui le poursuit fut caché par tes mains.
De ces tombeaux sacrés je sais tous les chemins ;
Je cours y ranimer sa languissante vie,
Le rendre aux défenseurs armés pour la patrie,
Le porter en mes bras dans leurs rangs belliqueux,
Comme un présent d'un Dieu qui combat avec eux.
Nous mourrons, je le sais ; mais tout couverts de gloire,
Nous laisserons de nous une illustre mémoire.
Mettons nos noms obscurs au rang des plus grands noms,
Et juge si mon cœur a suivi tes leçons.

Z A M T I.

Tu l'inspires, grand Dieu, que ton bras la soutienne !
Idamé, ta vertu l'emporte sur la mienne.
Toi seule as mérité que les cieux attendris
Daignent sauver par toi ton Prince & ton païs.

Fin du quatriéme acte.

ACTE V.

SCENE PREMIERE.

IDAMÉ, ASSELI.

ASSELI.

QUoi ! rien n'a réfifté ! tout a fui fans retour !
Quoi ! je vous vois deux fois fa captive en un jour !
Falait-il affronter ce conquérant fauvage ?
Sur les faibles mortels il a trop d'avantage.
Une femme , un enfant, des guerriers fans vertu !
Que pouviez-vous , hélas ?

IDAMÉ.

J'ai fait ce que j'ai dû ;
Tremblante pour mon fils , fans force , inanimée ,
J'ai porté dans mes bras l'Empereur à l'armée.
Son afpect a d'abord animé les foldats ;
Mais Gengis a marché ; la mort fuivait fes pas ;
Et des enfans du Nord la horde enfanglantée
Aux fers dont je fortais m'a foudain rejettée.
C'en eft fait.

ASSELI.

Ainfi donc ce malheureux enfant
Retombe entre fes mains , & meurt prefque en naiffant :
Votre époux avec lui termine fa carrière.

IDAMÉ.

L'un & l'autre bientôt voit fon heure dernière.

D d ij

Si l'arrêt de la mort n'eft point porté contre eux,
C'eft pour leur préparer des tourmens plus affreux.
Mon fils, ce fils fi cher, va les fuivre peut-être.
Devant ce fier vainqueur il m'a falu paraître;
Tout fumant de carnage, il m'a fait appeller,
Pour jouïr de mon trouble, & pour mieux m'accabler.
Ses regards infpiraient l'horreur & l'épouvante.
Vingt fois il a levé fa main toute fanglante
Sur le fils de mes Rois, fur mon fils malheureux.
Je me fuis en tremblant jettée au-devant d'eux;
Toute en pleurs à fes pieds je me fuis profternée;
Mais lui me repouffant d'une main forcenée,
La menace à la bouche, & détournant les yeux,
Il eft forti penfif, & rentré furieux;
Et s'adreffant aux fiens d'une voix oppreffée,
Il leur criait vengeance, & changeait de penfée;
Tandis qu'autour de lui fes barbares foldats
Semblaient lui demander l'ordre de mon trépas.

A S S E L I.

Penfez-vous qu'il donnât un ordre fi funefte ?
Il laiffe vivre encor votre époux qu'il détefte;
L'Orphelin aux bourreaux n'eft point abandonné.
Daignez demander grace, & tout eft pardonné.

I D A M É.

Non, ce féroce amour eft tourné tout en rage.
Ah ! fi tu l'avais vû redoubler mon outrage,
M'affurer de fa haine, infulter à mes pleurs !

A S S E L I.

Et vous doutez encor d'affervir fes fureurs ?
Ce lion fubjugué, qui rugit dans fa chaîne,
S'il ne vous aimait pas, parlerait moins de haine.

I D A M É.

Qu'il m'aime ou me haïsse , il est tems d'achever
Des jours que sans horreur je ne puis conserver.

A S S E L I.

Ah ! que résolvez - vous ?

I D A M É.

Quand le ciel en colère
De ceux qu'il persécute a comblé la misère ,
Il les soutient souvent dans le sein des douleurs ,
Et leur donne un courage égal à leurs malheurs.
J'ai pris dans l'horreur même où je suis parvenue ,
Une force nouvelle à mon cœur inconnue.
Va , je ne craindrai plus ce vainqueur des humains ;
Je dépendrai de moi , mon sort est dans mes mains.

A S S E L I.

Mais ce fils , cet objet de crainte & de tendresse ,
L'abandonnerez - vous ?

I D A M É.

Tu me rens ma faiblesse ,
Tu me perces le cœur. Ah ! sacrifice affreux !
Que n'avais - je point fait pour ce fils malheureux !
Mais Gengis , après tout , dans sa grandeur altière ,
Environné de Rois couchés dans la poussière ,
Ne recherchera point un enfant ignoré ,
Parmi les malheureux dans la foule égaré ;
Ou peut-être il verra d'un regard moins sévère
Cet enfant innocent dont il aima la mère.
A cet espoir au moins mon triste cœur se rend :
C'est une illusion que j'embrasse en mourant.
Haïra - t - il ma cendre , après m'avoir aimée ?

Dd iij

Dans la nuit de la tombe en ferai-je opprimée ?
Pourfuivra-t-il mon fils ?

SCENE II.

IDAMÉ, ASSELI, OCTAR.

OCTAR.

IDamé, demeurez :
Attendez l'Empereur en ces lieux retirés.
(*A fa fuite.*)
Veillez fur ces enfans ; & vous à cette porte,
Tartares, empêchez qu'aucun n'entre & ne forte.
(*A Afféli.*)
Eloignez-vous.

IDAMÉ.

Seigneur, il veut encor me voir !
J'obéis, il le faut, je cède à fon pouvoir.
Si j'obtenais du moins, avant de voir un maître,
Qu'un moment à mes yeux mon époux pût paraître,
Peut-être du vainqueur les efprits ramenés
Rendraient enfin juftice à deux infortunés.
Je fens que je hazarde une prière vaine.
La victoire eft chez vous, implacable, inhumaine.
Mais enfin la pitié, Seigneur, en vos climats,
Eft-elle un fentiment qu'on ne connaiffe pas ?
Et ne puis-je implorer votre voix favorable ?

OCTAR.

Quand l'arrêt eft porté, qui confeille eft coupable.
Vous n'êtes plus ici fous vos antiques Rois,

Qui laiffaient défarmer la rigueur de leurs loix.
D'autres tems , d'autres mœurs : ici règnent les armes ;
Nous ne connaiffons point les prières , les larmes.
On commande , & la terre écoute avec terreur.
Demeurez , attendez l'ordre de l'Empereur.

S C E N E III.

I D A M É *feule.*

Dieu des infortunés , qui voyez mon outrage ,
Dans ces extrémités foutenez mon courage.
Verfez du haut des cieux , dans ce cœur confterné ,
Les vertus de l'époux que vous m'avez donné.

S C E N E IV.

G E N G I S , I D A M É.

G E N G I S.

Non, je n'ai point affez déployé ma colère ,
Affez humilié votre orgueil téméraire ,
Affez fait de reproche aux infidélités
Dont votre ingratitude a payé mes bontés.
Vous n'avez pas conçu l'excès de votre crime ,
Ni tout votre danger , ni l'horreur qui m'anime ;
Vous que j'avais aimée , & que je dus haïr ;
Vous qui me trahiffiez , & que je dois punir.

I D A M É.

Ne puniffez que moi ; c'eft la grace dernière ,

Que j'ofe demander à la main meurtrière,
Dont j'efpérais en vain fléchir la cruauté.
Eteignez dans mon fang votre inhumanité.
Vengez-vous d'une femme à fon devoir fidelle :
Finiffez fes tourmens.

G E N G I S.

Je ne le puis, cruelle ;
Les miens font plus affreux, je les veux terminer.
Je viens pour vous punir, je puis tout pardonner.
Moi pardonner ?.. à vous !.. non, craignez ma vengeance.
Je tiens le fils des Rois, le votre, en ma puiffance.
De votre indigne époux je ne vous parle pas ;
Depuis que vous l'aimez, je lui dois le trépas.
Il me trahit, me brave, il ofe être rebelle.
Mille morts puniffaient fa fraude criminelle.
Vous retenez mon bras, & j'en fuis indigné.
Oui, jufqu'à ce moment le traître eft épargné.
Mais je ne prétens plus fupplier ma captive.
Il le faut oublier, fi vous voulez qu'il vive.
Rien n'excufe à préfent votre cœur obftiné :
Il n'eft plus votre époux, puifqu'il eft condamné.
Il a péri pour vous ; votre chaine odieufe
Va fe rompre à jamais par une mort honteufe.
C'eft vous qui m'y forcez ; & je ne conçois pas
Le fcrupule infenfé qui le livre au trépas.
Tout couvert de fon fang, je devais fur fa cendre,
A mes vœux abfolus vous forcer de vous rendre.
Mais fachez qu'un barbare, un Scythe, un deftructeur,
A quelques fentimens dignes de votre cœur.
Le deftin, croyez-moi, nous devait l'un à l'autre ;
Et mon ame a l'orgueil de régner fur la votre.

Abju-

Abjurez votre hymen ; & dans le même tems ,
Je place votre fils au rang de mes enfans.
Vous tenez dans vos mains plus d'une deſtinée ;
Du rejetton des Rois l'enfance condamnée ,
Votre époux , qu'à la mort un mot peut arracher ,
Les honneurs les plus hauts tout prêts à le chercher ,
Le deſtin de ſon fils , le votre , le mien même :
Tout dépendra de vous , puiſqu'enfin je vous aime.
Oui , je vous aime encor ; mais ne préſumez pas
D'armer contre mes vœux l'orgueil de vos appas.
Gardez-vous d'inſulter à l'excès de faibleſſe ,
Que déja mon couroux reproche à ma tendreſſe.
C'eſt un danger pour vous que l'aveu que je fais.
Tremblez de mon amour ; tremblez de mes bienfaits.
Mon ame à la vengeance eſt trop accoutumée ;
Et je vous punirais de vous avoir aimée.
Pardonnez : je menace encor en ſoupirant.
Achevez d'adoucir ce couroux qui ſe rend.
Vous ferez d'un ſeul mot le ſort de cet Empire :
Mais ce mot important , Madame , il faut le dire.
Prononcez ſans tarder , ſans feinte , ſans détour ,
Si je vous dois enfin ma haine ou mon amour.

I D A M É.

L'une & l'autre aujourd'hui ſerait trop condamnable ;
Votre haine eſt injuſte , & votre amour coupable.
Cet amour eſt indigne & de vous & de moi ;
Vous me devez juſtice ; & ſi vous êtes Roi ,
Je la veux , je l'attens pour moi contre vous-même.
Je ſuis loin de braver votre grandeur ſuprême ;
Je la rappelle en vous , lorſque vous l'oubliez :
Et vous-même en ſecret vous me juſtifiez.

GENGIS.

Eh bien, vous le voulez ; vous choififfez ma haine,
Vous l'aurez ; & déja je la retiens à peine.
Je ne vous connais plus ; & mon jufte couroux
Me rend la cruauté que j'oubliais pour vous.
Votre époux, votre Prince, & votrè fils, cruelle,
Vont payer de leur fang votre fierté rebelle.
Ce mot que je voulais les a tous condamnés.
C'en eft fait, & c'eft vous qui les affaffinez.

IDAMÉ.

Barbare !

GENGIS.

Je le fuis ; j'allais ceffer de l'être.
Vous aviez un amant, vous n'avez plus qu'un maître,
Un ennemi fanglant, féroce, fans pitié,
Dont la haine eft égale à votre inimitié.

IDAMÉ.

Eh bien, je tombe aux pieds de ce maître févère.
Le ciel l'a fait mon Roi : Seigneur, je le révère :
Je demande à genoux une grace de lui.

GENGIS.

Inhumaine, eft-ce à vous d'en attendre aujourd'hui ?
Levez-vous : je fuis prêt encor à vous entendre.
Pourai-je me flatter d'un fentiment plus tendre ?
Que voulez-vous ? Parlez.

IDAMÉ.

Seigneur, qu'il foit permis
Qu'en fecret mon époux près de moi foit admis,
Que je lui parle.

GENGIS.

Vous !

I D A M É.

Ecoutez ma prière.
Cet entretien fera ma reffource dernière.
Vous jugerez après fi j'ai dû réfifter.

G E N G I S.

Non , ce n'était pas lui qu'il falait confulter ;
Mais je veux bien encor fouffrir cette entrevuë.
Je crois qu'à la raifon fon ame enfin renduë,
N'ofera plus prétendre à cet honneur fatal,
De me defobéir , & d'être mon rival.
Il m'enleva fon Prince, il vous a poffédée.
Que de crimes ! Sa grace eft encor accordée.
Qu'il la tienne de vous : qu'il vous doive fon fort :
Préfentez à fes yeux le divorce ou la mort :
Oui , j'y confens. Oftar , veillez à cette porte.
Vous , fuivez - moi. Quel foin m'abaiffe & me tranfporte !
Faut-il encor aimer ? eft-ce là mon deftin ?

(*Il fort.*)

I D A M É *feule.*

Je renais , & je fens s'affermir dans mon fein
Cette intrépidité dont je doutais encore.

S C E N E   V.

Z A M T I , I D A M É.

I D A M É.

O Toi , qui me tiens lieu de ce ciel que j'implore,
Mortel plus refpeftable , & plus grand à mes yeux,
Que tous ces conquérans dont l'homme a fait des dieux !

L'horreur de nos deſtins ne t'eſt que trop connuë ;
La meſure eſt comblée , & notre heure eſt venuë.

ZAMTI.

Je le ſais.

IDAMÉ.

C'eſt en vain que tu voulus deux fois
Sauver le rejetton de nos malheureux Rois.

ZAMTI.

Il n'y faut plus penſer , l'eſpérance eſt perduë.
De tes devoirs ſacrés tu remplis l'étenduë.
Je mourrai conſolé.

IDAMÉ.

Que deviendra mon fils ?
Pardonne encor ce mot à mes ſens attendris :
Pardonne à ces ſoupirs ; ne voi que mon courage.

ZAMTI.

Nos Rois ſont au tombeau , tout eſt dans l'eſclavage.
Va , croi - moi , ne plaignons que les infortunés ,
Qu'à reſpirer encor le ciel a condamnés.

IDAMÉ.

La mort la plus honteuſe eſt ce qu'on te prépare.

ZAMTI.

Sans doute : & j'attendais les ordres du barbare.
Ils ont tardé longtems.

IDAMÉ.

Eh bien , écoute - moi.
Ne ſaurons - nous mourir que par l'ordre d'un Roi ?
Les taureaux aux autels tombent en ſacrifice ;
Les criminels tremblans ſont traînés au ſupplice ;
Les mortels généreux diſpoſent de leur ſort.
Pourquoi des mains d'un maître attendre ici la mort ?

L'homme était-il donc né pour tant de dépendance?
De nos voiſins altiers imitons la conſtance :
De la nature humaine ils ſoutiennent les droits,
Vivent libres chez eux, & meurent à leur choix.
Un affront leur ſuffit pour ſortir de la vie,
Et plus que le néant ils craignent l'infamie.
Le hardi Japonois n'attend pas qu'au cercueil
Un deſpote inſolent le plonge d'un coup d'œil.
Nous avons enſeigné ces braves inſulaires ;
Apprenons d'eux enfin des vertus néceſſaires ;
Sachons mourir comme eux.

Z A M T I.

Je t'approuve : & je crois
Que le malheur extrême eſt au-deſſus des loix.
J'avais déja conçu tes deſſeins magnanimes :
Mais ſeuls & deſarmés, eſclaves & victimes,
Courbés ſous nos tyrans, nous attendons leurs coups.

I D A M É (_en tirant un poignard._)

Tien, ſois libre avec moi ; frappe & délivre-nous.

Z A M T I.

Ciel !

I D A M É.

Déchire ce ſein, ce cœur qu'on deshonore.
J'ai tremblé que ma main, mal affermie encore,
Ne portât ſur moi-même un coup mal aſſuré.
Enfonce dans ce cœur un bras moins égaré ;
Immole avec courage une épouſe fidelle ;
Tout couvert de mon ſang tombe & meurs auprès d'elle.
Qu'à mes derniers momens j'embraſſe mon époux,
Que le tyran le voye, & qu'il en ſoit jaloux.

E e iij

ZAMTI.

Grace au ciel jufqu'au bout ta vertu perſévère.
Voilà de ton amour la marque la plus chère.
Digne épouſe , reçoi mes éternels adieux ;
Donne ce glaive , donne , & détourne les yeux.

IDAMÉ (*en lui donnant le poignard.*)

Tien , commence par moi ; tu le dois ; tu balances !

ZAMTI.

Je ne puis.

IDAMÉ.

Je le veux.

ZAMTI.

Je frémis.

IDAMÉ.

Tu m'offenſes.

Frappe , & tourne ſur toi tes bras enſanglantés.

ZAMTI.

Eh bien , imite - moi.

IDAMÉ (*lui ſaiſiſſant le bras.*)

Frappe , dis - je....

SCENE VI.

GENGIS , OCTAR , IDAMÉ , ZAMTI , Gardes.

GENGIS *accompagné de ſes gardes , & déſarmant Zamti.*

ARrêtez ,
Arrêtez , malheureux ! O ciel ! qu'alliez - vous faire ?

IDAMÉ.

Nous délivrer de toi , finir notre miſère ,

A tant d'atrocités dérober notre fort.

ZAMTI.

Veux-tu nous envier jufques à notre mort ?

GENGIS.

Oui... Dieu, maître des Rois, à qui mon cœur s'adreffe,
Témoin de mes affronts, témoin de ma faibleffe,
Toi qui mis à mes pieds tant d'Etats, tant de Rois,
Deviendrai-je à la fin digne de mes exploits ?
Tu m'outrages, Zamti, tu l'emportes encore,
Dans un cœur né pour moi, dans un cœur que j'adore.
Ton époufe à mes yeux, victime de fa foi,
Veut mourir de ta main plutôt que d'être à moi.
Vous apprendrez tous deux à fouffrir mon empire,
Peut-être à faire plus.

IDAMÉ.

Que prétens-tu nous dire ?

ZAMTI.

Quel eft ce nouveau trait de l'inhumanité ?

IDAMÉ.

D'où vient que notre arrêt n'eft pas encor porté ?

GENGIS.

Il va l'être, Madame, & vous allez l'apprendre.
Vous me rendiez juftice, & je vais vous la rendre.
A peine dans ces lieux je crois ce que j'ai vû.
Tous deux je vous admire, & vous m'avez vaincu.
Je rougis fur le trône où m'a mis la victoire,
D'être au-deffous de vous au milieu de ma gloire.
En vain par mes exploits j'ai fû me fignaler ;
Vous m'avez avili ; je veux vous égaler.
J'ignorais qu'un mortel pût fe domter lui-même ;
Je l'apprens ; je vous dois cette gloire fuprême.

Jouïffez de l'honneur d'avoir pû me changer.
Je viens vous réunir ; je viens vous protéger.
Veillez., heureux époux, fur l'innocente vie
De l'enfant de vos Rois, que ma main vous confie.
Par le droit des combats j'en pouvais difpofer ;
Je vous remets ce droit, dont j'allais abufer.
Croyez qu'à cet enfant heureux dans fa mifère,
Ainfi qu'à votre fils, je tiendrai lieu de père.
Vous verrez fi l'on peut fe fier à ma foi.
Je fus un conquérant, vous m'avez fait un Roi.

   (*à Zamti.*)

Soyez ici des loix l'interprète fuprême ;
Rendez leur miniftère auffi faint que vous-même ;
Enfeignez la raifon, la juftice, & les mœurs.
Que les peuples vaincus gouvernent les vainqueurs.
Que la fageffe règne, & préfide au courage.
Triomphez de la force : elle vous doit hommage.
J'en donnerai l'exemple, & votre Souverain
Se foumet à vos loix les armes à la main.

     I D A M É.

Ciel ! que viens-je d'entendre ? Hélas ! puis-je vous croire ?

     Z A M T I.

Etes-vous digne enfin, Seigneur, de votre gloire ?
Ah ! vous ferez aimer votre joug aux vaincus.

     I D A M É.

Qui put vous infpirer ce deffein ?

     G E N G I S.

       Vos vertus.

  Fin du cinquiéme & dernier acte.

            TAN-

TANCREDE,

TRAGÉDIE.

A MADAME LA MARQUISE

DE POMPADOUR.

MADAME,

TOutes les Epîtres dédicatoires ne font pas de lâches flatteries , toutes ne font pas dictées par l'intérêt ; celle que vous reçutes de Mr. *Crébillon* , mon confrère à l'Académie , & mon premier maître dans un art que j'ai toûjours aimé , fut un monument de fa reconnaiffance ; le mien durera moins , mais il eft auffi jufte. J'ai vû dès votre enfance les graces & les talens fe développer ; j'ai reçu de vous dans tous les tems des témoignages d'une bonté toûjours égale. Si quelque cenfeur pouvait défapprouver l'hommage que je vous rends , ce ne pourrait être qu'un cœur né ingrat. Je vous dois beaucoup , Madame , & je dois le dire. J'ofe encor plus , j'ofe vous remercier publiquement du bien que vous avez fait à un très-grand nombre de véritables gens de lettres , de grands artiftes , d'hommes de mérite en plus d'un genre.

Les cabales font affreufes , je le fais ; la Littérature en fera toûjours troublée , ainfi que tous les autres états de la vie. On calomniera toûjours les gens de lettres comme les gens en place ; & j'avouerai que l'horreur pour ces cabales m'a fait prendre le parti de la retraite , qui feule m'a rendu heureux. Mais j'avoue en même tems que vous n'avez jamais écouté aucune de ces petites factions , que jamais vous ne reçutes d'impreffion de l'impofture fecrette qui bleffe fourdement le mérite , ni de l'impofture publique qui l'attaque infolemment. Vous avez fait du bien avec difcernement , parce que vous avez jugé par vous-même ; auffi je n'ai connu ni aucun homme de lettres , ni aucune perfonne fans prévention , qui ne rendît juftice à votre caractère , non-feulement en public , mais dans les converfations particulières , où l'on blâme beaucoup plus qu'on ne loue. Croyez , Madame , que c'eft quelque chofe que le fuffrage de ceux qui favent penfer.

De tous les arts que nous cultivons en France , l'art de la Tragédie n'eft pas celui qui mérite le moins l'attention publique ; car il faut avouer que c'eft celui dans lequel les Français fe font le plus diftingués. C'eft , d'ailleurs , au théâtre feul que la nation fe raffemble , c'eft là que l'efprit & le goût de la jeuneffe fe forment : les étrangers y viennent apprendre notre langue ; nulle mauvaife maxime n'y eft tolérée , & nul fentiment eftimable n'y eft débité fans être applaudi ; c'eft une école toûjours fubfiftante de poëfie & de vertu.

La Tragédie n'eft pas encore peut-être tout-à-fait ce qu'elle doit être ; fupérieure à celle d'Athènes en plufieurs chofes , il lui manque ce grand appareil que les magiftrats d'Athènes favaient lui donner.

Permettez-moi , Madame , en vous dédiant une tragédie , de m'étendre fur cet art des *Sophocles* & des *Euripides*. Je fais que toute la pompe de l'appareil ne vaut pas une penfée fublime , ou un fentiment ; de même que la parure n'eft prefque rien fans la beauté. Je fais bien que ce n'eft pas un grand mérite de parler aux yeux ; mais j'ofe être fûr que le fublime & le touchant portent un coup beaucoup plus fenfible , quand ils font foutenus d'un appareil convenable , & qu'il faut frapper l'ame & les yeux à la fois. Ce fera le partage des génies qui viendront après nous. J'aurai du moins encouragé ceux qui me feront oublier.

C'eft dans cet efprit , Madame , que je deffinai la faible efquiffe que je foumets à vos lumières. Je la crayonnai dès que je fus que le théâtre de Paris était changé , & devenait un vrai fpectacle. Des jeunes gens de beaucoup de talent la repréfentèrent avec moi fur un petit théâtre que je fis faire à la campagne. Quoique ce théâtre fût extrêmement étroit , les acteurs ne furent point gênés , tout fut exécuté facilement ; ces boucliers , ces devifes , ces armes qu'on fufpendait dans la lice , faifaient un effet qui redoublait l'intérêt , parce que cette décoration , cette action , devenait une partie de l'intrigue. Il eût falu que la piéce eût joint à cet avantage celui d'être écrite avec plus de chaleur, que j'euffe pû éviter les longs récits, que les vers euffent été faits avec plus de foin. Mais le tems où nous nous étions propofé de nous donner ce divertiffement, ne permettait pas de délai; la piéce fut faite & apprife en deux mois.

Mes amis me mandent que les comédiens de Paris ne l'ont repréfentée que parce qu'il en courait une grande quantité de copies infidèles. Il a donc falu la laiffer paraître avec tous les défauts que je n'ai pû corriger. Mais ces défauts même inftruiront ceux qui voudront travailler dans le même goût.

Il y a encor dans cette piéce une autre nouveauté qui me parait mériter d'être perfectionnée ; elle eft écrite en vers croifés. Cette forte de poëfie fauve l'uniformité de la rime ; mais auffi ce genre d'écrire eft dangereux, car tout a fon écueil. Ces grands tableaux que les anciens regardaient comme une partie effentielle de la Tragédie, peuvent aifément nuire au théâtre de France en le réduifant à n'être prefque qu'une vaine décoration, & la forte de vers que j'ai employés dans *Tancrède*, approche peut-être trop de la profe. Ainfi, il pourrait arriver qu'en voulant perfectionner la fcène Françaife, on la gâterait entiérement. Il fe peut qu'on y ajoute un mérite qui lui manque, il fe peut qu'on la corrompe.

J'infifte feulement fur une chofe, c'eft la variété dont on a befoin dans une ville immenfe, la feule de la terre qui ait jamais eu des fpectacles tous les jours. Tant que nous faurons maintenir par cette variété le mérite de notre fcène, ce talent nous rendra toûjours agréables aux autres peuples ; c'eft ce qui fait que des perfonnes de la plus haute diftinction repréfentent fouvent nos ouvrages dramatiques, en Allemagne, en Italie, qu'on les traduit même en Angleterre, tandis que nous voyons dans nos provinces des falles de fpectacles magnifiques, comme on voyait des cirques dans toutes les provinces Romaines ; preuve inconteftable du goût qui fubfifte parmi nous, & preuve de nos reffources dans les tems les plus difficiles. C'eft en vain que plufieurs de nos compatriotes s'efforcent d'annoncer notre décadence en tout genre. Je ne fuis pas de l'avis de ceux qui au fortir d'un ſpeſtacle, dans un ſouper délicieux, dans le ſein du luxe & des plaiſirs, diſent gaîment que tout eſt perdu ; je ſuis aſſez près d'une ville de province, auſſi peuplée que Rome moderne, & beaucoup plus opulente, qui entretient plus de quarante mille ouvriers, & qui vient de conſtruire en même tems le plus bel hôpital du Royaume, & le plus beau théâtre. De bonne foi, tout cela exiſterait-il ſi les campagnes ne produiſaient que des ronces ?

J'ai choiſi pour mon habitation un des moins bons terreins qui ſoient en France ; cependant rien ne nous y manque. Le pays eſt orné de maiſons, qu'on eût regardées autrefois comme trop belles ; le pauvre qui veut s'occuper y ceſſe d'être pauvre ; cette petite province eſt devenue un jardin riant ; il vaut mieux ſans doute fertiliſer ſa terre, que ſe plaindre à Paris de la ſtérilité de ſa terre.

Me voilà, Madame, un peu loin de *Tancrède ;* j'abuſe du droit de mon âge, j'abuſe de vos momens, je tombe dans les digreſſions, je dis peu en beaucoup de paroles. Ce n'eſt pas là le caractère de votre eſprit ; mais je ſerais plus diffus, ſi je m'abandonnais aux ſentimens de ma reconnaiſſance. Recevez avec votre bonté ordinaire, Madame, mon attachement & mon reſpect, que rien ne peut altérer jamais.

_____

ACTEURS.

ARGIRE,

TANCREDE,

ORBASSAN, } Chevaliers.

LOREDAN,

CATANE,

ALDAMON, foldat.

AMENAIDE.

FANIE, fuivante.

Plufieurs Chevaliers affiftans au Confeil.

Ecuyers, Soldats, Peuple.

La fcène eft à Syracufe, d'abord dans le palais d'Argire &
dans une falle du Confeil, enfuite dans la place publique fur
laquelle cette falle eft conftruite. L'époque de l'action eft de
l'année 1005. Les Sarrazins d'Afrique avaient conquis toute
la Sicile au neuviéme fiécle ; Syracufe avait fecoué leur joug.
Des Gentilshommes Normans commençaient à s'établir vers
Salerne dans la Pouille. Les Empereurs Grecs poffédaient
Meffine ; les Arabes tenaient Palerme & Agrigente.

TANCREDE,

TRAGÉDIE.

ACTE PREMIER.

SCENE PREMIERE.

ASSEMBLÉE DES CHEVALIERS RANGÉS EN DEMI-CERCLE.

ARGIRE.

ILLuſtres Chevaliers , vengeurs de la Sicile ,
Qui daignez par égard au déclin de mes ans ,
Vous aſſembler chez moi pour chaſſer nos tyrans ,
Et former un Etat triomphant & tranquile :
Syracuſe en ſes murs a gémi trop longtems
Des deſſeins avortés d'un courage inutile.
Il eſt tems de marcher à ces fiers Muſulmans ;
Il eſt tems de ſauver d'un naufrage funeſte ,
Le plus grand de nos biens , le plus cher qui nous reſte ,
Le droit le plus ſacré des mortels généreux ,
La liberté : c'eſt là que tendent tous nos vœux.
Deux puiſſans ennemis de notre République ,
Des droits des nations , du bonheur des humains ,
Les Céſars de Bizance , & les fiers Sarrazins ,

Nous menacent encor de leur joug tyrannique,
Ces despotes altiers partageant l'univers,
Se disputent l'honneur de nous donner des fers.
Le Grec a sous ses loix les peuples de Messine ;
Le hardi Solamir insolemment domine
Sur les fertiles champs couronnés par l'Etna,
Dans les murs d'Agrigente, aux campagnes d'Enna ;
Et tout de Syracuse annonçait la ruïne.
Mais nos communs tyrans l'un de l'autre jaloux,
Armés pour nous détruire, ont combattu pour nous ;
Ils ont perdu leur force en disputant leur proie.
A notre liberté le ciel ouvre une voie ;
Le moment est propice, il en faut profiter.
La grandeur Musulmane est à son dernier âge ;
On commence en Europe à la moins redouter.
Dans la France un Martel, en Espagne un Pélage,
Le grand Léon a) dans Rome, armé d'un saint courage,
Nous ont assez appris comme on peut la domter.
Je sais qu'aux factions Syracuse livrée
N'a qu'une liberté faible & mal assurée.
Je ne veux point ici vous rappeller ces tems
Où nous tournions sur nous nos armes criminelles,
Où l'Etat répandait le sang de ses enfans.
Etouffons dans l'oubli nos indignes querelles.

Orbassan,

---

a) Léon IV. un des grands Papes que Rome ait jamais eu. Il chassa les Arabes, & sauva Rome en 849. Voici comme en parle l'Auteur de l'*Essai sur l'Histoire générale*, *& sur les mœurs des Nations*. „ Il était „ né Romain ; le courage des pre- „ miers âges de la République re- „ vivait en lui dans un tems de „ lâcheté & de corruption, tel qu'un „ des beaux monumens de l'ancien- „ ne Rome qu'on trouve quelque- „ fois dans les ruines de la nou- „ velle.

Orbaſſan, qu'il ne ſoit qu'un parti parmi nous,
Celui du bien public, & du ſalut de tous.
Que de notre union l'Etat puiſſe renaître;
Et ſi de nos égaux nous fumes trop jaloux,
Vivons & périſſons ſans avoir eu de maître.

O R B A S S A N.

Argire, il eſt trop vrai que les diviſions
Ont régné trop longtems entre nos deux maiſons.
L'Etat en fut troublé; Syracuſe n'aſpire
Qu'à voir les Orbaſſans unis au ſang d'Argire.
Aujourd'hui l'un par l'autre il faut nous protéger.
En citoyen zélé j'accepte votre fille;
Je ſervirai l'Etat, vous, & votre famille;
Et du pied des autels où je vais m'engager,
Je marche à Solamir, & je cours vous venger.

Mais ce n'eſt pas aſſez de combattre le Maure;
Sur d'autres ennemis il faut jetter les yeux.
Il fut d'autres tyrans non moins pernicieux,
Que peut-être un vil peuple oſe chérir encore.

De quel droit les Français, portant partout leurs pas,
Se ſont-ils établis dans nos riches climats?
De quel droit un Coucy *b*) vint-il dans Syracuſe,
Des rives de la Seine aux bords de l'Aréthuſe?
D'abord modeſte & ſimple il voulut nous ſervir:
Bientôt fier & ſuperbe il ſe fit obéïr.
Sa race accumulant d'immenſes héritages,
Et d'un peuple ébloüi maitriſant les ſuffrages,
Oſa ſur ma famille élever ſa grandeur.
Nous l'en avons punie, & malgré ſa faveur

b) Un Seigneur de Coucy s'établit en Sicile du tems de Charles le
Chauve.

Tom. V. *& du Théâtre le troiſiéme.* G g

Nous voyons fes enfans bannis de nos rivages.
Tancrède *c*) , un rejetton de ce fang dangereux,
Des murs de Syracufe éloigné dès l'enfance,
A fervi , nous dit - on , les Céfars de Bizance ;
Il eft fier , outragé , fans doute valeureux ;
Il doit haïr nos loix , il cherche la vengeance.
Tout Français eft à craindre : on voit même en nos jours
Trois fimples écuyers *d*) , fans biens & fans fecours ,
Sortis des flancs glacés de l'humide Neuftrie *e*) ,
Aux champs *f*) Apuliens fe faire une patrie ,
Et n'ayant pour tout droit que celui des combats,
Chaffer les poffeffeurs , & fonder des Etats.
Grecs , Arabes , Français , Germains , tout nous dévore :
Et nos champs malheureux par leur fécondité ,
Appellent l'avarice & la rapacité
Des brigands du Midi , du Nord & de l'Aurore.
Nous devons nous défendre enfemble & nous venger.
J'ai vû plus d'une fois Syracufe trahie ;
Maintenons notre loi , que rien ne doit changer ;
Elle condamne à perdre & l'honneur & la vie ,
Quiconque entretiendrait avec nos ennemis
Un commerce fecret , fatal à fon pays.
A l'infidélité l'indulgence encourage.
On ne doit épargner ni le fexe ni l'âge.
Venife ne fonda fa fière autorité
Que fur la défiance & la févérité.
Imitons fa fageffe en perdant les coupables.

---

c) Ce n'eft pas Tancrède de Hau-
teville , qui n'alla en Italie que quelque tems après.
 d) Les premiers Normans qui

paffèrent dans la Pouille , Drogon,
Bateric & Repoftel.
 e) La Normandie.
 f) Le pays de Naples.

LOREDAN.

Quelle honte en effet dans nos jours déplorables,
Que Solamir, un Maure, un chef des Musulmans,
Dans la Sicile encor ait tant de partisans !
Que partout dans cette isle & guerrière & Chrétienne,
Que même parmi nous Solamir entretienne
Des sujets corrompus vendus à ses bienfaits !
Tantôt chez les Césars occupé de nous nuire,
Tantôt dans Syracuse ayant sû s'introduire,
Nous préparant la guerre, & nous offrant la paix,
Et pour nous désunir soigneux de nous séduire !
Un sexe dangereux dont les faibles esprits
D'un peuple encor plus faible attire les hommages,
Toûjours des nouveautés & des héros épris,
A ce Maure imposant prodiga ses suffrages.
Combien de citoyens aujourd'hui prévenus
Pour ces arts séduisans *g*) que l'Arabe cultive !
Arts trop pernicieux, dont l'éclat les captive,
A nos vrais chevaliers noblement inconnus.
Que notre art soit de vaincre, & je n'en veux point d'autre.
J'espère en ma valeur, j'attens tout de la votre ;
Et j'approuve surtout cette sévérité
Vengeresse des loix & de la liberté.
Pour détruire l'Espagne il a suffi d'un traître *h*) ;
Il en fut parmi nous, chaque jour en voit naître.
Mettons un frein terrible à l'infidélité :
Au salut de l'Etat que toute pitié cède :
Combattons Solamir, & proscrivons Tancrède.

---

g) En ce tems les Arabes cultivaient seuls les sciences en Occident, & ce sont eux qui fondèrent l'école de Salerne.

h) Le Comte Julien, ou l'Archevêque Opas.

Tancrède né d'un sang parmi nous détesté
Est plus à craindre encor pour notre liberté.
Dans le dernier conseil un décret juste & sage
Dans les mains d'Orbassan remit son héritage,
Pour confondre à jamais nos ennemis cachés,
A ce nom de Tancrède en secret attachés ;
Du vaillant Orbassan c'est le juste partage,
Sa dot, sa récompense.

CATANE.

Oui, nous y souscrivons.
Que Tancrède, s'il veut, soit puissant à Bizance ;
Qu'une cour odieuse honore sa vaillance ;
Il n'a rien à prétendre aux lieux où nous vivons.
Tancrède en se donnant un maître despotique,
A renoncé lui-même à nos sacrés remparts.
Plus de retour pour lui ; l'esclave des Césars
Ne doit rien posséder dans une République.
Orbassan de nos loix est le plus ferme appui,
Et l'Etat qu'il soutient ne pouvait moins pour lui.
Tel est mon sentiment.

ARGIRE.

Je vois en lui mon gendre ;
Ma fille m'est bien chère, il est vrai ; mais enfin,
Je n'aurais point pour eux dépouillé l'orphelin.
Vous savez qu'à regret on m'y vit condescendre.

LOREDAN.

Blâmez-vous le Sénat ?

ARGIRE.

Non ; je hais la rigueur ;
Mais toûjours à la loi je fus prêt à me rendre,
Et l'intérêt commun l'emporta dans mon cœur.

ORBASSAN.

Ces biens font à l'Etat, l'Etat feul doit les prendre.
Je n'ai point recherché cette faible faveur.

ARGIRE.

N'en parlons plus ; hâtons cet heureux hyménée ;
Qu'il amène demain la brillante journée,
Où ce chef arrogant d'un peuple deftructeur,
Solamir à la fin doit connaître un vainqueur.
Votre rival en tout, il ofa bien prétendre,
En nous offrant la paix, à devenir mon gendre *i*) ;
Il penfait m'honorer par cet hymen fatal.
Allez .... dans tous les tems triomphez d'un rival :
Mes amis, foyons prêts .... ma faiblefſe & mon âge
Ne me permettent plus l'honneur de commander ;
A mon gendre Orbaffan vous daignez l'accorder :
Vous fuivre eſt pour mes ans un affez beau partage ;
Je ferai près de vous, j'aurai cet avantage ;
Je fentirai mon cœur encor fe ranimer ;
Mes yeux feront témoins de votre fier courage,
Et vous auront vû vaincre avant de fe fermer.

LOREDAN.

Nous combattrons fous vous, Seigneur, nous ofons croire
Que ce jour, quel qu'il foit, nous fera glorieux ;
Nous nous promettons tous l'honneur de la victoire,
Ou l'honneur confolant de mourir à vos yeux.

---

i) Il était très commun de ma- | fille du Roi Rodrigues : cet exemple
rier les Chrétiennes à des Muful- | fut imité dans tous les pays où les
mans ; & Abdalife, le fils de Mufa | Arabes portèrent leurs armes victo-
conquérant de l'Efpagne, époufa la | rieufes.

S C E N E II.

ARGIRE, ORBASSAN.

ARGIRE.

EH bien, brave Orbaſſan, ſuis-je enfin votre père ?
Tous vos reſſentimens ſont-ils bien effacés ?
Pourai-je en vous d'un fils trouver le caraĉtère ?
Dois-je compter ſur vous ?

ORBASSAN.

Je vous l'ai dit aſſez :
J'aime l'Etat, Argire, il nous réconcilie.
Cet hymen nous rapproche, & la raiſon nous lie.
Mais le nœud qui nous joint n'eût point été formé,
Si dans notre querelle à jamais aſſoupie,
Mon cœur qui vous haït, ne vous eût eſtimé.
L'amour peut avoir part à ma nouvelle chaine ;
Mais un ſi noble hymen ne ſera point le fruit
D'un feu né d'un inſtant, qu'un autre inſtant détruit ;
Que ſuit l'indifférence, & trop ſouvent la haine.
Ce cœur que la patrie appelle aux champs de Mars,
Ne ſait point ſoupirer au milieu des hazards.
Mon hymen a pour but l'honneur de vous complaire ;
Notre union naiſſante à tous deux néceſſaire,
La ſplendeur de l'Etat, votre intérêt, le mien ;
Devant de tels objets l'amour a peu de charmes.
Il poura reſſerrer un ſi noble lien ;
Mais ſa voix doit ici ſe taire au bruit des armes.

ARGIRE.

J'eſtime en un ſoldat cette mâle fierté :

Mais la franchife plait , & non l'auftérité.
J'efpère que bientôt ma chère Aménaïde
Poura fléchir en vous ce courage rigide.
C'eft peu d'être un guerrier ; la modefte douceur
Donne un prix aux vertus , & fied à la valeur.
Vous fentez que ma fille au fortir de l'enfance ,
Dans nos tems orageux de trouble & de malheur ,
Par fa mère élevée à la cour de Bizance ,
Pourait s'effaroucher de ce févère accueil ,
Qui tient de la rudeffe , & reffemble à l'orgueil.
Pardonnez aux avis d'un vieillard & d'un père.

O R B A S S A N.

Vous - même , pardonnez à mon humeur auftère :
Elevé dans nos camps , je préférai toûjours
A ce mérite faux des politeffes vaines ,
A cet art de flatter , à cet efprit des cours ,
La groffière vertu des mœurs républicaines.
Mais je fais refpeêter la naiffance & le rang
D'un eftimable objet formé de votre fang.
Je prétens par mes foins mériter qu'elle m'aime ,
Vous regarder en .elle , & m'honorer moi - même,

A R G I R E.

Par mon ordre en ces lieux elle avance vers vous.

S C E N E   I I I.

ARGIRE, ORBASSAN, AMENAIDE.

A R G I R E.

LE bien de cet Etat , les voix de Syracufe ,
Votre père , le ciel , vous donnent un époux ;

Leurs ordres réunis ne fouffrent point d'excufe.
Ce noble chevalier , qui fe rejoint à moi ,
Aujourd'hui par ma bouche a reçu votre foi.
Vous connaiffez fon nom , fon rang , fa renommée :
Puiffant dans Syracufe , il commande l'armée :
Tous les droits de Tancrède entre fes mains remis......

AMENAÏDE *à part.*
De Tancrède !

ARGIRE.
.. A mes yeux font le moins digne prix
Qui relève l'éclat d'une telle alliance.

ORBASSAN.
Elle m'honore affez , Seigneur , & fa préfence
Rend plus cher à mon cœur le don que je reçois.
Puiffai - je en méritant vos bontés & fon choix ,
Du bonheur de tous trois confirmer l'efpérance !

AMENAÏDE.
Mon père , en tous les tems , je fais que votre cœur
Sentit tous mes chagrins , & voulut mon bonheur.
Votre choix me deftine un héros en partage ;
Et quand ces longs débats qui troublèrent vos jours ,
Grace à votre fageffe ont terminé leurs cours ,
Du nœud qui vous rejoint votre fille eft le gage ;
D'une telle union je conçois l'avantage.
Orbaffan permettra que ce cœur étonné ,
Qu'opprima dès l'enfance un fort toûjours contraire ,
Par ce changement même au trouble abandonné ,
Se recueille un moment dans le fein de fon père.

ORBASSAN.
Vous le devez , Madame ; & loin de m'oppofer
A de tels fentimens , dignes de mon eftime ,

Loin

Loin de vous détourner d'un foin fi légitime,
Des droits que j'ai fur vous je craindrais d'abufer.
J'ai quitté nos guerriers , je revole à leur tête ;
C'eft peu d'un tel hymen , il le faut mériter ;
La victoire en rend digne , & j'ofe me flatter
Que bientôt des lauriers en orneront la fête.

S C E N E I V.

A R G I R E , A M E N A I D E.

A R G I R E.

Vous femblez interdite : & vos yeux pleins d'effroi ,
De larmes obfcurcis , fe détournent de moi.
Vos foupirs étouffés femblent me faire injure.
La bouche obéit mal , lorfque le cœur murmure.

A M E N A Ï D E.

Seigneur , je l'avoûrai , je ne m'attendais pas
Qu'après tant de malheurs , & de fi longs débats ,
Le parti d'Orbaffan dût être un jour le votre ,
Que mes tremblantes mains uniraient l'un & l'autre ,
Et que votre ennemi dût paffer dans mes bras.
Je n'oublîrai jamais que la guerre civile
Dans vos propres foyers vous priva d'un afyle ;
Que ma mère à regret évitant le danger ,
Chercha loin de nos murs un rivage étranger ;
Que des bras paternels avec elle arrachée ,
A fes triftes deftins dans Bizance attachée ,
J'ai partagé longtems les maux qu'elle a foufferts.
Au fortir du berceau j'ai connu les revers :
J'appris fous une mère , abandonnée , errante ,

A fupporter l'exil & le fort des profcrits,
L'accueil impérieux d'une cour arrogante,
Et la fauffe pitié pire que les mépris.
Dans un fort avili noblement élevée,
De ma mère bientôt cruéllement privée,
Je me vis feule au monde, en proie à mon effroi,
Rofeau faible & tremblant, n'ayant d'appui que moi.
Votre deftin changea. Syracufe en allarmes
Vous remit dans vos biens, vous rendit vos honneurs,
Se repofa fur vous du deftin de fes armes,
Et de fes murs fanglans repouffa fes vainqueurs.
Dans le fein paternel je me vis rappellée ;
Un malheur inouï m'en avait exilée.
Peut-être j'y reviens pour un malheur nouveau.
Vos mains de mon hymen allument le flambeau.
Je fais quel intérêt, quel efpoir vous anime ;
Mais de vos ennemis je me vis la victime.
Je fuis enfin la votre ; & ce jour dangereux
Peut-être de nos jours fera le plus affreux.

ARGIRE.

Il fera fortuné, c'eft à vous de m'en croire.
Je vous aime, ma fille, & j'aime votre gloire.
On a trop murmuré, quand ce fier Solamir,
Pour le prix de la paix qu'il venait nous offrir,
Ofa me propofer de l'accepter pour gendre ;
Je vous donne au héros qui marche contre lui,
Au plus grand des guerriers armés pour nous défendre,
Autrefois mon émule, à préfent notre appui.

AMENAÏDE.

Quel appui ! vous vantez fa fuperbe fortune ;
Mes vœux plus modérés la voudraient plus commune.

Je voudrais qu'un héros fi fier & fi puiffant
N'eût point pour s'agrandir dépouillé l'innocent.

ARGIRE.

Du confeil, il eft vrai, la prudence févère
Veut punir dans Tancrède une race étrangère.
Elle abufa longtems de fon autorité.
Elle a trop d'ennemis.

AMENAÏDE.

Seigneur, ou je m'abufe,
Ou Tancrède eft encor aimé dans Syracufe.

ARGIRE.

Nous rendons tous juftice à fon cœur indomté ;
Sa valeur a, dit-on, fubjugué l'Illirie ;
Mais plus il a fervi fous l'aigle des Céfars,
Moins il doit efpérer de revoir fa patrie.
Il eft par un décret chaffé de nos remparts.

AMENAÏDE.

Pour jamais ! lui Tancrède ?

ARGIRE.

Oui, l'on craint fa préfence ;
Et fi vous l'avez vû dans les murs de Bizance,
Vous favez qu'il nous hait.

AMENAÏDE.

Je ne le croyais pas.
Ma mère avait penfé qu'il pouvait être encore
L'appui de Syracufe, & le vainqueur du Maure :
Et lorfque dans ces lieux des citoyens ingrats
Pour ce fier Orbaffan contre vous s'animèrent,
Qu'ils ravirent vos biens, & qu'ils vous opprimèrent,
Tancrède aurait pour vous affronté le trépas.
C'eft tout ce que j'ai fû.

Hh ij

ARGIRE.

C'eſt trop , Aménaïde.
Rendez - vous aux conſeils d'un père qui vous guide.
Conformez - vous au tems , conformez - vous aux lieux.
Solamir & Tancrède , & la cour de Bizance ,
Sont tous également en horreur en ces lieux.
Votre bonheur dépend de votre complaiſance.
J'ai pendant ſoixante ans combattu pour l'Etat :
Je le ſervis injuſte , & le chéris ingrat.
Je dois penſer ainſi juſqu'à ma dernière heure.
Prenez mes ſentimens ; & devant que je meure ,
Conſolez mes vieux ans , dont vous faites l'eſpoir.
Je ſuis prêt à finir une vie orageuſe :
La votre doit couler ſous les loix du devoir ;
Et je mourrai content , ſi vous vivez heureuſe.

AMENAÏDE.

Ah Seigneur ! croyez - moi , parlez moins de bonheur.
Je ne regrette point la cour d'un Empereur.
Je vous ai conſacré mes ſentimens , ma vie ;
Mais pour en diſpoſer attendez quelques jours.
Au crédit d'Orbaſſan trop d'intérêt vous lie ;
Ce crédit ſi vanté doit - il durer toûjours ?
Il peut tomber ; tout change : & ce héros peut - être
S'eſt trop tôt déclaré votre gendre & mon maître.

ARGIRE.

Comment ? que dites - vous ?

AMENAÏDE.

Cette témérité
Eſt peu reſpectueuſe , & vous ſemble une injure.
Je fais que dans les cours mon ſexe plus flatté ,
Dans votre République a moins de liberté :

A Bizance on le fert ; ici la loi plus dure
Veut de l'obéiffance , & défend le murmure.
Les Mufulmans altiers , trop longtems vos vainqueurs ,
Ont changé la Sicile , ont endurci vos mœurs ;
Mais qui peut altérer vos bontés paternelles ?

ARGIRE.

Vous feule , vous , ma fille , en abufant trop d'elles.
De tout ce que j'entens mon efprit eft confus.
J'ai permis vos délais , mais non pas vos refus.
La loi ne peut plus rompre un nœud fi légitime ;
La parole eft donnée , y manquer eft un crime.
Vous me l'avez bien dit , je fuis né malheureux :
Jamais aucun fuccès n'a couronné mes vœux.
Tous les jours de ma vie ont été des orages.
Dieu puiffant ! détournez ces funeftes préfages ;
Et puiffe Aménaïde , en formant ces liens ,
Se préparer des jours moins triftes que les miens !

SCENE V.

AMENAIDE *feule.*

Tancrède , cher amant ! moi j'aurais la faibleffe
De trahir mes fermens pour ton perfécuteur !
Plus cruelle que lui , perfide avec baffeffe ,
Partageant ta dépouille avec cet oppreffeur ,
Je pourrais. . . .

S C E N E   VI.

A M E N A I D E , F A N I E.

A M E N A Ï D E.

Viens, approche, ô ma chère Fanie :
Voi le trait détesté qui m'arrache la vie.
Orbaffan par mon père est nommé mon époux !

F A N I E.

Je fens combien cet ordre est douloureux pour vous.
J'ai vû vos fentimens, j'en ai connu la force.
Le fort n'eut point de traits, la cour n'eut point d'amorce
Qui puffent arrêter ou détourner vos pas,
Quand la route par vous fut une fois choifie.
Votre cœur s'est donné, c'est pour toute la vie.
Tancrède & Solamir touchés de vos appas,
Dans la cour des Céfars en fecret foupirèrent ;
Mais celui que vos yeux juftement diftinguèrent,
Qui feul obtient vos vœux, qui fut les mériter,
En fera toûjours digne ; & puifque dans Bizance
Sur le fier Solamir il eut la préférence,
Orbaffan dans ces lieux ne poura l'emporter ;
Votre ame est trop conftante.

A M E N A Ï D E.

Ah ! tu n'en peux douter.
On dépouille Tancrède, on l'exile, on l'outrage ;
C'est le fort d'un héros d'être perfécuté ;
Je fens que c'est le mien de l'aimer davantage.
Ecoute ; dans ces murs Tancrède est regretté,
Le peuple le chérit.

FANIE.

Banni dans ſon enfance,
De ſon père oublié, les faſtueux amis
Ont bientôt à ſon ſort abandonné le fils.
Peu de cœurs comme vous tiennent contre l'abſence.
A leurs ſeuls intérêts les grands ſont attachés.
Le peuple eſt plus ſenſible.

AMENAÏDE.

Il eſt auſſi plus juſte.

FANIE.

Mais il eſt aſſervi : nos amis ſont cachés ;
Aucun n'oſe parler pour ce proſcrit auguſte.
Un ſénat tyrannique eſt ici tout-puiſſant.

AMENAÏDE.

Oui, je ſais qu'il peut tout, quand Tancrède eſt abſent.

FANIE.

S'il pouvait ſe montrer, j'eſpérerais encore :
Mais il eſt loin de vous.

AMENAÏDE.

Juſte ciel, je t'implore !

(à *Fanie*.)
Je me confie à toi. Tancrède n'eſt pas loin ;
Et quand de l'écarter on prend l'indigne ſoin,
Lorſque la tyrannie au comble eſt parvenuë,
Il eſt tems qu'il paraiſſe, & qu'on tremble à ſa vuë.
Tancrède eſt dans Meſſine.

FANIE.

Eſt-il vrai ? juſtes cieux !
Et cet indigne hymen eſt formé ſous ſes yeux !

AMENAÏDE.

Il ne le ſera pas .... non, Fanie ; & peut-être

Mes oppreffeurs & moi nous n'aurons plus qu'un maître.
Vien . . . . je t'apprendrai tout . . . . mais il faut tout ofer.
Le joug eft trop honteux , ma main doit le brifer.
La perfécution enhardit ma faibleffe ;
Le trahir eft un crime , obéïr eft baffeffe.
S'il vient , c'eft pour moi feule , & je l'ai mérité :
Et moi timide efclave à fon tyran promife ,
Victime malheureufe indignement foumife ,
Je mettrais mon devoir dans l'infidélité !
Non , l'amour à mon fexe infpire le courage ;
C'eft à moi de hâter ce fortuné retour ;
Et s'il eft des dangers que ma crainte envifage ,
Ces dangers me font chers , ils naiffent de l'amour.

Fin du premier acte.

ACTE

ACTE II.

SCENE PREMIERE.

AMENAIDE *feule.*

OU portai-je mes pas?.... d'où vient que je friffonne?
Moi des remords!... qui? moi? le crime feul les donne....
Ma caufe eft jufte.... O cieux! protégez mes deffeins!...
(à Fanie qui entre.)
Allons, raffurons-nous.... Suis-je en tout obéïe?

FANIE.

Votre efclave eft parti, la lettre eft dans fes mains.

AMENAÏDE.

Il eft maître, il eft vrai, du fecret de ma vie....
Mais je connais fon zèle : il m'a toûjours fervie.
On doit tout quelquefois aux derniers des humains.
Né d'ayeux Mufulmans chez les Syracufains,
Inftruit dans les deux loix, & dans les deux langages,
Du camp des Sarrazins il connaît les paffages,
Et des monts de l'Etna les plus fecrets chemins;
C'eft lui qui découvrit, par une courfe utile,
Que Tancrède en fecret a revû la Sicile;
C'eft lui par qui le ciel veut changer mes deftins.
Ma lettre par fes foins remife aux mains d'un Maure,
Dans Meffine demain doit être avant l'aurore.
Des Maures & des Grecs les befoins mutuels
Ont toûjours confervé, dans cette longue guerre,

Une correfpondance à tous deux néceffaire ;
Tant la nature unit les malheureux mortels !

F A N I E.

Ce pas eft dangereux ; mais le nom de Tancrède ,
Ce nom fi redoutable à qui tout autre cède ,
Et qu'ici nos tyrans ont toûjours en horreur ,
Ce beau nom que l'amour grava dans votre cœur ,
N'eft point dans cette lettre à Tancrède adreffée.
Si vous l'avez toûjours préfent à la penfée ,
Vous avez fû , du moins , le taire en écrivant.
Au camp des Sarrazins votre lettre portée ,
Vainement ferait luë , ou ferait arrêtée.
Enfin , jamais l'amour ne fut moins imprudent ,
Ne fut mieux fe voiler dans l'ombre du myftère ,
Et ne fut plus hardi , fans être téméraire.
Je ne puis cependant vous cacher mon effroi.

A M E N A Ï D E.

Le ciel jufqu'à préfent femble veiller fur moi ;
Il ramène Tancrède , & tu veux que je tremble ?

F A N I E.

Hélas ! qu'en d'autres lieux fa bonté vous raffemble.
La haine & l'intérêt s'arment trop contre lui ;
Tout fon parti fe tait ; qui fera fon appui ?

A M E N A Ï D E.

Sa gloire. Qu'il fe montre , il deviendra le maître.
Un héros qu'on opprime attendrit tous les cœurs ;
Il les anime tous , quand il vient à paraître.

F A N I E.

Son rival eft à craindre.

A M E N A Ï D E.

Ah ! combats ces terreurs ,

Et ne m'en donne point. Souvien-toi que ma mère
Nous unit l'un & l'autre à ses derniers momens ;
Que Tancrède est à moi ; qu'aucune loi contraire
Ne peut rien sur nos vœux, & sur nos sentimens.
Hélas ! nous regrettions cette île si funeste,
Dans le sein de la gloire & des murs des Césars.
Vers ces champs trop aimés, qu'aujourd'hui je déteste,
Nous tournions tristement nos avides regards.
J'étais loin de penser que le sort qui m'obsède
Me gardât pour époux l'oppresseur de Tancrède ;
Et que j'aurais pour dot l'exécrable présent
Des biens qu'un ravisseur enlève à mon amant.
Il faut l'instruire au moins d'une telle injustice ;
Qu'il apprenne de moi sa perte & mon supplice ;
Qu'il hâte son retour & défende ses droits.
Pour venger un héros je fais ce que je dois.
Ah ! si je le pouvais, j'en ferais davantage.
J'aime, je crains un père, & respecte son âge ;
Mais je voudrais armer nos peuples soulevés,
Contre cet Orbassan qui nous a captivés.
D'un brave chevalier sa conduite est indigne.
Intéressé, cruel, il prétend à l'honneur !
Il croit d'un peuple libre être le protecteur !
Il ordonne ma honte, & mon père la signe !
Et je dois la subir, & je dois me livrer
Au maître impérieux qui pense m'honorer !
Hélas ! dans Syracuse on hait la tyrannie ;
Mais la plus exécrable, & la plus impunie,
Est celle qui commande & la haine & l'amour,
Et qui veut nous forcer de changer en un jour.
Le sort en est jetté.

FANIE.

Vous aviez paru craindre.

AMENAÏDE.

Je ne crains plus.

FANIE.

On dit qu'un arrêt redouté
Contre Tancrède même est aujourd'hui porté ;
Il y va de la vie à qui le veut enfraindre.

AMENAÏDE.

Je le sais, mon esprit en fut épouvanté ;
Mais l'amour est bien faible alors qu'il est timide.
J'adore, tu le sais, un héros intrépide ;
Comme lui je dois l'être.

FANIE.

Une loi de rigueur
Contre vous, après tout, serait-elle écoutée ?
Pour effrayer le peuple elle paraît dictée.

AMENAÏDE.

Elle attaque Tancrède ; elle me fait horreur.
Que cette loi jalouse est digne de nos maîtres !
Ce n'était point ainsi que ses braves ancêtres,
Ces généreux Français, ces illustres vainqueurs,
Subjuguaient l'Italie, & conquéraient des cœurs.
On aimait leur franchise, on redoutait leurs armes ;
Les soupçons n'entraient point dans leurs esprits altiers.
L'honneur avait uni tous ces grands chevaliers ;
Chez les seuls ennemis ils portaient les allarmes ;
Et le peuple amoureux de leur autorité,
Combattait pour leur gloire & pour sa liberté.
Ils abaissaient les Grecs, ils triomphaient du Maure.
Aujourd'hui je ne vois qu'un Sénat ombrageux,

Toûjours en défiance , & toûjours orageux ,
Qui lui-même fe craint , & que le peuple abhorre.
Je ne fais fi mon cœur eft trop plein de fes feux.
Trop de prévention peut-être me poffède ;
Mais je ne puis fouffrir ce qui n'eft pas Tancrède.
La foule des humains n'exifte point pour moi ;
Son nom feul en ces lieux diffipe mon effroi ,
Et tous fes ennemis irritent ma colère.

S C E N E I I.

AMENAIDE , FANIE , *fur le devant.* ARGIRE ,
les Chevaliers *au fond.*

A R G I R E.

CHevaliers .... je fuccombe à cet excès d'horreur.
Ah ! j'efpérais du moins mourir fans deshonneur.
(*à fa fille avec des fanglots mélés de colère.*)
Retirez-vous .... fortez.

A M E N A Ï D E.

Qu'entens-je ! vous , mon père ?

A R G I R E.

Moi , ton père ! ... eft-ce à toi de prononcer ce nom ,
Quand tu trahis ton fang , ton pays , ta maifon ?

AMENAÏDE (*faifant un pas appuyée fur Fanie.*)
Je fuis perdue ! ...

A R G I R E.

Arrête .... ah ! trop chère victime ,
Qu'as-tu fait ? ...

A M E N A Ï D E (*pleurant.*)
Nos malheurs ....

Ii iij

ARGIRE.

    Pleures-tu fur ton crime?

AMENAÏDE.

Je n'en ai point commis.

ARGIRE.

   Quoi ! tu démens ton feing ?

AMENAÏDE.

Non...

ARGIRE.

  Tu vois que le crime eft écrit de ta main.
Tout fert à m'accabler , tout fert à te confondre.
Ma fille ! ... il eft donc vrai ? ... tu n'ofes me répondre !
Laiffe au moins dans le doute un père au defefpoir.
J'ai vécu trop longtems.... Qu'as-tu fait ? ...

AMENAÏDE.

      Mon devoir.

Aviez-vous fait le votre ?

ARGIRE.

    Ah ! c'en eft trop , cruelle !
Ofes-tu te vanter d'être fi criminelle ?
Laiffe-moi, malheureufe ! ôte-toi de ces lieux :
Va, fors .... une autre main faura fermer mes yeux.

 AMENAÏDE *fort , prefque évanouïe entre les bras de Fanie.*
Je me meurs !

SCENE III.

ARGIRE , les Chevaliers.

ARGIRE.

MEs amis, dans une telle injure ....

Après son aveu même.... après ce crime affreux....
Excusez d'un vieillard les sanglots douloureux....
Je dois tout à l'Etat . ... mais tout à la nature.
Vous n'exigerez pas qu'un père malheureux
A vos sévères voix mêle sa voix tremblante.
Aménaïde, hélas ! ne peut être innocente ;
Mais signer à la fois mon opprobre & sa mort,
Vous ne le voulez pas .... c'est un barbare effort ;
La nature en frémït, & j'en suis incapable.

L O R E D A N.

Nous plaignons tous, Seigneur, un père respeſtable ;
Nous sentons sa blessure, & craignons de l'aigrir ;
Mais vous - même avez vû cette lettre coupable ;
L'esclave la portait au camp ſde Solamir ;
Auprès de ce camp même on a surpris le traître,
Et l'insolent Arabe a pû le voir punir.
Ses odieux desseins n'ont que trop sû paraître.
L'Etat était perdu. Nos dangers, nos sermens
Ne souffrent point de nous de vains ménagemens.
Les loix n'écoutent point la pitié paternelle ;
L'Etat parle ; il suffit.

A R G I R E.

Seigneur, je vous entens.
Je sais ce qu'on prépare à cette criminelle ;
Mais elle était ma fille . ... & voilà son époux....
Je cède à ma douleur .... je m'abandonne à vous....
Il ne me reste plus qu'à mourir avant elle.   (*il sort.*)

S C E N E   IV.

LES CHEVALIERS.

CATANE.

DEja de la faifir l'ordre eft donné par nous.
Sans doute il eft affreux de voir tant de nobleffe,
Les graces, les attraits, la plus tendre jeuneffe,
L'efpoir de deux maifons, le deftin le plus beau,
Par le dernier fupplice enfermés au tombeau.
Mais telle eft parmi nous la loi de l'hyménée ;
C'eft la religion lâchement profanée,
C'eft la patrie enfin que nous devons venger.
L'infidèle en nos murs appelle l'étranger !
La Grèce & la Sicile ont vû des citoyennes
Renonçant à leur gloire, au titre de Chrétiennes,
Abandonner nos loix pour ces fiers Mufulmans,
Vainqueurs de tous côtés, & partout nos tyrans :
Mais que d'un chevalier la fille refpectée,

(à Orbaffan.)

Sur le point d'être à vous, & marchant à l'autel,
Exécute un complot fi lâche & fi cruel !
De ce crime nouveau Syracufe infectée,
Veut de nôtre juftice un exemple éternel.

LOREDAN.

Je l'avouë en tremblant : fa mort eft légitime.
Plus fa race eft illuftre, & plus grand eft le crime.
On fait de Solamir l'efpoir ambitieux ;
On connaît fes deffeins, fon amour téméraire,
Ce malheureux talent de tromper & de plaire,

D'impofer

D'impofer aux efprits , & d'éblouïr les yeux.
C'eft à lui que s'adreffe un écrit fi funefte ,
Régnez dans nos Etats ; Ces mots trop odieux
Nous revèlent affez un complot manifefte.
Pour l'honneur d'Orbaffan je fupprime le refte ;
Il nous ferait rougir. Quel eft le chevalier
Qui daignera jamais , fuivant l'antique ufage ,
Pour ce coupable objet fignaler fon courage ,
Et hazarder fa gloire à le juftifier ?

C A T A N E.

Orbaffan , comme vous nous fentons votre injure ,
Nous allons l'effacer au milieu des combats.
Le crime rompt l'hymen. Oubliez la parjure.
Son fupplice vous venge , & ne vous flétrit pas.

O R B A S S A N.

Il me confterne , au moins .... on approche .... c'eft elle,
Qu'au féjour des forfaits conduifent des foldats....
Cette honte m'indigne autant qu'elle m'offenfe ;
Laiffez - moi lui parler.

S C E N E   V.

Les Chevaliers *fur le devant* , A M E N A I D E *au fond*
entourée de gardes.

A M E N A ï D E *dans le fond.*

O Célefte puiffance !
Ne m'abandonnez point dans ces momens affreux.
Grand Dieu ! vous connaiffez l'objet de tous mes vœux ;
Vous connaiffez mon cœur ; eft - il donc fi coupable ?

Tom. V. & du Théâtre le troifiéme.   K k

C A T A N E.

Vous voulez voir encor cet objet condamnable?

O R B A S S A N.

Oui , je le veux.

C A T A N E.

Sortons , parlez-lui , mais fongez
Que les loix , les autels , l'honneur font outragés ;
Syracufe à regret exige une victime.

O R B A S S A N.

Je le fais comme vous : un même foin m'anime.
Eloignez-vous , foldats.

S C E N E V I.

A M E N A I D E , O R B A S S A N.

A M E N A ï D E.

Qu'ofez-vous attenter ?
A mes derniers momens venez-vous infulter ?

O R B A S S A N.

Ma fierté jufques-là ne peut être avilie.

Je vous donnais ma main ; je vous avais choifie ,
Peut-être l'amour même avait dicté ce choix.
Je ne fais fi mon cœur s'en fouviendrait encore ,
Ou s'il eft indigné d'avoir connu fes loix ;
Mais il ne peut fouffrir ce qui le deshonore.
Je ne veux point penfer qu'Orbaffan foit trahi
Pour un chef étranger , pour un chef ennemi ,
Pour un de ces tyrans que notre culte abhorre ;
Ce crime eft trop indigne , il eft trop inouï ;

Et pour vous , pour l'Etat , & furtout pour ma gloire ,
Je veux fermer les yeux , & prétens ne rien croire.
Syracufe aujourd'hui voit en moi votre époux ,
Ce titre me fuffit , je me refpeᶜte en vous ;
Ma gloire eſt offenſée , & je prens ſa défenſe.
Les loix des chevaliers ordonnent ces combats ;
Le jugement de Dieu *k*) dépend de notre bras ;
C'eſt le glaive qui juge & qui fait l'innocence.
Je ſuis prêt.

A M E N A ï D E.

Vous ?

O R B A S S A N.

Moi feul : & j'oſe me flatter
Qu'après cette démarche , après cette entrepriſe ,
(Qu'aux yeux de tout guerrier mon honneur autoriſe)
Un cœur qui m'était dû , me ſaura mériter.
Je n'examine point ſi votre ame ſurpriſe
Ou par mes ennemis , ou par un féduᶜteur ,
Un moment aveuglée eut un moment d'erreur ,
Si votre averſion fuyait mon hyménée.
Les bienfaits peuvent tout ſur une ame bien née ;
La vertu s'affermit par un remords heureux.
Je ſuis ſûr , en un mot , de l'honneur de tous deux.
Mais ce n'eſt point aſſez : j'ai le droit de prétendre
(Soit fierté , ſoit amour) un ſentiment plus tendre.
Les loix veulent ici des ſermens ſolemnels ;
J'en exige un de vous , non tel que la contrainte
En diᶜte à la faibleſſe , en impoſe à la crainte ,
Qu'en ſe trompant foi-même on prodigue aux autels ;
A ma franchiſe altière il faut parler ſans feinte :

---

k) On ſait aſſez qu'on appellait ces combats *le jugement de Dieu.*

K k ij

Prononcez. Mon cœur s'ouvre , & mon bras eſt armé ;
Je peux mourir pour vous .... mais je dois être aimé.

AMENAÏDE.

Dans l'abîme effroyable où je ſuis deſcendue ,
A peine avec horreur à moi-même rendue ,
Cet effort généreux , que je n'attendais pas ,
Porte le dernier coup à mon ame éperdue ,
Et me plonge au tombeau qui s'ouvrait ſous mes pas.
Vous me forcez , Seigneur , à la reconnaiſſance ,
Et tout près du ſépulcre où l'on va m'enfermer ,
Mon dernier ſentiment eſt de vous eſtimer.

Connaiſſez-moi , ſachez que mon cœur vous offenſe ;
Mais je n'ai point trahi ma gloire & mon pays ;
Je ne vous trahis point ; je n'avais rien promis.
Mon ame envers la votre eſt aſſez criminelle ;
Sachez qu'elle eſt ingrate , & non pas infidelle ...
Je ne peux vous aimer ; je ne peux à ce prix
Accepter un combat pour ma cauſe entrepris.
Je fais de votre loi la dureté barbare ,
Celle de mes tyrans , la mort qu'on me prépare.
Je ne me vante point du faſtueux effort
De voir ſans m'allarmer les apprêts de ma mort ...
Je regrette la vie .... elle dut m'être chère.
Je pleure mon deſtin , je gémis ſur mon père.
Mais , malgré ma faibleſſe , & malgré mon effroi ,
Je ne peux vous tromper ; n'attendez rien de moi.
Je vous parais coupable après un tel outrage ;
Mais ce cœur , croyez-moi , le ſerait davantage ,
Si juſqu'à vous complaire il pouvait s'oublier.
Je ne veux (pardonnez à ce triſte langage)
De vous , pour mon époux , ni pour mon chevalier.

J'ai prononcé ; jugez, & vengez votre offenſe.

O R B A S S A N.

Je me borne, Madame, à venger mon païs,
A dédaigner l'audace, à braver le mépris,
A l'oublier. Mon bras prenait votre défenſe,
Mais quitte envers ma gloire, auſſi-bien qu'envers vous,
Je ne ſuis plus qu'un juge à ſon devoir fidelle,
Soumis à la loi ſeule, inſenſible comme elle,
Et qui ne doit ſentir ni regrets ni couroux.

S C E N E   V I I.

A M E N A I D E, Soldats *dans l'enfoncement.*

J'Ai donc dicté l'arrêt .... & je me ſacrifie ! ...
O toi ſeul des humains qui méritas ma foi,
Toi pour qui je mourrai, pour qui j'aimais la vie,
Je ſuis donc condamnée ! .... Oui, je le ſuis pour toi ;
Allons .... je l'ai voulu .... mais tant d'ignominie,
Mais un père accablé dont les jours vont finir !
Des liens, des bourreaux .... ces apprêts d'infamie !
O mort ! affreuſe mort ! puis-je vous ſoutenir ?
Tourmens, trépas honteux .... tout mon courage cède.
... Non, il n'eſt point de honte en mourant pour Tancrède.
On peut m'ôter le jour, & non pas me punir.
Quoi ! je meurs en coupable ? ... un père ! une patrie !
Je les ſervais tous deux, & tous deux m'ont flétrie !
Et je n'aurai pour moi, dans ces momens d'horreur,
Que mon ſeul témoignage, & la voix de mon cœur !

(*à Fanie, qui entre.*)

Quels momens pour Tancrède ! O ma chère Fanie !

K k iij

(*Fanie lui baife la main en pleurant , & Aménaïde l'embraffe.*)
La douceur de te voir ne m'eft donc point ravie !

                    F A N I E.

Que ne puis - je avant vous expirer en ces lieux !

               A M E N A ï D E.

Ah ! ... je vois s'avancer ces monftres odieux.....
(*Les gardes qui étaient dans le fond s'avancent pour l'emmener.*)
Porte un jour au héros à qui j'étais unie ,
Mes derniers fentimens , & mes derniers adieux ,
Fanie .... il apprendra fi je mourus fidelle :
Je coûterai du moins des larmes à fes yeux :
Je ne meurs que pour lui .... ma mort eft moins cruelle.

             Fin du fecond acte.

A C T E I I I.

S C E N E P R E M I E R E.

TANCREDE *fuivi de deux écuyers qui portent fa lance,*
fon écu &c. ALDAMON.

T A N C R E D E.

A. Tous les cœurs bien nés que la patrie eft chère !
Qu'avec raviffement je revois ce féjour !
Cher & brave Aldamon , digne ami de mon père,
C'eft toi dont l'heureux zèle a fervi mon retour.
Que Tancrède eft heureux ! que ce jour m'eft profpère !
Tout mon fort eft changé. Cher ami, je te dois
Plus que je n'ofe dire . . . . & plus que tu ne crois.

A L D A M O N.

Seigneur , c'eft trop vanter mes fervices vulgaires,
Et c'eft trop relever un fort tel que le mien ;
Je ne fuis qu'un foldat, un fimple citoyen. . . .

T A N C R E D E.

Je le fuis comme vous : les citoyens font frères.

A L D A M O N.

Deux ans dans l'Orient fous vous j'ai combattu ;
Je vous vis effacer l'éclat de vos ancêtres ;
J'admirai d'affez près votre haute vertu ;
C'eft là mon feul mérite : élevé par mes maîtres,
Né dans votre maifon , je vous fuis affervi.
Je dois. . . .

TANCREDE.

Vous ne devez être que mon ami.

Voilà donc ces remparts que je voulais défendre,
Ces murs toûjours facrés pour le cœur le plus tendre,
Ces murs qui m'ont vû naître, & dont je fuis banni !
Appren-moi dans quels lieux refpire Aménaïde.

ALDAMON.

Dans ce palais antique où fon père réfide ;
Cette place y conduit ; plus loin vous contemplez
Ce tribunal augufte, où l'on voit affemblés
Ces vaillans chevaliers, ce Sénat intrépide,
Qui font les loix du peuple & combattent pour lui,
Et qui vaincraient toûjours le Mufulman perfide,
S'ils ne s'étaient privés de leur plus grand appui.
Voilà leurs boucliers, leurs lances, leurs devifes,
Dont la pompe guerrière annonce aux nations
La fplendeur de leurs faits, leurs nobles entreprifes.
Votre nom feul ici manquait à ces grands noms.

TANCREDE.

Que ce nom foit caché, puis qu'on le perfécute ;
Peut-être en d'autres lieux il eft célèbre affez.

(*à fes écuyers.*)

Vous, qu'on fufpende ici mes chiffres effacés ;
Aux fureurs des partis qu'ils ne fôient plus en bute ;
Que mes armes fans fafte, emblême des douleurs,
Telles que je les porte au milieu des batailles,
Ce fimple bouclier, ce cafque fans couleurs,
Soient attachés fans pompe à ces triftes murailles.

(*Les écuyers fufpendent fes armes aux places vuides, au milieu des autres trophées.*)

Confervez ma devife, elle eft chère à mon cœur ;

Elle

Elle a dans mes combats ſoutenu ma vaillance ;
Elle a conduit mes pas & fait mon eſpérance ;
Les mots en ſont ſacrés ; c'eſt , *l'amour & l'honneur.*

   Lorſque les chevaliers deſcendront dans la place ,
Vous direz qu'un guerrier , qui veut être inconnu ,
Pour les ſuivre aux combats dans leurs murs eſt venu ,
Et qu'à les imiter il borne ſon audace.

            (*à Aldamon.*)
Quel eſt leur chef , ami ?

          A L D A M O N.

              Ce fut depuis trois ans ,
Comme vous l'avez ſû , le reſpeétable Argire.

        T A N C R E D E *à part.*
Père d'Aménaïde ! ..

          A L D A M O N.

         On le vit trop longtems
Succomber au parti dont nous craignons l'empire.
Il reprit à la fin ſa juſte autorité :
On reſpeéte ſon rang , ſon nom , ſa probité :
Mais l'âge l'affaiblit ; Orbaſſan lui ſuccède.

         T A N C R E D E.
Orbaſſan ! l'ennemi , l'oppreſſeur de Tancrède !
Ami , quel eſt le bruit répandu dans ces lieux ?
Ah ! parle , eſt-il bien vrai que cet audacieux ,
D'un père trop facile ait ſurpris la faibleſſe ,
Que de ſon alliance il ait eu la promeſſe ,
Que ſur Aménaïde il ait levé les yeux ,
Qu'il ait oſé prétendre à s'unir avec elle ?

         A L D A M O N.
Hier confuſément j'en appris la nouvelle.
Pour moi , loin de la ville , établi dans ce fort ,

Où je vous ai reçu, grace à mon heureux fort,
A mon poſte attaché, j'avoûrai que j'ignore
Ce qu'on a fait depuis dans ces murs que j'abhorre ;
On vous y perſécute, ils ſont affreux pour moi.

T A N C R E D E.

Cher ami, tout mon cœur s'abandonne à ta foi ;
Cours chez Aménaïde, & parais devant elle :
Di-lui qu'un inconnu brulant du plus beau zèle,
Pour l'honneur de ſon ſang, pour ſon auguſte nom,
Pour les proſpérités de ſa noble maiſon,
Attaché dès l'enfance à ſa mère, à ſa race,
D'un entretien ſecret lui demande la grace.

A L D A M O N.

Seigneur, dans ſa maiſon j'eus toûjours quelque accès.
On y voit avec joie, on accueille, on honore
Tous ceux qu'à votre nom le zèle attache encore.
Plût au ciel qu'on eût vû le pur ſang des Français
Uni dans la Sicile au noble ſang d'Argire !
Quel que ſoit le deſſein, Seigneur, qui vous inſpire,
Puiſque vous m'envoyez, je réponds du ſuccès.

S C E N E I I.

T A N C R E D E, Ses écuyers *au fond*.

Il fera favorable : & ce ciel qui me guide,
Ce ciel qui me ramène aux pieds d'Aménaïde,
Et qui dans tous les tems accorda ſa faveur
Au véritable amour, au véritable honneur,
Ce ciel qui m'a conduit dans les tentes du Maure,

Parmi mes ennemis foutient ma caufe encore.
Aménaïde m'aime, & fon cœur me répond
Que le mien dans ces lieux ne peut craindre un affront.
Loin des camps des Céfars, & loin de l'Illirie,
Je viens enfin pour elle au fein de ma patrie,
De ma patrie ingrate, & qui dans mon malheur
Après Aménaïde eft fi chère à mon cœur !
J'arrive ; un autre ici l'obtiendrait de fon père !
Et fa fille à ce point aurait pû me trahir !
Quel eft cet Orbaffan ? quel eft ce téméraire ?
Quels font donc les exploits dont il doit s'applaudir ?
Qu'a-t-il fait de fi grand qui le puiffe enhardir
A demander un prix qu'on doit à la vaillance,
Qui des plus grands héros ferait la récompenfe,
Qui m'appartient du moins par les droits de l'amour ?
Avant de me l'ôter il m'ôtera le jour.
Après mon trépas même elle ferait fidelle.
L'oppreffeur de mon fang ne peut régner fur elle.
Oui, ton cœur m'eft connu ; je n'en redoute rien,
Ma chère Aménaïde, il eft tel que le mien,
Incapable d'effroi, de crainte & d'inconftance.

S C E N E   III.

TANCREDE, ALDAMON.

TANCREDE.

AH ! trop heureux ami, tu fors de fa préfence ;
Tu vois tous mes tranfports ; allons, condui mes pas.

ALDAMON.

Vers ces funeftes lieux, Seigneur, n'avancez pas.

T A N C R E D E.

Que me dis-tu ? les pleurs inondent ton vifage !

A L D A M O N.

Ah ! fuyez pour jamais ce malheureux rivage.
Après les attentats que ce jour a produits ,
Je n'y puis demeurer , tout obfcur que je fuis.

T A N C R E D E.

Comment ?...

A L D A M O N.

Portez ailleurs ce courage fublime ;
La gloire vous attend aux tentes des Céfars ;
Elle n'eft point pour vous dans ces affreux remparts.
Fuyez , vous n'y verriez que la honte & le crime.

T A N C R E D E.

De quels traits inouïs viens-tu percer mon cœur !
Qu'as-tu vû ? que t'a dit ? que fait Aménaïde ?

A L D A M O N.

J'ai trop vû vos deffeins... Oubliez-la , Seigneur.

T A N C R E D E.

Ciel ! Orbaffan l'emporte , Orbaffan ! la perfide !
L'ennemi de fon père , & mon perfécuteur !

A L D A M O N.

Son père a ce matin figné cet hyménée,
Et la pompe fatale en était ordonnée....

T A N C R E D E.

Et je ferais témoin de cet excès d'horreur !

A L D A M O N.

Votre dépouille ici leur fut abandonnée.
Vos biens étaient fa dot. Un rival odieux,
Seigneur , vous enlevait le bien de vos ayeux.

Tancrede.

Le lâche ! il m'enlevait ce qu'un héros méprise.
Aménaïde , ô ciel ! en ses mains est remise ?
Elle est à lui ?

Aldamon.

         Seigneur , ce font les moindres coups
Que le ciel irrité vient de lancer sur vous.

Tancrede.

Achève donc , cruel , de m'arracher la vie ,
Achève .... parle .... hélas !

Aldamon.

            Elle allait être unie
Au fier persécuteur de vos jours glorieux ,
Le flambeau de l'hymen s'allumait en ces lieux ,
Lorsqu'on a reconnu quelle est sa perfidie ;
C'est peu d'avoir changé , d'avoir trompé vos vœux ,
L'infidele , Seigneur , vous trahissait tous deux.

Tancrede.

Pour qui ?

Aldamon.

     Pour une main étrangère , ennemie ,
Pour l'oppresseur altier de notre nation ,
Pour Solamir.

Tancrede.

      O ciel ! ô trop funeste nom !
Solamir ! .... Dans Bizance il soupira pour elle ,
Mais il fut dédaigné , mais je fus son vainqueur ;
Elle n'a pû trahir ses sermens & mon cœur.
Tant d'horreur n'entre point dans une ame si belle ,
Elle en est incapable.

A L D A M O N.

A regret j'ai parlé :
Mais ce fecret horrible eft partout revélé.

T A N C R E D E.

Ecoute , je connais l'envie & l'impofture :
Eh ! quel cœur généreux échappe à leur injure !
Profcrit dès mon berceau , nourri dans le malheur ,
Moi toûjours éprouvé , moi qui fuis mon ouvrage ,
Qui d'Etats en Etats ai porté mon courage ,
Qui partout de l'envie ai fenti la fureur ,
Depuis que je fuis né , j'ai vû la calomnie
Exhaler les venins de fa bouche impunie ,
Chez les Républicains , comme à la cour des Rois.
Argire fut longtems accufé par fa voix ;
Il fouffrit comme moi ; cher ami , je m'abufe ,
Ou ce monftre odieux règne dans Syracufe.
Ses ferpens font nourris de ces mortels poifons ,
Que dans les cœurs trompés jettent les factions.
De l'efprit de parti je fais quelle eft la rage.
L'augufte Aménaïde en éprouve l'outrage.
Entrons : je veux la voir , l'entendre , & m'éclairer.

A L D A M O N.

Ah ! Seigneur , arrêtez ; il faut donc tout vous dire :
On l'arrache des bras du malheureux Argire ;
Elle eft aux fers.

T A N C R E D E.

Qu'entens - je ?

A L D A M O N.

Et l'on va la livrer ,
Dans cette place même , au plus affreux fupplice.

T A N C R E D E.
Aménaïde !

A L D A M O N.
Hélas ! fi c'eft une juftice ,
Elle eft bien odieufe ; on ofe en murmurer ;
On pleure ; mais , Seigneur , on fe borne à pleurer.

T A N C R E D E.
Aménaïde ! ô cieux ! ... croi - moi , ce facrifice ,
Cet horrible attentat ne s'achévera pas.

A L D A M O N.
Le peuple au tribunal précipite fes pas ;
Il la plaint , il gémit , en la nommant perfide ;
Et d'un cruel fpectacle indignement avide ,
Turbulent , curieux avec compaffion ,
Il s'agite en tumulte autour de la prifon.
Etrange empreffement de voir des miférables !
On hâte en gémiffant ces momens formidables.
Ces portiques , ces lieux que vous voyez déferts ,
De nombreux citoyens feront bientôt couverts.
Eloignez - vous , venez.

T A N C R E D E.
Quel vieillard vénérable
Sort d'un temple en tremblant , les yeux baignés de pleurs ?
Ses fuivans confternés imitent fes douleurs.

A L D A M O N.
C'eft Argire , Seigneur , c'eft ce malheureux père...

T A N C R E D E.
Retire - toi .... furtout ne me découvre pas.
Que je le plains !

SCENE IV.

ARGIRE *dans un des côtés de la fcène*, **TANCREDE**
fur le devant, **ALDAMON** *loin de lui dans l'enfoncement.*

ARGIRE.

O Ciel ! avance mon trépas.
O mort ! vien me frapper , c'eft ma feule prière !

TANCREDE.

Noble Argire , excufez un de ces chevaliers
Qui contre le Croiffant déployant leur bannière ,
Dans de fi faints combats vont chercher des lauriers.
Vous voyez le moins grand de ces dignes guerriers.
Je venais .... pardonnez... dans l'état où vous êtes ,
Si je mêle à vos pleurs mes larmes indifcrètes.

ARGIRE.

Ah ! vous êtes le feul qui m'ofiez confoler ;
Tout le refte me fuit , ou cherche à m'accabler.
Vous-même , pardonnez à mon défordre extrême.
A qui parlai-je ? hélas !

TANCREDE.

       Je fuis un étranger,
Plein de refpect pour vous , touché comme vous-même ,
Honteux & frémiffant de vous interroger ,
Malheureux comme vous.... Ah ! par pitié .... de grace ,
Une feconde fois excufez tant d'audace.
Eft-il vrai ? ... votre fille ! ... eft-il poffible ?...

ARGIRE.

                         Hélas !

Il eſt trop vrai, bientôt on la mène au trépas.

T A N C R E D E.

Elle eſt coupable ?

A R G I R E (*avec des ſoupirs & des pleurs.*)

Elle eſt.... la honte de ſon père !

T A N C R E D E.

Votre fille !.... Seigneur, nourri loin de ces lieux,
Je penſais, ſur le bruit de ſon nom glorieux,
Que ſi la vertu même habitait ſur la terre,
Le cœur d'Aménaïde était ſon ſanctuaire.
Elle eſt coupable ! ô jour ! ô déteſtables bords !
Jours à jamais affreux !

A R G I R E.

Ce qui me deſeſpère,
Ce qui creuſe ma tombe, & ce qui chez les morts
Avec plus d'amertume encor me fait deſcendre,
C'eſt qu'elle aime ſon crime, & qu'elle eſt ſans remords.
Auſſi, nul chevalier ne cherche à la défendre ;
Ils ont en gémiſſant ſigné l'arrêt mortel ;
Et malgré notre uſage antique & ſolemnel,
Si vanté dans l'Europe & ſi cher au courage,
De défendre en champ clos le ſexe qu'on outrage,
Celle qui fut ma fille, à mes yeux va périr,
Sans trouver un guerrier qui l'oſe ſecourir.
Ma douleur s'en accroit, ma honte s'en augmente :
Tout frémit, tout ſe tait, aucun ne ſe préſente.

T A N C R E D E.

Il s'en préſentera : gardez-vous d'en douter.

A R G I R E.

De quel eſpoir, Seigneur, daignez-vous me flatter ?

Tom. V. & du Théâtre le troiſiéme. M m

T A N C R E D E.

Il s'en préfentera : non pas pour votre fille ,
Elle eft loin d'y prétendre & de le mériter ;
Mais pour l'honneur facré de fa noble famille ,
Pour vous , pour votre gloire , & pour votre vertu.

A R G I R E.

Vous rendez quelque vie à ce cœur abbattu.
Eh ! qui pour nous défendre entrera dans la lice ?
Nous fommes en horreur , on eft glacé d'effroi ;
Qui daignera me tendre une main protectrice ?
Je n'ofe m'en flatter .... qui combattra ?

T A N C R E D E.

Qui ? moi ,
Moi , dis-je ; & fi le ciel feconde ma vaillance,
Je demande de vous , Seigneur , pour récompenfe ,
De partir à l'inftant fans être retenu ,
Sans voir Aménaïde , & fans être connu.

A R G I R E.

Ah ! Seigneur , c'eft le ciel , c'eft Dieu qui vous envoye.
Mon cœur trifte & flétri ne peut goûter de joie ;
Mais je fens que j'expire avec moins de douleur.
Ah ! ne puis-je favoir à qui , dans mon malheur ,
Je dois tant de refpect & de reconnaiffance ?
Tout annonce à mes yeux votre haute naiffance.
Hélas ! qui vois-je en vous ?

T A N C R E D E.

Vous voyez un vengeur.

S C E N E V.

ORBASSAN, ARGIRE, TANCREDE,
Chevaliers , Suite.

ORBASSAN (*à Argire.*)

L'Etat eft en danger , fongeons à lui , Seigneur.
Nous prétendions demain fortir de nos murailles ;
Nous fommes prévenus. Ceux qui nous ont trahis ,
Sans doute avertiffaient nos cruels ennemis.
Solamir veut tenter le deftin des batailles ;
Nous marcherons à lui. Vous , fi vous m'en croyez ,
Dérobez à vos yeux un fpeétacle funefte ,
Infupportable , horrible à nos fens effrayés.

ARGIRE.

Il fuffit , Orbaffan ; tout l'efpoir qui me refte ,
C'eft d'aller expirer au milieu des combats.
(*montrant Tancrède.*)
Ce brave chevalier y guidera mes pas ;
Et malgré les horreurs dont ma race eft flétrie ,
Je périrai du moins en fervant ma patrie.

ORBASSAN.

Des fentimens fi grands font bien dignes de vous.
Allez , aux Mufulmans portez vos derniers coups.
Mais avant tout , fuyez cet appareil barbare ,
Si peu fait pour vos yeux , & déja qu'on prépare ;
On approche.

ARGIRE.

Ah ! grand Dieu !

ORBASSAN.

Les regards paternels
Doivent se détourner de ces objets cruels.
Ma place me retient , & mon devoir sévère
Veut qu'ici je contienne un peuple téméraire ;
L'inexorable loi ne fait rien ménager :
Toute horrible qu'elle est , je la dois protéger.'
Mais vous qui n'avez point cet affreux ministère ,
Qui peut vous retenir ? & qui peut vous forcer
A voir couler le sang que la loi va verser ?
On vient , éloignez - vous.

TANCREDE (*à Argire.*)

Non , demeurez , mon père.

ORBASSAN.

Et qui donc êtes - vous ?

TANCREDE.

Votre ennemi , Seigneur ,
L'ami de ce vieillard , peut - être son vengeur ,
Peut - être autant que vous à l'Etat nécessaire.

S C E N E   V I.

La scène s'ouvre : on voit AMENAIDE *au milieu des*
Gardes ; les Chevaliers , le peuple *remplissant la place.*

ARGIRE (*à Tancrède.*)

GEnéreux inconnu , daignez me soutenir ;
Cachez moi ces objets .... c'est ma fille elle - même.

TANCREDE.

Quels momens pour tous trois !

A M E N A ï D E.

O juftice fuprême !
Toi qui vois le paffé, le préfent, l'avenir,
Tu lis feule en mon cœur, toi feule es équitable.
Des profanes humains la foule impitoyable
Parle & juge en aveugle, & condamne au hazard.
Chevaliers, citoyens, vous qui tous avez part
Au fanguinaire arrêt porté contre ma vie,
Ce n'eft pas devant vous que je me juftifie.
Que ce ciel qui m'entend, juge entre vous & moi.
Organes odieux d'un jugement inique,
Oui, je vous outrageais, j'ai trahi votre loi ;
Je l'avais en horreur, elle était tyrannique.
Oui, j'offenfais un père, il a forcé mes vœux.
J'offenfais Orbaffan, qui fier & rigoureux,
Prétendait fur mon ame une injufte puiffance.
Citoyens, fi la mort eft dûe à mon offenfe,
Frappez ; mais écoutez ; fachez tout mon malheur.
Qui va répondre à Dieu, parle aux hommes fans peur.
Et vous, mon père, & vous, témoin de mon fupplice,
Qui ne deviez pas l'être, & de qui la juftice
   (*appercevant Tancrède.*)
Aurait pû.... Ciel ! ô ciel ! qui vois-je à fes côtés ?
Eft-ce lui ?... je me meurs.
  (*elle tombe évanouïe entre les gardes.*)
   T A N C R E D E.

    Ah ! ma feule préfence
Eft pour elle un reproche ! il n'importe .... arrêtez,
Miniftres de la mort, fufpendez la vengeance ;
Arrêtez, citoyens, j'entreprens fa défenfe,
Je fuis fon chevalier. Ce père infortuné,

      M m iij

Prêt à mourir comme elle , & non moins condamné ,
Daigne avouer mon bras propice à l'innocence.
Que la feule valeur rende ici des arrêts ,
Des dignes chevaliers c'eft le plus beau partage.
Que l'on ouvre la lice à l'honneur , au courage ;
Que les juges du camp faffent tous les apprêts....
Toi , fuperbe Orbaffan , c'eft toi que je défie ;
Vien mourir de mes mains , ou m'arracher la vie.
Tes exploits & ton nom ne font pas fans éclat ;
Tu commandes ici , je veux t'en croire digne :
Je jette devant toi le gage du combat.

　　　　　　　　　　(il jette fon gantelet fur la fcène.)
L'ofes-tu relever ?

　　　　　　　O r b a s s a n.
　　　　　Ton arrogance infigne
Ne mériterait pas qu'on te fît cet honneur :
　　(il fait figne à fon écuyer de ramaffer le gage de bataille.)
Je le fais à moi-même , & confultant mon cœur,
Refpeétant ce vieillard qui daigne ici t'admettre,
Je veux bien avec toi defcendre à me commettre,
Et daigner te punir de m'ofer défier.
Quel eft ton rang , ton nom ? ce fimple bouclier
Semble nous annoncer peu de marques de gloire.

　　　　　　　T a n c r e d e.
Peut-être il en aura des mains de la viétoire.
Pour mon nom , je le tais , & tel eft mon deffein ;
Mais je te l'apprendrai les armes à la main.
Marchons.

　　　　　　　O r b a s s a n.
　　　　Qu'à l'inftant même on ouvre la barrière ;
Qu'Aménaïde ici ne foit plus prifonnière ,

Jufqu'à l'événement de ce léger combat.

Vous, fachez, compagnons, qu'en quittant la carrière,

Je marche à votre tête, & je défens l'Etat.

D'un combat fingulier la gloire eft périffable,

Mais fervir la patrie eft l'honneur véritable.

TANCREDE.

Vien : & vous, chevaliers, j'efpère qu'aujourd'hui

L'Etat fera fauvé par d'autres que par lui.

SCENE VII.

ARGIRE *fur le devant.* AMENAIDE *au fond,*
à qui l'on a ôté les fers.

AMENAÏDE (*revenant à elle.*)

Ciel ! que deviendra-t-il ? Si l'on fait fa naiffance,

Il eft perdu.

ARGIRE.

Ma fille....

AMENAÏDE *appuyée fur Fanie, & fe retournant vers fon père.*

Ah ! que me voulez-vous ?

Vous m'avez condamnée.

ARGIRE.

O deftins en couroux !

Voulez-vous, ô mon Dieu ! qui prenez fa défenfe,

Ou pardonner fa faute, ou venger l'innocence ?

Quels bienfaits à mes yeux daignez-vous accorder ?

Eft-ce juftice ou grace ? Ah ! je tremble & j'efpère.

Qu'as-tu fait ? & comment dois-je te regarder ?

Avec quels yeux, hélas !

AMENAÏDE.

Avec les yeux d'un père....
Votre fille eft encor au bord de fon tombeau.
Je ne fais fi le ciel me fera favorable.
Rien n'eft changé : je fuis encor fous le couteau.
Tremblez moins pour ma gloire , elle eft inaltérable.
Mais fi vous êtes père , ôtez - moi de ces lieux ;
Dérobez votre fille accablée , expirante ,
A tout cet appareil , à la foule infultante ,
Qui fur mon infortune arrête ici fes yeux ,
Obferve mes affronts , & contemple des larmes ,
Dont la caufe eft fi belle ..... & qu'on ne connaît pas.

ARGIRE.

Vien ; mes tremblantes mains raffureront tes pas.
Ciel ! de fon défenfeur favorifez les armes ,
Ou d'un malheureux père avancez le trépas.

Fin du troifiéme acte.

ACTE

ACTE IV.

SCENE PREMIERE.

TANCREDE, LOREDAN, Chevaliers. *Marche guerrière : on porte les armes de Tancrède devant lui.*

LOREDAN.

SEigneur, votre victoire est illustre & fatale ;
Vous nous avez privés d'un brave chevalier,
Dont le cœur à l'Etat se livrait tout entier,
Et de qui la valeur fut à la votre égale.
Ne pouvons-nous savoir votre nom, votre sort ?

TANCREDE.

Orbassan ne l'a sû qu'en recevant la mort ;
Il emporte au tombeau mon secret & ma haine.
De mon sort malheureux ne soyez point en peine ;
Si je peux vous servir, qu'importe qui je sois ?

LOREDAN.

Demeurez ignoré, puisque vous voulez l'être ;
Mais que votre vertu se fasse ici connaître,
Par un courage utile & de dignes exploits.
Les drapeaux du Croissant dans nos champs vont paraître.
Défendez avec nous notre culte & nos loix.
Voyez dans Solamir un plus grand adversaire.
Nous perdons notre appui, mais vous le remplacez.
Rendez-nous le héros que vous nous ravissez ;
Le vainqueur d'Orbassan nous devient nécessaire.
Solamir vous attend.

Tom. V. & du Théâtre le troisiéme.　　　Nn

T A N C R E D E.

Oui, je vous ai promis
De marcher avec vous contre vos ennemis ;
Je tiendrai ma parole ; & Solamir peut-être
Eſt plus mon ennemi que celui de l'Etat ;
Je le hais plus que vous.... mais quoi qu'il en puiſſe être,
Sachez que je ſuis prêt pour ce nouveau combat.

C A T A N E.

Nous attendons beaucoup d'une telle vaillance ;
Attendez tout auſſi de la reconnaiſſance
Que devra Syracuſe à votre illuſtre bras.

T A N C R E D E.

Il n'en eſt point pour moi, je n'en exige pas ;
Je n'en veux point, Seigneur ; & cette triſte enceinte
N'a rien qui deſormais ſoit l'objet de mes vœux.
Si je verſe mon ſang, ſi je meurs malheureux,
Je ne prétens ici récompenſe ni plainte,
Ni gloire, ni pitié. Je ferai mon devoir ;
Solamir me verra ; c'eſt là tout mon eſpoir.

L O R E D A N.

C'eſt celui de l'Etat ; déja le tems nous preſſe,
Ne ſongeons qu'à l'objet qui tous nous intéreſſe,
A la victoire ; & vous qui l'allez partager,
Vous ſerez averti quand il faudra vous rendre
Au poſte où l'ennemi croit bientôt nous ſurprendre.
Dans le ſang Muſulman tout prêts à nous plonger,
Tout autre ſentiment nous doit être étranger.
Ne penſons, croyez-moi, qu'à ſervir la patrie.

T A N C R E D E.

Qu'elle en ſoit digne ou non, je lui donne ma vie.

(*Les Chevaliers ſortent.*)

SCENE II.

TANCREDE, ALDAMON.

ALDAMON.

Ils ne connaiſſaient pas quel trait envenimé
Eſt caché dans ce cœur trop noble & trop charmé.
Mais malgré vos douleurs , & malgré votre outrage ,
Ne remplirez-vous pas l'indiſpenſable uſage
De paraître en vainqueur aux yeux de la beauté
Qui vous doit ſon honneur , ſes jours , ſa liberté ;
Et de lui préſenter , de vos mains triomphantes ,
D'Orbaſſan terraſſé les dépouilles ſanglantes ?

TANCREDE.

Non , ſans doute , Aldamon , je ne la verrai pas.

ALDAMON.

Eh ! quoi , pour la ſervir vous cherchiez le trépas ,
Et vous fuyez loin d'elle ?

TANCREDE.

Et ſon cœur le mérite.

ALDAMON.

Je vois trop à quel point ſon crime vous irrite.
Mais pour ce crime enfin vous avez combattu.

TANCREDE.

Oui , j'ai tout fait pour elle , il eſt vrai ; je l'ai dû.
Je n'ai pû , cher ami , malgré ſa perfidie ,
Supporter ni ſa mort , ni ſon ignominie.
Et l'euſſai-je aimé moins , comment l'abandonner ?
J'ai dû ſauver ſes jours , & non lui pardonner.

Qu'elle vive , il fuffit , & que Tancrède expire.
Elle regrettera l'amant qu'elle a trahi ,
Le cœur qu'elle a perdu , ce cœur qu'elle déchire....
A quel excès , ô ciel ! je lui fus affervi !
Pouvais - je craindre , hélas ! de la trouver parjure ?
Je penfais adorer la vertu la plus pure ;
Je croyais les fermens , les autels moins facrés ,
Qu'une fimple promeffe , ùn mot d'Aménaïde...

A L D A M O N.

Tout eft-il en ces lieux ou barbare ou perfide ?
A la profcription vos jours furent livrés ;
Sa loi vous perfécute , & l'amour vous outrage.
Eh bien , s'il eft ainfi , fuyons de ce rivage.
Je vous fuis aux combats , je vous fuis pour jamais ,
Loin de ces murs affreux trop fouillés de forfaits.

T A N C R E D E.

Quel charme dans fon crime à mes efprits rappelle
L'image des vertus que je crus voir en elle !
Toi qui me fais defcendre avec tant de tourment
Dans l'horreur du tombeau dont je t'ai délivrée ,
Odieufe coupable .... & peut-être adorée !
Toi qui fais mon deftin jufqu'au dernier moment ,
Ah ! s'il était poffible , ah ! fi tu pouvais être
Ce que mes yeux trompés t'ont vû toûjours paraître !
Non ce n'eft qu'en mourant que je peux l'oublier ;
Ma faibleffe eft affreufe ... il la faut expier ,
Il faut périr .... mourons , fans nous occuper d'elle.

A L D A M O N.

Elle vous a paru tantôt moins criminelle.
L'univers , difiez - vous , au menfonge eft livré ;
La calomnie y règne.

T A N C R E D E.

Ah ! tout eſt avéré ;
Tout eſt approfondi dans cet affreux myſtère.
Solamir en ces lieux adora ſes attraits.
Il demanda ſa main pour le prix de la paix :
Hélas l'eût - il oſé , s'il n'avait pas ſû plaire ?
Ils ſont d'intelligence. En vain j'ai crû mon cœur.
En vain j'avais douté ; je dois en croire un père.
Le père le plus tendre eſt ſon accuſateur ;
Il condamne ſa fille ; elle - même s'accuſe ;
Enfin mes yeux l'ont vû ce billet plein d'horreur :
Puiſſiez - vous vivre en maître au ſein de Syracuſe ,
Et régner dans nos murs , ainſi que dans mon cœur !
Mon malheur eſt certain.

A L D A M O N.

Que ce grand cœur l'oublie ;
Qu'il dédaigne une ingrate à ce point avilie.

T A N C R E D E.

Et pour comble d'horreur elle a cru s'honorer !
Au plus grand des humains elle a cru ſe livrer !
Que cette idée encor m'accable & m'humilie !
L'Arabe impérieux domine en Italie ;
Et le ſexe imprudent , que tant d'éclat ſéduit ,
Ce ſexe à l'eſclavage en leurs Etats réduit ,
Frappé de ce reſpect que des vainqueurs impriment ,
Se livre par faibleſſe aux maîtres qui l'oppriment !
Il nous trahit pour eux , nous , ſon ſervile appui ,
Qui vivons à ſes pieds , & qui mourons pour lui !
Ma fierté ſuffirait , dans une telle injure ,
Pour déteſter ma vie , & pour fuir la parjure.

Nn iij

S C E N E III.

TANCREDE, ALDAMON, plufieurs Chevaliers.

CATANE.

NOs chevaliers font prêts ; le tems eft précieux.

TANCREDE.

Oui, j'en ai trop perdu, je m'arrache à ces lieux :
Je vous fuis, c'en eft fait.

S C E N E IV.

TANCREDE, AMENAIDE, ALDAMON,
FANIE, Chevaliers.

AMENAÏDE (*arrivant avec précipitation.*)

O Mon Dieu tutélaire !
Maître de mon deftin, j'embraffe vos genoux.
(*Tancrède la relève, mais en fe détournant.*)
Ce n'eft point m'abaiffer ; & mon malheureux père
A vos pieds comme moi va tomber devant vous.
Pourquoi nous dérober votre augufte préfence ?
Qui poura condamner ma jufte impatience ?
Je m'arrache à fes bras . . . . mais ne puis - je, Seigneur,
Me permettre ma joie & montrer tout mon cœur ?
Je n'ofe vous nommer . . . . . . & vous baiffez la vuë. . . .
Ne puis - je vous revoir en cet affreux féjour,
Qu'au milieu des bourreaux qui m'arrachaient le jour ?
Vous êtes confterné . . . . mon ame eft confonduë ;

Je crains de vous parler.... quelle contrainte, hélas !
Vous détournez les yeux.... vous ne m'écoutez pas.

TANCREDE (*d'une voix entrecoupée.*)

Retournez.... confolez ce vieillard que j'honore ;
D'autres foins plus preffans me rappellent encore.
Envers vous, envers lui, j'ai rempli mon devoir,
J'en ai reçu le prix...... je n'ai point d'autre efpoir ;
Trop de reconnaiffance eft un fardeau peut-être,
Mon cœur vous en dégage...... & le votre eft le maître
De pouvoir à fon gré difpofer de fon fort.
Vivez heureufe... & moi je vais chercher la mort.

S C E N E V.

A M E N A I D E, F A N I E.

A M E N A Ï D E.

Veillai-je ? & du tombeau fuis-je en effet fortie ?
Eft-il vrai que le ciel m'ait rendue à la vie ?
Ce jour, ce trifte jour éclaire-t-il mes yeux ?
Ce que je viens d'entendre, ô ma chère Fanie !
Eft un arrêt de mort, plus dur, plus odieux,
Plus affreux que les loix qui m'avaient condamnée.

F A N I E.

L'un & l'autre eft horrible à mon ame étonnée.

A M E N A Ï D E.

Eft-ce Tancrède, ô ciel ! qui vient de me parler ?
As-tu vû fa froideur altière, aviliffante,
Ce couroux dédaigneux dont il m'ofe accabler ?
Fanie, avec horreur il voyait fon amante !

Il m'arrache à la mort , & c'eſt pour m'immoler !

Qu'ai - je donc fait , Tancrède ? ai - je pû vous déplaire ?

F A N I E.

Il eſt vrai que ſon front reſpirait la colère.

Sa voix entrecoupée affeĉtait des froideurs.

Il détournait les yeux ; mais il cachait ſes pleurs.

A M E N A Ï D E.

Il me rebute , il fuit , me renonce & m'outrage !

Quel changement affreux a formé cet orage ?

Que veut - il ? quelle offenſe excite ſon couroux ?

De qui dans l'univers peut - il être jaloux ?

Oui , je lui dois la vie , & c'eſt toute ma gloire.

Seul objet de mes vœux il eſt mon ſeul appui.

Je mourais , je le ſais , ſans lui , ſans ſa viĉtoire :

Mais s'il ſauva mes jours , je les perdais pour lui.

F A N I E.

Il le peut ignorer , la voix publique entraîne ;

Même en s'en défiant , on lui réſiſte à peine.

Cet eſclave , ſa mort , ce billet malheureux ,

Le nom de Solamir , l'éclat de ſa vaillance ,

L'offre de ſon hymen , l'audace de ſes feux ,

Tout parlait contre vous , juſqu'à votre ſilence ,

Ce ſilence ſi fier , ſi grand , ſi généreux ,

Qui dérobait Tancrède à l'injuſte vengeance

De vos communs tyrans armés contre vous deux.

Quels yeux pouvaient percer ce voile ténébreux ?

Le préjugé l'emporte , & l'on croit l'apparence.

A M E N A Ï D E.

Lui me croire coupable ?

F A N I E.

Ah ! s'il peut s'abuſer ,

Excuſez

Excufez un amant.

AMENAÏDE (*reprenant fa fierté & fes forces.*)

Rien ne peut l'excufer.....

Quand l'univers entier m'accuferait d'un crime,
Sur fon jugement feul un grand homme appuyé,
A l'univers féduit oppofe fon eftime.
Il aura donc pour moi combattu par pitié !
Cet opprobre eft affreux, & j'en fuis accablée.
Hélas mourant pour lui, je mourais confolée ;
Et c'eft lui qui m'outrage & m'ofe foupçonner !
C'en eft fait, je ne veux jamais lui pardonner.
Ses bienfaits font toûjours préfens à ma penfée ;
Ils refteront gravés dans mon ame offenfée :
Mais s'il a pû me croire indigne de fa foi,
C'eft lui qui pour jamais eft indigne de moi.
Ah ! de tous mes affronts c'eft le plus grand peut‑être.

F A N I E.

Mais il ne connait pas.....

A M E N A Ï D E.

Il devait me connaître ;
Il devait refpecter un cœur tel que le mien ;
Il devait préfumer qu'il était impoffible
Que jamais je trahiffe un fi noble lien.
Ce cœur eft auffi fier que fon bras invincible ;
Ce cœur était en tout auffi grand que le fien,
Moins foupçonneux fans doute, & furtout plus fenfible.
Je renonce à Tancrède, au refte des mortels ;
Ils font faux ou méchans, ils font faibles, cruels,
Ou trompeurs, ou trompés ; & ma douleur profonde,
En oubliant Tancrède, oublîra tout le monde.

S C E N E VI.

A R G I R E , A M E N A I D E , Suite.

ARGIRE (*soutenu par ses écuyers.*)

MEs amis , avancez , sans plaindre mes tourmens :
On va combattre , allons , guidez mes pas tremblans.
Ne pourai - je embrasser ce héros tutélaire ?
Ah ! ne puis - je savoir qui t'a sauvé le jour ?

AMENAÏDE (*plongée dans sa douleur , appuyée d'une main*
sur Fanie , & se tournant à moitié vers son père.)

Un mortel autrefois digne de mon amour ,
Un héros en ces lieux opprimé par mon père ,
Que je n'osais nommer , que vous aviez proscrit ;
Le seul & cher objet de ce fatal écrit ,
Le dernier rejetton d'une famille auguste ,
Le plus grand des humains , hélas ! le plus injuste !
En un mot c'est Tancrède.

ARGIRE.

O ciel ! que m'as-tu dit ?

AMENAÏDE.

Ce que ne peut cacher la douleur qui m'égare ,
Ce que je vous confie en craignant tout pour lui.

ARGIRE.

Lui ! Tancrède !

AMENAÏDE.

Et quel autre eût été mon appui ?

ARGIRE.

Tancrède qu'opprima notre Sénat barbare ?

AMENAÏDE.

Oui , lui-même.

ARGIRE.

Et pour nous il fait tout aujourd'hui !
Nous lui raviffions tout , biens , dignité , patrie ,
Et c'eft lui qui pour nous vient prodiguer fa vie !
O juges malheureux ! qui dans nos faibles mains ,
Tenons aveuglément le glaive & la balance ,
Combien nos jugemens font injuftes & vains !
Et combien nous égare une fauffe prudence !
Que nous étions ingrats ! que nous étions tyrans !

AMENAÏDE.

Je peux me plaindre à vous , je le fais…. mais , mon père ,
Votre vertu fe fait des reproches fi grands ,
Que mon cœur défolé tremble de vous en faire.
Je les dois à Tancrède.

ARGIRE.

A lui par qui je vis ?
A qui je dois tes jours ?

AMENAÏDE.

Ils font trop avilis ,
Ils font trop malheureux. C'eft en vous que j'efpère.
Réparez tant d'horreurs & tant de cruauté ;
Ah ! rendez-moi l'honneur que vous m'avez ôté.
Le vainqueur d'Orbaffan n'a fauvé que ma vie.
Venez , que votre voix parle & me juftifie..

ARGIRE.

Sans doute , je le dois.

AMENAÏDE.

Je vole fur vos pas.

Oo ij

A R G I R E.

Demeure.

A M E N A Ï D E.

Moi refter ! je vous fuis aux combats.
J'ai vû la mort de près , & je l'ai vûe horrible ;
Croyez qu'aux champs d'honneur elle eft bien moins terrible
Qu'à l'indigne échaffaut où vous me conduifiez.
Seigneur , il n'eft plus tems que vous me refufiez ;
J'ai quelques droits fur vous ; mon malheur me les donne.
Faudra - t - il que deux fois mon père m'abandonne ?

A R G I R E.

Ma fille , je n'ai plus d'autorité fur toi ;
J'en avais abufé , je dois l'avoir perdue.
Mais quel eft ce deffein qui me glace d'effroi ?
Crain les égaremens de ton ame éperdue ;
Ce n'eft point en ces lieux , comme en d'autres climats ,
Où le fexe élevé loin d'une trifte gêne ,
Marche avec les héros , & s'en diftingue à peine ;
Et nos mœurs & nos loix ne le permettent pas.

A M E N A Ï D E.

Quelles loix , quelles mœurs , indignes & cruelles !
Sachez qu'en ce moment je fuis au - deffus d'elles ;
Sachez que dans ce jour d'injuftice & d'horreur ,
Je n'écoute plus rien que la voix de mon cœur.
Quoi , ces affreufes loix dont le poids vous opprime ,
Auront pris dans vos bras votre fang pour victime !
Elles auront permis qu'aux yeux des citoyens
Votre fille ait paru dans d'infames liens ;
Et ne permettront pas qu'aux champs de la victoire
J'accompagne mon père & défende ma gloire ?
Et le fexe en ces lieux conduit aux échafauts ,

Ne poura fe montrer qu'au milieu des bourreaux !
L'injuftice à la fin produit l'indépendance.
Vous frémiffez , mon père ; ah ! vous deviez frémir ,
Quand de vos ennemis careffant l'infolence ,
Au fuperbe Orbaffan vous pûtes vous unir
Contre le feul mortel qui prend votre défenfe ,
Quand vous m'avez forcée à vous défobéir.

A R G I R E.

Va , c'eft trop accabler un père déplorable ;
N'abufe point du droit de me trouver coupable ;
Je le fuis , je le fens , je me fuis condamné.
Ménage ma douleur , & fi ton cœur encore
D'un père au defefpoir ne s'eft point détourné ,
Laiffe - moi feul mourir par les fléches du Maure.
Je vais joindre Tancrède , & tu n'en peux douter.
Vous , obfervez fes pas.

S C E N E   V I I.

A M E N A I D E *feule.*

Qui poura m'arrêter ?
Tancrède , qui me hais , & qui m'as outragée ,
Qui m'ofes méprifer , après m'avoir vengée ,
Oui , je veux à tes yeux combattre & t'imiter ,
Des traits fur toi lancés affronter la tempête ,
En recevoir les coups ... en garantir ta tête ,
Te rendre à tes côtés tout ce que je te doi ,
Punir ton injuftice en expirant pour toi ,

Surpaffer, s'il fe peùt, ta rigueur inhumaine,
Mourante entre tes bras t'accabler de ma haine,
De ma haine trop jufte, & laiffer à ma mort,
Dans ton cœur qui m'aima, le poignard du remord,
L'éternel repentir d'un crime irréparable,
Et l'amour que j'abjure, & l'horreur qui m'accable.

Fin du quatriéme acte.

A C T E V.

S C E N E P R E M I E R E.

Les Chevaliers & leurs Ecuyers, *l'épée à la main.* Des soldats portant des trophées. Le peuple *dans le fond.*

L O R E D A N.

ALlez & préparez les chants de la victoire,
Peuple, au Dieu des combats prodiguez votre encens ;
C'est lui qui nous fait vaincre, à lui seul est la gloire.
S'il ne conduit nos coups, nos bras sont impuiffans.
Il a brifé les traits, il a rompu les pièges,
Dont nous environnaient ces brigands facrilèges,
De cent peuples vaincus dominateurs cruels.
Sur leurs corps tout fanglans érigez vos trophées ;
Et foulant à vos pieds leurs fureurs étouffées,
Des tréfors du Croiffant ornez nos faints autels.
Que l'Efpagne opprimée, & l'Italie en cendre,
L'Egypte terraffée, & la Syrie aux fers,
Apprennent aujourd'hui comme on peut fe défendre
Contre ces fiers tyrans l'effroi de l'univers.
C'est à nous maintenant de confoler Argire.
Que le bonheur public appaife fes douleurs !
Puiffions-nous voir en lui, malgré tous fes malheurs,
L'homme d'Etat heureux, quand le père foupire !

Mais pourquoi ce guerrier, ce héros inconnu,
A qui l'on doit, dit-on, le fuccès de nos armes,

Avec nos chevaliers n'eſt-il point revenu ?
Ce triomphe à ſes yeux a-t-il ſi peu de charmes ?
Croit-il de ſes exploits que nous ſoyons jaloux ?
Nous ſommes aſſez grands pour être ſans envie.
Veut-il fuir Syracuſe après l'avoir ſervie ?
　　(*à Catane.*)
Seigneur, il a longtems combattu près de vous ;
D'où vient qu'ayant voulu courir notre fortune,
Il ne partage point l'allégreſſe commune ?
　　　　　　C A T A N E.
Apprenez-en la cauſe, & daignez m'écouter.
Quand du chemin d'Etna vous fermiez le paſſage,
Placé loin de vos yeux j'étais vers le rivage,
Où nos fiers ennemis oſaient nous réſiſter ;
Je l'ai vû courir ſeul & ſe précipiter.
Nous étions étonnés qu'il n'eût point ce courage
Inaltérable & calme au milieu du carnage,
Cette vertu d'un chef & ce don d'un grand cœur.
Un deſeſpoir affreux égarait ſa valeur ;
Sa voix entrecoupée & ſon regard farouche
Annonçaient la douleur qui troublait ſes eſprits.
Il appellait ſouvent Solamir à grands cris ;
Le nom d'Aménaïde échappait de ſa bouche ;
Il la nommait parjure, & malgré ſes fureurs,
De ſes yeux enflammés j'ai vû tomber des pleurs ;
Il cherchait à mourir, & toûjours invincible,
Plus il s'abandonnait, plus il était terrible.
Tout cédait à nos coups, & ſur-tout à ſon bras.
Nous revenions vers vous conduits par la victoire ;
Mais lui, les yeux baiſſés, inſenſible à ſa gloire,
Morne, triſte, abbattu, regrettant le trépas,

Il

Il appelle en pleurant Aldamon qui s'avance ;
Il l'embraffe , il lui parle , & loin de nous s'élance ,
Auffi rapidement qu'il avait combattu.
C'eft pour jamais , dit-il : ces mots nous laiffent croire
Que ce grand chevalier , fi digne de mémoire ,
Veut être à Syracufe à jamais inconnu.
Nul ne peut foupçonner le deffein qui le guide.
Mais dans le même inftant je vois Aménaïde ,
Je la vois éperdue au milieu des foldats ,
La mort dans les regards , pâle , défigurée ;
Elle appelle Tancrède , elle vole égarée ;
Son père en gémiffant fuit à peine fes pas.
Il ramène avec nous Aménaïde en larmes ;
C'eft Tancrède , dit-il , ce héros dont les armes
Ont étonné nos yeux par de fi grands exploits ,
Ce vengeur de l'Etat , vengeur d'Aménaïde ,
C'eft lui que ce matin d'une commune voix
Nous déclarions rebelle , & nous nommions perfide ;
C'eft ce même Tancrède exilé par nos loix.
Amis , que faut-il faire , & quel parti nous refte ?

L O R E D A N.

Il n'en eft qu'un pour nous , celui du repentir.
Perfifter dans fa faute eft horrible & funefte ;
Un grand-homme opprimé doit nous faire rougir.
On condamna fouvent la vertu , le mérite :
Mais quand ils font connus , il les faut honorer.

S C E N E   I I.

Les Chevaliers , A R G I R E , A M E N A I D E *dans*
l'enfoncement foutenuë par fes femmes.

A R G I R E *(arrivant avec précipitation.)*
IL les faut fecourir , il les faut délivrer.
Tancrède eft en péril , trop de zèle l'excite.
Tancrède s'eft lancé parmi les ennemis ,
Contre lui ramenés , contre lui feul unis.
Hélas ! j'accufe en vain mon âge qui me glace.
O vous , de qui la force eft égale à l'audace ,
Vous qui du faix des ans n'êtes point affaiblis ,
Courez tous , diffipez ma crainte impatiente ,
Courez , rendez Tancrède à ma fille innocente.
　　　　L O R E D A N.
C'eft nous en dire trop , le tems eft cher , volons ,
Secourons fa valeur qui devient imprudente ,
Et cet emportement que nous défaprouvons.

S C E N E   I I I.

A R G I R E , A M E N A I D E.

A R G I R E.
O Ciel ! tu prens pitié d'un père qui t'adore ;
Tu m'as rendu ma fille , & tu me rens encore
L'heureux libérateur qui nous a tous vengés.
　　　　　　(*Aménaïde entre.*)
Ma fille , un jufte efpoir dans nos cœurs doit renaître.

J'ai caufé tes malheurs ; je les ai partagés ;
Je les termine enfin. Tancrède va paraître.
Ne puis-je confoler tes efprits affligés ?

AMENAÏDE.

Je me confolerai quand je verrai Tancrède,
Quand ce fatal objet de l'horreur qui m'obfède,
Aura plus de juftice, & fera fans danger ;
Quand j'apprendrai de vous qu'il vit fans m'outrager,
Et lorfque fes remords expîront mes injures.

ARGIRE.

Je reffens ton état : fans doute il doit t'aigrir.
On n'effuya jamais des épreuves plus dures.
Je fais ce qu'il en coûte, & qu'il eft des bleffures
Dont un cœur généreux peut rarement guérir.
La cicatrice en refte, il eft vrai ; mais, ma fille,
Nous avons vû Tancrède en ces lieux abhorré,
Appren qu'il eft chéri, glorieux, honoré ;
Sur toi-même il répand tout l'éclat dont il brille.
Après ce qu'il a fait, il veut nous faire voir,
Par l'excès de fa gloire, & de tant de fervices,
L'excès où fes rivaux portaient leurs injuftices.
Le vulgaire eft content s'il remplit fon devoir.
Il faut plus au héros, il faut que fa vaillance
Aille au-delà du terme & de nôtre efpérance.
C'eft ce que fait Tancrède : il paffe notre efpoir.
Il te verra conftante, il te fera fidelle.
Le peuple en ta faveur s'élève & s'attendrit.
Tancrède va fortir de fon erreur cruelle.
Pour éclairer fes yeux, pour calmer fon efprit,
Il ne faudra qu'un mot.

A M E N A Ï D E.

Et ce mot n'eſt pas dit.
Que m'importe à préſent ce peuple & ſon outrage,
Et ſa faveur crédule, & ſa pitié volage,
Et la publique voix que je n'entendrai pas ?
D'un ſeul mortel, d'un ſeul dépend ma renommée.
Sachez que votre fille aime mieux le trépas
Que de vivre un moment ſans en être eſtimée.
Sachez (il faut enfin m'en vanter devant vous)
Que dans mon bienfaiteur j'adorais mon époux.
Ma mère au lit de mort a reçu nos promeſſes ;
Sa dernière prière a béni nos tendreſſes ;
Elle joignit nos mains, qui fermèrent ſes yeux ;
Nous jurames par elle, à la face des cieux,
Par ſes Manes, par vous, vous trop malheureux père,
De nous aimer en vous, d'être unis pour vous plaire,
De former nos liens dans vos bras paternels.
Seigneur... les échaffauts ont été nos autels.
Mon amant, mon époux cherche un trépas funeſte,
Et l'horreur de ma honte eſt tout ce qui me reſte.
Voila mon ſort.

A R G I R E.

Eh bien ! ce ſort eſt réparé ;
Et nous obtiendrons plus que tu n'as eſpéré.

A M E N A Ï D E.

Je crains tout.

S C E N E   IV.

A R G I R E ,   A M E N A I D E ,   F A N I E.

F A N I E.

Partagez l'allégreffe publique.
Jouïffez plus que nous de ce prodige unique.
Tancrède a combattu : Tancrède a diffipé
Le refte d'une armée au carnage échappé.
Solamir eft tombé fous cette main terrible ;
Victime dévouée à notre Etat vengé,
Au bonheur d'un pays qui devient invincible,
Sur-tout à votre nom qu'on avait outragé.
La promte renommée en répand la nouvelle ;
Ce peuple yvre de joye, & volant après lui,
Le nomme fon héros, fa gloire, fon appui,
Parle même du trône où fa vertu l'appelle.
Un feul de nos guerriers, Seigneur, l'avait fuivi ;
C'eft ce même Aldamon qui fous vous a fervi.
Lui feul a partagé fes exploits incroyables ;
Et quand nos chevaliers, dans un danger fi grand,
Lui font venus offrir leurs armes fecourables,
Tancrède avait tout fait ; il était triomphant.
Entendez-vous ces cris qui vantent fa vaillance ?
On l'élève au-deffus des héros de la France,
Des Rolands, des Lifois, dont il eft defcendu.
Venez voir mille mains couronner fa vertu.
Venez voir ce triomphe, & recevoir l'hommage
Que vous avez de lui trop longtems attendu.
Tout vous rit, tout vous fert, tout venge votre outrage ;

Et Tancrède à vos vœux eft pour jamais rendu.

A M E N A Ï D E.

Ah ! je refpire enfin ; mon cœur connait la joye.
Ah ! mon père , adorons le ciel qui me renvoye,
Par ces coups inouïs , tout ce que j'ai perdu.
De combien de tourmens fa bonté me délivre !
Ce n'eft qu'en ce moment que je commence à vivre.
Mon bonheur eft au comble , hélas ! il m'eft bien dû.
Je veux tout oublier ; pardonnez-moi mes plaintes,
Mes reproches amers , & mes frivoles craintes.
Oppreffeurs de Tancrède , ennemis , citoyens ,
Soyez tous à fes pieds , il va tomber aux miens.

A R G I R E.

Oui , le ciel pour jamais daigne effuyer nos larmes.
Je me trompe , ou je vois le fidèle Aldamon ,
Qui fuivait feul Tancrède , & fecondait fes armes :
C'eft lui , c'eft ce guerrier fi cher à ma maifon.
De nos profpérités la nouvelle eft certaine.
Mais d'où vient que vers nous il fe traîne avec peine ?
Eft-il bleffé ? fes yeux annoncent la douleur.

S C E N E V.

ARGIRE, AMENAIDE, ALDAMON, FANIE.

A M E N A Ï D E.

Parlez , cher Aldamon , Tancrède eft donc vainqueur ?

A L D A M O N.

Sans doute , il l'eft , Madame.

A M E N A Ï D E.

A ces chants d'allégreffe,

A ces voix que j'entens, il s'avance en ces lieux ?

ALDAMON.

Ces chants vont fe changer en des cris de triſteſſe.

AMENAÏDE.

Qu'entens-je ? Ah malheureuſe !

ALDAMON.

Un jour ſi glorieux

Eſt le dernier des jours de ce héros fidelle.

AMENAÏDE.

Il eſt mort !

ALDAMON.

La lumière éclaire encor fes yeux,

Mais il eſt expirant d'une atteinte mortelle ;

Je vous apporte ici de funeſtes adieux.

Cette lettre fatale , & de fon fang tracée,

Doit vous apprendre , hélas ! fa dernière penfée.

Je m'acquitte en tremblant de cet affreux devoir.

ARGIRE.

O jour de l'infortune ! ô jour du defefpoir !

AMENAÏDE (*revenant à elle.*)

Donnez-moi mon arrêt, il me défend de vivre ;

Il m'eſt cher...... ô Tancrède ! ô maître de mon fort !

Ton ordre, quel qu'il foit, eſt l'ordre de te fuivre ;

J'obéïrai.... Donnez votre lettre , & la mort.

ALDAMON.

Lifez donc , pardonnez ce triſte miniſtère.

AMENAÏDE.

O mes yeux ! lirez-vous ce fanglant caractère ?

Le pourai-je ? il le faut.... c'eſt mon dernier effort.

(*elle lit.*)

» Je ne pouvais furvivre à votre perfidie ;

» Je meurs dans les combats , mais je meurs par vos coups.
» J'aurais voulu , cruelle , en m'expofant pour vous ,
» Vous avoir confervé la gloire avec la vie. . . .
Eh bien , mon père !

(*elle fe rejette dans les bras de Fanie.*)

ARGIRE.

Enfin , les deftins deformais
Ont affouvi leur haine , ont épuifé leurs traits :
Nous voilà maintenant fans efpoir & fans crainte.
Ton état & le mien ne permet plus la plainte.
Ma chère Aménaïde ! avant que de quitter
Ce jour , ce monde affreux que je dois détefter,
Que j'apprenne du moins à ma trifte patrie
Les honneurs qu'on devait à ta vertu trahie ;
Que dans l'horrible excès de ma confufion,
J'apprenne à l'univers à refpeƈter ton nom.

AMENAÏDE.

Eh ! que fait l'univers à ma douleur profonde ?
Que me fait ma patrie & le refte du monde ?
Tancrède meurt.

ARGIRE.

Je cède aux coups qui m'ont frappé.

AMENAÏDE.

Tancrède meurt , ô ciel ! fans être détrompé !
Vous en êtes la caufe . . . . . . Ah ! devant qu'il expire. . . .
Que vois - je ? mes tyrans !

_____

SCENE

S C E N E   D E R N I E R E.

LOREDAN , Chevaliers , Suite , AMENAIDE , ARGIRE ,
FANIE , ALDAMON , TANCREDE *dans le fond*
porté par des soldats.

L O R E D A N.

O Malheureux Argire !
O fille infortunée ! on conduit devant vous ,
Ce brave chevalier percé de nobles coups.
Il a trop écouté son aveugle furie ;
Il a voulu mourir , mais il meurt en héros.
De ce sang précieux versé pour la patrie
Nos secours empressés ont suspendu les flots ;
Cette ame qu'enflammait un courage intrépide ,
Semble encor s'arrêter pour voir Aménaïde ;
Il la nomme ; les pleurs coulent de tous les yeux ,
Et d'un juste remords je ne puis me défendre.
(*Pendant qu'il parle on approche lentement Tancrède vers Amé-*
naïde , presque évanouïe entre les bras de ses femmes ; elle se
débarrasse précipitamment des femmes qui la soutiennent , & se
retournant avec horreur vers Lorédan , dit :
Barbares , laissez là vos remords odieux :
(*puis courant à Tancrède & se jettant à ses pieds ,*)
Tancrède , cher amant , trop cruel & trop tendre ,
Dans nos derniers instans , hélas ! peux-tu m'entendre ?
Tes yeux appesantis peuvent-ils me revoir ?
Hélas ! reconnai-moi , connai mon desespoir.
Dans le même tombeau souffre au moins ton épouse ,

C'eſt là le ſeul honneur dont mon ame eſt jalouſe.
Ce nom ſacré m'eſt dû ; tu .me l'avais promis ;
Ne ſois point plus cruel que tous nos ennemis.
Honore d'un regard ton épouſe fidelle....

(il la regarde.)

C'eſt donc là le dernier que tu jettes fur elle !...
De ton cœur généreux ſon cœur eſt - il haï ?
Peux - tu me ſoupçonner ?

T A N C R E D E (ſe ſoulevant un peu.)
Ah ! vous m'avez trahi !

A M E N A Ï D E.

Qui ! moi ? Tancrède !

A R G I R E (ſe jettant auſſi à genoux de l'autre côté, &
embraſſant Tancrède , puis ſe relevant.)

Hélas ! ma fille infortunée ,
Pour t'avoir trop aimé fut par nous condamnée ,
Et nous la puniſſions de te garder ſa foi.
Nous fumes tous cruels , envers elle , envers toi.
Nos loix, nos chevaliers, un tribunal auguſte ,
Nous avons failli tous ; elle ſeule était juſte.
Son écrit malheureux qui nous avait armés ,
Cet écrit fut pour toi, pour le héros qu'elle aime.
Cruellement trompé , je t'ai trompé moi - même.

T A N C R E D E.

Aménaïde !... ô ciel ! eſt - il vrai ? vous m'aimez !

A M E N A Ï D E.

Va, j'aurais en effet mérité mon ſupplice,
Ce ſupplice honteux dont tu m'as ſû tirer,
Si j'avais un moment ceſſé de t'adorer ,
Si mon cœur eût commis cette horrible injuſtice.

TANCREDE (*en reprenant un peu de force , & élevant
la voix.*)

Vous m'aimez ! ô bonheur plus grand que mes revers !
Je fens trop qu'à ce mot je regrette la vie.
J'ai mérité la mort , j'ai cru la calomnie.
Ma vie était horrible ! hélas ! & je la perds ,
Quand un mot de ta bouche allait la rendre heureufe.

AMENAÏDE.

Ce n'eft donc , jufte Dieu ! que dans cette heure affreufe ,
Ce n'eft qu'en le perdant que j'ai pû lui parler !
Ah , Tancrède !

TANCREDE.

Vos pleurs devraient me confoler.
Mais il faut vous quitter , ma mort eft douloureufe !
Je fens qu'elle s'approche. Argire , écoutez - moi.
Voilà le digne objet qui me donna fa foi ;
Voilà de nos foupçons la victime innocente.
A fa tremblante main joignez ma main fanglante.
Que j'emporte au tombeau le nom de fon époux.
Soyez mon père.

ARGIRE *prenant leurs mains.*

Hélas ! mon cher fils , puiffiez - vous
Vivre encor adoré d'une époufe chérie !

TANCREDE.

J'ai vécu pour venger ma femme & ma patrie ;
J'expire entre leurs bras , digne de toutes deux ,
De toutes deux aimé.... j'ai rempli tous mes vœux....
Ma chère Aménaïde !...

AMENAÏDE.
Eh bien !

TANCREDE.

Gardez de fuivre
Ce malheureux amant.... & jurez - moi de vivre.....

(*il retombe.*)

CATANE.

Il expire.... & nos cœurs de regrets pénétrés
Qui l'ont connu trop tard....

AMENAÏDE. (*fe jettant fur le corps de Tancrède.*)

Il meurt , & vous pleurez...
Vous cruels , vous tyrans qui lui coûtez la vie !

(*elle fe relève & marche.*)

Que l'enfer engloutiffe & vous & ma patrie !
Et ce Sénat barbare , & ces horribles droits
D'égorger l'innocence avec le fer des loix !
Que ne puis - je expirer dans Syracufe en poudre ,
Sur vos corps tout fanglans écrafés par la foudre !

(*elle fe rejette fur le corps de Tancrède.*)

Tancrède , cher Tancrède !

(*elle fe relève en fureur.*)

Il meurt , & vous vivez ?
Vous vivez , je le fuis.... je l'entens , il m'appelle....
Il fe rejoint à moi dans la nuit éternelle.
Je vous laiffe aux tourmens qui vous font réfervés.

(*elle tombe dans les bras de Fanie.*)

ARGIRE.

Ah , ma fille !

AMENAÏDE égarée & le repouffant.

Arrêtez.... vous n'êtes point mon père ;
Votre cœur n'en eut point le facré caractère.
Vous futes leur complice.... Ah ! pardonnez , hélas !

Je meurs en vous aimant.... j'expire entre tes bras,
Cher Tancrède.

(elle tombe à côté de lui.)

A R G I R E.

O ! ma fille ! ô ma chère Fanie !
Qu'avant ma mort hélas ! on la rende à la vie.

Fin du cinquiéme & dernier acte.

A Mr. LE MARQUIS

ALBERGATI CAPACELLI

SENATEUR DE BOLOGNE.

Au Château de Ferney en Bourgogne, 23 Décembre 1760.

MONSIEUR,

NOus fommes unis par les mêmes goûts, nous cultivons les mêmes arts ; & ces beaux arts ont produit l'amitié dont vous m'honorez ; ce font eux qui lient les ames bien nées, quand tout divife le refte des hommes.

J'ai fû dès longtems que les principaux Seigneurs de vos belles villes d'Italie fe raffemblent fouvent pour repréfenter fur des théâtres élevés avec goût, tantôt des ouvrages dramatiques Italiens, tantôt même les notres. C'eft auffi ce qu'ont fait quelquefois les Princes des maifons les plus auguftes, & les plus puiffantes ; c'eft ce que l'efprit humain a jamais inventé de plus noble & de plus utile pour former les mœurs & pour les polir ; c'eft là le chef-d'œuvre de la fociété ; car, Monfieur, pendant que le commun des hommes eft obligé de travailler aux arts méchaniques, & que leur tems eft heureufement occupé, les grands & les riches ont le malheur d'être abandonnés à eux-mêmes, à l'ennui inféparable de l'oifiveté, au jeu plus funefte que l'ennui, aux petites factions plus dangereufes que le jeu & que l'oifiveté.

Vous êtes, Monfieur, un de ceux qui ont rendu le plus de fervice à l'efprit humain dans votre ville de Bologne, cette mère des fciences ; vous avez repréfenté à la campagne fur le théâtre de votre palais, plus d'une de nos piéces Françaifes, élégamment traduites en vers Italiens : vous daignez traduire actuellement la tragédie de *Tancrède* ; & moi qui

vous imite de loin , j'aurai bientôt le plaifir de voir repréfenter chez moi , la traduction d'une piéce de votre célèbre
Goldoni , que j'ai nommé , & que je nommerai toûjours le
peintre de la nature ; digne réformateur de la Comédie Ita-
lienne , il en a banni les farces infipides , les fotifes groffières , lorfque nous les avions adoptées fur quelques théâtres
de Paris. Une chofe m'a frappé furtout dans les piéces de ce
génie fécond , c'eft qu'elles finiffent toutes par une moralité ,
qui rappelle le fujet & l'intrigue de la piéce , & qui prouve
que ce fujet & cette intrigue font faits pour rendre les hommes plus fages & plus gens de bien.

Qu'eft-ce , en effet , que la vraye Comédie ? C'eft l'art
d'enfeigner la vertu & les bienféances en action & en dialogues. Que l'éloquence du monologue eft froide en comparaifon ! A-t-on jamais retenu une feule phrafe de trente ou
quarante mille difcours moraux ? & ne fait-on pas par cœur,
ces fentences admirables , placées avec art dans des dialogues
intéreffans ?

> *Homo fum , humani nihil à me alienum puto.*
> *Apprime in vita eft utile , ut ne quid nimis.*
> *Natura tu illi pater es , confiliis ego. &c.*

C'eft ce qui fait un des grands mérites de *Térence ;* c'eft
celui de nos bonnes tragédies , de nos bonnes comédies ; elles
n'ont pas produit une admiration ftérile : elles ont fouvent
corrigé les hommes. J'ai vû un Prince pardonner une injure
après une repréfentation de la clémence d'*Augufte.* Une Princeffe qui avait méprifé fa mère , alla fe jetter à fes pieds en
fortant de la fcène où *Rodope* demande pardon à fa mère.
Un homme connu fe raccommoda avec fa femme , en voyant
le Préjugé à la mode. J'ai vû l'homme du monde le plus fier,
devenir modefte après la comédie du *Glorieux* : & je pourrais citer plus de fix fils de famille que la comédie de l'*Enfant Prodigue* a corrigés. Si les financiers ne font plus grof-
fiers , fi les gens de cour ne font plus de vains petits-maîtres,
fi les médecins ont abjuré la robe , le bonnet , & les con-
fultations en Latin , fi quelques pédants font devenus hom-

mes , à qui en a - t - on l'obligation ? au théâtre , au feul théâtre.

Quelle pitié ne doit-on donc pas avoir de ceux qui s'élèvent contre ce premier art de la littérature , qui s'imaginent qu'on doit juger du théâtre d'aujourd'hui par les tréteaux de nos fiécles d'ignorance , & qui confondent les *Sophocles* & les *Ménandres* , les *Varius* & les *Térences* , avec les *Tabarins* & les *Polichinelles* !

Mais que ceux-là font encor plus à plaindre , qui admettent les *Polichinelles* & les *Tabarins* , & qui rejettent les *Polyeuctes* , les *Athalies* , les *Zaïres* & les *Alzires* ! Ce font là de ces contradictions où l'efprit humain tombe tous les jours.

Pardonnons aux fourds qui parlent contre la mufique , aux aveugles qui haïffent la beauté ; ce font moins des ennemis de la fociété , conjurés pour en détruire la confolation & le charme , que des malheureux à qui la nature a refufé des organes.

Nos verò dulces teneant ante omnia mufæ.

J'ai eu le plaifir de voir chez moi à la campagne , repréfenter *Alzire* , cette tragédie où le Chriftianifme & les droits de l'humanité triomphent également. J'ai vû dans *Mérope* l'amour maternel faire répandre des larmes fans le fecours de l'amour galant. Ces fujets remuent l'ame la plus groffière , comme la plus délicate ; & fi le peuple affiftait à des fpectacles honnêtes , il y aurait bien moins d'ames groffières & dures. C'eft ce qui fit des Athéniens une nation fi fupérieure. Les ouvriers n'allaient point porter à des farces indécentes l'argent qui devait nourrir leurs familles ; mais les Magiftrats appellaient dans des fêtes célèbres la nation entière à des repréfentatious qui enfeignaient la vertu & l'amour de la patrie ; les fpectacles que nous donnons chez nous , font une bien faible imitation de cette magnificence ; mais enfin , elles en retracent quelque idée ; c'eft la plus belle éducation qu'on puiffe donner à la jeuneffe , le plus noble délaffement du travail , la meilleure inftruction pour tous les ordres des citoyens.

C'eft

C'eſt preſque la ſeule manière d'aſſembler les hommes pour les rendre ſociables.

> *Emollit mores , nec ſinit eſſe feros.*

Auſſi , je ne me laſſerai point de répéter que parmi vous le Pape *Léon X* , l'Archevêque *Triſſino* , le Cardinal *Bibiena* , & parmi nous les Cardinaux de *Richelieu* & *Maʒarin* , reſſuſ-citèrent la ſcène ; ils ſavaient qu'il vaut mieux voir l'*Œdipe* de *Sophocle* , que de perdre au jeu la nourriture de ſes en-fans , ſon tems dans un caffé , ſa raiſon dans un cabaret , ſa ſanté dans des réduits de débauche , & toute la douceur de ſa vie dans le beſoin & dans la privation des plaiſirs de l'eſ-prit.

Il ſerait à ſouhaiter , Monſieur , que les ſpeſtacles fuſſent dans les grandes villes , ce qu'ils ſont dans vos terres & dans les miennes , & dans celles de tant d'amateurs ; qu'ils ne fuſ-ſent point mercénaires ; que ceux qui ſont à la tête des Gou-vernemens , fiſſent ce que nous faiſons , & ce qu'on fait dans tant de villes. C'eſt aux Ediles à donner les jeux publics ; s'ils deviennent une marchandiſe , ils riſquent d'être aviliſ. Les hommes ne s'accoutument que trop à mépriſer les ſer-vices qu'ils payent. Alors l'intérêt plus fort encor que la ja-louſie , enfanté les cabales. Les *Claverets* cherchent à perdre les *Corneilles ;* les *Pradons* veulent écraſer les *Racines.*

C'eſt une guerre toûjours renaiſſante , dans laquelle la mé-chanceté , le ridicule & la baſſeſſe ſont ſans ceſſe ſous les armes.

Un entrepreneur des ſpeſtacles de la foire , tâche à Paris de miner les Comédiens qu'on nomme Italiens : ceux - ci veu-lent anéantir les Comédiens Français par des parodies ; les Comédiens Français ſe défendent comme ils peuvent. L'Opéra eſt jaloux d'eux tous ; chaque compoſiteur a pour ennemis tous les autres compoſiteurs , & leurs proteſteurs , & les maî-treſſes des proteſteurs.

Souvent pour empêcher une piéce nouvelle de paraître , pour la faire tomber au théâtre , & ſi elle réuſſit , pour la décrier à la leſture , & pour abimer l'auteur , on employe plus d'intrigues que les *Wighs* n'en ont tramé contre les *Toris*, les *Guelfes* contre les *Gibelins*, les *Molinistes* contre les *Janséniftes*, les *Cocceiens* contre les *Voétiens*, &c. &c. &c. &c.

Je fais de fcience certaine, qu'on accufa *Phèdre* d'être Janfénifte. Comment (difaient les ennemis de l'auteur) fera-t-il permis de débiter à une nation Chrétienne ces maximes diaboliques ?

> Vous aimez, on ne peut vaincre fa deftinée ;
> Par un charme fatal vous futes entraînée.

N'eft-ce pas là évidemment un jufte à qui la grace a manqué ? J'ai entendu tenir ces propos dans mon enfance, non pas une fois, mais trente. On a vû une cabale de canailles, & un Abbé *Des Fontaines* à la tête de cette cabale, au fortir de Biffêtre, forcer le Gouvernement à fufpendre les repréfentations de *Mahomet*, joué par ordre du Gouvernement ; ils avaient pris pour prétexte que dans cette tragédie de *Mahomet* il y avait plufieurs traits contre ce faux prophète, qui pouvaient rejaillir fur les convulfionnaires ; ainfi, ils eurent l'infolence d'empêcher pour quelque tems les repréfentations d'un ouvrage dédié à un Pape, approuvé par un Pape.

Si Mr. de l'*Empirée*, auteur de province, eft jaloux de quelques autres auteurs, il ne manque pas d'affurer dans un long difcours public, que Meffieurs fes rivaux font tous des ennemis de l'Etat, & de l'Eglife Gallicane. Bientôt *Arlequin* accufera *Polichinelle* d'être Janfénifte, Molinifte, Calvinifte, Athée, Déifte, collectivement.

Je ne fais quels écrivains fubalternes fe font avifés, dit-on, de faire un Journal Chrétien, comme fi les autres journaux de l'Europe étaient idolâtres. Mr. de *Ste Foix*, gentilhomme Breton, célèbre par la charmante comédie de l'*Oracle*, avait fait un livre très utile & très agréable fur plufieurs points curieux de notre hiftoire de France. La plûpart de ces petits Dictionnaires ne font que des extraits des favans ouvrages du fiécle paffé. Celui-ci eft d'un homme d'efprit qui a vû

& penfé. Mais ,qu'eft-il arrivé ? Sa comédie de l'*Oracle* , &
fes recherches fur l'hiftoire , étaient fi bonnes, que Mrs. du
Journal Chrétien l'ont accufé de n'être pas Chrétien. Il eft
vrai qu'ils ont effuyé un procès criminel , & qu'ils ont été
obligés de demander pardon ; mais rien ne rebute ces honnêtes gens.

La France fourniffait à l'Europe un Diɛtionnaire encyclo-
pédique dont l'utilité était reconnue. Une foule d'articles ex-
cellens rachetaient bien quelques endroits qui n'étaient pas
des mains des maîtres. On le traduifait dans votre langue ;
c'était un des plus grands monumens des progrès de l'efprit
humain. Un convulfionnaire s'avife d'écrire contre ce vafte
dépôt des fciences. Vous ignorez peut-être , Monfieur , ce
que c'eft qu'un convulfionnaire ; c'eft un de ces énergumènes
de la lie du peuple , qui pour prouver qu'une certaine bulle
d'un Pape eft erronnée, vont faire des miracles de grenier
en grenier , rotiffant des petites filles fans leur faire de mal ,
leur donnant des coups de buche & de fouët pour l'amour
de Dieu, & criant contre le Pape. Ce Monfieur convulfionnaire
fe croit prédeftiné , par la grace de Dieu , à détruire l'Encyclopédie ; il accufe , felon l'ufage , les auteurs de n'être pas
Chrétiens ; il fait un inlifible libelle en forme de dénoncia-
tion ; il attaque à tort & à travers tout ce qu'il eft incapable d'entendre. Ce pauvre homme s'imaginant que l'article *Ame*
de ce Diɛtionnaire n'a pû être compofé que par un homme
d'efprit , & n'écoutant que fa jufte averfion pour les gens
d'efprit , fe perfuade que cet article doit abfolument prouver
le matérialifme de fon ame ; il dénonce donc cet article comme impie, comme Epicurien, enfin , comme l'ouvrage d'un
philofophe.

Il fe trouve que l'article , loin d'être d'un philofophe , eft
d'un doɛteur en Théologie, qui établit l'immatérialité , la fpi-
ritualité , l'immortalité de l'ame de toutes fes forces ; il eft
vrai que ce doɛteur encyclopédifte ajoutait aux bonnes preu-
ves que les philofophes en ont apportées, de très-mauvaifes
qui font de lui ; mais enfin la caufe eft fi bonne qu'il ne pouvait l'affaiblir ; il combat le matérialifme tant qu'il peut ; il
attaque même le fyftême de *Loke* , fuppofant que ce fyftême

peut favorifer le matérialifme ; il n'entend pas un mot des opinions de *Loke* ; cet article , enfin , eft l'ouvrage d'un écolier ortodoxe , dont on peut plaindre l'ignorance , mais dont on doit eftimer le zèle , & approuver la faine doctrine. Notre convulfionnaire défère donc cet article de l'*ame* , & probablement fans l'avoir lû. Un Magiftrat accablé d'affaires férieufes , & trompé par ce malheureux , le croit fur fa parole ; on demande la fuppreffion du livre ; on l'obtient , c'eft-à-dire , on trompe mille foufcripteurs qui ont avancé leur argent , on ruine cinq ou fix libraires confidérables qui travaillaient fur la foi d'un privilège du Roi , on détruit un objet de commerce de trois cent mille écus. Et d'où eft venu tout ce grand bruit , & cette perfécution ? de ce qu'il s'eft trouvé un homme ignorant , orgueilleux & paffionné.

Voilà , Monfieur , ce qui s'eft paffé , je ne dis pas aux *yeux de l'univers* , mais , au moins , aux yeux de tout Paris. Plufieurs avantures pareilles que nous voyons affez fouvent , nous rendraient les plus méprifables de tous les peuples policés , fi d'ailleurs nous n'étions pas affez aimables. Et dans ces belles querelles , les partis fe cantonnent , les factions fe heurtent , chaque parti a pour lui un folliculaire *a*) ; maître *Aliboron* , par exemple , eft le folliculaire de Mr. de l'*Empirée* ; ce maître *Aliboron* ne manque pas de décrier tous fes camarades folliculaires , pour mieux débiter fes feuilles ; l'un gagne à ce métier cent écus par an , l'autre mille , l'autre deux mille ; ainfi l'on combat *pro focis*. Il faut bien que je vive , difait l'Abbé *Des Fontaines* à un Miniftre d'Etat ; le Miniftre eut beau lui dire qu'il n'en voyait pas la néceffité ; *Des Fontaines* vécut ; & tant qu'il y aura une piftole à gagner dans ce métier , il y aura des *Frérons* qui décrieront les beaux arts & les bons artiftes.

L'envie veut mordre , l'intérêt veut gagner ; c'eft là ce qui excita tant d'orages contre le *Taffe* , contre le *Guarini* en Italie ; contre *Driden* , & contre *Pope* en Angleterre ; contre *Corneille* , *Racine* , *Molière* , *Quinault* , en France. Que n'a point effuié de nos jours votre célèbre *Goldoni* ! & fi vous remon-

---

a) Faifeur de feuilles.

tez aux Romains & aux Grecs, voyez les prologues de *Té-rence*, dans lesquels il apprend à la postérité, que les hommes de son tems étaient faits comme celui du notre : *tutto l' mondo è fatto com' è la nostra famiglia.* Mais remarquez, Mon-sieur, pour la consolation des grands artistes, que les persécu-teurs sont assurés du mépris & de l'horreur du genre humain, & que les bons ouvrages demeurent. Où sont les écrits des ennemis de *Térence*, & les feuilles des *Bavius* qui insultèrent *Virgile ?* où sont les impertinences des rivaux du *Tasse*, & des rivaux de *Corneille* & de *Molière ?*

Qu'on est heureux, Monsieur, de ne point voir toutes ces misères, toutes ces indignités, & de cultiver en paix les arts d'*Apollon*, loin des *Marsias* & des *Midas !* Qu'il est doux de lire *Virgile* & *Homère*, en foulant à ses pieds les *Bavius* & les *Zoïles* ; & de se nourrir d'ambrosie, quand l'envie mange des couleuvres !

Despréaux disait autrefois en parlant de la rage des cabales :

> Qui méprise Cotin, n'estime point son Roi,
> Et n'a, selon Cotin, ni Dieu, ni foi, ni loi.

Le grand *Corneille*, c'est-à-dire, le premier homme par qui la France littéraire commença à être estimée en Europe, fut obligé de répondre ainsi à ses ennemis littéraires, (car les auteurs n'en ont point d'autres :) *Je déclare que je soumets tous mes écrits au jugement de l'Eglise, je doute fort qu'ils en fassent autant.*

On pourrait prendre la liberté de dire ici la même chose que le grand *Corneille*, & il serait agréable de le dire à un Sénateur de la seconde ville de l'Etat du St. Père ; il serait doux encor de le dire dans des terres aussi voisines des héré-tiques que les miennes.

Quant à quelques Messieurs, qui sans être Chrétiens, inon-dent le public depuis quelques années de satyres Chrétiennes, qui nuiraient, s'il était possible, à notre Religion, par les ri-dicules appuis qu'ils osent prêter à cet édifice enébranlable, enfin, qui la deshonorent par leurs impostures : si on faisait jamais quelque attention aux libelles de ces nouveaux *Garasses*,

on pourrait leur faire voir qu'on eſt auſſi ignorant qu'eux,
mais beaucoup meilleur Chrétien qu'eux.

C'eſt une plaiſante idée qui a paſſé par la tête de quelques
barbouilleurs de notre ſiécle, de criër ſans ceſſe que tous ceux
qui ont quelque eſprit ne ſont pas Chrétiens ! Penſent - ils
rendre en cela un grand ſervice à notre Religion ? Quoi ! la
ſaine doctrine, c'eſt - à - dire, comme vous croyez bien, la
doctrine Apoſtolique & Romaine, ne ſerait - elle, ſelon eux,
que le partage des ſots ? *Sans penſer être quelque choſe*, je
ne penſe pas être un ſot ; mais il me ſemble que ſi je me
trouvais jamais avec l'Abbé *Guyon* dans la ruë, (car je ne
peux le rencontrer que là) *b*) je lui dirais, Mon ami, de
quel droit prétens - tu être meilleur Chrétien que moi ? eſt-
ce parce que tu affirmes dans un livre auſſi plat que calom-
nieux, que je t'ai fait bonne chère, quoique tu n'ayes jamais
dîné chez moi ? eſt - ce parce que tu as revélé au public,
c'eſt - à - dire à quinze ou ſeize lecteurs oiſifs, tout ce que je
t'ai dit du Roi de Pruſſe, quoique je ne t'aye jamais parlé,
& que je ne t'aye jamais vû ? ne ſais - tu pas que ceux qui
mentent ſans eſprit, ainſi que ceux qui mentent avec eſprit,
n'entreront jamais dans le royaume des Cieux ?

Je te prie d'exprimer l'unité de l'Egliſe, & l'invocation des
Saints mieux que moi :

> L'Egliſe toûjours une, & partout étendue,
> Libre, mais ſous un chef, adorant en tout lieu,
> Dans le bonheur des Saints, la grandeur de ſon Dieu.

Tu me feras encor plaiſir de donner une idée plus juſte de la
Tranſſubſtantiation que celle que j'en ai donnée.

> Le Chriſt, de nos péchés victime renaiſſante,
> De ſes élus chéris nourriture vivante,
> Deſcend ſur les autels à ſes yeux éperdus,
> Et lui découvre un Dieu ſous un pain qui n'eſt plus.

b) L'Abbé *Guyon* auteur d'un libelle déteſtable, intitulé l'*Oracle des
Philoſophes*.

Crois-tu définir plus clairement la Trinité qu'elle ne l'eſt dans ces vers :

> La puiſſance , l'amour , avec l'intelligence ,
> Unis & diviſés , compoſent ſon eſſence.

Je t'exhorte toi & tes ſemblables , non-ſeulement à croire les dogmes que j'ai chantés en vers , mais à remplir tous les devoirs que j'ai enſeignés en proſe. Mais ce n'eſt pas aſſez de croire , il faut faire : il faut être ſoumis dans le ſpirituel à ſon Evêque , entendre la Meſſe de ſon Curé , communier à ſa paroiſſe , procurer du pain aux pauvres. Sans vanité , je m'acquitte mieux que toi de ces devoirs , & je conſeille à tous les poliçons qui crient , d'être Chrétiens , & de ne point crier. Ce n'eſt pas encore aſſez ; je ſuis en droit de te citer *Corneille.*

> Servez bien votre Dieu , ſervez votre Monarque.

Il faut pour être bon Chrétien , être ſurtout bon ſujet , bon citoyen ; or , pour être tel , il faut n'être ni Janſéniſte , ni Moliniſte , ni d'aucune faction ; il faut reſpecter , aimer , ſervir ſon Prince ; il faut , quand notre patrie eſt en guerre , ou aller ſe battre pour elle , ou payer ceux qui ſe battent pour nous : il n'y a pas de milieu. Je ne peux pas plus m'aller battre à l'âge de ſoixante & ſept ans , qu'un Conſeiller de grand' chambre ; il faut donc que je paye ſans la moindre difficulté ceux qui vont ſe faire eſtropier pour le ſervice de mon Roi , & pour ma ſureté particulière.

J'oubliais vraiment l'article du pardon des injures. Les injures les plus ſenſibles , dit-on , ſont les railleries ; je pardonne de tout mon cœur à tous ceux dont je me ſuis moqué.

Voilà , Monſieur , à peu près ce que je dirais à tous ces petits prophêtes du coin , qui écrivent contre le Roi , contre le Pape , & qui daignent quelquefois écrire contre moi & contre des perſonnes qui valent mieux que moi. J'ai le malheur de ne point regarder du tout comme des pères de l'Egliſe , ceux qui prétendent qu'on ne peut croire en Dieu ſans croire aux convulſions , & qu'on ne peut gagner le ciel qu'en

avalant des cendres du cimetière de *St. Médard*, en se faisant donner des coups de buche dans le ventre, & des cla-
ques sur les fesses. *c*) Pour moi, je crois que si on gagne le
ciel, c'est en obéissant aux puissances établies de Dieu, &
en faisant du bien à son prochain.

Un journaliste a remarqué que je n'étais pas adroit, puisque
je n'épousais aucune faction, & que je me moquais souvent
de tous ceux qui veulent former des partis. Je fais gloire de
cette maladresse ; ne soyons ni à *Apollo*, ni à *Paul*, mais à
Dieu seul, & au Roi que Dieu nous a donné. Il y a des
gens qui entrent dans un parti pour être quelque chose, il
y en a d'autres qui existent sans avoir besoin d'aucun parti.

Adieu, Monsieur : je pensais ne vous envoyer qu'une tragédie, & je vous ai envoyé ma profession de foi. Je vous
quitte pour aller à la Messe de minuit avec ma famille & la
petite-fille du grand *Corneille*. Je suis fâché d'avoir chez moi
quelques Suisses qui n'y vont pas ; je travaille à les ramener
au giron, & si Dieu veut que je vive encor deux ans, j'espère aller baiser les pieds du St. Père avec les Huguenots
que j'aurai convertis, & gagner les indulgences.

In tanto la prego di gradire gli auguri di felicità ch'io le reca
nella congiuntura delle prossime sante feste natalizie ; e viva.

---

c) Ce sont les mystères des Jansénistes convulsionnaires.

ZULIME,

ZULIME,

TRAGÉDIE.

A MADEMOISELLE

CLAIRON.

CEtte tragédie vous appartient, Mademoifelle ; vous l'avez fait fupporter au théâtre. Les talens comme les votres ont un avantage affez unique, c'eft celui de reffufciter les morts ; c'eft ce qui vous eft arrivé quelquefois. Il faut avouer que fans les grands acteurs une piéce de théâtre eft fans vie ; c'eft vous qui lui donnez l'ame. La tragédie eft encor plus faite pour être repréfentée que pour être luë ; & c'eft fur quoi je prendrai la liberté de dire, qu'il eft bien fingulier qu'un ouvrage qui eft innocent à la lecture, puiffe devenir coupable aux yeux de certaines gens ; en acquérant le mérite qui lui eft propre, celui de paraître fur le théâtre. On ne comprendra pas un jour qu'on ait pû faire des reproches à Mademoifelle *de Champmêlé* de jouer *Chimène*, lorfqu'*Auguftin Courbé* & *Marbre Cramoifi* qui l'imprimaient, étaient marguilliers de leur paroiffe ; & on jouera peut-être un jour fur le théâtre ces contradictions de nos mœurs.

Je n'ai jamais conçu qu'un jeune homme qui réciterait en public une Philippique de *Cicéron* dût déplaire mortellement à certaines perfonnes, qui prétendent lire avec un plaifir extrême les injures groffières que ce *Cicéron* dit éloquemment à *Marc-Antoine*. Je ne vois pas non plus qu'il y ait un grand mal à prononcer tout haut des vers Français, que tous les honnêtes gens lifent, ou même les vers qu'on ne lit guères : c'eft un ridicule qui m'a fouvent frappé parmi bien d'autres ; & ce ridicule tenant à des chofes férieufes, pourrait quelquefois mettre de fort mauvaife humeur.

Quoi qu'il en foit, l'art de la déclamation demande à la fois tous les talens extérieurs d'un grand orateur, & tous ceux d'un grand peintre. Il en eft de cet art comme de tous ceux que les hommes ont inventé pour charmer l'efprit, les oreilles & les yeux ; ils font tous enfans du génie, tous devenus néceffaires à la fociété perfectionnée ; & ce qui eft commun à tous , c'eft qu'il ne leur eft pas permis d'être médiocres. Il n'y a de véritable gloire que pour les artiftes qui atteignent la perfection ; le refte n'eft que toléré.

Un mot de trop , un mot hors de fa place , gâte le plus beau vers ; une belle penfée perd tout fon prix , fi elle eft mal exprimée ; elle vous ennuie , fi elle eft répétée : de même , des inflexions de voix , ou déplacées , ou peu juftes , ou trop peu variées , dérobent au récit toute fa grace. Le fecret de toucher les cœurs eft dans l'affemblage d'une infinité de nuances délicates , en poëfie , en éloquence , en déclamation , en peinture ; & la plus légère diffonance en tout genre , eft fentie aujourd'hui par les connaiffeurs ; & voilà peut - être pourquoi l'on trouve fi peu de grands artiftes , c'eft que les défauts font mieux fentis qu'autrefois. C'eft faire votre éloge , que de vous dire ici combien les arts font difficiles. Si je vous parle de mon ouvrage , ce n'eft que pour admirer vos talens.

Cette piéce eft affez faible. Je la fis autrefois pour effayer de fléchir un père rigoureux qui ne voulait pardonner ni à fon gendre , ni à fa fille , quoiqu'ils fuffent très eftimables , & qu'il n'eût à leur reprocher que d'avoir fait fans fon confentement un mariage que lui-même aurait dû leur propofer.

L'avanture de *Zulime* , tirée de l'hiftoire des Maures , préfentait au fpectateur une Princeffe bien plus coupable ; & *Benaffar* fon père , en lui pardonnant , ne devait qu'inviter davantage à la clémence ceux qui pourraient avoir à punir une faute plus graciable que celle de *Zulime*.

Malheureufement la piéce parait avoir quelque reffemblance avec *Bajazet* ; & pour comble de malheur , elle n'a point d'*Acomat* ; mais auffi , cet *Acomat* me parait l'effort de l'efprit humain. Je ne vois rien dans l'antiquité , ni chez les modernes , qui foit dans ce caractère , & la beauté de la diction le relève encore ; pas un feul vers ou dur ou faible , pas un mot qui ne foit le mot propre ; jamais de fublime hors d'œuvre , qui ceffe alors d'être fublime ; jamais de differtation étrangère au fujet , toutes les convenances parfaitement obfervées : enfin , ce rôle me parait d'autant plus admirable ,

qu'il fe trouve dans la feule tragédie où l'on pouvait l'introduire , & qu'il aurait été déplacé partout ailleurs.

Le père de *Zulime* a pû ne pas déplaire , parce qu'il eft
le premier de cette efpèce qu'on ait ofé mettre fur le théâtre.
Un père qui a une fille unique à punir d'un amour criminel,
eft une nouveauté qui n'eft pas fans intérêt : mais le rôle de
Ramire m'a toûjours paru très faible , & c'eft pourquoi je ne
voulais plus hazarder cette piéce fur la fcène Françaife. Tout
n'eft qu'amour dans cet ouvrage ; cé n'eft pas un défaut de
l'art , mais ce n'eft pas auffi un grand mérite. Cet amour ne
péche pas contre la vraifemblance ; il y a cent exemples de
pareilles avantures , & de femblables paffions ; mais je voudrais que fur le théâtre l'amour fût toûjours tragique. Il eft
vrai que celui de *Zulime* eft toûjours annoncé par elle-même
comme une paffion très condamnable , mais ce n'eft pas affez;

> Et que l'amour fouvent de remords combattu ,
> Paraiffe une faibleffe , & non une vertu.

Les autres perfonnages doivent concourir aux effets terribles que toute tragédie doit produire. La médiocrité du per-
fonnage de *Ramire* fe répand fur tout l'ouvrage. Un héros
qui ne joue d'autre rôle que celui d'être aimé ou amoureux,
ne peut jamais émouvoir , il ceffe dès-lors d'être un perfon-
nage de tragédie : c'eft ce qu'on peut quelquefois reprocher
à *Racine* , fi on peut reprocher quelque chofe à ce grand-
homme , qui de tous nos écrivains eft celui qui a le plus approché de la perfection dans l'élégance & la beauté continue
de fes ouvrages : c'eft furtout le grand vice de la tragédie
d'*Ariane* , tragédie d'ailleurs intéreffante , remplie des fentimens les plus touchans & les plus naturels , & qui devient
excellente quand vous la jouez.

Le malheur de prefque toutes les piéces dans lefquelles
une amante eft trahie, c'eft qu'elles retombent toutes dans la
fituation d'*Ariane* , & ce n'eft prefque que la même tragédie
fous des noms différens.

J'ofe croire en général , que les tragédies qui peuvent fubfifter fans cette paffion , font , fans contredit , les meilleures,

non - feulement parce qu'elles font beaucoup plus difficiles à faire , mais parce que le fujet étant une fois trouvé , l'amour qu'on introduirait y paraitrait une puérilité , au lieu d'y être un ornement.

Figurez - vous le ridicule qu'une intrigue amoureufe ferait dans *Athalie* , qu'un grand prêtre fait égorger à la porte du temple ; dans cet *Orefte* , qui venge fon père , & qui tue fa mère ; dans *Mérope* , qui pour venger la mort de fon fils lève le bras fur fon fils même ; enfin dans la plûpart des fujets vraiment tragiques de l'antiquité. L'amour doit régner feul , on l'a déja dit ; il n'eft pas fait pour la feconde place. Une intrigue politique dans *Ariane* ferait auffi déplacée qu'une intrigue amoureufe dans le parricide d'*Orefte*. Ne confondons point ici avec l'amour tragique , les amours de comédie & d'églogue , les déclarations , les maximes d'élégie , les galanteries de *Madrigal* ; elles peuvent faire dans la jeuneffe l'amufement de la fociété ; mais les vraies paffions font faites pour la fcène ; & perfonne n'a été ni plus digne que vous de les infpirer , ni plus capable de les bien peindre.

ACTEURS.

BENASSAR, Shérif de Trémizène.

ZULIME, fa fille.

MOHADIR, Miniftre de Bénaffar.

RAMIRE, efclave Efpagnol.

ATIDE, efclave Efpagnole.

IDAMORE, efclave Efpagnol.

SERAME, attachée à Zulime.

Suite.

La fcène eft dans un château de la province de Trémizène, fur le bord de la mer d'Afrique.

ZULIME,
TRAGÉDIE.

ACTE PREMIER.

SCENE PREMIERE.

ZULIME, ATIDE, MOHADIR.

ZULIME (*d'une voix baſſe & entrecoupée , les yeux baiſſés ,*
& regardant à peine Mohadir.)

ALlez , laiſſez Zulime aux remparts d'Arzénie ;
Partez ; loin de vos yeux je vais cacher ma vie ;
Je vais mettre à jamais dans un autre univers ,
Entre mon père & moi , la barrière des mers.
Je n'ai plus de patrie , & mon deſtin m'entraine.
Retournez , Mohadir , aux murs de Trémizène ;
Conſolez les vieux ans de mon père affligé.
Je l'outrage & je l'aime ; il eſt aſſez vengé.
Puiſſent les juſtes cieux changer ſa deſtinée !
Puiſſe - t - il oublier ſa fille infortunée !

MOHADIR.

Qui ? lui ! vous oublier ! grand Dieu ! qu'il en eſt loin !
Que vous prenez , Zulime , un déplorable ſoin !

Outragez-vous ainsi le père le plus tendre,
Qui pour vous de son trône était prêt à descendre;
Qui vous laissant le choix de tant de Souverains,
De son sceptre avec joie aurait orné vos mains?
Quoi, dans vous, dans sa fille il trouve une ennemie!
Dans cet affreux dessein seriez-vous affermie?
Ah! ne l'irritez point, revenez dans ses bras.
Mes conseils autrefois ne vous révoltaient pas.
Cette voix d'un vieillard, qui nourrit votre enfance,
Quelquefois de Zulime obtint plus d'indulgence.
Bénassar votre père espérait aujourd'hui
Que mes soins plus heureux pourraient vous rendre à lui.
A son cœur ulcéré que faut-il que j'annonce?

ZULIME.

Porte-lui mes soupirs & mes pleurs pour réponse:
C'est tout ce que je puis: & c'est t'en dire assez.

MOHADIR.

Vous pleurez! vous, Zulime! & vous le trahissez?

ZULIME.

Je ne le trahis point. Le destin qui l'outrage,
Aux cruels Turcomans livrait son héritage.
Par ces brigands nouveaux pressé de toutes parts,
De Trémizène en cendre il quitta les remparts:
Et quel que soit l'objet du soin qui me dévore,
J'ai suivi son exemple.

MOHADIR.

Hélas! suivez-le encore.
Il revient, revenez, dissipez tant d'ennuis:
Remplissez vos devoirs, croyez-moi.

ZULIME.

Je ne puis.

Mo-

M O H A D I R.

Vous le pouvez. Sachez que nos triftes rivages
Ont vû fuir à la fin nos deftructeurs fauvages ;
Difperfés , affaiblis , & laffés deformais
Des maux qu'ils ont foufferts , & des maux qu'ils ont faits.
Trémizène renaît , & va revoir fon maître.
Sans fa fille , fans vous , le verrons - nous paraître ?
Vous avez dans ce fort entraîné fes foldats.
Des efclaves d'Europe accompagnent vos pas.
Ces chrétiens , ces captifs , le prix de fon courage ,
Dont jadis la victoire avait fait fon partage ,
Ont arraché Zulime à fes bras paternels.
Avec qui fuyez - vous ?

Z U L I M E.

Ah reproches cruels !
Arrêtez , Mohadir.

M O H A D I R.

Non , je ne puis me taire ;
Le reproche eft trop jufte , & vous m'êtes trop chère.
Non , je ne puis penfer , fans honte & fans horreur ,
Que l'efclave Ramire a fait votre malheur.

Z U L I M E.

Ramire efclave !

M O H A D I R.

Il l'eft , il était fait pour l'être :
Il nâquit dans nos fers ; Bénaffar eft fon maître.
N'eft - il pas defcendu de ces Gots odieux ,
Dans leurs propres foyers vaincus par nos ayeux ?
Son père à Trémizène eft mort dans l'efclavage ,
Et la bonté d'un maître eft fon feul héritage.

Z U L I M E.

Ramire efclave ! lui ?

Tom. V. & du Théâtre le troifiéme.   T t

MOHADIR.
             C'eſt un titre qui rend
Notre affront plus ſenſible, & ſon crime plus grand.
Quoi donc, un Eſpagnol ici commande en maître !
A peine devant vous m'a‑t‑on laiſſé paraître.
A peine j'ai percé la foule des ſoldats,
Qui veillent à ſa garde, & qui ſuivent vos pas.
Vous pleurez malgré vous : la nature outragée,
Déchire en s'indignant votre ame partagée.
A vos juſtes remords n'oſez‑vous vous livrer ?
Quand on pleure ſa faute, on va la réparer.

ATIDE.
Reſpectez plus ſes pleurs, & calmez votre zèle :
Il ne m'appartient pas de répondre pour elle.
Mais je ſuis dans le rang de ces infortunés
Qu'un maître redemande, & que vous condamnez.
Je fus comme eux eſclave ; & de leur innocence
Peut‑être il m'appartient de prendre la défenſe.
Oui, Ramire a d'un maître éprouvé les bienfaits ;
Mais vous lui devez plus qu'il ne vous dut jamais.
C'eſt Ramire, c'eſt lui, dont l'étonnant courage,
Dans vos murs pris d'aſſaut, & fumans de carnage,
Délivra votre Emir, & lui donna le tems
De dérober ſa tête au fer des Turcomans.
C'eſt lui qui comme un Dieu veillant ſur ſa famille,
Ayant ſauvé le père a défendu la fille.
C'eſt par ſes ſeuls exploits, enfin, que vous vivez.
Quel prix a‑t‑il reçu ? Seigneur, vous le ſavez.
Loin des murs tout ſanglans de ſa ville allarmée,
Bénaſſar avec peine aſſemblait une armée ;
Et quand vos citoyens, par nos ſoins reſpirans,

A quelque ombre de paix ont porté vos tyrans,
Ces Turcs impérieux, qu'aucun devoir n'arrête,
De Ramire & des fiens ont demandé la tête;
Et de votre Divan la baffe cruauté
Soufcrivait en tremblant à cet affreux traité.
De Zulime pour nous la bonté généreufe
Vous épargna du moins une paix fi honteufe.
Elle acquitte envers nous ce que vous nous devez.
N'infultez point ici ceux qui vous ont fauvés.
Refpeétez plus Ramire, & ces guerriers fi braves;
Ils font vos défenfeurs, & non plus vos efclaves.

    M O H A D I R *à Zulime.*

Votre fecret, Zulime, eft enfin revélé:
Ainfi donc par fa voix votre cœur a parlé?

     Z U L I M E.

Oui, je l'avouë.

    M O H A D I R.

  Ah Dieu!

     Z U L I M E.

      Coupable, mais fincère,
Je ne peux vous tromper .... tel eft mon caraétère.

    M O H A D I R.

Vous voulez donc charger d'un affront fi nouveau
Un père infortuné qui touche à fon tombeau?

     Z U L I M E.

Vous me faites frémir.

    M O H A D I R.

     Repentez-vous, Zulime;
Croyez-moi, votre cœur n'eft point né pour le crime.

     Z U L I M E.

Je me repens en vain; tout va fe déclarer;

       Tt ij

Il eſt des attentats qu'on ne peut réparer.
Il ne m'appartient pas de ſoutenir ſa vuë.
J'emporte en le quittant le remords qui me tuë.
Allez. Votre préſence en ces funeſtes lieux
Augmente ma douleur , & bleſſe trop mes yeux.
Mohadir.... ah ! partez.

M O H A D I R.

Hélas , je vais peut - être
Porter les derniers coups au ſein qui vous fit naître.

S C E N E II.

Z U L I M E , A T I D E.

Z U L I M E.

AH ! je ſuccombe , Atide ; & ce cœur déſolé
Ne ſoutient plus le poids dont il eſt accablé.
Vous voyez ce que j'aime , & ce que je redoute ,
Une patrie , un père ; Atide ! ah qu'il en coûte !
Que de retours ſur moi ! que de triſtes efforts !
Je n'ai dans mon amour ſenti que des remords.
D'un père infortuné vous concevez l'injure ;
Il eſt affreux pour moi d'offenſer la nature.
Mais Ramire expirait , vous étiez en danger.
Eſt - ce un crime , après tout , que de vous protéger ?
Je dois tout à Ramire : il a ſauvé ma vie.
A ce départ enfin vous m'avez enhardie.
Vos périls , vos vertus , vos amis malheureux ,
Tant de motifs puiſſans , & l'amour avec eux ,
L'amour qui me conduit ; hélas , ſi l'on m'açcuſe ,

Voilà tous mes forfaits ; mais voilà mon excufe.
Je tremble cependant ; de pleurs toûjours noyés ,
De l'abîme où je fuis mes yeux font effrayés.

A T I D E.

Hélas ! Ramire..... & moi , nous vous devons la vie ;
Vous rendez un héros , un Prince à fa patrie ;
Le ciel peut - il haïr un foin fi généreux ?
Arrachez votre amant à ces bords dangereux.
Ma vie eft peu de chofe : & je ne fuis encore
Qu'une efclave tremblante en des lieux que j'abhorre.
Quoique d'affez grands Rois mes ayeux foient iffus ,
Tout ce que vous quittez eft encor au - deffus.
J'étais votre captive , & vous ma protectrice ;
Je ne pouvais prétendre à ce grand facrifice.
Mais Ramire..... un héros du ciel abandonné ,
Lui qui de Bénaffar efclave infortuné ,
A prodigué fon fang pour Bénaffar lui - même ;
Enfin , que vous aimez.

Z U L I M E.

Atide , fi je l'aime ?
C'eft toi qui découvris dans mes efprits troublés ,
De mon fecret penchant les traits mal démêlés.
C'eft toi qui les nourris , chère Atide ; & peut - être ,
En me parlant de lui c'eft toi qui les fis naître.
C'eft toi qui commenças ma téméraire amour ;
Ramire a fait le refte , en me fauvant le jour.
J'ai cru fuir nos tyrans , & j'ai fuivi Ramire.
J'abandonne pour lui parens , peuples , empire ;
Et frémiffant encor de fes périls paffés ,
J'ai craint dans mon amour de n'en point faire affez.
Cependant , loin de moi fe peut - il qu'il s'arrête ?

Quoi ! Ramire aujourd'hui trop fûr de fa conquête,
Ne prévient point mes pas, ne vient point confoler
Ce cœur trop affervi que lui feul peut troubler !

ATIDE.

Eh ! ne voyez-vous pas avec quelle prudence
De l'Envoyé d'un père il fuyait la préfence ?

ZULIME.

J'ai tort, je te l'avouë ; il a dû s'écarter ;
Mais pourquoi fi longtems ?

ATIDE.

       A ne vous point flatter,
Tant d'amour, tant de crainte & de délicateffe
Conviennent mal, peut-être, au péril qui nous preffe ;
Un moment peut nous perdre, & nous ravir le prix
De tant d'heureux travaux par l'amour entrepris ;
Entre cet Océan, ces rochers & l'armée,
Ce jour, ce même jour, peut vous voir enfermée.
Trop d'amour vous égare ; & les cœurs fi troublés
Sur leurs vrais intérêts font toûjours aveuglés.

ZULIME.

Non, fur mes intérêts c'eft l'amour qui m'éclaire ;
Ramire va preffer ce départ néceffaire.
L'ordre dépend de lui ; tout eft entre fes mains.
Souverain de mon ame, il l'eft de mes deftins.
Que fait-il ? eft-ce vous ? eft-ce moi qu'il évite ?

ATIDE.

Le voici..... Ciel ! témoin du trouble qui m'agite,
Ciel ! renferme à jamais dans ce fein malheureux,
Le funefte fecret qui nous perdrait tous deux.

SCENE III.

ZULIME, ATIDE, RAMIRE.

RAMIRE.

MAdame , enfin des cieux la clémence suprême
Semble en notre défenfe agir comme vous - même ;
Et les mers & les vents fecondant vos bontés ,
Vont nous conduire aux bords fi longtems fouhaités.
Valence de ma race autrefois l'héritage ,
A vos pieds plus qu'aux miens portera fon hommage.
Madame , Atide & moi libres par vos fecours ,
Nous fommes vos fujets , nous le ferons toûjours.
Quoi ! vos yeux à ma voix répondent par des larmes !

ZULIME.

Et pouvez - vous penfer que je fois fans allarmes ?
L'amour veut que je parte , il lui faut obéir.
Vous favez qui je quitte , & qui j'ai pû trahir.
J'ai mis entre vos mains , ma fortune , ma vie ,
Ma gloire encor plus chère , & que je facrifie.
Je dépens de vous feul.... Ah Prince ! avant ce jour
Plus d'un cœur a gémi d'écouter trop d'amour ;
Plus d'une amante hélas ! cruellement féduite
A pleuré vainement fa faiblesse & fa fuite.

RAMIRE.

Je ne condamne point de fi juftes terreurs.
Vous faites tout pour nous ; oui , Madame ; & nos cœurs
N'ont pour vous rassurer dans votre défiance ,
Qu'un hommage inutile , & beaucoup d'efpérance.
Efclave auprès de vous , mes yeux à peine ouverts

Ont connu vos grandeurs, ma mifère, & des fers;
Mais j'attefte le Dieu qui foutient mon courage,
Et qui donne à fon gré l'empire & l'efclavage,
Que ma reconnaiffance & mes engagemens....

ZULIME.

Pour me prouver vos feux vous faut-il des fermens ?
En ai-je demandé, quand cette main tremblante
A détourné la mort à vos regards préfente ?
Si mon ame aux frayeurs fe peut abandonner,
Je ne crains que mon fort, puis-je vous foupçonner?
Ah ! les fermens font faits pour un cœur qui peut feindre.
Si j'en avais befoin, nous ferions trop à plaindre.

RAMIRE.

Que mes jours immolés à votre fureté....

ZULIME.

Confervez-les, cher Prince, ils m'ont affez coûté.
Peut-être que je fuis trop faible & trop fenfible ;
Mais enfin, tout m'allarme en ce féjour horrible.
Vous-même devant moi trifte, fombre, égaré,
Vous reffentez le trouble où mon cœur eft livré.

ATIDE.

Vous vous faites tous deux une pénible étude
De nourrir vos chagrins & votre inquiétude.
Dérobez-vous, Madame, aux peuples irrités,
Qui pourfuivent fur nous l'excès de vos bontés.
Ce palais eft peut-être un rempart inutile ;
Le vaiffeau vous attend, Valence eft votre azile.
Calmez de vos chagrins l'importune douleur.
Vous avez tant de droits fur nous.... & fur fon cœur !
Vous condamnez fans doute une crainte odieufe.
Votre amant vous doit tout ; vous êtes trop heureufe !

ZULIME.

Z U L I M E.

Je dois l'être, & l'hymen qui va nous engager....

S C E N E I V.

ZULIME, ATIDE, RAMIRE, IDAMORE.

I D A M O R E.

Dans ce moment, Madame, on vient vous affiéger.

A T I D E.

Ciel !

I D A M O R E.

On entend de loin la trompette guerrière ;
On voit des tourbillons de flamme, de pouffière ;
D'étendarts menaçans les champs font inondés.
Le peu de nos amis dont ces murs font gardés,
Sur ces bords efcarpés qu'a formé la nature,
Et qui de ce palais entourent la ftructure,
En défendront l'approche, & feront glorieux
De chercher un trépas honoré par vos yeux.

R A M I R E.

Dans ce malheur preffant je goûte quelque joie.
Eh bien, pour vous feryir le ciel m'ouvre une voie.
De vos peuples unis je brave le couroux.
J'ai combattu pour eux, je combattrai pour vous.
Pour mériter vos foins, je peux tout entreprendre ;
Et mon fort en tout tems fera de vous défendre.

Z U L I M E.

Que dis - tu ? contre un père ! arrête, épargne - moi.
L'amour n'entraîne - t - il que le crime après foi ?
Tombe fur moi des cieux l'éternelle colère,

Tom. V. & du Théâtre le troifiéme.　　　　V v

Plutôt que mon amant ofe attaquer mon père !
Avant que fes foldats environnent nos tours,
Les flots nous ouvriront un plus jufte fecours.
Mon féjour en ces lieux me rendrait trop coupable.
D'un père courouçé fuyons l'œil refpeftable.
Je vais hâter ma fuite, & j'y cours de ce pas.

    R A M I R E (*à Atide.*)

Moi je vais fuir la honte & hâter mon trépas.

S C E N E V.

R A M I R E, A T I D E.

A T I D E.

Vous n'irez point fans moi : non, cruel que vous êtes,
Je ne fouffrirai point vos fureurs indifcrètes.
Cher objet de ma crainte, arbitre de mon fort,
Cher époux, commencez par me donner la mort.
Au nom des nœuds fecrets qu'à fon heure dernière
De fes mourantes mains vient de former mon père,
De ces nœuds dangereux dont nous avons promis
De dérober l'étreinte à des yeux ennemis,
Songez aux droits facrés que j'ai fur votre vie ;
Songez qu'elle eft à moi, qu'elle eft à la patrie,
Que Valence dans vous redemande un vengeur.
Allez la délivrer de l'Arabe oppreffeur.
Quittez fans plus tarder cette rive fatale ;
Partez, vivez, régnez, fût-ce avec ma rivale.

    R A M I R E.

Non, deformais ma vie eft un tiffu d'horreurs.
Je rougis de moi-même, & furtout de vos pleurs.

Je fuis né vertueux , j'ai voulu toûjours l'être.
Voulez-vous me changer ? chéririez-vous un traître ?
J'ai fubi l'efclavage , & fon poids rigoureux ,
Le fardeau de la feinte eft cent fois plus affreux.
J'ai connu tous les maux , la vertu les furmonte ;
Mais quel cœur généreux peut fupporter la honte ?
Quel fupplice effroyable , alors qu'il faut tromper ,
Et que tout mon fecret eft prêt à m'échapper !

A T I D E.

Eh bien , allez , parlez , armez fa jaloufie ,
J'y confens ; mais , cruel , n'expofez que ma vie ;
N'immolez que l'objet pour qui vous rougiffez ,
Qui vous forçait à feindre , & que vous haïffez.

R A M I R E.

Je vous adore , Atide ; & l'amour qui m'enflamme
Ferme à tout autre objet tout accès dans mon ame.
Mais plus je vous adore , & plus je dois rougir
De fuïr avec Zulime afin de la trahir.
Je fuis bien malheureux fi votre jaloufie
Joint fes poifons nouveaux aux horreurs de ma vie.
Entouré de forfaits & d'infidélités ,
Je les commets pour vous , & vous feule en doutez.
Ah ! mon crime eft trop vrai , trop affreux envers elle ;
Ce cœur eft un perfide , & c'eft pour vous , cruelle !

A T I D E.

Non , il eft généreux , le mien n'eft point jaloux ;
La fraude & les foupçons ne font point faits pour vous.
Zulime en écoutant fon amour malheureufe ,
N'a point reçu de vous de promeffe trompeufe.
Idamore a parlé : fûre de fes appas ,

Elle a cru des difcours que vous ne diĉtiez pas.
Eh ! peut-on s'étonner que vous ayez fû plaire ?
Peut-on vous reprocher ce charme involóntaire,
Qui vous foumit un cœur promt à fe défarmer ?
Ah ! le mién m'eft témoin que l'on doit vous aimer.

RAMIRE.

Eh pourquoi profanant de fi faintes tendreffes,
De Zulime abufée enhardir les faibleffes ?
Pourquoi deshonorant votre amant, votre époux,
Promettre à d'autres yeux un cœur qui n'eft qu'à vous ?
Dans quel piége Idamore a conduit l'innocence !
Des bienfaits de Zulime affreufe récompenfe !
Ah ! cruelle, à quel prix le jour m'eft confervé !

ATIDE.

Eh bien, puniffez-moi de vous avoir fauvé.
Idamore, il eft vrai, n'eft pas le feul coupable.
J'ai parlé comme lui, comme lui condamnable,
J'engageai trop Ramire, & fans le confulter.
Je n'y furvivrai pas, vous n'en pouvez douter.
Je fens qu'à vos vertus je faifais trop d'injure.
Je vous épargnerai la honte d'un parjure.
Vivez, il me fuffit...... Ciel ! quel tumulte affreux !

RAMIRE.

Il m'annonce un combat moins grand, moins douloureux ;
Le ciel m'y peut au moins accorder quelque gloire ;
J'y vole.....

ATIDE.

Je vous fuis, la chûte ou la viĉtoire,
Les fers ou le trépas, je fais tout partager.
Puis-je être loin de vous ? vous êtes en danger.

R A M I R E.

Ah ! ne laiſſez qu'à moi le deſtin qui m'opprime.
Chère épouſe , craignez. . .

A T I D E.

Je ne crains que Zulime.

Fin du premier acte.

ACTE II.

SCENE PREMIERE.

RAMIRE, IDAMORE.

IDAMORE.

OUi, Dieu même eft pour nous ; oui, ce Dieu de la guerre
Nous appelle fur l'onde & défarme la terre.
Vous voyez les fujets du trifte Bénaffar,
Sufpendre leurs fureurs au pied de ce rempart ;
Ils ont quitté ces traits, ces funeftes machines,
Qui des murs d'Arzénie apportaient les ruines ;
Tout ce grand appareil, qui dans quelques momens
Pouvait de ce palais brifer les fondemens.
Cependant l'heure approche où la mer favorable
Va quitter avec nous ce rivage effroyable.
Seigneur, au nom d'Atide, au nom de nos malheurs,
Et de tant de périls, & de tant de douleurs,
Par le falut public devant qui tout s'efface,
Par ce premier devoir des Rois de notre race,
Ne fongez qu'à partir ; & ne rougiffez pas
Des bontés de Zulime & de fes attentats :
Ne fuyez point les dons de fa main bienfaifante,
Envers les fiens coupable, envers nous innocente.
Entouré d'ennemis dans ce féjour d'horreur,
Craignez. . . .

RAMIRE.

Mes ennemis font au fond de mon cœur.
Atide l'a voulu ; c'eſt aſſez , Idamore.

IDAMORE.

Comment ! quel repentir peut vous troubler encore ?
Qui vous retient ?

RAMIRE.

L'honneur.... Crois-tu qu'il foit permis
D'être injuſte , infidèle , & traître à ſes amis ?

IDAMORE.

Non , ſans doute , Seigneur , & ce crime eſt infame.

RAMIRE.

Eſt-il donc plus permis de trahir une femme ?
De la conduire au piége & de l'abandonner ?

IDAMORE.

Un plus grand intérêt doit vous déterminer.
Voudriez-vous livrer à l'horreur des ſupplices
Ceux qui vous ont voué leur vie & leurs ſervices ?
Entre Zulime & nous il eſt tems de choiſir.

RAMIRE.

Eh bien , qui de vous tous me faut-il donc trahir ?
Faut-il que malgré nous il foit des conjonctures
Où le cœur égaré flotte entre les parjures ?
Où la vertu ſans force & prête à ſuccomber ,
Ne voit que des écueils , & tremble d'y tomber ?
Tu fais ce que pour nous Zulime a daigné faire ;
Elle renonce à tout , à ſon trône , à ſon père ,
A ſa gloire , en un mot ; il faut en convenir.
Armé de ſes bienfaits , moi j'irais l'en punir !
C'eſt trop rougir de moi : plain ma douleur mortelle.

IDAMORE.

Rougiffez de tarder , Valence vous appelle ;
Les momens font bien chers , & fi vous héfitez....

RAMIRE.

Non , je vais m'expliquer , & lui dire....

IDAMORE.

Arrêtez ;
Gardez - vous d'arracher un voile néceffaire.
Laiffez - lui fon erreur , cette erreur eft trop chère.
Pour entraîner Zulime à fes égaremens
Vous n'employâtes point l'art trompeur des amans.
Senfible , généreufe , & fans expérience ,
Elle a cru n'écouter que la reconnaiffance ;
Elle ne favait pas qu'elle écoutait l'amour.
Tous vos foins empreffés la perdaient fans retour.
Dans fon illufion nous l'avons confirmée.
Enfin elle vous aime ; elle fe croit aimée.
De quel jour odieux fes yeux feraient frappés !
Il n'eft de malheureux que les cœurs détrompés.
Réfervez pour un tems plus fûr & plus tranquile ,
De ces droits délicats l'examen difficile.
Lorfque vous feréz Roi , jugez & décidez ;
Ici Zulime règne , & vous en dépendez.

RAMIRE.

Je dépens de l'honneur , votre difcours m'offenfe.
Je crains l'ingratitude , & non pas fa vengeance.
Quoi qu'il puiffe arriver , un cœur tel que le mien
Lui tiendra fa parole , ou ne promettra rien.

IDAMORE.

Tremblez donc ; fon amour peut fe tourner en rage.
Atide de fon fang peut payer cet outrage.

RAMIRE.

R A M I R E.

Cher Idamore , au bruit de fon moindre danger ,
De ces lieux ennemis va , cours la dégager.
Sois fûr que de Zulime arrêtant la pourfuite ,
Avant que d'expirer , j'affurerai fa fuite.

I D A M O R E.

Vous vous connaiffez mal en ces extrémités ;
Atide & vos amis mourront à vos côtés.
Mais non ; votre prudence , & la faveur célefte ,
Ne nous annoncent point une fin fi funefte.
Zulime eft encor loin de vouloir fe venger ;
Peut-elle craindre , hélas ! qu'on la veuille outrager ?
Son ame toute entière à fon efpoir livrée ,
Aveugle en fes bontés , & d'amour enyvrée ,
Goûte d'un calme heureux le dangereux fommeil. . . .

R A M I R E.

Que je crains le moment de fon affreux réveil !

I D A M O R E.

Cachez donc à fes yeux la vérité cruelle ,
Au nom de la patrie . . . On approche , c'eft elle.

R A M I R E.

Va , cours après Atide , & revien m'avertir
Si les mers & les vents m'ordonnent de partir.

S C E N E I I.

Z U L I M E , R A M I R E , S E R A M E.

Z U L I M E.

OUi , nous touchons , Ramire , à ce moment profpère
Qui met en fureté cette têté fi chère.

Tom. V. & du Théâtre le troifiéme. Xx

En vain nos ennemis (car j'ofe ainfi nommer,
Qui voudrait défunir deux cœurs nés pour s'aimer,)
En vain tous ces guerriers, ces peuples que j'offenfe,
De mon malheureux père ont armé la vengeance.
Profitons des inftans qui nous font accordés ;
L'amour nous conduira, puis qu'il nous a gardés ;
Et je puis dès demain rendre à votre patrie
Ce dépôt précieux qu'à moi feule il confie.
Il ne me refte plus qu'à m'attacher à vous,
Par les nœuds éternels & de femme & d'époux.
Grace à ces noms fi faints, ma tendreffe épurée
En eft plus refpeétable, & non plus affurée.
Le père, les amis que j'ofe abandonner,
Le ciel, tout l'univers doivent me pardonner,
Si de tant de héros la déplorable fille
Pour un époux fi cher oublia fa famille.
Prenons donc à témoin ce Dieu de l'univers,
Que nous fervons tous deux par des cultes divers ;
Atteftons cet auteur de l'amour qui nous lie ;
Non que votre grande ame à la mienne eft unie,
Nos cœurs n'ont pas befoin de ces vœux folemnels ;
Mais que bientôt, Seigneur, aux pieds de vos autels
Vos peuples béniront, dans la même journée,
Et votre heureux retour, & ce grand hyménée.
Mettons près des humains ma gloire en fureté ;
Du Dieu qui nous entend méritons la bonté ;
Et ceffons de mêler, par trop de prévoyance,
Le poifon de la crainte à la douce efpérance.

R A M I R E.

Ah ! vous percez un cœur deftiné deformais
A d'éternels tourmens, plus grands que vos bienfaits.

ZULIME.

Eh qui peut vous troubler, quand vous m'avez fû plaire ?
Les chagrins font pour moi : la douleur de mon père,
Sa vertu, cet opprobre à ma fuite attaché,
Voila les déplaifirs dont mon cœur eft touché.
Mais, vous qui retrouvez un fceptre, une couronne,
Vos parens, vos amis, tout ce que j'abandonne,
Qui de votre bonheur n'avez point à rougir ;
Vous qui m'aimez enfin.....

RAMIRE.

Pourrais-je vous trahir ?
Non, je ne puis.

ZULIME.

Hélas ! je vous en crois fans peine.
Vous fauvates mes jours, je brifai votre chaine.
Je vois en vous, Ramire, un vengeur, un époux.
Vos bienfaits & les miens, tout me répond de vous.

RAMIRE.

Sous un ciel inconnu le deftin vous envoie.

ZULIME.

Je le fais, je le veux, je le cherche avec joie ;
C'eft vous qui m'y guidez.

RAMIRE.

C'eft à vous de juger
Qu'on a tout à fouffrir chez un peuple étranger ;
Coutumes, préjugés, mœurs, contraintes nouvelles,
Abus devenus droits, & loix fouvent cruelles.

ZULIME.

Qu'importe à notre amour, ou leurs mœurs òu leurs droits?
Votre peuple eft le mien, vos loix feront mes loix.
J'en ai quitté pour vous, hélas ! de plus facrées ;

Xx ij

Et qu'ai-je à redouter des mœurs de vos contrées ?
Quels font donc les humains qui peuplent vos Etats ?
Ont-ils fait quelques loix pour former des ingrats ?

R A M I R E.

Je fuis loin d'être ingrat , non, mon cœur ne peut l'être.

Z U L I M E.

Sans doute. . . . .

R A M I R E.

    Mais en moi vous ne verriez qu'un traître ,
Si tout prêt à partir je cachais à vos yeux
Un obftacle fatal oppofé par les cieux.

Z U L I M E.

Un obftacle !

R A M I R E.

    Une loi formidable , éternelle.

Z U L I M E.

Vous m'arrachez le cœur ; achevez , quelle eft-elle ?

R A M I R E.

C'eft la Religion . . . Je fais qu'en vos climats ,
Où vingt peuples mêlés ont changé tant d'Etats ,
L'hymen unit fouvent ceux que leur loi divife.
En Efpagne autrefois cette indulgence admife,
Deformais parmi nous eft un crime odieux ;
La loi dépend toûjours & des tems & des lieux.
Mon fang dans mes Etats m'appelle au rang fuprême,
Mais il eft un pouvoir au-deffus de moi-même.

Z U L I M E.

Je t'entens , cher Ramire , il faut t'ouvrir mon cœur.
Pour ma Religion j'ai connu ton horreur ;
J'en ai fouvent gémi ; mais s'il ne faut rien taire,
A mon ame en fecret tu la rendis moins chère,

Soit erreur ou raifon, foit ou crime ou devoir,
Soit du plus tendre amour l'invincible pouvoir,
(Puiſſe le jufte ciel excufer mes faibleſſes !)
Du fang en ta faveur j'ai bravé les tendreſſes ;
Je pourai t'immoler, par de plus grands efforts,
Ce culte mal connu de ce fang dont je fors.
Puis qu'il t'eft odieux, il doit un jour me l'être.
Fidèle à mon époux, & foumife à mon maître,
J'attendrai tout du tems & d'un fi cher lien.
Mon cœur fervirait - il d'autre Dieu que le tien ?
Je vois couler tes pleurs : tant de foin, tant de flamme,
Tant d'abandonnement ont pénétré ton ame.
Adreſſons l'un & l'autre au Dieu de tes autels
Ces pleurs que l'amour verfe, & ces vœux folemnels.
Qu'Atide y foit préfente ; elle approche ; elle m'aime ;
Que fon amitié tendre ajoute à l'amour même.
Atide !

R A M I R E.

C'en eft trop ; & mon cœur déchiré. . . .

S C E N E   I I I.

Z U L I M E , R A M I R E , A T I D E.

A T I D E.

MAdame, dans ces murs votre père eft entré.

Z U L I M E.

Mon père !

R A M I R E.

Lui !

Xx iij

Z U L I M E.

Grands Dieux !

A T I D E.

Sans foldats , fans efcorte ,
Sa voix de ce palais s'eft fait ouvrir la porte.
A l'afpeét de fes pleurs & de fes cheveux blancs ,
De ce front couronné refpeété fi longtems ,
Vos gardes interdits baiffant pour lui les armes ,
N'ont pas cru vous trahir en partageant fes larmes.
Il approche , il vous cherche.

Z U L I M E.

O mon père , ô mon Roi !
Devoir , nature , amour , qu'exigez - vous de moi ?

A T I D E.

Il va , n'en doutez point , demander notre vie.

R A M I R E.

Donnez - lui tout mon fang , je vous le facrifie ;
Mais confervez du moins. . . . .

Z U L I M E.

Dans l'état où je fuis ,
Pouvez - vous bien , cruel , irriter mes ennuis ?
Tombent , tombent fur moi , les traits de fa vengeance !
Allez , Atide & vous , évitez fa préfence.
C'eft le premier moment où je puis fouhaiter
De me voir fans Ramire & de vous éviter.
Allez , trop digne époux de la trifte Zulime ,
Ce titre fi facré me laiffe au moins fans crime.

A T I D E.

Qu'entens - je ? fon époux ?

R A M I R E.

On vient , fuivez mes pas ;
Plaignez mon fort , Atide , & ne m'accufez pas.

S C E N E   IV.

Z U L I M E , B E N A S S A R.

Z U L I M E.

LE voici , je friffonne , & mes yeux s'obfcurciffent.
Terre , que devant lui tes gouffres m'engloutiffent.
Sérame , foutien - moi.

B E N A S S A R.

C'eft elle.

Z U L I M E.

O defefpoir !

B E N A S S A R.

Tu détournes les yeux , & tu crains de me voir.

Z U L I M E.

Je me meurs ! Ah mon père !

B E N A S S A R.

O toi , qui fus ma fille ,
Cher efpoir autrefois de ma trifte famille ,
Toi qui dans mes chagrins étais mon feul recours ,
Tu ne me connais plus ?

Z U L I M E (*à genoux.*)

Je vous connais toûjours ;
Je tombe en frémiffant à ces pieds que j'embraffe ,
Je les baigne de pleurs , & je n'ai point l'audace
De lever jufqu'à vous un regard criminel ,

Qui ferait trop rougir votre front paternel.

B E N A S S A R.

Sais - tu quelle eſt l'horreur dont ton crime m'accable ?

Z U L I M E.

Je ſais trop qu'à vos yeux il eſt inexcuſable.

B E N A S S A R.

J'aurais pû te punir , j'aurais pû dans ces tours
Enſevelir ma honte & tes coupables jours.

Z U L I M E.

Votre colère eſt juſte , & je l'ai méritée.

B E N A S S A R.

Tu vois trop que mon cœur ne l'a point écoutée.
Lève - toi ; ta douleur commence à m'attendrir ,

(*Elle ſe relève.*)

Et le cœur de ton père attend ton repentir.
Tu ſais ſi dans ce cœur trop indulgent , trop tendre ,
Les cris de la nature ont ſû ſe faire entendre.
Je vivais dans toi ſeule ; & juſques à ce jour ,
Jamais père à ſon ſang n'a marqué tant d'amour.
Tu ſais ſi j'attendais qu'au bout de ma carrière
Ma bouche en expirant nommât mon héritière ,
Et cédât malgré moi , par des ſoins ſuperflus ,
Ce qui dans ces momens ne nous appartient plus.
Je n'ai que trop vécu , ma prodigue tendreſſe
Prévenait par ſes dons ma caduque vieilleſſe.
Je te donnais pour dot , en engageant ta foi ,
Ces tréſors , ces Etats , que je quittais pour toi ;
Et tu pouvais choiſir entre les plus grands Princes ,
Qui des bords Syriens gouvernent les provinces ;
Et c'eſt dans ces momens que fuyant de mes bras ,
Toi ſeule à la révolte excites mes ſoldats ,

M'ar-

M'arraches mes sujets, m'enlèves mes esclaves,
Outrages mes vieux ans, m'abandonnes, me braves.
Quel démon t'a conduite à cet excès d'horreur ?
Quel monstre a corrompu les vertus de ton cœur ?
Veux-tu ravir un rang que je te sacrifie ?
Veux-tu me dépouiller de ce reste de vie ?
Ah Zulime ! ah mon sang ! par tant de cruauté
Veux-tu punir ainsi l'excès de ma bonté ?

ZULIME.

Seigneur, mon souverain, j'ôse dire, mon père,
Je vous aime encor plus que je ne vous fus chère.
Régnez, vivez heureux, ne vous consumez plus
Pour cette criminelle en regrets superflus.
De mon aveuglement moi-même épouvantée,
Expirant des regrets dont je suis tourmentée,
Et de votre tendresse, & de votre couroux,
Je pleure ici mon crime à vos sacrés genoux ;
Mais ce crime si chef a sur moi trop d'empire ;
Vous n'avez plus de fille, & je suis à Ramire.

BENASSAR.

Que dis-tu ? malheureuse ! opprobre de mon sort !
Quoi, tu joins tant de honte à l'horreur de ma mort !
Qui ? Ramire ! un captif ! Ramire t'a séduite !
Un barbare t'enlève, & te force à la fuite !
Non, dans ton cœur séduit, d'un fol amour atteint,
Tout l'honneur de mon sang n'est pas encor éteint.
Tu ne souilleras point d'une tache si noire
La race des héros, ma vieillesse & ma gloire.
Quelle honte, grand Dieu, suivrait un sort si beau !
Veux-tu deshonorer ma vie & mon tombeau ?
De mes folles bontés quel horrible salaire !

Ma fille, un fuborneur eft-il donc plus qu'un père ?
Repen-toi, fui mes pas, vien fans plus m'outrager.

ZULIME.

Je voudrais obéir ; mon fort ne peut changer.
Approuvée en Europe, en vos climats flétrie,
Il n'eft plus de retour pour moi dans ma patrie.
Mais fi le nom d'efclave aigrit votre couroux,
Songez que cet efclave a combattu pour vous,
Qu'il vous a délivré d'une main ennemie,
Que vos perfécuteurs ont demandé fa vie,
Que j'acquitte envers lui ce que vous lui devez,
Qu'à d'affez grands honneurs fes jours font réfervés ;
Qu'il eft du fang des Rois ; & qu'un héros pour gendre,
Un Prince vertueux.....

BENASSAR.

　　　　　Je ne veux plus t'entendre,
Barbare ! que les cieux partagent ma douleur !
Que ton indigne amant foit un jour mon vengeur
Il le fera fans doute, & j'en reçois l'augure :
Tous les enlévemens font fuivis du parjure.
Puiffe la perfidie & la divifion
Etre le digne fruit d'une telle union !
J'efpère que le ciel fenfible à mon outrage
Accourcira bientôt dans les pleurs, dans la rage,
Les jours infortunés que ma bouche a maudits,
Et qu'on te trahira, comme tu me trahis.
Coupable de ma mort qu'ici tu me prépares,
Lâche, tu périras par des mains plus barbares.
Je le demande aux cieux ; perfide, tu mourras
Aux pieds de ton amant, qui ne te plaindra pas.
Mais avant de combler fon opprobre & fa rage,

Avant que le cruel t'arrache à ce rivage,
J'y cours ; & nous verrons fi tes lâches foldats
Seront affez hardis pour l'ôter de mes bras ;
Et fi pour fe ranger fous les drapeaux d'un traître,
Ils fouleront aux pieds & ton père, & leur maître.

S C E N E V.

Z U L I M E, S E R A M E.

Z U L I M E.

SEigneur.... Ah cher auteur de mes coupables jours !
Voilà quel eft le fruit de mes triftes amours !
Dieu qui l'as entendu, Dieu puiffant que j'irrite,
Aurais-tu confirmé l'arrêt que je mérite ?
La mort & les enfers paraiffent devant moi.
Ramire, avec plaifir j'y defcendrais pour toi.
Tu me plaindras fans doute..... Ah paffion funefte !
Quoi ! les larmes d'un père, & le couroux célefte,
Les malédiftions prêtes à m'accabler,
Tout irrite les feux dont je me fens bruler !
Dieu, je me livre à toi ; fi tu veux que j'expire,
Frappe ; mais répon-moi des larmes de Ramire.

Fin du fecond afte.

ACTE III.

SCENE PREMIERE.

ZULIME, ATIDE.

ZULIME.

HElas ! vous n'aimez point : vous ne concevez pas
Tous ces foulévemens , ces craintes , ces combats,
Ce reflux orageux du remords & du crime.
Que je me hais ! j'outrage un père magnanime ,
Un père qui m'eft cher , & qui me tend les bras.
Que dis - je ? l'outrager ! j'avance fon trépas ;
Malheureufe !

ATIDE.

Après tout , fi votre ame attendrie
Craint d'accabler un père , & tremble pour fa vie ,
Pardonnez ; mais je fens qu'en de tels déplaifirs ,
Un grand cœur quelquefois commande à fes foupirs ,
Qu'on peut facrifier....

ZULIME.

Que prétens - tu me dire ?
Sacrifier l'amour qui m'enchaîne à Ramire !
A quels confeils , grand Dieu ! faut - il s'abandonner ?
Ai - je pû les entendre ? ofe - t - on les donner ?
Toute prête à partir , vous propofez , barbare ,
Que moi qui l'ai conduit , de lui je me fépare ?
Non, mon père en couroux , mes remords , ma douleur ;

De ce confeil affreux n'égalent point l'horreur.
A T I D E.
Mais vous-même à l'inftant à vos devoirs fidelle,
Vous difiez que l'amour vous rend trop criminelle.
Z U L I M E.
Non, je ne l'ai point dit, mon trouble m'emportait;
Si je parlais ainfi, mon cœur me démentait.
A T I D E.
Qui ne connait l'état d'une ame combattuë?
J'éprouve, croyez-moi, le chagrin qui vous tuë;
Et ma trifte amitié....
Z U L I M E.
Vous m'en devez, du moins.
Mais que cette amitié prend de funeftes foins!
Ne me parlez jamais que d'adorer Ramire;
Redoublez dans mon cœur tout l'amour qu'il m'infpire.
Hélas! m'affurez-vous qu'il réponde à mes vœux,
Comme il le doit, Atide, & comme je le veux?
A T I D E.
Ce n'eft point à des cœurs nourris dans l'amertume,
Que la crainte a glacés, que la douleur confume,
Ce n'eft point à des yeux aux larmes condamnés,
De lire dans les cœurs des amans fortunés.
Eft-ce à moi d'obferver leur joye & leur caprice?
Ne vous fuffit-il pas qu'on vous rende juftice,
Qu'on foit à vos bontés affervi pour jamais?
Z U L I M E.
Non, il femble accablé du poids de mes bienfaits;
Son ame eft inquiète, & n'eft point attendrie.
Atide, il me parlait des loix de fa patrie.
Il eft tranquille affez, maître affez de fes vœux,

Y y iij

Pour voir en ma préfence un obftacle à nos feux.
Ma tendreffe un moment s'eft fentie allarmée.
Chère Atide, eft-ce ainfi que je dois être aimée ?
Après ce que j'ai fait, après ma fuite, hélas ! ...
Atide, il me trahit, s'il ne m'adore pas :
Si de quelque intérêt fon ame eft occupée,
Si je n'y fuis pas feule, Atide, il m'a trompée.

S C E N E I I.

ZULIME, ATIDE, IDAMORE.

I D A M O R E.

MAdame, votre père appelle fes foldats ;
Réfolvez votre fuite, & ne différez pas.
Déja quelques guerriers, qui devaient vous défendre,
Aux pleurs de Bénaffar étaient prêts à fe rendre.
Honteux de vous prêter un facrilège appui,
Leurs fronts en rougiffant fe baiffaient devant lui.
De ces murs odieux je garde le paffage.
Ce fentier détourné nous conduit au rivage.
Ramire, impatient, de vous feule occupé,
De vos bontés rempli, de vos charmes frappé,
Et prêt pour fon époufe à prodiguer fa vie,
Difpofe en ce moment votre heureufe fortie.

Z U L I M E.

Ramire ! dites-vous ?

I D A M O R E.

Ardent, rempli d'efpoir,
Il revient vous fervir, furtout il veut vous voir.

Z U L I M E.

Ah ! je renais, Atide, & mon ame eft en proie
A tout l'emportement de l'excès de ma joie.
Pardonne à des foupçons indignement conçus,
Ils font évanouïs, ils ne renaîtront plus.
J'ai douté, j'en rougis ; je craignais, & l'on m'aime !
Ah Prince ! . . . .

S C E N E III.

ZULIME, ATIDE, RAMIRE, IDAMORE.

I D A M O R E (*à Ramire.*)

J'Ai parlé, Seigneur, comme vous-même ;
J'ai peint de votre cœur les juftes fentimens ;
Zulime en eft bien digne ; achevez, il eft tems.
Preffons l'heureux inftant de notre délivrance.
Rien ne nous retient plus ; je cours, je vous devance.

(*Il fort.*)

R A M I R E.

Nous voici parvenus à ce moment fatal,
Où d'un départ trop lent on donne le fignal.
Benaffar de ces lieux n'eft point encor le maître ;
Pour peu que nous tardions, Madame, il pourrait l'être.
Vous voulez de l'Afrique abandonner les bords ;
Venez, ne craignez point fes impuiffans efforts.

Z U L I M E.

Moi craindre ! ah c'eft pour vous que j'ai connu la crainte.
Croyez-moi ; je commande encor dans cette enceinte ;
La porte de la mer ne s'ouvre qu'à ma voix.

Sauvez ma gloire , au moins , pour la dernière fois.
Apprenons à l'Espagne , à l'Afrique jalouse ,
Que je suis mon devoir en partant votre épouse.

RAMIRE.

C'est braver votre père , & le desespérer ;
Pour le salut des miens , je ne puis différer....

ZULIME.

Ramire !

RAMIRE.

Si le ciel me rend mon héritage ,
Valence est à vos pieds ; je ne puis davantage ;
Et je ne réponds pas.....

ZULIME.

Ciel ! qu'est-ce que j'entens !
De quelle bouche , hélas ! en quels lieux ! en quel tems !
Pour m'annoncer un doute à tous deux si funeste ,
Ramire , attendais-tu , qu'immolant tout le reste ,
Perfide à ma patrie , à mon père , à mon Roi ,
Je n'eusse en ces climats d'autre maître que toi ?
Sur ces rochers déserts , ingrat , m'as-tu conduite ,
Pour trainer en Europe une esclave à ta suite ?

RAMIRE.

Je vous y mène en Reine , & mon peuple à genoux ,
En imitant son Roi fléchira devant vous.

ZULIME.

Ton peuple ! tes respects ! quel prix de ma tendresse !
Va , périssent les noms de Reine , de Princesse !
Le nom de ton épouse est le seul qui m'est dû ,
Le seul qui me rendrait l'honneur que j'ai perdu ,
Le seul que je voulais. Ah barbare que j'aime !
Peux-tu me proposer d'autre prix que toi-même ?

Atide !

Atide ! vous tremblez .... vous détournez de moi
Des yeux remplis de pleurs & conſternés d'effroi.
Atide !

A T I D E.

Moi , Madame !

Z U L I M E.

Ainſi j'étais trompée.
Quel voile ſe déchire, & quels coups m'ont frappée !
Quel père j'offenſais ! & pour qui , malheureux ?
Tu creuſas ſous mes pas ce précipice affreux.
Des plus ſacrés devoirs la barrière eſt franchie :
Mais il reſte un retour à ma vertu trahie.
Je revole à mon père : il a plaint mes erreurs ;
Il eſt ſenſible , il m'aime , il vengera mes pleurs ;
Et de ſa main du moins il faudra que j'obtienne,
Dirai-je , hélas ! ta mort ? non , ingrat, mais la mienne.
Tu l'as voulu , j'y cours.

A T I D E.

Madame !

R A M I R E.

Atide ! ô ciel !

A T I D E.

Madame , écoutez-vous ce deſeſpoir mortel ?
C'eſt votre ouvrage , hélas ! que vous allez détruire.
Vous vous perdez ! Eh quoi, vous balancez , Ramire !

Z U L I M E.

Madame , épargnez-vous ces tranſports empreſſés ;
Son ſilence & vos pleurs m'en ont appris aſſez.
Je vois ſur mon malheur ce qu'il faut que je penſe,
Et je n'ai pas beſoin de tant de confidence,
Ni des ſecours honteux d'une telle pitié.

J'ai prodigué pour vous la plus tendre amitié ;
Vous m'en payez le prix , je vais le reconnaître.
Sortez ; rentrez aux fers où vous avez dû naître ;
Efclaves , redoutez mes ordres abfolus ;
A mes yeux indignés ne vous préfentez plus.
Laiffez - moi.

R A M I R E.

Non , Madame , & je perdrai la vie ,
Avant d'être témoin de tant d'ignominie.
Vous ne flétrirez point cet objet malheureux ,
Ce cœur digne de vous , comme vous généreux.
Si vous le connaiffiez , fi vous faviez.....

Z U L I M E.

Parjure ,
Ta fureur à ce point infulte à mon injure !
Tu m'outrages pour elle ! Ah vil couple d'ingrats !
Du fruit de mes douleurs vous ne jouïrez pas.
Vous expierez tous deux mes feux illégitimes.
Tremblez , ce jour affreux fera le jour des crimes.
Je n'en ai commis qu'un , ce fut de vous fervir ,
Ce fut de vous fauver ; je cours vous en punir....
Tu me braves encor ; & tu préfumes , traître ,
Que des lieux où je fuis tu t'es rendu le maître ,
Ainfi que tu l'étais de mes vœux égarés :
Tu te trompes , barbare...... A moi , gardes , courez ,
Suivez - moi tous , ouvrez aux foldats de mon père ;
Que mon fang fatisfaffe à fa jufte colère ,
Qu'il efface ma honte , & que mes yeux mourans
Contemplent deux ingrats à mes pieds expirans.

S C E N E   IV.

A T I D E , R A M I R E.

R A M I R E.

AH ! fuyez fa vengeance, Atide, & que je meure.

A T I D E.

Non, je veux qu'à fes pieds vous vous jettiez fur l'heure ;
Ramire, il faut me perdre, & vous juftifier,
Laiffer périr Atide, & même l'oublier.

R A M I R E.

Vous !

A T I D E.

Vos jours, vos devoirs, votre reconnaiffance,
Avec ce trifte hymen n'entrent point en balance.
Nos liens font facrés, & je les brife tous :
Mon cœur vous idolâtre.... & je renonce à vous.

R A M I R E.

Vous Atide !

A T I D E.

Il le faut ; partez fous ces aufpices.
Ma rivale aura fait de moindres facrifices.
Mes mains auront brifé de plus puiffans liens ;
Et mes derniers bienfaits font au deffus des fiens.

R A M I R E.

Vos bienfaits font affreux ! l'idée en eft un crime.
O chère & tendre époufe ! ô cœur trop magnanime !
Il faut périr enfemble, il faut qu'un noble effort
Affure la retraite, ou nous méne à la mort.

ATIDE.

Je mourrai, j'y confens : mais efpérez encore ;
Tout eft entre vos mains : Zulime vous adore.
Ce n'eft pas votre fang qu'elle prétend verfer.
Penfez-vous qu'à fon père elle ofât s'adreffer ?
Vous voyez ces remparts qui ceignent notre afyle,
Sont-ils pleins d'ennemis ? tout n'eft-il pas tranquile ?
A-t-elle feulement marché de ce côté ?
Sa colère trompait fon efprit agité.
Confiez-vous à moi ; mon amour le mérite.
Je vous réponds de tout, fouffrez que je vous quitte ,
Souffrez.

(*elle fort.*)

RAMIRE.

Non.... je vous fuis.

SCENE V.

RAMIRE, BENASSAR.

BENASSAR.

DEmeure, malheureux ,
Demeure.

RAMIRE.

Que veux-tu ?

BENASSAR.

Cruel, ce que je veux ?
Après tes attentats, après ta fuite infame,
L'humanité, l'honneur, entrent-ils dans ton ame ?

R A M I R E.

Croi-moi, l'humanité régne au fond de ce cœur,
Qui pardonne à ton doute, & qui plaint ton malheur.
L'honneur eſt dans ce cœur qui brava la miſère.

B E N A S S A R.

Tu ne braves, ingrat, que les larmes d'un père :
Tu laiſſes le poignard dans ce cœur déchiré ;
Tu pars, & cet aſſaut eſt encor differé ;
La mer t'ouvre ſes flots, pour enlever ta proïe ;
Eh bien, pren donc pitié des pleurs où je me noïe ;
Pren pitié d'un vieillard, trahi, deshonoré,
D'un père, qui chérit un cœur dénaturé.
Je te crus vertueux, Ramire, autant que brave :
Je corrigeai le fort qui te fit mon eſclave.
Je te devais beaucoup, je t'en donnais le prix ;
J'allais avec les tiens te rendre à ton pays.
Le ciel ſait ſi mon cœur abhorrait l'injuſtice,
Qui voulait de ton ſang le fatal ſacrifice.
Ma fille a crû, ſans doute, une indigne terreur,
Et ſon aveuglement a cauſé ſon erreur.
Je t'adreſſe, cruel, une plainte impuiſſante :
Ta folle amour inſulte à ma voix expirante.
Contre les paſſions que peut mon deſeſpoir ?
Que veux-tu ? je me mets moi-même en ton pouvoir :
Accepte tous mes biens, je te les ſacrifie ;
Ren-moi mon ſang, ren-moi mon honneur & ma vie.
Tu ne me répons rien, barbare !

R A M I R E.

Ecoute-moi.

Tes tréſors, tes bienfaits, ta fille, ſont à toi.
Soit vertu, ſoit pitié, ſoit intérêt plus tendre,

Au péril de fa gloire elle ofa nous défendre ;
Pour toi de mille morts elle eût bravé les coups.
Elle adore fon père , & le trahit pour nous ;
Et je crois la payer du plus noble falaire ,
En la rendant aux mains d'un fi vertueux père.

BENASSAR.

Toi , Ramire ?

RAMIRE.

　　　Zulime eft un objet facré ,
Que mes profanes yeux n'ont point deshonoré.
Tu coûtas plus de pleurs à fon ame féduite
Que n'en coûte à tes yeux fa déplorable fuite.
Le tems fera le refte ; & tu verras un jour,
Qu'il foutient la nature , & qu'il détruit l'amour ;
Et fi dans ton couroux je te croyais capable
D'oublier pour jamais que ta fille eft coupable ,
Si ton cœur généreux pouvait fe defarmer ,
Chérir encor Zulime...

BENASSAR.

　　　Ah ! fi je puis l'aimer !
Que me demandes-tu ? conçois-tu bien la joie
Du plus fenfible père au defefpoir en proie ,
Qui noyé fi longtems dans des pleurs fuperflus ,
Reprend fa fille enfin , quand il ne l'attend plus ?
Moi , ne la plus chérir ! Va , ma chère Zulime
Peut avec un remors effacer tout fon crime.
Va , tout eft oublié ; j'en jure mon amour.
Mais puis-je à tes fermens me fier à mon tour ?
Zulime m'a trompé ! Quel cœur n'eft point parjure ?
Quel cœur n'eft point ingrat ?

RAMIRE.

Que le tien fe raffure,
Atide eft dans ces lieux, Atide eft comme moi,
Du fang infortuné de notre premier Roi.
Nos captifs malheureux, brulans du même zèle,
N'ont tout fait avec moi, tout tenté que pour elle.
Je la livre en ôtage, & la mets dans tes mains.
Toi, fi je fais un pas contraire à tes deffeins,
Sur mon corps tout fanglant verfe le fang d'Atide :
Mais, fi je fuis fidèle, & fi l'honneur me guide,
Toi-même arrache Atide à ces bords ennemis.
Appelle tous les tiens, délivre nos amis.
Le tems preffe : peux-tu me donner ta parole ?
Peux-tu me féconder ?

BENASSAR.

Je le puis, & j'y vole.
Déja quelques guerriers honteux de me trahir,
Reconnaiffent leur maître, & font prêts d'obéïr.
Mais aurais-tu, Ramire, une ame affez cruelle,
Pour abufer encor mon amour paternelle ?
Pardonne à mes foupçons.

RAMIRE.

Va, ne foupçonne rien;
Mon plus cher intérêt s'accorde avec le tien.
Je te vois comme un père.

BENASSAR.

A toi je m'abandonne.
Dieu voit du haut des cieux la foi que je te donne.

RAMIRE.

Adieu, reçoi la mienne.

SCENE VI.

RAMIRE, ATIDE.

ATIDE.

AH ! Prince, on vous attend.
Il n'eft plus de danger, l'amour feul vous défend.
Zulime eft appaifée ; & tant de violence,
Tant de tranfports affreux, tant d'apprêts de vengeance,
Tout cède à la douceur d'un repentir profond ;
L'orage était foudain, le calme eft auffi promt.
J'ai dit ce que j'ai dû pour adoucir fa rage ;
Et l'amour à fon cœur en difait davantage.
Ses yeux auparavant fi fiers, fi crouroucés,
Mêlaient des pleurs de joie aux pleurs que j'ai verfés.
J'ai faifi cet inftant favorable à la fuite :
Jufqu'au pied du vaiffeau foudain je l'ai conduite ;
J'ai hâté vos amis ; la moitié fuit mes pas,
L'autre moitié s'embarque, ainfi que vos foldats ;
On n'attend plus que vous : la voile fe déploye.

RAMIRE.

Ah ciel ! qu'avez-vous fait ?

ATIDE.

Les pleurs où je me noye,
Seront les derniers pleurs que vous verrez couler.
C'en eft fait, cher amant ; je ne veux plus troubler
Le bonheur de Zulime, & le votre, peut-être.
Vous êtes trop aimé, vous méritez de l'être.
Allez, de ma rivale heureux & cher époux,

Remplir tous les fermens qu'Atide a faits pour vous.

RAMIRE.

Quoi ! vous l'avez conduite à ce vaiffeau funefte ?

ATIDE.

Elle vous y demande.

RAMIRE.

O puiffance célefte !

Elle part , dites - vous ?

ATIDE.

Oui , fauvez - la , Seigneur ,
Des lieux que pour vous feul elle avait en horreur.

RAMIRE.

Atide ! en ce moment c'eft fait de votre vie.

ATIDE.

Eh ! ne favez - vous pas que je la facrifie ?

RAMIRE.

Vous êtes en ôtage auprès de Bénaffar.
Il n'eft plus d'efpérance , il n'eft plus de départ ;
Tout eft perdu.

ATIDE.

Comment ?

RAMIRE.

Où courir ? & que faire ?
Et comment réparer mon crime involontaire ?

ATIDE.

Que dites - vous ? quel crime , & quel engagement ?

RAMIRE.

Ah ciel !

ATIDE.

Qu'ai - je donc fait ?

Tom. V. *& du Théâtre le troifiéme.* Aaa

SCENE VII.

RAMIRE, ATIDE, IDAMORE.

IDAMORE.

EN ce même moment,
Bénaffar vous pourfuit, vous, Atide, & Zulime.
Le péril le plus grand eft celui qui m'anime.
Seigneur, je viens combattre & mourir avec vous.
J'ai vû ce Bénaffar, enflammé de couroux,
Aux fiens qui l'attendaient lui-même ouvrir la porte,
Rentrer accompagné de leur fatale efcorte,
Courir à fes vaiffeaux, la flamme dans les mains :
Il atteftait le ciel vengeur des Souverains :
Sa fureur échauffait les glaces de fon âge.
Déja de tous côtés commençait le carnage.
Je me fraye un chemin, je revole en ces lieux.
Sortons .... Entendez-vous tous ces cris furieux ?
D'où vient que Bénaffar, au fort de la mêlée,
Accufe votre foi lâchement violée ?
Des foldats de Zulime ont quitté fes drapeaux ;
Ils ont fuivi fon père, ils marchent aux vaiffeaux.
D'où peut naître un revers fi promt & fi funefte ?

RAMIRE.

Allons le réparer, le defefpoir nous refte ;
Sauvons du moins Atide, & le fer à la main,
Parmi ces malheureux ouvrons-nous un chemin.
Suivez-moi. Dieu puiffant ! daignez enfin défendre

La vertu la plus pure , & l'amour le plus tendre.
Suivez - moi , dis - je.

A T I D E.

O ciel ! Ramire ! Ah jour affreux !

R A M I R E.

Si vous vivez , ce jour eſt encor trop heureux.

Fin du troiſiéme acte.

ACTE IV.

SCENE PREMIERE.

ZULIME, SERAME.

SERAME.

REmerciez le ciel au comble des tourmens,
D'avoir longtems perdu l'usage de vos sens.
Il vous a dérobé, propice en sa colère,
Ce combat effrayant d'un amant & d'un père.

ZULIME (*jettée dans un fauteuil, & revenant de son évanouissement.*)

O jour ! tu luis encor à mes yeux allarmés,
Qu'une éternelle nuit devrait avoir fermés.
O sommeil des douleurs ! mort douce & passagère !
Seul moment de repos goûté dans ma misère !
Que n'es-tu plus durable ? & pourquoi laisses-tu
Rentrer encor la vie en ce cœur abbattu ?

(*se relevant.*)

Où fuis-je ? qu'a-t-on fait ? ô crime ! ô perfidie !
Ramire va périr ! quel monstre m'a trahie ?
J'ai tout fait, malheureuse ! & moi seule en un jour
J'ai bravé la nature, & j'ai trahi l'amour.
Quoi ! mon père, dis-tu, défend que je l'approche ?

SERAME.

Plus le combat, Madame, & le péril est proche,
Plus il veut vous sauver de ces objets d'horreur,

Qui préfentés de près à votre faible cœur,
Et redoublant les maux dont l'excès vous dévore,
Peut-être vous rendraient plus criminelle encore.

Z U L I M E.

Qu'eft devenu Ramire ?

S E R A M E.

Ai-je donc pû fonger,
Dans ces malheurs communs qu'à votre feul danger ?
Ai-je pû m'occuper que du mal qui vous tuë ?

Z U L I M E.

Qu'eft-ce qui s'eft paffé ? quelle erreur m'a perduë ?
Ah ! n'ai-je pas tantôt, dans mes tranfports jaloux,
Des miens contre Zulime allumé le couroux !
J'accufais mon amant ; j'eus trop de violence ;
On m'a trop obéi : je meurs de ma vengeance.
Va, cours, informe-toi des funeftes effets,
Et des crimes nouveaux qu'ont produit mes forfaits.
Jufte ciel ! je partais, & fur la foi d'Atide !
M'aurait-elle trahie ? On m'arrête. Ah, perfide !...
N'importe : appren-moi tout, ne me déguife rien ;
Rapporte-moi ma mort ; va, cours, vole, & revien.

S E R A M E.

Je vous laiffe à regret dans ces horreurs mortelles.

Z U L I M E.

Va, dis-je : Ah j'en mérite encor de plus cruelles !

SCENE II.

ZULIME *seule.*

M'As - tu trompée , Atide , avec tant de noirceur ?
Quoi ! les pleurs quelquefois ne partent point du cœur !
Mais non , en me perdant tu te perdrais toi-même ,
Toi , tes amis , ton peuple , & ce cruel que j'aime.
Non , trop de vérité parlait dans tes douleurs ;
L'imposture , après tout , ne verse point de pleurs.
Ton ame m'est connuë , elle est sans artifice ;
Et qui m'eût fait jamais un pareil sacrifice ?
Loin de moi , loin de lui tu voulais demeurer.
Ah ! de Ramire ainsi se peut-on séparer ?
Atide n'aime point : j'étais peut-être aimée.
Ma jalouse fureur s'est trop tôt allumée.
J'assassine Ramire.

SCENE III.

ZULIME, SERAME.

ZULIME.

EH bien ! que t'a-t-on dit ?
Parle.

SERAME.

Un désordre horrible accable mon esprit.
On ne voit , on n'entend que des troupes plaintives ,
Au dehors , au dedans , aux portes , sur les rives ,
Au palais , sur le port , autour de ce rempart ;

On fe raffemble , on court , on combat au hazard.
La mort vole en tous lieux. Votre efclave perfide ,
Partout oppofe au nombre une audace intrépide.
Preffé de tous côtés , Ramire allait périr :
Croiriez-vous quelle main vient de le fecourir ?
Atide !

Z U L I M E.

Atide ! ô ciel !

S E R A M E.

Au milieu du carnage ,
D'un pas déterminé , d'un œil plein de courage,
S'élançant dans la foule , étonnant les foldats ,
Sa beauté , fon audace ont arrêté leurs bras.
Vos guerriers qui penfaient venger votre querelle ,
Unis avec les fiens , fe rangent autour d'elle.
Voilà ce qu'on m'a dit , & j'en frémis d'effroi.

Z U L I M E.

Ramire vit encor , & ne vit point pour moi !
Ramire doit la vie à d'autres qu'à moi-même !
Une autre le défend ; c'eft une autre qu'il aime !
Et c'eft Atide ! ... Allons , le charme eft diffipé ;
Je déchire un bandeau de mes larmes trempé.
Je revois la lumière , & je fors de l'abime
Où me précipitaient ma faibleffe & leur crime.
Ciel , quel tiffu d'horreurs ! ah ! j'en avais befoin...
De guérir ma bleffure ils ont pris l'heureux foin.
Va , je renonce à tout , & même à la vengeance.
Je verrai leur fupplice avec l'indifférence
Qu'infpirent des forfaits qui ne nous touchent pas,
Que m'importe en effet leur vie & leur trépas ?
C'en eft fait.

S C E N E   I V.

Z U L I M E, M O H A D I R, S E R A M E.

Z U L I M E.

MOhadir , parlez , que fait mon père ?
Puiſſe ſur moi le ciel épuiſant ſa colère ,
Sur ſes jours vertueux prodiguer ſa faveur !
Qu'il ſoit vengé ſurtout.

M O H A D I R.

Madame , il eſt vainqueur.

Z U L I M E.

Ah ! Ramire eſt donc mort ?

M O H A D I R.

Sa valeur malheureuſe
A cherché vainement une mort glorieuſe.
Laſſé , couvert de ſang , l'eſclave révolté
Eſt tombé dans les mains de ſon maître irrité.
Je ne vous nierai point que ſon cœur magnanime
Semblait juſtifier les fautes de Zulime.
Madame , je l'ai vû maître de ſon couroux ,
Reſpeêter votre père , en détourner ſes coups ;
Je l'ai vû des ſiens même arrêtant la vengeance,
Abandonner le ſoin de ſa propre défenſe.

Z U L I M E.

Lui !

M O H A D I R.

Cependant , on dit qu'il nous a trahi tous ,
Qu'il trompait à la fois & Bénaſſar & vous.
Mais ſans approfondir tant de ſujets d'allarmes ,

Sans

Sans plus empoifonner la fource de vos larmes,
Il faut de votre père obtenir un pardon;
Il le faut mériter, je vais en votre nom
Des rebelles armés pourfuivre ce qui refte.
Terminons fans retour un trouble fi funefte.
Zulime, avec un père il n'eft point de traité;
Votre repentir feul eft votre fureté;
La nature dans lui reprendra fon empire,
Quand elle aura dans vous triomphé de Ramire.

Z U L I M E.

Il me fuffit : je fais tout ce que j'ai commis,
Et combien de devoirs en un jour j'ai trahis.
Aux pieds de Bénaffar il faut que je me jette.
Hâtons - nous.

M O H A D I R.

Retenez cette ardeur indifcrette;
Gardez en ce moment de vous y préfenter.

Z U L I M E.

Mohadir, & c'eft vous qui m'ofez arrêter?

M O H A D I R.

Refpeétez la défenfe heureufe & néceffaire,
D'un père au defefpoir, & d'un maître en colère.
Vous devez obéïr, & furtout épargner
Sa bleffure trop vive & trop promte à faigner.
Il vous aime, il eft vrai : mais après tant d'injures,
Si vos reffentimens s'échappaient en murmures,
Frémiffez pour vous - même; un affront fi cruel
Serait le dernier coup à ce cœur paternel;
Dans Ramire & dans vous il confondrait peut - être.....

Z U L I M E.

Ofez - vous bien penfer que je protège un traître?

MOHADIR.

Madame , pardonnez un injufte foupçon.
Votre ame détrompée a repris fa raifon.
Je le vois , & je cours , en ferviteur fidèle ,
Apprendre à Bénaffar le fuccès de mon zèle.
Daignez de fa juftice attendre ici l'effet.　　　　(*il fort.*)

S C E N E V.

Z U L I M E , S E R A M E.

ZULIME.

AH ! j'attens le trépas. Jufte ciel qu'ai-je fait ?

SERAME.

Vous laiffez un perfide au deftin qui l'accable.
Vos jours font à ce prix.....

ZULIME.

Dieu ! qu'Atide eft coupable !

SERAME.

Tous deux feront punis ; ne fongez plus qu'à vous.
D'un père infortuné défarmez le couroux ,
Détournez.....

ZULIME.

Il ne voit en moi qu'une ennemie ;
Il ne fait point , hélas ! combien je fuis punie ;
Mon châtiment , Sérame , eft dans mes attentats.
J'étais dénaturée , & j'ai fait des ingrats.

SERAME.

Eh bien , de leurs forfaits féparez votre caufe.
Quelque punition qu'un père fe propofe ,
Aux traits de fon couroux fon fang doit échapper ,

Et fa main s'amollit fur le point de frapper.
Obtenez qu'il vous voye , & votre grace eft fûre.
Uniffez - vous à lui pour venger fon injure.
Abandonnez les jours juftement menacés
De ce parjure amant qu'enfin vous haïffez.

ZULIME.

De Ramire !

SERAME.

De lui. Son indigne artifice
Vous faifait fa victime , ainfi que fa complice.

ZULIME.

Je ne le fais que trop. Hélas que de forfaits !

SERAME.

Que j'aime à voir vos yeux décillés pour jamais !
Des pleurs que vous verfiez fa vanité s'honore :
Il vous trompe , il vous hait.

ZULIME.

Sérame , je l'adore.

SERAME.

Qui ! vous ?

ZULIME.

Un Dieu barbare affemble dans mon cœur
L'excès de la faibleffe , & celui de l'horreur.
C'eft en vain que j'ai cru triompher de moi - même.
Je détefte mon crime , & je fens que je l'aime :
Je n'y réfifte plus : ce poifon détefté ,
Par mes tremblantes mains aujourd'hui rejetté ,
De toutes les fureurs m'embrafe & me déchire.
Au bord de mon tombeau j'idolâtre Ramire.
Tel eft dans les replis de ce cœur dévoré
Ce pouvoir malheureux , de moi - même abhorré ;

Bbb ij

Que fi pour couronner fa lâche perfidie ,
Ramire en me quittant eût demandé ma vie ,
S'il m'eût aux pieds d'Atide immolée en fuyant ,
S'il eût infulté même à mon dernier moment ,
Je l'euffe aimé toûjours , & mes mains défaillantes
Auraient cherché fes mains de mon fang dégoutantes.
Quoi ! c'eft ainfi que j'aime , & c'eft moi qu'il trahit !
Et c'eft moi qui le perds ! c'eft par moi qu'il périt !
Non . . . . je le fauverai , le parjure que j'aime ,
Dût-il me détefter , & m'en punir lui-même.
Mais Atide eft aimée !

S C E N E VI.

ZULIME, ATIDE (*amenée par des gardes.*)

ZULIME.

AH ! qu'eft-ce que je voi !
Ma rivale à mes yeux ! Atide devant moi !

ATIDE.

Oui , Madame , il eft vrai , je fuis votre rivale ;
Le malheur nous rejoint , le deftin nous égale.
Je fens les mêmes feux ; je meurs des mêmes coups ;
Et Ramire eft perdu pour moi comme pour vous.

ZULIME.

Avez-vous vû Ramire ?

ATIDE.

Oui , je l'ai vû combattre ,
Et braver fon deftin , qui ne pouvait l'abbattre ;
Mais je ne l'ai point vû depuis qu'il eft chargé

De ces indignes fers où vous l'avez plongé.
On prépare pour lui la mort la plus fanglante ;
Vous le voulez , Madame , & vous ferez contente.
Il ne vous refte ici qu'à terminer mon fort ,
Avant d'avoir appris s'il vit , ou s'il eft mort.

ZULIME.

S'il eft mort , je fais trop le parti qu'il faut prendre.

ATIDE.

Ah ! fi vous le vouliez , vous pourriez le défendre ,
Madame ; vous l'aimez , & je connais l'amour ;
Vous périrez des coups dont il perdra le jour ;
Et quelque fentiment qu'un père vous infpire ,
Le plus grand des forfaits eft de trahir Ramire.
Il n'eut jamais que vous , & le ciel pour appui ;
Et n'eft-ce pas à vous d'avoir pitié de lui ?
Quelques amis encor échappés au carnage
Vendent bien cher leur vie & marchent au rivage ;
Vous êtes mal gardée ; on peut les réunir.

ZULIME.

Et vous me commandez encor de vous fervir ?

ATIDE.

Quand je vous l'ai cédé , quand vous donnant ma vie ,
Je me fuis immolée à votre jaloufie ,
Quand j'ofais en ces liéux vous preffer à genoux
De m'abandonner feule & de fuivre un époux ,
Puis-je encor mériter vos fureurs inquiètes ?
Que vous faut-il ? parlez , cruelle que vous êtes !
Quel fruit recueillez-vous de toutes vos erreurs ?
Et qui peut contre moi vous irriter ?

ZULIME.

Vos pleurs ,

Votre attendriſſement , votre excès de courage ,
Votre crainte pour lui , vos yeux , votre langage ,
Vos charmes , mon malheur , & mes tranſports jaloux ;
Tout m'irrite , cruelle , & m'arme contre vous.
Vous avez mérité que Ramire vous aime ;
Vous me forcez enfin d'immoler pour vous-même ,
Et l'amour paternel , & l'honneur de mes jours.
Je vous fers , vous , Madame ; il le faut ; & j'y cours.
Mais vous me répondrez.....

A T I D E.

Ah c'en eſt trop , barbare !
Eh bien , j'aime Ramire : oui , je vous le déclare ;
Je l'aime , je le cède , & vous vous indignez !
J'ai ſauvé votre amant , & vous vous en plaignez !
Quel tems pour les fureurs de votre jalouſie !
Quel tems pour le reproche ! il s'agit de ſa vie.
Je jure ici par lui , par ce commun effroi ,
J'en atteſte le jour , ce jour que je vous doi ,
Que vous n'aurez jamais à redouter Atide.
Ne vous figurez pas que ma douleur timide
S'exhale en vains ſermens qu'arrache le danger ;
Je jure encor ce ciel , lent à nous protéger ,
Que s'il me permettait de délivrer Ramire ,
S'il oſait me donner ſon cœur & ſon empire ,
Si du plus tendre amour il écoutait l'erreur ,
Je vous ſacrifierais ſon empire & ſon cœur.
Conſervez-le à ce prix , au prix de mon ſang même.
Que voulez-vous de plus , s'il vit , & s'il vous aime ?
Je ne diſpute rien , Madame , à votre amour ,
Non pas même l'honneur de lui ſauver le jour.
Vous en aurez la gloire , ayez-en l'avantage.

Z U L I M E.

Non , je ne vous crois point ; je vois tout mon outrage ;
Je vois jufqu'en vos pleurs un triomphe odieux.
La douceur d'être aimée éclate dans vos yeux :
Mais ceffez de prétendre au fuperbe partage ,
A l'honneur infultant d'exciter mon courage.
Ce courage intrépide , autant qu'il eft jaloux ,
Pour braver cent trépas n'a pas befoin de vous.
Suivez-moi feulement : je vous ferai connaître
Que je fais tout tenter , & même pour un traître.
Je devrais l'oublier ; je devrais le punir ;
Et je cours le fauver , le venger , ou périr.
Sérame ! quelle horreur a glacé ton vifage ?

S C E N E   V I I.

Z U L I M E , A T I D E , S E R A M E.

S E R A M E.

MAdame , il faut du fort dévorer tout l'outrage.
Il faut d'un cœur foumis fouffrir ce coup affreux.
Vainement Mohadir fenfible & généreux ,
Du coupable Ramire a demandé la grace.
Tous les chefs irrités de fa perfide audace ,
L'ont condamné , Madame , à ces tourmens cruels ,
Réfervés en ces lieux pour les grands criminels.
Il vous faut oublier jufqu'au nom de Ramire.

Z U L I M E.

Il ne mourra pas feul , & devant qu'il expire….

S E R A M E.

Madame , ah gardez-vous d'un téméraire effort !

ATIDE.

Vous l'abandonneriez à cette indigne mort ?
Oublieriez-vous ainſi la grandeur de votre ame ?

ZULIME.

Je préviens vos conſeils : n'en doutez point , Madame ;
Ne les prodiguez plus. Et toi , nature , & toi !
Droits éternels du ſang toûjours ſacrés pour moi !
Dans cet égarement dont la fureur m'anime ,
Soutenez bien mon cœur , & gardez-moi d'un crime.

Fin du quatriéme acte.

ACTE

A C T E V.

S C E N E P R E M I E R E.

B E N A S S A R, M O H A D I R.

M O H A D I R.

CE dernier trait, fans doute, eft le plus criminel.
Je fens le defefpoir de ce cœur paternel :
Je partage en pleurant fon trouble & fa colère.
Mais vous avez toûjours des entrailles de père ;
Et tous les attentats de ce funefte jour,
Ne font qu'un même crime, & ce crime eft l'amour.
Dans fon aveuglement Zulime enfevelie,
Mérite d'être plainte, encor plus que punie ;
Et fi votre bonté parlait à votre cœur.....

B E N A S S A R.

Ma bonté fit fon crime, & fit tout mon malheur.
Je me reproche affez mon excès d'indulgence.
Ciel ! tu m'en as donné l'horrible récompenfe.
Ma fille était l'idole à qui mon amitié,
Cette amitié fatale, a tout facrifié.
Je lui tendais les bras, quand fa main ennemie
Me plongeait au tombeau chargé d'ignominie.
Ah ! l'homme inexorable eft le feul refpecté.
Si j'euffe été cruel, on eût moins attenté.
La dureté de cœur eft le frein légitime
Qui peut épouvanter l'infolence & le crime.

Tom. V. *& du Théâtre le troifiéme.* Ccc

Ma facile tendreſſe enhardit aux forfaits.
Le tems de la clémence eſt paſſé pour jamais.
Je vais, en puniſſant leurs fureurs inſenſées,
Egaler ma juſtice à mes bontés paſſées.

M O H A D I R.

Je frémis comme vous de tous ces attentats,
Que l'amour fait commettre en nos brulans climats.
En tout lieu dangereux, il eſt ici terrible ;
Il rend plus furieux, plus on eſt né ſenſible.
Ramire cependant à ſes erreurs livré,
De leurs cruels poiſons ſemble moins enyvré :
Vous-même l'avez dit, & j'oſe le redire,
Que ce même ennemi, ce malheureux Ramire,
Eſt celui dont le bras vous avait défendu ;
Qu'il n'a point aujourd'hui démenti ſa vertu ;
Que vous l'avez vû même, en ce combat horrible,
Dans ces momens cruels où l'homme eſt inflexible,
Où les yeux, les eſprits, les ſens ſont égarés,
Détourner loin de vous ſes coups deſeſpérés,
Reſpecter votre ſang, vous ſauver, vous défendre,
Et d'un bras aſſuré, d'un cri terrible & tendre,
Arrêter, déſarmer ſes amis emportés,
Qui levaient contre vous leurs bras enſanglantés.
Oui, j'ai vû le moment, où malgré ſa colère
Il ſemblait en effet combattre pour ſon père.

B E N A S S A R.

Ah ! que n'a-t-il plutôt dans ce malheureux flanc
Recherché de ſes mains le reſte de mon ſang !
Que ne l'a-t-il verſé, puiſqu'il le deshonore ?
Mais ma cruelle fille eſt plus coupable encore.
Ce cœur en un ſeul jour à jamais égaré,

Eſt hardi dans ſa honte , eſt faux , dénaturé ;
Et ſe précipitant d'abîmes en abîmes ,
Elle a contre ſon père accumulé les crimes.
Que dis - je ? au moment même , où tu viens en ſon nom,
De tant d'iniquités implorer le pardon ,
Son amour furieux la fait courir aux armes.
Les ſuborneurs appas de ſes trompeuſes larmes
Ont ſéduit les ſoldats à ſa garde commis ;
Sa voix a raſſemblé ſes perfides amis.
Elle vient m'arracher ſon indigne conquête ;
Les armes dans les mains elle marche à leur tête.
Cet amour inſenſé ne connait plus de frein ;
Zulime contre un père oſe lever ſa main !
Au comble de l'outrage on joint le parricide !
Ah ! courons , & nous - même immolons la perfide.

S C E N E I I.

BENASSAR, ZULIME *ſuivie de ſes ſoldats dans
l'enfoncement ,* MOHADIR , Suite.

ZULIME (*les armes à la main , & jettant ſes armes.*)

Non, n'allez pas plus loin , frappez ; & vous ſoldats,
Laiſſez périr Zulime , & ne la vengez pas.
Il ſuffit : votre zèle a ſervi mon audace.
J'ai mérité la mort , méritez votre grace.
Sortez , dis - je.

BENASSAR.

Ah , cruelle ! eſt - ce toi que je voi ?

Z u l i m e.

Pour la dernière fois, Seigneur, écoutez - moi.
Oui, cette fille indigne, & de crime enyvrée,
Vient d'armer contre vous fa main defefpérée.
J'allais vous arracher, au péril de vos jours,
Ce déplorable objet de mes cruels amours.
Oui, toutes les fureurs ont embrafé Zulime ;
La nature en tremblait ; mais je volais au crime.
Je vous vois ; un regard a détruit mes fureurs ;
Le fer m'eft échappé ; je n'ai plus que des pleurs ;
Et ce cœur tout brulant d'amour & de colère,
Tout forcené qu'il eft, voit un Dieu dans fon père.
Que ce Dieu tonne enfin, qu'il frappe de fes coups
L'objet, le feul objet d'un fi jufte couroux.
Faut - il pour mes forfaits que Ramire périffe ?
Ah ! peut - être il eft loin d'en être le complice ;
Peut - être pour combler l'horreur où je me voi,
Si Ramire eft un traître, il ne l'eft que pour moi.
Etouffez dans mon fang ce doute que j'abhorre,
Qui déchire mes fens, qui vous outrage encore.
J'idolâtre Ramire ; & je ne puis, Seigneur,
Vivre un moment fans lui, ni vivre fans honneur.
J'ai perdu mon amant, & mon père, & ma gloire,
Perdez de tant d'erreurs la honteufe mémoire ;
Arrachez - moi ce cœur que vous m'avez donné,
De tous les cœurs hélas ! le plus infortuné.
Je baife cette main dont il faut que j'expire :
Mais pour prix de mon fang, pardonnez à Ramire ;
Ayez cette pitié pour mon dernier moment,
Et qu'au moins votre fille expire en vous aimant.

BENASSAR.

O ciel ! qui l'entendez , ô faiblesse d'un père !
Quoi ! ses pleurs à ce point fléchiraient ma colère !
Me faudra-t-il les perdre , ou les sauver tous deux ?
Faut-il dans mon couroux faire trois malheureux ?
Ciel, prête tes clartés à mon ame attendrie.
L'une est ma fille , hélas ! l'autre a sauvé ma vie ;
La mort, la seule mort peut briser leurs liens.
Gardes , que l'on m'amène , & Ramire , & les siens.

MOHADIR.

Seigneur , vous la voyez à vos pieds éperduë,
Soumise , désarmée , à vos ordres renduë.
Vous l'avez trop aimée , hélas ! pour la trahir.
Mais on conduit Ramire , & je le vois venir.

S C E N E   I I I.

BENASSAR, ZULIME, ATIDE, RAMIRE, MOHADIR , Suite.

RAMIRE (*enchainé.*)

AChève de m'ôter cette vie importune.
Depuis que je suis né , trahi par la fortune ,
Sorti du sang des Rois , j'ai vécu dans les fers ,
Et je meurs en coupable au fond de ces déserts.
Mais de mon triste état l'outrage & la bassesse
N'ont point de mon courage avili la noblesse.
Ce cœur impénétrable aux coups qui l'ont frappé ,
Ne t'ayant jamais craint , ne t'a jamais trompé.
Pour ôtage en tes mains je remettais Atide.

Ccc iij

Ni fon cœur, ni le mien, ne peut être perfide.
Va, Ramire était loin de te manquer de foi ;
Bénaffar, nos fermens m'étaient plus chers qu'à toi.
Je fentais tes chagrins, j'effaçais ton injure ;
De ce cœur paternel je fermais la bleffure.
Tout était réparé. Mes funeftes deftins
Ont tourné contre moi mes innocens deffeins.
Tu m'as trop mal connu ; c'eft ta feule injuftice ;
Que ce foit la dernière ; & que dans mon fupplice
Des cœurs pleins de vertu ne foient point entraînés.

B E N A S S A R.

Le ciel à d'autres foins nous a tous deftinés.
Je devrais te haïr : tu me forces, Ramire,
A reconnaître en toi des vertus que j'admire.
Je n'ai point oublié tes fervices paffés ;
Et quoique par ton crime ils fuffent effacés,
J'ai trop vû, malgré moi, dans ce combat funefte,
Que de ce fang glacé tu refpeétais le refte.
Un amour emporté, fource de nos malheurs,
Plus fort que mes bontés, plus puiffant que mes pleurs,
M'arracha par tes mains & ma gloire, & ma fille.
C'eft par toi que mon nom, mon état, ma famille,
Sont accablés de honte ; & pour comble d'horreur
Il faut verfer mon fang pour venger mon honneur.
Après l'horrible éclat d'une amour effrénée,
Il ne refte qu'un choix, la mort, ou l'hyménée.
Je dois tous deux vous perdre, ou la mettre en tes bras.
Sois fon époux, Ramire, & règne en mes Etats.

R A M I R E.

Moi !

ZULIME.

Mon père !

ATIDE.

Ah ! grand Dieu !

BENASSAR.

Souvent dans nos provinces
On a vû nos Emirs unis avec nos Princes ;
L'intérêt de l'Etat l'emporta fur la loi ;
Et tous les intérêts parlent ici pour toi.
J'ai befoin d'un appui, combats pour nous défendre ;
Vi pour elle & pour moi ; fois mon fils, fois mon gendre.

ZULIME.

Ah ! Seigneur ! ah Ramire ! ah jour de mon bonheur !

ATIDE.

O jour affreux pour tous !

RAMIRE.

Vous me voyez, Seigneur,
Accablé de furprife, & confus d'une grace
Qui ne femblait pas dûe à ma coupable audace.
Votre fille fans doute eft d'un prix à mes yeux
Au deffus des Etats conquis par mes ayeux :
Mais pour combler nos maux, apprenez l'un & l'autre
Le fecret de ma vie, & mon fort, & le votre.
Quand Zulime a daigné, par un fi noble effort,
Sauver Atide & moi des fers & de la mort,
Idamore, un ami qu'aveuglait trop de zèle,
Séduifait fa pitié qui la rend criminelle.
Il promettait mon cœur, il promettait ma foi,
Il n'en était plus tems, je n'étais plus à moi.
Le ciel mit entre nous d'éternelles barrières.
En vain j'adore en vous le plus tendre des pères,

En vain vous m'accablez de gloire & de bienfaits ;
Je ne puis réparer les malheurs que j'ai faits.
Madame, ainſi le veut la fortune jalouſe.
Vengez-vous ſur moi ſeul ; Atide eſt mon épouſe.

ZULIME.

Ton épouſe ? perfide !

RAMIRE.

Elevés dans vos fers,
Nos yeux ſur nos malheurs à peine étaient ouverts,
Quand ſon père uniſſant notre eſpoir & nos larmes,
Attacha pour jamais mes deſtins à ſes charmes.
Lui-même a reſſerré, dans ſes derniers momens,
Ces nœuds chers & ſacrés préparés dès longtems ;
Et la loi du ſecret nous était impoſée.

ZULIME.

Ton épouſe ! à ce point ils m'auraient abuſée !
Ils auront triomphé de ma crédulité !
Seigneur, à vos bienfaits ils auront inſulté !
Vous ſouffrirez qu'Atide à ma honte jouiſſe
Du fruit de tant d'audace, & de tant d'artifice ?
Vengez-moi, vengez-vous, de ces traîtres appas,
De cet affreux tiſſu de fourbes, d'attentats.
Les cruels ont nourri mes feux illégitimes.
Mon heureuſe rivale a commis tous mes crimes.
Vous ne puniſſez pas cet objet odieux ?

ATIDE.

Vous devez me punir, mais connaiſſez-moi mieux.
Avant de me haïr, entendez ma réponſe.
Votre père eſt préſent, qu'il juge, & qu'il prononce.

ZULIME.

O ciel !

ATIDE.

ATIDE.

Ramire , & moi , Seigneur , fi nous vivons ,
C'eft votre augufte fille à qui nous le devons.
(*à Zulime.*)
Je l'avoüe à vos pieds : & moi pour récompenfe ,
Je vous coûte à la fois la gloire & l'innocence.
Trahiffant l'amitié , combattant vos attraits ,
Je m'armais contre vous de vos propres bienfaits ;
J'arrachais de vos bras , j'enlevais à vos charmes
L'objet de tant de foins , le prix de tant de larmes ;
Et lorfque vous fortez de ce gouffre d'horreur ,
Ma main vous y replonge , & vous perce le cœur.
Tout femble s'élever contre ma perfidie :
Mais j'aimais comme vous ; ce mot me juftifie ;
Et d'un lien facré l'invincible pouvoir
Accrut cet amour même , & m'en fit un devoir.
Il faut dire encor plus ; vous le favez , on m'aime.
Mais malgré mon hymen , & malgré l'amour même ,
Je vous immolai tout ; je vous ai fait ferment ,
Ce jour même , en ces lieux , de céder mon amant ;
J'ai promis de fervir votre fatale flamme ;
Le ferment eft affreux , vous le fentez , Madame !
Renoncer à Ramire , & le voir en vos bras ,
C'eft un effort trop grand , vous ne l'efpérez pas :
Mais je vous ai juré d'immoler ma tendreffe :
Il n'eft qu'un feul moyen de tenir ma promeffe ,
Il n'eft qu'un feul moyen de céder mon époux ,
Le voici.
(*elle tire un poignard pour fe tuer.*)
RAMIRE (*la défarmant avec Zulime.*)
Chère Atide !

Tom. V. *& du Théâtre le troifiéme.* Ddd

Z U L I M E (*ſe ſaiſiſſant du poignard.*)
　　　　O ciel ! que faites - vous ?
　　　　　B E N A S S A R.
Hélas ! vivez pour lui.
　　　　　　Z U L I M E.
　　　　　Suis - je aſſez confonduë ?
Tu l'emportes , cruelle , & Zulime eſt vaincuë ;
Oui , je le ſuis en tout. J'avouë avec horreur ,
Que ma rivale enfin mérite ſon bonheur.
　　　(*à Atide.*)
J'admire en périſſant juſqu'à ton amour même.
C'eſt à moi de mourir , puiſque c'eſt toi qu'on aime.
　　　(*à Ramire & à Atide.*)
Eh bien , ſoyez unis : eh bien , ſoyez heureux ,
Aux dépens de ma vie , aux dépens de mes feux.
Eloignez - vous , fuyez , dérobez à ma vuë
Ce ſpeƈtacle effrayant d'un bonheur qui me tuë.
Votre joye eſt horrible , & je ne puis la voir.
Fuyez , craignez encor Zulime au deſeſpoir.
Mon pèrę , ayez pitié du moment qui me reſte ;
Sauvez mes yeux mourans d'un ſpeƈtacle funeſte.
　　　(*Elle tombe ſur ſa confidente.*)

　　　　　A T I D E.
Nos deux cœurs ſont à vous.
　　　　　R A M I R E.
　　　　　Vivez ſans nous haïr.
　　　　　Z U L I M E.
Moi te haïr , cruel ! ah laiſſe - moi mourir ;
Va , laiſſe - moi.
　　　　　B E N A S S A R.
　　　　Ma fille , objet funeſte & tendre ,

Mérite enfin les pleurs que tu nous fais répandre.

ZULIME.

Mon père , par pitié , n'approchez point de moi.
J'abjure un lâche amour ; il triompha de moi.
Hélas . . . . vous n'aurez plus de reproche à me faire.

BENASSAR.

Mon amitié t'attend , mon cœur s'ouvre.

ZULIME.

O mon père. . . .

J'en fuis indigne.

(*elle fe frappe.*)

BENASSAR.

O ciel !

RAMIRE & ATIDE.

Zulime ! ô defefpoir !

BENASSAR.

Ah ma fille !

ZULIME.

A la fin j'ai rempli mon devoir.
Je l'aurais dû plutôt. . . . Pardonnez à Zulime. . . .
Souvenez - vous de moi ; mais oubliez mon crime.

Fin du cinquiéme & dernier acte.

OLIMPIE,

TRAGÉDIE.

Suivie de Remarques hiſtoriques.

ACTEURS.

CASSANDRE, fils d'Antipatre, Roi de Macédoine.

ANTIGONE, Roi d'une partie de l'Afie.

STATIRA, veuve d'Alexandre.

OLIMPIE, fille d'Alexandre & de Statira.

L'HIEROPHANTE, ou Grand-Prêtre, qui préfide à la célébration des grands myftères.

SOSTENE, Officier de Caffandre.

HERMAS, Officier d'Antigone.

Prêtres.

Initiés.

Prêtreffes.

Soldats.

Peuple.

La fcène eft dans le temple d'Ephèfe , où l'on célèbre les grands myftères. Le théâtre repréfente le temple , le périftile , & la place qui conduit au temple.

O·L I M P I E,

T R A G É D I E.

ACTE PREMIER.

S C E N E   P R E M I E R E.

Le fond du théâtre repréfente un temple dont les trois portes fermées font ornées de larges pilaftres : les deux ailes forment un vafte périftile. SOSTENE eft dans le périftile ; la grande porte s'ouvre ; CASSANDRE troublé & agité vient à lui. La grande porte fe referme.

CASSANDRE.

Softène , on va finir ces myftères terribles.
Caffandre efpère enfin des Dieux moins inflexibles.
Mes jours feront plus purs , & mes fens moins troublés.
Je refpire.

SOSTENE.

Seigneur , près d'Ephèfe affemblés ,
Les guerriers qui fervaient fous le Roi votre père ,
Ont fait entre mes mains le ferment ordinaire.
Déja la Macédoine a reconnu vos loix.
De fes deux protecteurs Ephèfe a fait le choix.
Cet honneur qu'avec vous Antigone partage ,

Eſt de vos grands deſtins un auguſte préſage.
Ce règne qui commence à l'ombre des autels,
Sera béni des Dieux & chéri des mortels.
Ce nom d'Initié, qu'on révère & qu'on aime,
Ajoute un nouveau luſtre à la grandeur ſuprême.
Paraiſſez.

CASSANDRE.

Je ne puis : tes yeux feront témoins
De mes premiers devoirs & de mes premiers ſoins.
Demeure en ces parvis.... Nos auguſtes prêtreſſes
Préſentent Olimpie aux autels des Déeſſes.
Elle expie en ſecret, remiſe entre leurs bras,
Mes malheureux forfaits qu'elle ne connait pas.
D'aujourd'hui je commence une nouvelle vie.
Puiſſes-tu pour jamais, chère & tendre Olimpie,
Ignorer ce grand crime avec peine effacé,
Et quel ſang t'a fait naître, & quel ſang j'ai verſé !

SOSTENE.

Quoi ! Seigneur, une enfant vers l'Euphrate enlevée,
Jadis par votre père à ſervir réſervée,
Sur qui vous étendiez tant de ſoins généreux,
Pourrait jetter Caſſandre en ces troubles affreux !

CASSANDRE.

Reſpecte cette eſclave à qui tout doit hommage.
Du ſort qui l'avilit je répare l'outrage.
Mon père eut ſes raiſons pour lui cacher le rang
Que devait lui donner la ſplendeur de ſon ſang....
Que dis-je ? ô ſouvenir ! ô tems ! ô jour de crimes !
Il la comptait, Soſtène, au nombre des victimes
Qu'il immolait alors à notre ſureté....
Nourri dans le carnage & dans la cruauté,

Seul

Seul je pris pitié d'elle , & je fléchis mon père :
Seul je fauvai la fille , ayant frappé la mère.
Elle ignora toûjours mon crime & ma fureur.
Olimpie ! à jamais conferve ton erreur !
Tu chéris dans Caffandre un bienfaiteur , un maître.
Tu me détefteras , fi tu peux te connaître.

S O S T E N E.

Je ne pénètre point ces étonnans fecrets ,
Et ne viens vous parler que de vos intérêts.
Seigneur , de tous ces Rois que nous voyons prétendre
Avec tant de fureurs au trône d'Alexandre ,
L'inflexible Antigone eft feul votre allié. . . .

C A S S A N D R E.

J'ai toûjours avec lui refpecté l'amitié ;
Je lui ferai fidèle.

S O S T E N E.

Il doit auffi vous l'être.
Mais depuis qu'en ces murs nous le voyons paraître ,
Il femble qu'en fecret un fentiment jaloux
Ait altéré fon cœur , & l'éloigne de vous.

C A S S A N D R E.

(*à part.*)

Et qu'importe Antigone ? . . . O mânes d'Alexandre !
Mânes de Statira ! grande ombre ! augufte cendre !
Reftes d'un demi - Dieu juftement couroucés ,
Mes remords & mes feux vous vengent - ils affez ?
Olimpie ! obtenez de leur ombre appaifée
Cette paix à mon cœur fi longtems refufée ;
Et que votre vertu diffipant mon effroi ,
Soit ici ma défenfe , & parle aux Dieux pour moi. . . .

Tom. V. & *du Théâtre le troifiéme.* E e e

Eh quoi ! vers ces parvis à peine ouverts **encore**,
Antigone s'approche, & devance l'aurore !

S C E N E I I.

CASSANDRE, SOSTENE, ANTIGONE, HERMAS.

ANTIGONE (*à Hermas au fond du théâtre.*)
CE fecret m'importune, il le faut arracher.
Je lirai dans fon cœur ce qu'il croit me cacher.
Va, ne t'écarte pas.

CASSANDRE (*à Antigone.*)
Quand le jour luit à peine,
Quel fujet fi preffant près de moi vous amène ?

ANTIGONE.
Nos intérêts. Caffandre, après que dans ces lieux
Vos expiations ont fatisfait les Dieux,
Il eft tems de fonger à partager la Terre.
D'Ephèfe en ces grands jours ils écartent la guerre.
Vos myftères fecrets des peuples refpeftés,
Sufpendent la difcorde & les calamités ;
C'eft un tems de repos pour les fureurs des Princes.
Mais ce repos eft court, & bientôt nos provinces
Retourneront en proye aux flammes, aux combats
Que ces Dieux arrêtaient, & qu'ils n'éteignent pas.
Antipatre n'eft plus. Vos foins, votre courage
Sans doute achéveront fon important ouvrage.
Il n'eût jamais permis que l'ingrat Séleucus,
Le Lagide infolent, le traître Antiochus,
D'Alexandre au tombeau dévorant les conquêtes,

Ofaffent nous braver , & marcher fur nos têtes.

CASSANDRE.

Plût aux Dieux qu'Alexandre à ces ambitieux
Fît du haut de fon trône encor baiffer les yeux !
Plût aux Dieux qu'il vécût !

ANTIGONE.

Je ne puis vous comprendre.

Eft - ce au fils d'Antipatre à pleurer Alexandre ?
Qui peut vous infpirer un remords fi preffant ?
De fa mort , après tout , vous êtes innocent.

CASSANDRE.

Ah ! j'ai caufé fa mort.

ANTIGONE.

Elle était légitime.

Tous les Grecs demandaient cette grande victime.
L'univers était las de fon ambition.
Athène , Athène même , envoya le poifon,
Perdicas le reçut , on en chargea Cratère ;
Il fut mis dans vos mains des mains de votre père,
Sans qu'il vous confiât cet important deffein.
Vous étiez jeune encor ; vous ferviez au feftin,
A ce dernier feftin du tyran de l'Afie.

CASSANDRE.

Non , ceffez d'excufer ce facrilège impie.

ANTIGONE.

Ce facrilège ! ... Eh quoi ! vos efprits abattus
Erigent-ils en Dieu l'affaffin de Clitus,
Du grand Parménion le bourreau fanguinaire,
Ce fuperbe infenfé qui flétriffant fa mère,
Au rang du fils des Dieux ofa bien afpirer,
Et fe deshonora pour fe faire adorer ?

Seul il fut facrilège. Et lorfqu'à Babilone
Nous avons renverfé fes autels & fon trône,
Quand la coupe fatale a fini fon deftin,
On a vengé les Dieux, comme le genre humain.

CASSANDRE.

J'avoûrai fes défauts : mais quoi qu'il en puiffe être,
Il était un grand-homme, & c'était notre maître.

ANTIGONE.

Un grand-homme !

CASSANDRE.

Oui fans doute.

ANTIGONE.

Ah ! c'eft notre valeur,
Notre bras, notre fang qui fonda fa grandeur ;
Il ne fut qu'un ingrat.

CASSANDRE.

O mes Dieux tutélaires !
Quels mortels ont été plus ingrats que nos pères ?
Tous ont voulu monter à ce fuperbe rang.
Mais de fa femme enfin pourquoi percer le flanc ?
Sa femme !... fes enfans !... Ah ! quel jour, Antigone !

ANTIGONE.

Après quinze ans entiers ce fcrupule m'étonne.
Jaloux de fes amis, gendre de Darius,
Il devenait Perfan, nous étions les vaincus.
Auriez-vous donc voulu que vengeant Alexandre,
La fière Statira dans Babilone en cendre,
Soulevant fes fujets nous eût immolé tous
Au fang de fa famille, au fang de fon époux ?
Elle arma tout le peuple : Antipatre avec peine
Echappa dans ce jour aux fureurs de la Reine.

Vous fauvates un père.

           C A S S A N D R E.

           Il eft vrai : mais enfin

La femme d'Alexandre a péri par ma main.

           A N T I G O N E.

C'eft le fort des combats. Le fuccès de nos armes

Ne doit point nous coûter de regrets & de larmes.

           C A S S A N D R E.

J'en verfai, je l'avouë, après ce coup affreux ;

Et couvert de ce fang augufte & malheureux,

Etonné de moi-même, & confus de la rage

Où mon père emporta mon aveugle courage,

J'en ai longtems gémi.

           A N T I G O N E.

           Mais quels motifs fecrets

Redoublent aujourd'hui de fi cuifans regrets ?

Dans le cœur d'un ami j'ai quelque droit de lire ;

Vous diffimulez trop.

           C A S S A N D R E.

           Ami .... que puis-je dire ?

Croyez... qu'il eft des tems où le cœur combattu

Par un inftinct fecret revole à la vertu,

Où de nos attentats la mémoire paffée

Revient avec horreur effrayer la penfée.

           A N T I G O N E.

Oubliez, croyez-moi, des meurtres expiés ;

Mais que nos intérêts ne foient point oubliés.

Si quelque repentir trouble encor votre vie,

Repentez-vous furtout d'abandonner l'Afie

A l'infolente loi du traître Antiochus.

Que mes braves guerriers, & vos Grecs invaincus,

           Eee iij

Une feconde fois faffent trembler l'Euphrate.
De tous ces nouveaux Rois dont la grandeur éclate,
Nul n'eft digne de l'être , & dans fes premiers ans
N'a fervi, comme nous , le vainqueur des Perfans.
Tous nos chefs ont péri.

CASSANDRE.

Je le fais , & peut-être
Dieu les immola tous aux mânes de leur maître.

ANTIGONE.

Nous reftons , nous vivons , nous devons rétablir
Ces débris tout fanglans qu'il nous faut recueillir.
Alexandre en mourant les laiffait au plus digne.
Si j'ofe les faifir , fon ordre me défigne.
Affurez ma fortune , ainfi que votre fort.
Le plus digne de tous fans doute eft le plus fort,
Relevons de nos Grecs la puiffance détruite :
Que jamais parmi nous la difcorde introduite
Ne nous expofe en proye à ces tyrans nouveaux,
Eux qui n'étaient pas nés pour marcher nos égaux.
Me le promettez-vous ?

CASSANDRE.

Ami , je vous le jure ;
Je fuis prêt à venger notre commune injure.
Le fceptre de l'Afie eft en d'indignes mains ;
Et l'Euphrate , & le Nil ont trop de Souverains.
Je combattrai pour moi, pour vous , & pour la Grèce.

ANTIGONE.

J'en crois votre intérêt , j'en crois votre promeffe ;
Et furtout je me fie à la noble amitié
Dont le nœud refpeftable avec vous m'a lié.
Mais de cette amitié je vous demande un gage,

Ne me refuſez pas.

CASSANDRE.

Ce doute eſt un outrage.
Ce que vous demandez eſt-il en mon pouvoir ?
C’eſt un ordre pour moi, vous n’avez qu’à vouloir.

ANTIGONE.

Peut-être vous verrez avec quelque ſurpriſe
Le peu qu’à demander l’amitié m’autoriſe.
Je ne veux qu’une eſclave.

CASSANDRE.

Heureux de vous ſervir,
Ils ſont tous à vos pieds ; c’eſt à vous de choiſir.

ANTIGONE.

Souffrez que je demande une jeune étrangère *a*)
Qu’aux murs de Babilone enleva votre père.
Elle eſt votre partage ; accordez-moi ce prix
De tant d’heureux travaux pour vous-même entrepris.
Votre père, dit-on, l’avait perſécutée :
J’aurai ſoin qu’en ma cour elle ſoit reſpectée :
Son nom eſt... Olimpie.

CASSANDRE.

Olimpie !

ANTIGONE.

Oui, Seigneur.

CASSANDRE *à part.*

De quels traits imprévus il vient percer mon cœur !...
Que je livre Olimpie ?

ANTIGONE.

Ecoutez, je me flatte
Que Caſſandre envers moi n’a point une ame ingrate.

a) L’Acteur doit ici regarder attentivement Caſſandre.

Sur les moindres objets un refus peut bleffer,
Et vous ne voulez pas, fans doute, m'offenfer ?

C A S S A N D R E.

Non ; vous verrez bientôt cette jeune captive ;
Vous-même jugerez s'il faut qu'elle vous fuive,
S'il peut m'être permis de la mettre en vos mains.
Ce temple eft interdit aux profanes humains.
Sous les yeux vigilans des Dieux & des Déeffes,
Olimpie eft gardée au milieu des prêtreffes.
Les portes s'ouvriront quand il en fera tems.
Dans ce parvis ouvert au refte des vivans,
Sans vous plaindre de moi, daignez au moins m'attendre.
Des myftères nouveaux pourront vous y furprendre ;
Et vous déciderez fi la terre a des Rois
Qui puiffent affervir Olimpie à leurs loix.

(Il rentre dans le temple, & Softène fort.)

S C E N E　I I I.

A N T I G O N E., H E R M A S (dans le périftile.)

H E R M A S.

SEigneur, vous m'étonnez : quand l'Afie en allarmes
Voit cent trônes fanglans difputés par les armes,
Quand des vaftes Etats d'Alexandre au tombeau
La fortune prépare un partage nouveau,
Lorfque vous prétendez au fouverain empire,
Une efclave eft l'objet où ce grand cœur afpire !

A N T I G O N E.

Tu dois t'en étonner. J'ai des raifons, Hermas,

Que

Que je n'ofe encor dire , & qu'on ne connait pas.
Le fort de cette efclave eft important peut-être
A tous les Rois d'Afie , à quiconque veut l'être ,
A quiconque en fon fein porte un affez grand cœur ,
Pour ofer d'Alexandre être le fucceffeur.
Sur le nom de l'efclave , & fur fes avantures ,
J'ai formé dès longtems d'étranges conjectures.
J'ai voulu m'éclaircir : mes yeux dans ces remparts
Ont quelquefois fur elle arrêté leurs regards.
Ses traits , les lieux , le tems où le ciel la fit naître ,
Les refpects étonnans que lui prodigue un maître ,
Les remords de Caffandre , & fes obfcurs difcours ,
A ces foupçons fecrets ont prêté des fecours.
Je crois avoir percé ce ténébreux myftère.

H E R M A S.

On dit qu'il la chérit , & qu'il l'élève en père.

A N T I G O N E.

Nous verrons.... Mais on ouvre , & ce temple facré
Nous découvre un autel de guirlandes paré.
Je vois des deux côtés les prêtreffes paraître.
Au fond du fanctuaire eft affis le grand-prêtre.
Olimpie & Caffandre arrivent à l'autel !

SCENE IV.

Les trois portes du temple font ouvertes. On découvre tout l'in-
térieur. Les prêtres d'un côté & les prêtreffes de l'autre, s'a-
vancent lentement. Ils font tous vêtus de robes blanches avec
des ceintures dont les bouts pendent à terre. CASSANDRE
& OLIMPIE *mettent la main fur l'autel.* ANTIGONE
& HERMAS *reftent dans le périftile avec une partie du*
peuple qui entre par les côtés.

CASSANDRE.

Dieu des Rois & des Dieux, Etre unique, éternel !
Dieu qu'on m'a fait connaître en ces fêtes auguftes,
Qui punis les pervers, & qui foutiens les juftes,
Près de qui les remords effacent les forfaits,
Confirmez, Dieu clément, les fermens que je fais.
Recevez ces fermens, adorable Olimpie ;
Je foumets à vos loix & mon trône & ma vie ;
Je vous jure un amour auffi pur, auffi faint,
Que ce feu de Vefta qui n'eft jamais éteint.
Et vous, filles des cieux, vous auguftes prêtreffes,
Portez avec l'encens mes vœux & mes promeffes
Au trône de ces Dieux qui daignent m'écouter,
Et détournez les traits que je peux mériter.

OLIMPIE.

Protégez à jamais, ô Dieux en qui j'efpère,
Le maître généreux qui m'a fervi de père,
Mon amant adoré, mon refpeftable époux.
Qu'il foit toûjours chéri, toûjours digne de vous !

Mon cœur vous eſt connu. Son rang & ſa couronne
Sont les moindres des biens que ſon amour me donne.
Témoin des tendres feux à mon cœur inſpirés,
Soyez-en les garants, vous qui les conſacrez.
Qu'il m'apprenne à vous plaire, & que votre juſtice
Me prépare aux enfers un éternel ſupplice,
Si j'oublie un moment, infidèle à vos loix,
Et l'état où je fus, & ce que je lui dois.

CASSANDRE.

Rentrons au ſanctuaire où mon bonheur m'appelle.
Prêtreſſes, diſpoſez la pompe ſolemnelle,
Par qui mes jours heureux vont commencer leur cours :
Sanctifiez ma vie, & nos chaſtes amours.
J'ai vû les Dieux au temple, & je les vois en elle ;
Qu'ils me haïſſent tous, ſi je ſuis infidelle !...
Antigone, en ces lieux vous m'avez entendu ;
Aux vœux que vous formiez, ai-je aſſez répondu ?
Vous-même prononcez, ſi vous deviez prétendre
A voir entre vos mains l'eſclave de Caſſandre.
Sachez que ma couronne, & toute ma grandeur,
Sont de faibles préſens indignes de ſon cœur.
Quelque étroite amitié qui tous deux nous uniſſe,
Jugez ſi j'ai dû faire un pareil ſacrifice.

(*Ils rentrent dans le temple, les portes ſe ferment, le peuple
ſort du parvis.*)

S C E N E V.

ANTIGONE, HERMAS (*dans le périſtile.*)

ANTIGONE.

VA, je n'en doute plus, & tout m'eſt découvert.
Il m'a voulu braver, mais ſois ſûr qu'il ſe perd.
Je reconnais en lui la fougueuſe imprudence
Qui tantôt ſert les Dieux, & tantôt les offenſe ;
Ce caractère ardent qui joint la paſſion
Avec la politique & la Religion ;
Promt, facile, ſuperbe, impétueux & tendre ,
Prêt à ſe repentir, prêt à tout entreprendre.
Il épouſe une eſclave ! Ah ! tu peux bien penſer
Que l'amour à ce point ne ſaurait s'abaiſſer.
Cette eſclave eſt d'un ſang que lui-même il reſpecte.
De ſes deſſeins cachés la trame eſt trop ſuſpecte.
Il ſe flatte en ſecret qu'Olimpie a des droits
Qui pouront l'élever au rang de Roi des Rois.
S'il n'était qu'un amant, il m'eût fait confidence
D'un feu qui l'emportait à tant de violence.
Va, tu verras bientôt ſuccéder ſans pitié
Une haine implacable à la faible amitié.

HERMAS.

A ſon cœur égaré vous imputez peut-être
Des deſſeins plus profonds que l'amour n'en fait naître.
Dans nos grands intérêts ſouvent nos actions
Sont, vous le ſavez trop, l'effet des paſſions.
On ſe déguiſe en vain leur pouvoir tyrannique ;
Le faible quelquefois paſſe pour politique :

Et Caſſandre n'eſt pas le premier Souverain
Qui chérit une eſclave & lui donna la main.
J'ai vû plus d'un héros ſubjugué par ſa flamme,
Superbe avec les Rois , faible avec une femme.

A N T I G O N E.

Tu ne dis que trop vrai. Je pèſe tes raiſons.
Mais tout ce que j'ai vû , confirme mes ſoupçons.
Te le dirai-je enfin ? les charmes d'Olimpie
Peut-être dans mon cœur portent la jalouſie.
Tu n'entrevois que trop mes ſentimens ſecrets.
L'amour ſe joint peut-être à ces grands intérêts.
Plus que je ne penſais leur union me bleſſe.
Caſſandre eſt-il le ſeul en proye à la faibleſſe ?

H E R M A S.

Mais il comptait ſur vous. Les titres les plus ſaints
Ne pouront-ils jamais unir les Souverains ?
L'alliance , les dons , la fraternité d'armes ,
Vos périls partagés , vos communes allarmes ,
Vos ſermens redoublés , tant de ſoins , tant de vœux ,
N'auraient-ils donc ſervi qu'au malheur de tous deux ?
De la ſainte amitié n'eſt-il donc plus d'exemples ?

A N T I G O N E.

L'amitié , je le ſais , dans la Grèce a des temples ;
L'intérêt n'en a point , mais il eſt adoré.
D'ambition ſans doute , & d'amour enyvré ,
Caſſandre m'a trompé ſur le ſort d'Olimpie.
De mes yeux éclairés Caſſandre ſe défie.
Il n'a que trop raiſon. Va , peut-être aujourd'hui
L'objet de tant de vœux n'eſt pas encor à lui.

H E R M A S.

Il a reçu ſa main. . . . Cette enceinte ſacrée

F ff iij

(*Les Initiés , les Prêtres , & les Prétreſſes traverſent le fond de la ſcène , ayant des palmes ornées de fleurs dans les mains.*)

Voit déja de l'hymen la pompe préparée.

Tous les initiés de leurs prêtres ſuivis ,

Les palmes dans les mains inondent ces parvis ,

Et l'amour le plus tendre en ordonne la fête.

ANTIGONE.

Non , te dis-je , on poura lui ravir ſa conquête....

Vien , je confierai tout à ton zèle , à ta foi ;

J'aurai les loix , les Dieux , & les peuples pour moi.

Fuyons pour un moment ces pompes qui m'outragent ,

Entrons dans la carrière où mes deſſeins m'engagent ;

Arroſons , s'il le faut , ces aſyles ſi ſaints ,

Moins du ſang des taureaux , que du ſang des humains.

Fin du premier acte.

A C T E   I I.

S C E N E   P R E M I E R E.

L'HIEROPHANTE, les PRÊTRES,. les PRÊTRESSES.

Quoique cette scène & beaucoup d'autres se passent dans l'inté-
rieur du temple, cependant, comme les théâtres sont rarement
construits d'une manière favorable à la voix, les acteurs sont
obligés d'avancer dans le péristile ; mais les trois portes du
temple ouvertes, désignent qu'on est dans le temple.

L'HIEROPHANTE.

Quoi ! dans ces jours sacrés ! quoi ! dans ce temple auguste,.
Où Dieu pardonne au crime, & console le juste,
Une seule prêtresse oserait nous priver
Des expiations qu'elle doit achever !
Quoi ! d'un si saint devoir Arzane se dispense !

UNE PRÊTRESSE. *a)*

Arzane en sa retraite, obstinée au silence,
Arrosant de ses pleurs les images des Dieux,
Seigneur, vous le savez, se cache à tous les yeux.
En proye à ses chagrins, de langueurs affaiblie,
Elle implore la fin d'une mourante vie.

a) Ce rôle doit être joué par la prêtresse inférieure qui est attachée à
Statira.

L'H I E R O P H A N T E.

Nous plaignons fon état, mais il faut obéir ;
Un moment aux autels elle poura fervir.
Depuis que dans ce temple elle s'eft enfermée,
Ce jour eft le feul jour où le fort l'a nommée.
Qu'on la faffe venir: *b*) La volonté du ciel
Demande fa préfence , & l'appelle à l'autel.
De guirlandes de fleurs par elle couronnée,
Olimpie en triomphe aux Dieux fera menée.
Caffandre initié dans nos fecrets divins ,
Sera purifié par fes auguftes mains.
Tout doit être accompli. Nos rites , nos myftères ,
Ces ordres que les Dieux ont donnés à nos pères ,
Ne peuvent point changer, ne font point incertains ,
Comme ces faibles loix qu'inventent les humains.

S C E N E I I.

L'HIEROPHANTE, PRÊTRES, PRÊTRESSES,
STATIRA.

L'H I E R O P H A N T E *à Statira.*

Venez ; vous ne pouvez , à vous - même contraire ,
Refufer de remplir votre faint miniftère.
Depuis l'inftant facré qu'en cet afyle heureux
Vous avez prononcé d'irrévocables vœux ,
Ce grand jour eft le feul où Dieu vous a choifie ,
Pour annoncer fes loix aux vainqueurs de l'Afie.
Soyez digne du Dieu que vous repréfentez.

STATIRA

b) La prêtreffe inférieure va chercher Arzane.

STATIRA (*couverte d'un voile qui accompagne son visage sans le cacher , & vétue comme les autres prétresses.*

O ciel ! après quinze ans qu'en ces murs écartés ,
Dans l'ombre du silence au monde inacceffible ,
J'avais enseveli ma destinée horrible ,
Pourquoi me tires - tu de mon obscurité ?
Tu veux me rendre au jour , à la calamité. . . .

(*à l'Hiérophante.*)

Ah ! Seigneur , en ces lieux lorsque je suis venuë ,
C'était pour y pleurer , pour mourir inconnuë ;
Vous le savez.

L'HIEROPHANTE.

Le ciel vous prescrit d'autres loix ;
Et quand vous présidez pour la première fois
Aux pompes de l'hymen , à notre grand mystère ,
Votre nom , votre rang ne peuvent plus se taire ;
Il faut parler.

STATIRA.

Seigneur , qu'importe qui je sois ?
Le sang le plus abject , le sang des plus grands Rois ,
Ne sont - ils pas égaux devant l'Etre suprême ?
On est connu de lui bien plus que de soi - même.
De grands noms autrefois avaient pû me flatter ;
Dans la nuit de la tombe il les faut emporter.
Laissez - moi pour jamais en perdre la mémoire.

L'HIEROPHANTE.

Nous renonçons sans doute à l'orgueil , à la gloire ;
Nous pensons comme vous : mais la Divinité
Exige un aveu simple , & veut la vérité.
Parlez. . . Vous frémissez !

S t a t i r a.

Vous frémirez vous - même....

(*aux prêtres & aux prêtresses.*)

Vous qui fervez d'un Dieu la majefté fuprême,
Qui partagez mon fort , à fon culte attachés ,
Qu'entre vous & ce Dieu mes fecrets foient cachés.

L' H i e r o p h a n t e.

Nous vous le jurons tous.

S t a t i r a.

Avant que de m'entendre ,
Dites - moi s'il eft vrai que le cruel Caffandre
Soit ici dans le rang de nos initiés ?

L' H i e r o p h a n t e.

Oui , Madame.

S t a t i r a.

Il a vû fes forfaits expiés !...

L' H i e r o p h a n t e.

Hélas ! tous les humains ont befoin de clémence.
Si Dieu n'ouvrait fes bras qu'à la feule innocence ,
Qui viendrait dans ce temple encenfer les autels ?
Dieu fit du repentir la vertu des mortels.
Tel eft l'ordre éternel à qui je m'abandonne ,
Que la terre eft coupable , & que le ciel pardonne.

S t a t i r a.

Eh bien , fi vous favez pour quel excès d'horreur ,
Il demande fa grace , & craint un Dieu vengeur ,
Si vous êtes inftruit qu'il fit périr fon maître ,
(Et quel maître , grands Dieux !) fi vous pouvez connaître ,
Quel fang il répandit dans nos murs enflammés ,
Quand aux yeux d'Alexandre à peine encor fermés ,
Ayant ofé percer fa veuve gémiffante ,

Sur le corps d'un époux il la jetta mourante ;
Vous ferez plus furpris, lorfque vous apprendrez
Des fecrets jufqu'ici de la terre ignorés.
Cette femme élevée au comble de la gloire,
Dont la Perfe fanglante honore la mémoire,
Veuve d'un demi-Dieu, fille de Darius....
Elle vous parle ici, ne l'interrogez plus.
(*Les prêtres & les prêtreffes élèvent les mains , & s'inclinent.*)

L'HIEROPHANTE.

O Dieux! qu'ai-je entendu ? Dieux que le crime outrage,
De quels coups vous frappez ceux qui font votre image !
Statira dans ce temple ! Ah ! fouffrez qu'à genoux
Dans mes profonds refpeéts.....

STATIRA.

     Grand-prêtre, levez-vous.
Je ne fuis plus pour vous la maîtreffe du monde ;
Ne refpeétez ici que ma douleur profonde.
Des grandeurs d'ici-bas voyez quel eft le fort.
Ce qu'éprouva mon père au moment de fa mort
Dans Babilone en fang je l'éprouvai de même.
Darius, Roi des Rois, privé du diadême,
Fuiant dans des déferts, errant, abandonné,
Par fes propres amis fe vit affaffiné.
Un étranger, un pauvre, un rebut de la terre,
De fes derniers momens foulagea la mifère.
  (*Montrant la prêtreffe inférieure.*)
Voyez-vous cette femme, étrangère en ma cour ?
Sa main, fa feule main m'a confervé le jour.
Seule elle me tira de la foule fanglante
Où mes lâches amis me laiffaient expirante.
Elle eft Ephéfienne ; elle guida mes pas

Dans cet augufte afyle au bout de mes Etats.
Je vis par mille mains ma dépouille arrachée,
De mourans & de morts la campagne jonchée,
Les foldats d'Alexandre érigés tous en Rois,
Et les larcins publics appellés grands exploits.
J'eus en horreur le monde , & les maux qu'il enfante.
Loin de lui pour jamais je m'enterrai vivante.
Je pleure , je l'avoüe , une fille , une enfant
Arrachée à mes bras fur mon corps tout fanglant.
Cette étrangère ici me tient lieu de famille.
J'ai perdu Darius , Alexandre & ma fille ;
Dieu feul me refte.

                    L' H I E R O P H A N T E.
              Hélas ! qu'il foit donc votre appui !
Du trône où vous étiez , vous montez jufqu'à lui.
Son temple eft votre cour. Soyez-y plus heureufe
Que dans cette grandeur augufte & dangereufe ,
Sur ce trône terrible , & par vous oublié ,
Devenu pour la terre un objet de pitié.

                    S T A T I R A.
Ce temple , quelquefois , Seigneur , m'a confolée :
Mais vous devez fentir l'horreur qui m'a troublée ,
En voyant que Caffandre y parle aux mêmes Dieux
Contre fa tête impie implorés par mes vœux.

                    L' H I E R O P H A N T E.
Le facrifice eft grand , je fens trop ce qu'il coute ;
Mais notre loi vous parle , & votre cœur l'écoute.
Vous l'avez embraffée.

                    S T A T I R A.
              Aurais-je pû prévoir ,
Qu'elle dût m'impofer cet horrible devoir ?

Je fens que de mes jours , ufés dans l'amertume ,
Le flambeau pâliffant s'éteint & fe confume ;
Et ces derniers momens que Dieu veut me donner ,
A quoi vont-ils fervir ?

L'HIEROPHANTE.

Peut-être à pardonner.
Vous-même vous avez tracé votre carrière ;
Marchez-y fans jamais regarder en arrière.
Les mânes affranchis d'un corps vil & mortel
Goûtent fans paffions un repos éternel.
Un nouveau jour leur luit , ce jour eft fans nuage ;
Ils vivent pour les Dieux , tel eft notre partage.
Une retraite heureufe amène au fond des cœurs
L'oubli des ennemis , & l'oubli des malheurs.

STATIRA.

Il eft vrai ; je fus Reine , & ne fuis que prêtreffe.
Dans mon devoir affreux foutenez ma faibleffe.
Que faut-il que je faffe ?

L'HIEROPHANTE.

Olimpie à genoux
Doit d'abord en ces lieux fe jetter devant vous.
C'eft à vous à bénir cet illuftre hyménée.

STATIRA.

Je vais la préparer à vivre infortunée :
C'eft le fort des humains.

L'HIEROPHANTE.

Le feu facré , l'encens ,
L'eau luftrale , les dons offerts aux Dieux puiffans ,
Tout fera préfenté par vos mains refpeftables.

STATIRA.

Et pour qui, malheureufe ! Ah ! mes jours déplorables

Jufqu'au dernier moment font-ils chargés d'horreur !
J'ai cru dans la retraite éviter mon malheur ;
Le malheur eft partout ; je m'étais abufée.
Allons , fuivons la loi par moi-même impofée.

ₗ'H I E R O P H A N T E.

Adieu , je vous admire autant que je vous plains.
Elle vient près de vous.　　　　　(*Il fort.*)

S C E N E III.

STATIRA, OLIMPIE. (*Le théâtre tremble.*)

S T A T I R A.

Lieux funèbres & faints ,
Vous frémiffez !... J'entens un horrible murmure ;
Le temple eft ébranlé !... Quoi ! toute la nature
S'émeut à fon afpect ! Et mes fens éperdus
Sont dans le même trouble & reftent confondus ?

O L I M P I E *effrayée.*

Ah ! Madame !...

S T A T I R A.

Approchez , jeune & tendre victime ;
Cet augure effrayant femble annoncer le crime.
Vos attraits femblent nés pour la feule vertu.

O L I M P I E.

Dieux juftes ! foutenez mon courage abattu !...
Et vous , de leurs décrets augufte confidente ,
Daignez conduire ici ma jeuneffe innocente.
Je fuis entre vos mains , diffipez mon effroi.

S T A T I R A.

Ah ! j'en ai plus que vous.... Ma fille, embraſſez-moi....
Du ſort de votre époux êtes-vous informée ?
Quel eſt votre pays ? quel ſang vous a formée ?

O L I M P I E.

Humble dans mon état, je n'ai point attendu
Ce rang où l'on m'élève, & qui ne m'eſt pas dû.
Caſſandre eſt Roi, Madame ; il daigna dans la Grèce,
A la cour de ſon père élever ma jeuneſſe.
Depuis que je tombai dans ſes auguſtes mains,
J'ai vû toûjours en lui le plus grand des humains.
Je chéris un époux, & je révère un maître ;
Voilà mes ſentimens, & voilà tout mon être.

S T A T I R A.

Qu'aiſément, juſte ciel, on trompe un jeune cœur !
De l'innocence en vous que j'aime la candeur !
Caſſandre a donc pris ſoin de votre deſtinée ?
Quoi ! d'un Prince ou d'un Roi vous ne ſeriez pas née !

O L I M P I E.

Pour aimer la vertu, pour en ſuivre les loix,
Faut-il donc être né dans la pourpre des Rois ?

S T A T I R A.

Non, je ne vois que trop le crime ſur le trône.

O L I M P I E.

Je n'étais qu'une eſclave.

S T A T I R A.

              Un tel deſtin m'étonne.
Les Dieux ſur votre front, dans vos yeux, dans vos traits,
Ont placé la nobleſſe ainſi que les attraits.
Vous eſclave !

OLIMPIE.
Antipatre en ma première enfance
Par le fort des combats me tint fous fa puiffance ;
Je dois tout à fon fils.

STATIRA.
Ainfi vos premiers jours
Ont fenti l'infortune , & vû finir fon cours !
Et la mienne a duré tout le tems de ma vie....
En quel tems , en quels lieux futes-vous pourfuivie
Par cet affreux deftin qui vous mit dans les fers ?

OLIMPIE.
On dit que d'un grand Roi , maître de l'univers,
On termina la vie , on difputa le trône,
On déchira l'Empire , & que dans Babilone
Caffandre conferva mes jours infortunés
Dans l'horreur du carnage au glaive abandonnés.

STATIRA.
Quoi ! dans ces tems marqués par la mort d'Alexandre,
Captive d'Antipatre , & foumife à Caffandre !

OLIMPIE.
C'eft tout ce que j'ai fû. Tant de malheurs paffés ,
Par mon bonheur nouveau doivent être effacés.

STATIRA.
Captive à Babilone !... O puiffance éternelle !
Vous faites-vous un jeu des pleurs d'une mortelle ?
Le lieu , le tems , fon âge ont excité dans moi
La joie & les douleurs , la tendreffe & l'effroi.
Ne me trompé-je point ? Le ciel fur fon vifage,
Du héros mon époux femble imprimer l'image....

OLIMPIE.
Que dites-vous ?

STATIRA.

S t a t i r a.

Hélas ! tels étaient fes regards ,
Quand moins fier & plus doux , loin des fanglans hazards ,
Relevant ma famille au glaive dérobée ,
Il la remit au rang dont elle était tombée ,
Quand fa main fe joignit à ma tremblante main.
Illufion trop chère , efpoir flatteur & vain !
Serait-il bien poffible !... Ecoutez-moi , Princeffe ,
Ayez quelque pitié du trouble qui me preffe.
N'avez-vous d'une mère aucun reffouvenir ?

O l i m p i e.

Ceux qui de mon enfance ont pû m'entretenir ,
M'ont tous dit , qu'en ce tems de trouble & de carnage ,
Au fortir du berceau , je fus en efclavage.
D'une mère jamais je n'ai connu l'amour.
J'ignore qui je fuis , & qui m'a mife au jour....
Hélas ! vous foupirez , vous pleurez , & mes larmes
Se mêlent à vos pleurs , & j'y trouve des charmes....
Eh quoi ! vous me ferrez dans vos bras languiffans !
Vous faites pour parler des efforts impuiffans !
Parlez-moi.

S t a t i r a.

Je ne puis.... Je fuccombe.... Olimpie !
Le trouble que je fens me va coûter la vie.

S C E N E I V.

STATIRA , OLIMPIE , L'HIEROPHANTE.

L' H i e r o p h a n t e.

O Prêtreffe des Dieux ! ô Reine des humains !

Quel changement nouveau dans vos triftes deftins !
Que nous faudra-t-il faire ? & qu'allez-vous entendre ?

S T A T I R A.

Des malheurs ; je fuis prête, & je dois tout attendre.

L' H I E R O P H A N T E.

C'eft le plus grand des biens, d'amertume mêlé ;
Mais il n'en eft point d'autre. Antigone troublé,
Antigone, les fiens, le peuple, les armées,
Toutes les voix enfin, par le zèle animées,
Tout dit que cet objet à vos yeux préfenté,
Qui longtems comme vous fut dans l'obfcurité,
Que vos roïales mains vont unir à Caffandre,
Qu'Olimpie...

S T A T I R A.

Achevez.

L' H I E R O P H A N T E.

Eft fille d'Alexandre.

S T A T I R A (*courant embraffer Olimpie.*)

Ah ! mon cœur déchiré me l'a dit avant vous.
O ma fille ! ô mon fang ! ô nom fatal & doux !
De vos embraffemens faut-il que je jouïffe,
Lorfque par votre hymen vous faites mon fupplice !

O L I M P I E.

Quoi ! vous feriez ma mère, & vous en gémiffez !

S T A T I R A.

Non, je bénis les Dieux trop longtems couroucés,
Je fens trop la nature & l'excès de ma joïe ;
Mais le ciel me ravit le bonheur qu'il m'envoïe,
Il te donne à Caffandre !

O L I M P I E.

Ah ! fi dans votre flanc

Olimpie a puifé la fource de fon fang,
Si j'en crois mon amour, fi vous êtes ma mère,
Le généreux Caffandre a-t-il pû vous déplaire ?

L'HIEROPHANTE.

Oui, vous êtes fon fang, vous n'en pouvez douter,
Caffandre enfin l'avoüe, il vient de l'attefter.
Pourez-vous toutes deux avec lui réunies
Concilier enfin deux races ennemies ?

OLIMPIE.

Qui ? lui ? votre ennemi ! tel ferait mon malheur !

STATIRA.

D'Alexandre ton père il eft l'empoifonneur.
Au fein de Statira dont tu tiens la naiffance,
Dans ce fein malheureux qui nourrit ton enfance,
Que tu viens d'embraffer pour la première fois,
Il plongea le couteau dont il frappa les Rois.
Il me pourfuit enfin jufqu'au temple d'Ephèfe ;
Il y brave les Dieux, & feint qu'il les appaife ;
A mes bras maternels il ofe te ravir ;
Et tu peux demander fi je dois le haïr !

OLIMPIE.

Quoi ! d'Alexandre ici le ciel voit la famille !
Quoi ! vous êtes fa veuve ! Olimpie eft fa fille !
Et votre meurtrier, ma mère, eft mon époux !
Je ne fuis dans vos bras qu'un objet de couroux !
Quoi ! cet hymen fi cher était un crime horrible !

L'HIEROPHANTE.

Efpérez dans le ciel.

OLIMPIE.

Ah ! fa haine inflexible
D'aucune ombre d'efpoir ne peut flatter mes vœux ;

Il m'ouvrait un abîme en éclairant mes yeux.
Je vois ce que je suis, & ce que je dois être.
Le plus grand de mes maux est donc de me connaître !
Je devais à l'autel où vous nous unissiez,
Expirer en victime, & tomber à vos pieds.

SCENE V.

STATIRA, OLIMPIE, L'HIEROPHANTE, un PRÊTRE.

LE PRÊTRE.

ON menace le temple ; & les divins mystères
Sont bientôt profanés par des mains téméraires.
Les deux Rois désunis disputent à nos yeux
Le droit de commander où commandent les Dieux.
Voilà ce qu'annonçaient ces voûtes gémissantes,
Et sous nos pieds craintifs nos demeures tremblantes.
Il semble que le ciel veuille nous informer
Que la terre l'offense, & qu'il faut le calmer.
Tout un peuple éperdu, que la discorde excite,
Vers les parvis sacrés vole & se précipite.
Ephèse est divisée entre deux factions.
Nous ressemblons bientôt aux autres nations.
La sainteté, la paix, les mœurs vont disparaître ;
Les Rois l'emporteront, & nous aurons un maître.

L'HIEROPHANTE.

Ah ! qu'au moins loin de nous ils portent leurs forfaits !
Qu'ils laissent sur la terre un asyle de paix !
Leur intérêt l'exige.... O mère auguste & tendre,

Et vous .... dirai-je, hélas ! l'épouſe de Caſſandre ?
Aux pieds de ces autels vous pouvez vous jetter.
Aux Rois audacieux je vais me préſenter.
Je connais le reſpeſt qu'on doit à leur couronne ;
Mais ils en doivent plus à ce Dieu qui la donne.
S'ils prétendent régner , qu'ils ne l'irritent pas.
Nous ſommes , je le ſais , ſans armes , ſans ſoldats.
Nous n'avons que nos loix , voilà notre puiſſance.
Dieu ſeul eſt mon appui , ſon temple eſt ma défenſe ;
Et ſi la tyrannie oſait en approcher ,
C'eſt ſur mon corps ſanglant qu'il lui faudra marcher.

(*L'Hiérophante ſort avec le prêtre inférieur.*)

S C E N E   V I.

S T A T I R A , O L I M P I E.

S T A T I R A.

O Deſtinée ! ô Dieu des autels & du trône !
Contre Caſſandre au moins favoriſe Antigone.
Il me faut donc , ma fille , au déclin de mes jours ,
De nos ſeuls ennemis attendre des ſecours ,
Rechercher un vengeur au ſein de ma miſère ,
Chez les uſurpateurs du trône de ton père !
Chez nos propres ſujets , dont les efforts jaloux
Diſputent cent Etats , que j'ai poſſédés tous !
Ils rampaient à mes pieds , ils ſont ici mes maîtres.
O trône de Cyrus ! ô ſang de mes ancêtres !
Dans quel profond abîme êtes-vous deſcendus !
Vanité des grandeurs , je ne vous connais plus.

Hhh iij

Olimpie.

Ma mère, je vous fuis.... Ah ! dans ce jour funeste,
Rendez-moi digne au moins du grand nom qui vous reste.
Le devoir qu'il prescrit, est mon unique espoir.

Statira.

Fille du Roi des Rois.... remplissez ce devoir.

Fin du second acte.

ACTE III.

SCENE PREMIERE.

(*Le temple est fermé.*)

CASSANDRE , SOSTENE (*dans le péristile.*)

CASSANDRE.

LA vérité l'emporte , il n'est plus tems de taire
Ce funeste secret qu'avait caché mon père.
Il a falu céder à la publique voix.
Oui , j'ai rendu justice à la fille des Rois.
Devais-je plus longtems , par un cruel silence ,
Faire encor à son sang cette mortelle offense ?
Je fus coupable assez.

SOSTENE.

Mais un rival jaloux
Du grand nom d'Olimpie abuse contre vous.
Il anime le peuple , Ephèse est allarmée.
De la Religion la fureur animée ,
Qu'Antigone méprise , & qu'il fait exciter ,
Vous fait un crime affreux , un crime à détester ,
De posséder la fille , ayant tué la mère.

CASSANDRE.

Les reproches sanglans qu'Ephèse peut me faire ,
Vous le savez , grand Dieu , n'approchent pas des miens.
J'ai calmé , grace au ciel , les cœurs des citoyens ;

Le mien fera toûjours victime des furies,
Victime de l'amour & de mes barbaries.
Hélas ! j'avais voulu qu'elle tînt tout de moi,
Qu'elle ignorât un fort qui me glaçait d'effroi.
De fon père en fes mains je mettais l'héritage
Conquis par Antipatre, aujourd'hui mon partage.
Heureux par mon amour, heureux par mes bienfaits,
Une fois en ma vie avec moi-même en paix,
Tout était réparé, je lui rendais juftice.
D'aucun crime après tout mon cœur ne fut complice.
J'ai tué Statira, mais c'eft dans les combats,
C'eft en fauvant mon père, en lui prêtant mon bras ;
C'eft dans l'emportement du meurtre & du carnage,
Où le devoir d'un fils égarait mon courage ;
C'eft dans l'aveuglement que la nuit & l'horreur
Répandaient fur mes yeux troublés par la fureur.
Mon ame en frémiffait avant d'être punie
Par ce fatal amour qui la tient affervie.
Je me crois innocent au jugement des Dieux,
Devant le monde entier, mais non pas à mes yeux,
Non pas pour Olimpie, & c'eft là mon fupplice,
C'eft là mon defefpoir. Il faut qu'elle choififfe
Ou de me pardonner, ou de percer mon cœur,
Ce cœur defefpéré, qui brule avec fureur.

                    S O S T E N E.
On prétend qu'Olimpie en ce temple amenée
Peut retirer la main qu'elle vous a donnée.

                    C A S S A N D R E.
Oui, je le fais, Softène ; & fi de cette loi
L'objet que j'idolâtre, abufait contre moi,
Malheur à mon rival, & malheur à ce temple.

                                        Dij

Du culte le plus faint je donne ici l'exemple ;
J'en donnerais bientôt de vengeance & d'horreur.
Ecartons loin de moi cette vaine terreur.
Je fuis aimé : fon cœur eft à moi dès l'enfance ,
Et l'amour eft le Dieu qui prendra ma défenfe.
Courons vers Olimpie.

S C E N E II.

CASSANDRE , SOSTENE , L'HIEROPHANTE
(*fortant du temple.*)

C A S S A N D R E.

Nterprète du ciel ,
Miniftre de clémence en ce jour folemnel ,
J'ai de votre faint temple écarté les allarmes.
Contre Antigone encor je n'ai point pris les armes.
J'ai refpecté ces tems à la paix confacrés ;
Mais donnez cette paix à mes fens déchirés.
J'ai plus d'un droit ici , je faurai les défendre.
Je meurs fans Olimpie , & vous devez la rendre.
Achevons cet hymen.

L' H I E R O P H A N T E.
Elle remplit , Seigneur ,
Des devoirs bien facrés , & bien chers à fon cœur.

C A S S A N D R E.
Tout le mien les partage. Où donc eft la prêtreffe
Qui doit m'offrir ma femme , & bénir ma tendreffe ?

L' H I E R O P H A N T E.
Elle va l'amener. Puiffent de fi beaux nœuds

Ne point faire aujourd'hui le malheur de tous deux !

CASSANDRE.

Notre malheur !... Hélas ! cette feule journée
Voyait de tant de maux la courfe terminée.
Pour la première fois un moment de douceur
De mes affreux chagrins diffipait la noirceur.

L'HIEROPHANTE.

Peut-être plus que vous Olimpie eft à plaindre.

CASSANDRE.

Comment ! que dites-vous ?.. Eh ! que peut-elle craindre ?

L'HIEROPHANTE (*s'en allant.*)

Vous l'apprendrez trop tôt.

CASSANDRE.

Non , demeurez. Eh quoi !
Du parti d'Antigone êtes-vous contre moi ?

L'HIEROPHANTE.

Me préfervent les cieux de paffer les limites
Que mon culte paifible à mon zèle a prefcrites !
Les intrigues des cours , les cris des factions ,
Des humains que je fuis les triftes paffions ,
N'ont point encor troublé nos retraites obfcures :
Au Dieu que nous fervons , nous levons des mains pures.
Les débats des grands Rois promts à fe divifer ,
Ne font connus de nous que pour les appaifer ;
Et nous ignorerions leurs grandeurs paffagères ,
Sans le fatal befoin qu'ils ont de nos prières.
Pour vous , pour Olimpie , & pour d'autres , Seigneur ,
Je vais des immortels implorer la faveur.

CASSANDRE.

Olimpie !...

L'HIEROPHANTE.

En ces lieux ce moment la rappelle.
Voyez fi vous avez encor des droits fur elle.
Je vous laiffe.

(Il fort , & le temple s'ouvre.)

SCENE III.

CASSANDRE, SOSTENE, STATIRA, OLIMPIE.

CASSANDRE.

ELle tremble , ô ciel ! & je frémis !...
Quoi ! vous baiffez les yeux de vos larmes remplis !
Vous détournez de moi ce front où la nature
Peint l'ame la plus noble , & l'ardeur la plus pure !

OLIMPIE (*fe jettant dans les bras de fa mère.*)

Ah ! barbare !... Ah ! Madame !

CASSANDRE.

Expliquez - vous , parlez.
Dans quels bras fuyez - vous mes regards défolés ?
Que m'a - t - on dit ? pourquoi me caufer tant d'allarmes ?
Qui donc vous accompagne & vous baigne de larmes ?

STATIRA (*fe dévoilant , & fe retournant vers Caffandre.*)

Regarde qui je fuis.

CASSANDRE.

A fes traits .... à fa voix ....
Mon fang fe glace !... où fuis - je ? & qu'eft - ce que je vois ?

STATIRA.

Tes crimes.

CASSANDRE.

Statira peut ici reparaître !

STATIRA.

Malheureux ! reconnai la veuve de ton maître,
La mère d'Olimpie.

CASSANDRE.

O tonnerres du ciel,
Grondez fur moi , tombez fur ce front criminel !

STATIRA.

Que n'as-tu fait plutôt cette horrible prière ?
Eternel ennemi de ma famille entière,
Si le ciel l'a voulu , fi par tes premiers coups,
Toi feul as fait tomber mon trône & mon époux ;
Si dans ce jour de crime , au milieu du carnage ,
Tu te fentis , barbare , affez peu de courage
Pour frapper une femme , & lui perçant le flanc
La plonger de tes mains dans les flots de fon fang,
De ce fang malheureux laiffe-moi ce qui refte.
Faut-il qu'en tous les tems ta main me foit funefte ?
N'arrache point ma fille à mon cœur , à mes bras ;
Quand le ciel me la rend , ne me l'enlève pas.
Des tyrans de la terre à jamais féparée ,
Refpecte au moins l'afyle où je fuis enterrée.
Ne vien point , malheureux , par d'indignes efforts ,
Dans ces tombeaux facrés , perfécuter les morts.

CASSANDRE.

Vous m'avez plus frappé que n'eût fait le tonnerre ,
Et mon front à vos pieds n'ofe toucher la terre.
Je m'en avoue indigne après mes attentats ;
Et fi je m'excufais fur l'horreur des combats ,
Si je vous apprenais que ma main fut trompée
Quand des jours d'un héros la trame fut coupée ,
Que je fervais mon père en m'armant contre vous ,

Je ne fléchirais point votre jufte couroux.
Rien ne peut m'excufer.... Je pourrais dire encore
Que je fauvai ce fang que ma tendreffe adore,
Que je mets à vos pieds mon fceptre, & mes Etats.
Tout eft affreux pour vous!... Vous ne m'écoutez pas!
Ma main m'arracherait ma malheureufe vie
Moins pleine de forfaits que de remords punie,
Si votre propre fang, l'objet de tant d'amour,
Malgré lui, malgré moi ne m'attachait au jour.
Avec un faint refpeƈt j'élevai votre fille ;
Je lui tins lieu quinze ans de père & de famille ;
Elle a mes vœux, mon cœur, & peut-être les Dieux
Ne nous ont affemblés dans ces auguftes lieux
Que pour y réparer, par un faint hyménée,
L'épouvantable horreur de notre deftinée.

S T A T I R A.

Quel hymen!... O mon fang! tu recevrais la foi,
De qui ? de l'affaffin d'Alexandre & de moi!

O L I M P I E.

Non... ma mère, éteignez ces flambeaux effroyables,
Ces flambeaux de l'hymen entre nos mains coupables;
Eteignez dans mon cœur l'affreux reffouvenir
Des nœuds, des triftes nœuds qui devaient nous unir.
Je préfère (& ce choix n'a rien qui vous étonne)
La cendre qui vous couvre au fceptre qu'il me donne.
Je n'ai point balancé ; laiffez-moi dans vos bras
Oublier tant d'amour avec tant d'attentats.
Votre fille en l'aimant devenait fa complice.
Pardonnez, acceptez mon jufte facrifice.
Séparez, s'il fe peut, mon cœur de fes forfaits.
Empêchez-moi furtout de le revoir jamais.

Iii iij

STATIRA.

Je reconnais ma fille , & fuis moins malheureufe.
Tu rends un peu de vie à ma langueur affreufe.
Je renais.... Ah ! grands Dieux ! vouliez - vous que ma main
Préfentât Olimpie à ce monftre inhumain ?
Qu'exigiez - vous de moi ? quel affreux miniftère ,
Et pour votre prêtreffe , hélas ! & pour fa mère !
Vous en avez pitié , vous ne prétendiez pas
M'arrêter dans le piége où vous guidiez mes pas.
  Cruel ! n'infulte plus & l'autel , & le trône.
Tu fouillas de mon fang les murs de Babilone ;
J'aimerais mieux encor une feconde fois
Voir ce fang répandu par l'affaffin des Rois ,
Que de voir mon fujet , mon ennemi... Caffandre ,
Aimer infolemment la fille d'Alexandre.

CASSANDRE.

Je me condamne encor avec plus de rigueur.
Mais j'aime , mais cédez à l'amour en fureur.
Olimpie eft à moi ; je fais quel fut fon père ;
Je fuis Roi comme lui , j'en ai le caraftère ,
J'en ai les droits , la force , elle eft ma femme enfin.
Rien ne peut féparer mon fort & fon deftin.
Ni fes frayeurs , ni vous , ni les Dieux , ni mes crimes ,
Rien ne rompra jamais des nœuds fi légitimes.
Le ciel de mes remords ne s'eft point détourné ;
Et puifqu'il nous unit , il a tout pardonné.
Mais fi l'on veut m'ôter cette époufe adorée ,
Sa main qui m'appartient , fa foi qu'elle a jurée ,
Il faut verfer ce fang , il faut m'ôter ce cœur ,
Qui ne connait plus qu'elle , & qui vous fait horreur.
Vos autels à mes yeux n'ont plus de privilège ;

Si je fus meurtrier, je ferai facrilège.

J'enléverai ma femme à ce temple, à vos bras,

Aux Dieux même, à nos Dieux, s'ils ne m'exauçaient pas.

Je demande la mort, je la veux, je l'envie,

Mais je n'expirerai que l'époux d'Olimpie.

Il faudra malgré vous que j'emporte au tombeau

Et l'amour le plus tendre, & le nom le plus beau,

Et les remords affreux d'un crime involontaire,

Qui fléchiront du moins les mânes de fon père.

(*Caffandre fort avec Soflène.*)

S C E N E   I V.

S T A T I R A , O L I M P I E.

S T A T I R A.

Quel moment ! quel blafphême ! ô ciel qu'ai-je entendu !

Ah ! ma fille, à quel prix mon fang m'eft-il rendu !

Tu reffens, je le vois, les horreurs que j'éprouve ;

Dans tes yeux effrayés ma douleur fe retrouve ;

Ton cœur répond au mien ; tes chers embraffemens,

Tes foupirs enflammés confolent mes tourmens ;

Ils font moins douloureux, puifque tu les partages.

Ma fille eft mon afyle en ces nouveaux naufrages.

Je peux tout fupporter, puifque je vois en toi

Un cœur digne en effet d'Alexandre & de moi.

O L I M P I E.

Ah ! le ciel m'eft témoin fi mon ame eft formée

Pour imiter la votre, & pour être animée

Des mêmes fentimens, & des mêmes vertus.

O veuve d'Alexandre ! ô fang de Darius !

Ma mère !... Ah ! falait-il qu'à vos bras enlevée,
Par les mains de Caffandre on me vît élevée !
Pourquoi votre affaffin prévenant mes fouhaits,
A-t-il marqué pour moi fes jours par fes bienfaits ?
Que fa cruelle main ne m'a-t-elle opprimée !
Bienfaits trop dangereux ! Pourquoi m'a-t-il aimée ?

STATIRA.

Ciel ! qui vois-je paraître en ces lieux retirés ?
Antigone lui-même !

S C E N E   V.

STATIRA, OLIMPIE, ANTIGONE.

ANTIGONE.

O Reine, demeurez.
Vous voyez un des Rois formés par Alexandre,
Qui refpecte fa veuve, & qui vient la défendre.
Vous pourriez remonter, du pied de cet autel,
Au premier rang du monde où vous plaça le ciel,
Y mettre votre fille, & prendre au moins vengeance
Du raviffeur altier qui tous trois nous offenfe.
Votre fort eft connu, tous les cœurs font à vous ;
Ils font las des tyrans que votre augufte époux
Laiffa par fon trépas maîtres de fon Empire ;
Pour ce grand changement votre nom peut fuffire.
M'avoûrez-vous ici pour votre défenfeur ?

STATIRA.

Oui, fi c'eft la pitié qui conduit votre cœur,
Si vous fervez mon fang, fi votre offre eft fincère.

ANTI-

ANTIGONE.

Je ne fouffrirai pas qu'un jeune téméraire
Des mains de votre fille & de tant de vertus
Obtienne un double droit au trône de Cyrus.
Il en eft trop indigne ; & pour un tel partage
Je n'ai pas préfumé qu'il ait votre fuffrage.
Je n'ai point au grand‑prêtre ouvert ici mon cœur ;
Je me fuis préfenté comme un adorateur,
Qui des Divinités implore la clémence.
Je me préfente à vous armé de la vengeance.
La veuve d'Alexandre oubliant fa grandeur,
De fa famille au moins n'oublîra point l'honneur.

STATIRA.

Mon cœur eft détaché du trône & de la vie ;
L'un me fut enlevé, l'autre eft bientôt finie.
Mais fi vous arrachez aux mains d'un ravilleur
Le feul bien que les Dieux rendaient à ma douleur,
Si vous la protégez, fi vous vengez fon père,
Je ne vois plus en vous que mon Dieu tutélaire.
Seigneur, fauvez ma fille au bord de mon tombeau,
Du crime & du danger d'époufer mon bourreau.

ANTIGONE.

Digne fang d'Alexandre, approuvez‑vous mon zèle ?
Acceptez‑vous mon offre, & penfez‑vous comme elle ?

OLIMPIE.

Je dois haïr Caffandre.

ANTIGONE.

       Il faut donc m'accorder
Le prix, le noble prix que je viens demander.
Contre mon allié je prens votre défenfe.
Je crois vous mériter, foyez ma récompenfe.

Toute autre eſt un outrage , & c'eſt vous que je veux.
Caſſandre n'eſt pas fait pour obtenir vos vœux.
Parlez ; & je tiendrai cette gloire ſuprême
De mon bras , de la Reine , & ſurtout de vous-même.
Prononcez ; daignez-vous m'honorer d'un tel prix ?

S T A T I R A.

Décidez.

O L I M P I E.

    Laiſſez-moi reprendre mes eſprits. . . .
J'ouvre à peine les yeux. Tremblante , épouvantée ,
Du ſein de l'eſclavage en ce temple jettée ,
Fille de Statira , fille d'un demi-Dieu ,
Je retrouve une mère en cet auguſte lieu ,
De ſon rang , de ſes biens , de ſon nom dépouillée ,
Et d'un ſommeil de mort à peine réveillée ;
J'épouſe un bienfaiteur . . . . il eſt un aſſaſſin.
Mon époux de ma mère a déchiré le ſein.
Dans cet entaſſement d'horribles avantures ,
Vous m'offrez votre main pour venger mes injures.
Que puis-je vous répondre ? . . . Ah ! dans de tels momens ,
    (*embraſſant ſa mère.*)
Voyez à qui je dois mes premiers ſentimens.
Voyez ſi les flambeaux des pompes nuptiales
Sont faits pour éclairer ces horreurs ſi fatales ,
Quelle foule de maux m'environne en un jour , '
Et ſi ce cœur glacé peut écouter l'amour.

S T A T I R A.

Ah ! je vous répons d'elle , & le ciel vous la donne.
La majeſté peut-être , ou l'orgueil de mon trône ,
N'avait pas deſtiné dans mes premiers projets
La fille d'Alexandre à l'un de mes ſujets ;

Mais vous la méritez en ofant la défendre.
C'eft vous qu'en expirant défignait Alexandre.
Il nomma le plus digne , & vous le devenez.
Son trône eft votre bien , quand vous le foutenez.
Que des Dieux immortels la faveur vous feconde !
Que leur main vous conduife à l'Empire du monde !
Alexandre & fa veuve enfevelis tous deux ,
Lui dans la tombe , & moi dans ces murs ténébreux ,
Vous verront fans regret au trône de mes pères :
Et puiffent deformais les deftins moins févères
En écarter pour vous cette fatalité
Qui renverfa toûjours ce trône enfanglanté !

ANTIGONE.

Il fera relevé par la main d'Olimpie.
Montrez-vous avec elle aux peuples de l'Afie.
Sortez de cet afyle , & je vais tout preffer ,
Pour venger Alexandre , & pour le remplacer.

(*Il fort.*)

SCÈNE VI.

STATIRA, OLIMPIE.

STATIRA.

MA fille , c'eft par toi que je romps la barrière
Qui me fépare ici de la nature entière ;
Et je rentre un moment dans ce monde pervers ,
Pour venger mon époux , ton hymen , & tes fers.
Dieu donnera la force à mes mains maternelles
De brifer avec toi tes chaines criminelles.
Vien remplir ma promeffe , & me faire oublier ,

Par des fermens nouveaux , le crime du premier.

OLIMPIE.

Hélas ! ...

STATIRA.

Quoi ! tu gémis !

OLIMPIE.

Cette même journée
Allumerait deux fois les flambeaux d'hyménée !

STATIRA.

Que dis-tu ?

OLIMPIE.

Permettez , pour la première fois ,
Que je vous fasse entendre une timide voix.
Je vous chéris , ma mère , & je voudrais répandre
Le fang que je reçus de vous & d'Alexandre ,
Si j'obtenais des Dieux , en le faisant couler ,
De prolonger vos jours ou de les confoler.

STATIRA.

O ma chère Olimpie !

OLIMPIE.

Oferai-je encor dire
Que votre afyle obfcur eft le trône où j'afpire ?
Vous m'y verrez foumife , & foulant à vos pieds
Ces trônes malheureux pour vous feule oubliés.
Alexandre mon père , enfermé dans la tombe ,
Veut-il que de nos mains fon ennemi fuccombe ?
Laiffons là tous ces Rois dans l'horreur des combats ,
Se punir l'un par l'autre , & venger fon trépas.
Mais nous , de tant de maux victimes innocentes ,
A leurs bras forcenés joignant nos mains tremblantes ,
Faudra-t-il nous charger d'un meurtre infructueux ?

Les larmes font pour nous , les crimes font pour eux.

STATIRA.

Des larmes ! Eh pour qui les vois - je ici répandre ?
Dieux ! m'avez - vous rendu la fille d'Alexandre ?
Eſt - ce elle que j'entens ?

OLIMPIE.

Ma mère...

STATIRA.

O ciel vengeur !...

OLIMPIE.

Caſſandre !...

STATIRA.

Explique - toi ; tu me glaces d'horreur.
Parle.

OLIMPIE.

Je ne le puis.

STATIRA.

Va , tu m'arraches l'ame.
Fini ce trouble affreux ; parle , dis - je.

OLIMPIE.

Ah ! Madame ,
Je ſens trop de quels coups je viens de vous frapper.
Mais je vous chéris trop pour vouloir vous tromper.
Prête à me ſéparer d'un époux ſi coupable ,
Je le fuis .... mais je l'aime.

STATIRA.

O parole exécrable !
Dernier de mes momens , cruelle fille , hélas !
Puiſque tu peux l'aimer , tu ne le fuiras pas.
Tu l'aimes ! tu trahis Alexandre & ta mère !
Grand Dieu ! j'ai vû périr mon époux & mon père ;
Tu m'arrachas ma fille , & ton ordre inhumain

Kkk iij

Me la fait retrouver pour mourir de fa main !

OLIMPIE.

Je me jette à vos pieds. . .

STATIRA.

Fille dénaturée !

Fille trop chère ! . . .

OLIMPIE.

Hélas ! de douleurs dévorée,

Tremblante à vos genoux, je les baigne de pleurs.

Ma mère, pardonnez.

STATIRA.

Je pardonne . . . . & je meurs.

OLIMPIE.

Vivez, écoutez - moi.

STATIRA.

Que veux - tu ?

OLIMPIE.

Je vous jure,

Par les Dieux, par mon nom, par vous, par la nature,

Que je m'en punirai, qu'Olimpie aujourd'hui

Répandra tout fon fang avant que d'être à lui.

Mon cœur vous eft connu. Je vous ai dit que j'aime ;

Jugez par ma faibleffe, & par cet aveu même,

Si ce cœur eft à vous, & fi vous l'emportez

Sur mes fens éperdus que l'amour a domtés.

Ne confidérez point ma faibleffe & mon âge ;

De mon père & de vous je me fens le courage.

J'ai pû les offenfer, je ne peux les trahir ;

Et vous me connaîtrez en me voyant mourir.

STATIRA.

Tu peux mourir, dis - tu, fille inhumaine & chère !

Et tu ne peux haïr l'affaffin de ton père !

O L I M P I E.

Arrachez - moi ce cœur : vous verrez qu'un époux,
Quelque cher qu'il me fût , y régnait moins que vous.
Vous y reconnaîtrez ce pur fang qui m'anime.
Pour me juftifier prenez votre victime ,
Immolez votre fille.

S T A T I R A.

Ah ! j'en crois tes vertus ;
Je te plains , Olimpie , & ne t'accufe plus.
J'efpère en ton devoir , j'efpère en ton courage.
Moi-même j'ai pitié d'un amour qui m'outrage.
Tu déchires mon cœur , & tu fais l'attendrir.
Confole au moins ta mère en la faifant mourir.
Va , je fuis malheureufe , & tu n'es point coupable.

O L I M P I E.

Qui de nous deux , ô ciel ! eft la plus miférable ?

Fin du troifiéme acte.

A C T E I V.

S C E N E   P R E M I E R E.

ANTIGONE, HERMAS, (*dans le périſtile.*)

H E R M A S.

Vous me l'aviez bien dit ; les ſaints lieux profanés
Aux horreurs des combats vont être abandonnés.
Vos ſoldats près du temple occupent ce paſſage.
Caſſandre yvre d'amour, de douleur & de rage,
Des Dieux qu'il invoquait défiant le couroux,
Par cet autre chemin s'avance contre vous.
Le ſignal eſt donné : mais dans cette entrepriſe
Entre Caſſandre & vous le peuple ſe diviſe.

A N T I G O N E (*en ſortant.*)
Je le réunirai.

S C E N E   I I.

ANTIGONE, HERMAS, CASSANDRE, SOSTENE.

C A S S A N D R E (*arrêtant Antigone.*)

DEmeure, indigne ami,
Infidèle allié, déteſtable ennemi,
M'oſes-tu diſputer ce que le ciel me donne ?

ANTI-

A N T I G O N E.

Oui. Quelle eſt la ſurpriſe où ton cœur s'abandonne !
La fille d'Alexandre a des droits aſſez grands
Pour faire armer l'Aſie , & trembler nos tyrans.
Babilone eſt ſa dot , & ſon droit eſt l'Empire.
Je prétens l'un & l'autre ; & je veux bien te dire
Que tes pleurs , tes regrets , tes expiations ,
N'en impoſeront pas aux yeux des nations.
Ne croi pas qu'à préſent l'amitié conſidère ,
Si tu fus innocent de la mort de ſon père.
L'opinion fait tout ; elle t'a condamné.
Aux faibleſſes d'amour ton cœur abandonné ,
Séduiſait Olimpie en cachant ſa naiſſance.
Tu crus enſevelir dans l'éternel ſilence
Ce funeſte ſecret dont je ſuis informé.
Ce n'eſt qu'en la trompant que tu pus être aimé.
Ses yeux s'ouvrent enfin ; c'en eſt fait ; & Caſſandre
N'oſe lever les ſiens , n'a plus rien à prétendre.
De quoi t'es-tu flatté ? penſais-tu que ſes droits
T'éléveraient un jour au rang de Roi des Rois ?
Je peux de Statira prendre ici la défenſe.
Mais veux-tu conſerver notre antique alliance ?
Veux-tu régner en paix dans tes nouveaux Etats ?
Me revoir ton ami ? t'appuyer de mon bras ?...

C A S S A N D R E.

Eh bien ?

A N T I G O N E.

Cède Olimpie , & rien ne nous ſépare.
Je périrai pour toi ; ſinon , je te déclare
Que je ſuis le plus grand de tous tes ennemis.
Connai tes intérêts , pèſe-les , & choiſis.

Tom. V. & du Théâtre le troiſiéme.　　　L l l

CASSANDRE.

Je n'aurai pas de peine, & je venais te faire
Une offre différente, & qui poura te plaire.
Tu ne connais ni loi, ni remords, ni pitié,
Et c'eft un jeu pour toi de trahir l'amitié.
J'ai craint le ciel du moins : tu ris de fa juftice,
Tu jouïs des forfaits dont tu fus le complice ;
Tu n'en jouïras pas, traître....

ANTIGONE.

Que prétens-tu ?

CASSANDRE.

Si dans ton ame atroce il eft quelque vertu,
N'employons pas les mains du foldat mercenaire,
Pour affouvir ta rage & fervir ma colère.
Qu'a de commun le peuple avec nos factions ?
Eft-ce à lui de mourir pour nos divifions ?
C'eft à nous, c'eft à toi, fi tu te fens l'audace
De braver mon courage, ainfi que ma difgrace.
Je ne fus pas admis au commerce des Dieux,
Pour aller égorger mon ami fous leurs yeux ;
C'eft un crime nouveau : c'eft toi qui le prépares.
Va, nous étions formés pour être des barbares.
Marchons ; vien décider de ton fort & du mien,
T'abreuver de mon fang, ou verfer tout le tien.

ANTIGONE.

J'y confens avec joïe : & fois fûr qu'Olimpie
Acceptera la main qui t'ôtera la vie.

(*Ils mettent l'épée à la main.*)

S C E N E III.

CASSANDRE, ANTIGONE, HERMAS, SOSTENE.

L'HIEROPHANTE *fort du temple précipitamment, avec les prêtres & les initiés, qui se jettent avec une foule de peuple entre Cassandre & Antigone, & les désarment.*

L'HIEROPHANTE.

PRofanes, c'en est trop. Arrêtez, respectez
Et le Dieu qui vous parle, & ses solemnités.
Prêtres, initiés, peuple, qu'on les sépare.
Bannissez du lieu saint la discorde barbare.
Expiez vos forfaits.... Glaives, disparaissez.
Pardonne, Dieu puissant ! vous Rois, obéissez.

CASSANDRE.

Je cède au ciel, à vous.

ANTIGONE.

Je persiste ; & j'atteste
Les mânes d'Alexandre & le couroux céleste,
Que tant que je vivrai, je ne souffrirai pas
Qu'Olimpie à mes yeux passe ici dans ses bras ;
Et que cet hyménée illégitime, impie,
Est la honte d'Ephèse, & l'horreur de l'Asie.

CASSANDRE.

Sans doute il le ferait si tu l'avais formé.

L'HIEROPHANTE.

D'un esprit plus remis, d'un cœur moins enflammé,
Rendez-vous à la loi, respectez sa justice ;

Elle eft commune à tous , il faut qu'on l'accompliſſe.
La cabane du pauvre , & le trône des Rois
Egalement foumis entendent cette voix ;
Elle aide la faibleſſe , elle eft le frein du crime ,
Et délie à l'autel l'innocente victime.
Si l'époux , quel qu'il foit , & quel que foit fon rang ,
Des parens de ſa femme a répandu le ſang ,
Fût-il purifié dans nos facrés myſtères ,
Par le feu de Veſta , par les eaux falutaires ,
Et par le repentir plus néceſſaire qu'eux ,
Son épouſe en un jour peut former d'autres nœuds.
Elle le peut fans honte , à moins que ſa clémence
A l'exemple des Dieux ne pardonne l'offenſe.
Statira vit encor , & vous devez penſer
Que du fort de ſa fille elle peut diſpoſer.
Reſpectez les malheurs & les droits d'une mère ,
Les loix des nations , le facré caractère
Que la nature donne , & que rien n'affaiblit.
A ſon augufte voix Olimpie obéit.
Qu'oſez-vous attenter , quand c'eſt à vous d'attendre
Les arrêts de la veuve , & du ſang d'Alexandre ?

(*Il fort avec ſa fuite.*)

A N T I G O N E.

C'eſt aſſez , j'y foufcris , Pontife , elle eſt à moi.

(*Antigone fort avec Hermas.*)

S C E N E   I V.

C A S S A N D R E , S O S T E N E (*dans le périftile.*)

C A S S A N D R E.

ELle n'y fera pas , cœur barbare & fans foi.
Arrachons - la , Softène , à ce fatal afyle ,
A l'efpoir infolent de ce coupable habile ,
Qui rit de mes remords , infulte à ma douleur ,
Et tranquille & ferein vient m'arracher le cœur.

S O S T E N E.

Il féduit Statira , Seigneur , il s'autorife
Et des loix qu'il viole , & des Dieux qu'il méprife.

C A S S A N D R E.

Enlevons - la , te dis - je , aux Dieux que j'ai fervis ,
Et par qui deformais tous mes foins font trahis.
J'accepterais la mort , je bénirais la foudre ;
Mais qu'enfin mon époufe ofe ici fe réfoudre
A paffer en un jour à cet autel fatal
De la main de Caffandre à la main d'un rival !
Tombe en cendres ce temple avant que je l'endure.
Ciel ! tu me pardonnais. Plus tranquille & plus pure
Mon ame à cet efpoir ofait s'abandonner ;
Tu m'ôtes Olimpie, eft - ce là pardonner?

S O S T E N E.

Il ne vous l'ôte point : ce cœur docile & tendre ,
Si foumis à vos loix , fi content de fe rendre ,
Ne peut jufqu'à l'oubli paffer en un moment.
Le cœur ne connait point un fi promt changement.
Elle peut vous aimer fans trahir la nature.

LII iij

Vos coups dans les combats portés à l'avanture
Ont verfé , je l'avoüe , un fang bien précieux.
C'eſt un malheur pour vous que permirent les Dieux.
Vous n'avez point trempé dans la mort de fon père.
Vos pleurs ont effacé tout le fang de fa mère.
Ses malheurs font paffés , vos bienfaits font préfens.

CASSANDRE.

Vainement cette idée appaife mes tourmens.
Ce fang de Statira , ces mânes d'Alexandre ,
D'une voix trop terrible ici fe font entendre.
Soſtène , elle eſt leur fille ; elle a le droit affreux
De haïr fans retour un époux malheureux.
Je fens qu'elle m'abhorre , & moi je la préfère
Au trône de Cyrus , au trône de la terre.
Ces expiations , ces myſtères cachés ,
Indifférens aux Rois , & par moi recherchés ,
Elle en était l'objet ; mon ame criminelle
Ne s'approchait des Dieux que pour s'approcher d'elle.

(*appercevant Olimpie.*)

SOSTENE.

Hélas ! la voyez-vous en proie à fes douleurs ?
Elle embraffe un autel , & le baigne de pleurs.

CASSANDRE.

Au temple , à cet autel , il eſt tems qu'on l'enlève.
Va , cours , que tout foit prêt.

(*Soſtène fort.*)

S C E N E V.

CASSANDRE, OLIMPIE.

OLIMPIE (*courbée sur l'autel sans voir Caffandre.*)

Que mon cœur se soulève!
Qu'il est desespéré!... qu'il se condamne!... Hélas!
(*appercevant Caffandre.*)
Que vois-je!

CASSANDRE.

Votre époux.

OLIMPIE.

Non, vous ne l'êtes pas.
Non, Caffandre... jamais ne prétendez à l'être.

CASSANDRE.

Eh bien, j'en suis indigne, & je dois me connaître.
Je fais tous les forfaits que mon sort inhumain
Pour nous perdre tous deux a commis par ma main.
J'ai cru les expier, j'en comble la mesure.
Ma présence est un crime, & ma flamme une injure....
Mais, daignez me répondre.... Ai-je par mes secours
Aux fureurs de la guerre arraché vos beaux jours?

OLIMPIE.

Pourquoi les conserver ?

CASSANDRE.

Au sortir de l'enfance,
Ai-je assez respecté votre aimable innocence ?
Vous ai-je idolâtrée ?

O L I M P I E.
Ah ! c'eft là mon malheur.

C A S S A N D R E.
Après le tendre aveu de la plus pure ardeur,
Libre dans vos bontés, maîtreffe de vous-même,
Cette voix favorable à l'époux qui vous aime,
Aux lieux où je vous parle, à ces mêmes autels,
A joint à mes fermens vos fermens folemnels !

O L I M P I E.
Hélas ! il eft trop vrai ! ... Que le couroux célefte
Ne me puniffe pas d'un ferment fi funefte !

C A S S A N D R E.
Vous m'aimiez, Olimpie !

O L I M P I E.
Ah ! pour comble d'horreur,
Ne me reproche pas ma déteftable erreur.
Il te fut trop aifé d'éblouïr ma jeuneffe ;
D'un cœur qui s'ignorait tu trompas la faibleffe,
C'eft un forfait de plus.... Fui-moi ; ces entretiens
Sont un crime pour moi, plus affreux que les tiens.

C A S S A N D R E.
Craignez d'en commettre un plus funefte peut-être,
En acceptant les vœux d'un barbare & d'un traître ;
Et fi pour Antigone....

O L I M P I E.
Arrête, malheureux.
D'Antigone & de toi je rejette les vœux.
Après que cette main lâchement abufée,
S'eft pû joindre à ta main de mon fang arrofée,
Nul mortel deformais n'aura droit fur mon cœur.
J'ai l'hymen, & le monde, & la vie en horreur.

Maî-

Maîtreffe de mon choix , fans que je délibère ,
Je choifis les tombeaux qui renferment ma mère ;
Je choifis cet afyle , où Dieu doit poffléder
Ce cœur qui fe trompa quand il put te céder.
J'embraffe les autels , & détefte ton trône ,
Et tous ceux de l'Afie . . . . & furtout d'Antigone.
Va - t - en , ne me voi plus. . . . Va , laiffe - moi pleurer
L'amour que j'ai promis , & qu'il faut abhorrer.

C A S S A N D R E.

Eh bien de mon rival fi l'amour vous offenfe ,
Vous ne fauriez m'ôter un rayon d'efpérance ;
Et quand votre vertu rejette un autre époux ,
Ce refus eft ma grace ; & je me crois à vous.
Tout fouillé que je fuis du fang qui vous fit naître ,
Vous êtes, vous ferez la moitié de mon être ,
Moitié chère & facrée , & de qui les vertus
Ont arrêté fur moi les foudres fufpendus ,
Ont gardé fur mon cœur un empire fuprême ,
Et devraient défarmer votre mère elle - même.

O L I M P I E.

Ma mère ! . . . Quoi ! ta bouche a prononcé fon nom !
Ah ! fi le repentir , fi la compaffion ,
Si ton amour au moins peut fléchir ton audace ,
Fui les lieux qu'elle habite , & l'autel que j'embraffe ,
Laiffe - moi.

C A S S A N D R E.

Non , fans vous je n'en faurais fortir.
A me fuivre à l'inftant vous devez confentir.
(*Il la prend par la main.*)
Chère époufe , venez.

Tom. V. *& du Théâtre le troifiéme.* Mmm

OLIMPIE (*la retirant avec tranfport.*)
Traite - moi donc comme elle ;
Frappe une infortunée à fon devoir fidelle ;
Dans ce cœur défolé porte un coup plus certain.
Tout mon fang fut formé pour couler fous ta main.
Frappe , dis - je.

CASSANDRE.
Ah ! trop loin vous portez la vengeance ;
J'eus moins de cruauté , j'eus moins de violence.
Le ciel fait faire grace , & vous favez punir ;
Mais c'eft trop être ingrate , & c'eft trop me haïr.

OLIMPIE.
Ma haine eft - elle jufte , & l'as - tu méritée ? . . .
Caffandre , fi ta main féroce , enfanglantée ,
Ta main qui de ma mère ofa perfer le flanc ,
N'eût frappé que moi feule , & verfé que mon fang ,
Je te pardonnerais , je t'aimerais . . . . barbare.
Va , tout nous défunit.

CASSANDRE.
Non , rien ne nous fépare.
Quand vous auriez Caffandre encór plus en horreur ,
Quand vous m'épouferiez pour me percer le cœur ,
Vous me fuivrez. . . . Il faut que mon fort s'accompliffe.
Laiffez - moi mon amour , du moins pour mon fupplice.
Ce fupplice eft fans terme , & j'en jure par vous.
Haïffez , puniffez , mais fuivez vôtre époux.

S C E N E VI.

CASSANDRE, OLIMPIE, SOSTENE.

SOSTENE.

PAraiſſez, ou bientôt Antigone l'emporte.
Il parle à vos guerriers, il aſſiège la porte.
Il ſéduit vos amis près du temple aſſemblés.
Par ſa voix redoutable ils ſemblent ébranlés.
Il atteſte Alexandre, il atteſte Olimpie.
Tremblez pour votre amour, tremblez pour votre vie.
Venez.

CASSANDRE.
A mon rival ainſi vous m'immolez!
Je vais chercher la mort, puiſque vous le voulez.

OLIMPIE.
Moi! vouloir ton trépas!... Va, j'en ſuis incapable....
Vi loin de moi.

CASSANDRE.
Sans vous le jour m'eſt exécrable,
Et s'il m'eſt conſervé, je revole en ces lieux;
Je vous arrache au temple, ou j'y meurs à vos yeux.
(*Il ſort avec Soſtène.*)

S C E N E VII.

OLIMPIE (*ſeule.*)

MAlheureuſe!... Et c'eſt lui qui cauſe mes allarmes!...
Ah! Caſſandre, eſt-ce à toi de me coûter des larmes?

Faut-il tant de combats pour remplir fon devoir ?
Vous aurez fur mon ame un abfolu pouvoir,
O fang dont je nâquis , ô voix de la nature !
Je m'abandonne à vous , c'eft par vous que je jure
De vous facrifier mes plus chers fentimens. . . .
Sur cet autel , hélas ! j'ai fait d'autres fermens. . . .
Dieux ! vous les receviez ; ô Dieux , votre clémence
A du plus tendre amour approuvé l'innocence.
Vous avez tout changé . . . . mais changez donc mon cœur ;
Donnez-lui la vertu conforme à fon malheur. . . .
Ayez quelque pitié d'une ame déchirée ,
Qui périt infidèle , ou meurt dénaturée.
Hélas ! j'étais heureufe en mon obfcurité ,
Dans l'oubli des humains , dans la captivité,
Sans parens , fans état , à moi-même inconnuë. . . .
Le grand nom que je porte , eft ce qui m'a perduë.
J'en ferai digne au moins. . . . Caffandre , il faut te fuir ,
Il faut t'abandonner . . . . mais comment te haïr ? . . .
    Que peut donc fur foi-même une faible mortelle ?
Je déchire en pleurant ma bleffure cruelle :
Et ce trait malheureux que ma main va chercher ,
Je l'enfonce en mon cœur , au lieu de l'arracher.

S C E N E   V I I I.

OLIMPIE, L'HIEROPHANTE, Prêtres , Prêtreffes.

OLIMPIE.

Pontife , où courez-vous ? Protégez ma faibleffe.
Vous tremblez ! . . . Vous pleurez ! . . .

L' H I E R O P H A N T E.

     Malheureufe Princeffe !

Je pleure votre état.

    O L I M P I E.

   Ah ! foyez - en l'appui.

  L' H I E R O P H A N T E.

Réfignez-vous au ciel , vous n'avez plus que lui.

    O L I M P I E.

Hélas ! que dites - vous ?

   L' H I E R O P H A N T E.

    O fille augufte & chère !

La veuve d'Alexandre....

    O L I M P I E.

    Ah ! juftes Dieux !... ma mère !

Eh bien ?...

   L' H I E R O P H A N T E.

  Tout eft perdu. Les deux Rois furieux ,

Foulant aux pieds les loix , armés contre les Dieux ,

Jufques dans les parvis de l'enceinte facrée ,

Encourageaient leur troupe au meurtre préparée.

Déja coulait le fang , déja le fer en main ,

Caffandre jufqu'à vous fe frayait un chemin.

J'ai marché contre lui , n'ayant pour ma défenfe

Que nos loix qu'il oublie , & nos Dieux qu'il offenfe.

Votre mère éperduë , & s'offrant à fes coups ,

L'a cru maître à la fois & du temple & de vous.

Laffe de tant d'horreurs , laffe de tant de crimes ,

Elle a faifi le fer qui frappe les viêtimes ,

L'a plongé dans ce flanc où le ciel irrité

Vous fit puifer la vie & la calamité.

  O L I M P I E *tombant entre les bras d'une prêtreffe.*

Je meurs.... Soutenez-moi.... marchons.... Vit-elle encore ?

L'H I E R O P H A N T E.

Caſſandre eſt à ſes pieds ; il gémit , il l'implore ;
Il oſe encor prêter ſes funeſtes ſecours
Aux innocentes mains qui raniment ſes jours.
Il s'écrie , il s'accuſe , il jette au loin ſes armes.

O L I M P I E *ſe relevant.*

Caſſandre à ſes genoux !

L'H I E R O P H A N T E.

　　　Il les baigne de larmes.
A ſes cris , à nos voix elle rouvre les yeux ;
Elle ne voit en lui qu'un monſtre audacieux ,
Qui lui vient arracher les reſtes de ſa vie ,
Par cette main funeſte en tout tems pourſuivie.
Faible , & ſe ſoulevant par un dernier effort ,
Elle tombe , elle touche au moment de la mort.
Elle abhorre à la fois Caſſandre & la lumière ,
Et levant à regret ſa débile paupière ,
Allez , m'a-t-elle dit , miniſtre infortuné
D'un temple malheureux par le ſang profané ,
Conſolez Olimpie : elle m'aime , & j'ordonne
Que pour venger ſa mère , elle épouſe Antigone.

O L I M P I E.

Allons mourir près d'elle…. Exaucez-moi , grands Dieux !
Venez , guidez mes pas ; venez fermer nos yeux.

L'H I E R O P H A N T E.

Armez-vous de courage ; il doit ici paraître.

O L I M P I E.

J'en ai beſoin , Seigneur…. & j'en aurai peut-être.

Fin du quatriéme acte.

A C T E V.

S C E N E P R E M I E R E.

ANTIGONE, HERMAS (*dans le périſtile.*)

H E R M A S.
LA pitié doit parler , & la vengeance eſt vaine.
Un rival malheureux n'eſt pas digne de haine.
Fuyez ce lieu funeſte. Olimpie aujourd'hui ,
Seigneur , fera perdue , & pour vous , & pour lui.
A N T I G O N E.
Quoi ! Statira n'eſt plus !
H E R M A S.
C'eſt le fort de Caſſandre ,
D'être toûjours funeſte au grand nom d'Alexandre.
Statira ſuccombant au poids de ſa douleur ,
Dans les bras de ſa fille expire avec horreur.
La ſenſible Olimpie à ſes pieds étenduë ,
Semble exhaler ſon ame à peine retenuë.
Les miniſtres des Dieux , les prêtreſſes en pleurs ,
En mêlant leurs regrets accroiſſent leurs douleurs.
Caſſandre épouvanté ſent toutes leurs atteintes.
Le temple retentit de ſanglots & de plaintes.
On prépare un bucher , & ces vains ornemens ,
Qui rappellent la mort au regard des vivans.
On prétend qu'Olimpie en ce lieu ſolitaire
Habitera l'aſyle où s'enfermait ſa mère ;

Qu'au monde , à l'hyménée arrachant ſes beaux jours ,
Elle conſacre aux Dieux leur déplorable cours ;
Et qu'elle doit pleurer dans l'éternel ſilence
Sa famille , ſa mère , & juſqu'à ſa naiſſance.

ANTIGONE.

Non , non , de ſon devoir elle ſuivra les loix.
J'ai ſur elle à la fin d'irrévocables droits.
Statira me la donne : & ſes ordres ſuprêmes
Au moment du trépas ſont les loix des Dieux mêmes.
Ce forcené Caſſandre , & ſa funeſte ardeur ,
Au ſang de Statira font une juſte horreur.

HERMAS.

Seigneur , le croyez - vous ?

ANTIGONE.

Elle - même déclare
Que ſon cœur déſolé renonce à ce barbare.
S'il oſe encor l'aimer , j'ai promis ſon trépas.
Je tiendrai ma parole , & tu n'en doutes pas.

HERMAS.

Mêleriez - vous du ſang aux pleurs qu'on voit répandre ,
Aux flammes du bucher , à cette auguſte cendre ?
Frappés d'un ſaint reſpeȼt , ſachez que vos ſoldats
Reculeront d'horreur , & ne vous ſuivront pas.

ANTIGONE.

Non , je ne puis troubler la pompe funéraire ;
J'en ai fait le ſerment , Caſſandre la révère :
Je ſais qu'il eſt des loix qu'il me faut reſpeȼter ,
Que pour gagner le peuple , il le faut imiter.
Vengeur de Statira , proteȼteur d'Olimpie ,
Je dois ici l'exemple au reſte de l'Aſie.
Tout parle en ma faveur ; & mes coups différés

En

En auront plus de force & font plus affurés.

. (*Le temple s'ouvre.*)

S C E N E   I I.

ANTIGONE , HERMAS , L'HIEROPHANTE,
Prêtres , *s'avançant lentement.* O L I M P I E *foutenue par*
les Prêtreffes : *elle eft en deuil.*

H E R M A S.

ON amène Olimpie à peine refpirante.
Je vois du temple faint l'augufte Hiérophante
Qui mouille de fes pleurs les traces de fes pas.
Les prêtreffes des Dieux la tiennent dans leurs bras.

A N T I G O N E.

Ces objets toucheraient le cœur le plus farouche ,

(*à Olimpie.*)

Je veux bien l'avouer.... Permettez que ma bouche ,
En mêlant mes regrets à vos triftes foupirs ,
Jure encor de venger tant d'affreux déplaifirs.
L'ennemi qui deux fois vous priva d'une mère ,
Nourrit dans fa fureur un efpoir téméraire.
Sachez que tout eft prêt pour fa punition.
N'ajoutez point la crainte à votre affliction.
Contre fes attentats foyez en affurance.

O L I M P I E.

Ah ! Seigneur , parlez moins de meurtre & de vengeance.
Elle a vécu... je meurs au refte des humains.

A N T I G O N E.

Je déplore fa perte autant que je vous plains.
Je pourrais rappeller fa volonté facrée ,

Tom. V. *& du Théâtre le troifiéme.* Nnn

Si chère à mon efpoir, & par vous revérée :
Mais je fais ce qu'on doit, dans ce premier moment,
A fon ombre, à fa fille, à votre accablement.
Confultez -vous, Madame, & gardez fa promeffe.
(*Il fort avec Hermas.*)

S C E N E III.

OLIMPIE, L'HIEROPHANTE, Prêtres, Prêtreffes.

OLIMPIE.

Vous, qui compatiffez à l'horreur qui me preffe,
Vous, miniftre d'un Dieu de paix & de douceur,
Des cœurs infortunés le feul confolateur,
Ne puis- je fous vos yeux confacrer ma mifère
Aux autels arrofés des larmes de ma mère ?
Auriez - vous bien, Seigneur, affez de dureté
Pour fermer cet afyle à ma calamité ?
Du fang de tant de Rois c'eft l'unique héritage ;
Ne me l'enviez pas ; laiffez - moi mon partage.

L'HIEROPHANTE.

Je pleure vos deftins, mais que puis - je pour vous ?
Votre mère en mourant a nommé votre époux.
Vous avez entendu fa volonté dernière,
Tandis que de nos mains nous fermions fa paupière ;
Et fi vous réfiftez à fa mourante voix,
Caffandre eft votre maître ; il rentre en tous fes droits.

OLIMPIE.

J'ai juré, je l'avouë, à Statira mourante,
De détourner ma main de cette main fanglante ;
Je garde mes fermens.

L'HIEROPHANTÉ.

                    Libre encor dans ces lieux,
Votre main ne dépend que de vous & des Dieux.
Bientôt tout va changer. Vous pouvez, Olimpie,
Ordonner maintenant du fort de votre vie.
On ne doit pas fans doute allumer en un jour
Et les buchers des morts, & les flambeaux d'amour.
Ce mélange eft affreux ; mais un mot peut fuffire,
Et j'attendrai ce mot fans ofer le prefcrire.
C'eft à vous à fentir, dans ces extrémités,
Ce que doit votre cœur au fang dont vous fortez.

OLIMPIE.

Seigneur, je vous l'ai dit ; cet hymen, & tout autre,
Eft horrible à mon cœur, & doit déplaire au votre.
Je ne veux point trahir ces mânes couroucés ;
J'abandonne un époux.... c'eft obéïr affez.
Laiffez-moi fuir l'hymen & l'amour & le trône.

L'HIEROPHANTE.

Il faut fuivre Caffandre, ou choifir Antigone.
Ces deux rivaux armés, fi fiers & fi jaloux,
Sont forcés maintenant à s'en remettre à vous.
Vous préviendrez d'un mot le trouble & le carnage,
Dont nos yeux reverraient l'épouvantable image,
Sans le refpeft profond qu'infpirent aux mortels
Cet appareil de mort, ce bucher, ces autels,
Et ces derniers devoirs, & ces honneurs fuprêmes,
Qui les font pour un tems rentrer tous en eux-mêmes.
La piété fe laffe, & furtout chez les grands.
J'ai du fang avec peine arrêté les torrens.
Mais ce fang dès demain va couler dans Ephèfe.
Décidez-vous, Princeffe, & le peuple s'appaife.

Ce peuple qui toûjours eft du parti des loix,
Quand vous aurez parlé, foutiendra votre choix.
Sinon, le fer en main, dans ce temple, à ma vuë,
Caffandre en réclamant la foi qu'il a reçuë,
D'un bien qu'il poffedait, a droit de s'emparer,
Malgré la jufte horreur qu'il vous femble infpirer.

O L I M P I E.

Il fuffit ; je conçois vos raifons & vos craintes.
Je ne m'emporte plus en d'inutiles plaintes.
Je fubis mon deftin ; vous voyez fa rigueur....
Il me faut faire un choix.... il eft fait dans mon cœur,
Je fuis déterminée.

L'H I E R O P H A N T E.
Ainfi donc d'Antigone

Vous acceptez les vœux, & la main qu'il vous donne ?

O L I M P I E.

Seigneur, quoi qu'il en foit, peut-être ce moment
N'eft point fait pour conclure un tel engagement.
Vous-même l'avouez ; & cette heure dernière,
Où ma mère a vécu, doit m'occuper entière....
Au bucher qui l'attend vous allez la porter ?

L'H I E R O P H A N T E.

De ces triftes devoirs il faut nous acquitter.
Une urne contiendra fa dépouille mortelle ;
Vous la recueillerez.

O L I M P I E.
Sa fille criminelle

A caufé fon trépas.... Cette fille du moins
A fes mânes vengeurs doit encor quelques foins.

L'H I E R O P H A N T E.

Je vais tout préparer.

O L I M P I E.
Par vos loix que j'ignore,
Sur ce lit embrafé puis-je la voir encore ?
Du funèbre appareil pourai-je m'approcher ?
Pourai-je de mes pleurs arrofer fon bucher ?

L'H I E R O P H A N T E.
Hélas ! vous le devez ; nous partageons vos larmes.
Vous n'avez rien à craindre ; & ces rivaux en armes
Ne pouront point troubler ces devoirs douloureux.
Préfentez des parfums, vos voiles, vos cheveux,
Et des libations la trifte & pure offrande.
(*Les prétreffes placent tout cela fur un autel.*)

O L I M P I E (*à l'Hiérophante.*)
C'eft l'unique faveur que fa fille demande....
(*à la prétreffe inférieure.*)
Toi qui la conduifis dans ce féjour de mort,
Qui partageas quinze ans les horreurs de fon fort,
Va, revien m'avertir quand cette cendre aimée
Sera prête à tomber dans la foffe enflammée.
Que mes derniers devoirs, puifqu'ils me font permis,
Satisfaffent fon ombre.... il le faut.

L A P R Ê T R E S S E.
J'obéïs.
(*Elle fort.*)

O L I M P I E (*à l'Hiérophante.*)
Allez donc ; élevez cette pile fatale ;
Préparez les cyprès, & l'urne fépulcrale ;
Faites venir ici ces deux rivaux cruels ;
Je prétends m'expliquer aux pieds de ces autels,
A l'afpect de ma mère, aux yeux de ces prêtreffes,
Témoins de mes malheurs, témoins de mes promeffes.

Mes fentimens, mon choix, vont être déclarés.
Vous les plaindrez peut-être, & les approuverez.

L'HIEROPHANTE.

De vos deftins encor vous êtes la maîtreffe.
Vous n'avez que ce jour, il fuit, & le tems preffe.

(*Il fort avec les prêtres.*

SCENE IV.

OLIMPIE *fur le devant, les Prêtreffes en demi-cercle au fond.*

OLIMPIE.

O Toi, qui dans mon cœur à ce choix réfolu,
Ufurpas à ma honte un pouvoir abfolu,
Qui triomphes encor de Statira mourante,
D'Alexandre au tombeau, de leur fille tremblante,
De la terre & des cieux contre toi conjurés,
Règne, amant malheureux, fur mes fens déchirés.
Si tu m'aimes hélas! fi j'ofe encor le croire,
Va, tu payeras bien cher ta funefte victoire.

SCENE V.

OLIMPIE, CASSANDRE, les Prêtreffes.

CASSANDRE.

EH bien, je viens remplir mon devoir & vos vœux.
Mon fang doit arrofer ce bucher malheureux.
Acceptez mon trépas, c'eft ma feule efpérance;
Que ce foit par pitié plutôt que par vengeance.

O L I M P I E.

Caſſandre !

C A S S A N D R E.

Objet ſacré , chère épouſe !...

O L I M P I E.

Ah cruel !

C A S S A N D R E.

Il n'eſt plus de pardon pour ce grand criminel.
Eſclave infortuné du deſtin qui me guide ,
Mon ſort en tous les tems eſt d'être parricide.

(*Il ſe jette à genoux.*)

Mais je ſuis ton époux , mais malgré ſes forfaits ,
Cet époux t'idolâtre encor plus que jamais.
Reſpeéte en m'abhorrant cet hymen que j'atteſte.
Dans l'univers entier Caſſandre ſeul te reſte.
La mort eſt le ſeul Dieu qui peut nous ſéparer.
Je veux en périſſant te voir & t'adorer.
Venge - toi , puni - moi : mais ne ſois point parjure.
Va , l'hymen eſt encor plus ſaint que la nature.

O L I M P I E.

Levez - vous , & ceſſez de profaner du moins
Cette cendre fatale & mes funèbres ſoins.
Quand ſur l'affreux bucher dont les flammés s'allument,
De ma mère en ces lieux les membres ſe conſument,
Ne ſouillez pas ces dons que je dois préſenter ;
N'approchez pas , Caſſandre , & ſachez m'écouter.

S C E N E VI.

O L I M P I E , C A S S A N D R E ,
A N T I G O N E , Prêtreſſes.

A N T I G O N E.

ENfin , votre vertu ne peut plus s'en défendre.
Statira vous ,dictait l'arrêt qu'il vous faut rendre.
J'ai reſpecté les morts , & ce jour de terreur.
Vous en pouvez juger , puiſque mon bras vengeur
N'a point encor de ſang inondé cet aſyle ,
Puiſqu'un moment encor à vos ordres docile ,
Je vous prends en ces lieux pour ſon juge & le mien.
Prononcez votre arrêt , & ne redoutez rien.
On vous verra , Madame , & du moins je l'eſpère ,
Diſtinguer l'aſſaſſin du vengeur d'une mère.
La nature a des droits. Statira dans les cieux
A côté d'Alexandre arrête ici ſes yeux.
Vous êtes dans ce temple encor enſevelie ;
Mais la terre & le ciel obſervent Olimpie.
Il faut entre nous deux que vous vous déclariez.

O L I M P I E.

J'y conſens : mais je veux que vous me reſpectiez.
Vous voyez ces apprêts , ces dons que je dois faire
A nos Dieux infernaux , aux mânes d'une mère ;
Vous choiſiſſez ce tems , impétueux rivaux ,
Pour me parler d'hymen au milieu des tombeaux !
Jurez-moi ſeulement , ſoldats du Roi mon père ,
Rois après ſon trépas , que ſi je vous ſuis chère ,

Dans

Dans ce moment dů · moins , reconnaiffant mes loix ,
Vous ne troublerez point mes devoirs & mon choix.

C A S S A N D R E.

Je le dois , je le jure , & vous devez connaître
Combien je vous refpecte & dédaigne ce traître.

A N T I G O N E.

Oui , je le jure auffi , bien fûr que votre cœur
Pour ce rival barbare eft pénétré d'horreur.
Prononcez , j'y foufcris.

O L I M P I E.

Songez , quoi qu'il en coute ,
Vous - même l'avez dit , qu'Alexandre m'écoute.

A N T I G O N E.

Décidez devant lui.

C A S S A N D R E.

J'attens vos volontés.

O L I M P I E.

Connaiffez donc ce cœur que vous perfécutez ,
Et vous - mêmes jugez du parti qui me refte.
Quelque choix que je faffe , il doit m'être funefte.
Vous fentez tout l'excès de ma calamité.
Apprenez plus , fachez que je l'ai mérité.
J'ai trahi mes parens , quand j'ai pû les connaître ;
J'ai porté le trépas au fein qui m'a fait naître.
Je trouvais une mère en ce féjour d'effroi ,
Elle eft morte en mes bras , elle eft morte pour moi.
Elle a dit à fa fille , à fes pieds défolée ,
Epoufez Antigone , & je meurs confolée.
Alors elle agonife ; & moi pour l'achever ,
Je la refufe.

ANTIGONE.

Ainſi vous pouvez me braver !
Outrager votre mère , & trahir la nature !

OLIMPIE.

A ſes mânes , à vous , je ne fais point d'injure ;
Je rends juſtice à tous , & je la rends à moi....
Caſſandre , devant lui je vous donnai ma foi ;
Voyez ſi nos liens ont été légitimes ;
Je vous laiſſe en juger : vous connaiſſez vos crimes ,
Il ſerait ſuperflu de vous les reprocher ;
Réparez-les un jour.

CASSANDRE.

Je ne puis vous toucher !
Je ne peux adoucir cette horreur qui vous preſſe !

OLIMPIE.

Je vais vous éclaircir : gardez votre promeſſe.
(*Le temple s'ouvre ; on voit le bucher enflammé.*)

S C E N E   D E R N I E R E.

OLIMPIE, CASSANDRE, ANTIGONE,
L'HIEROPHANTE, Prêtres , Prêtreſſes.

LA PRÊTRESSE inférieure.

Princeſſe , il en eſt tems.

OLIMPIE (*à Caſſandre.*)

Voi ce ſpectacle affreux !
Caſſandre , en ce moment plain-toi ſi tu le peux.
Contemple ce bucher , contemple cette cendre.
Souvien-toi de mes fers , ſouvien-toi d'Alexandre :

Voilà fa veuve , parle , & di ce que je dois.

CASSANDRE.

M'immoler.

OLIMPIE.

Ton arrêt eft dicté par ta voix....
Attends ici le mien. *a*) Vous , mânes de ma mère ,
Mânes à qui je rends ce devoir funéraire ,
Vous qu'un jufte couroux doit encor animer ,
Vous recevrez des dons qui pouront vous calmer.
De mon père & de vous ils font dignes peut-être....
Toi , l'époux d'Olimpie , & qui ne dus pas l'être ,
Toi , qui me confervas par un cruel fecours ,
Toi , par qui j'ai perdu les auteurs de mes jours ,
Toi , qui m'as tant chérie , & pour qui ma faibleffe
Du plus fatal amour a fenti la tendreffe ,
Tu crois mes lâches feux de mon ame bannis....
Appren.... que je t'adore.... & que je m'en punis.
Cendres de Statira , recevez Olimpie.

(*Elle fe frappe , & fe jette dans le bucher.*)

TOUS ENSEMBLE. *b*)

Ciel !

CASSANDRE (*courant au bucher.*)

Olimpie !

LES PRÊTRES.

O ciel !

ANTIGONE.

O fureur inouïe !

---

a) Elle monte fur l'eftrade de l'autel qui eft près du bucher. Les prêtreffes lui préfentent les offrandes.

b) L'Hiérophante , les prêtres , & les prêtreffes témoignent leur étonnement & leur confternation.

CASSANDRE.

Elle n'eft déja plus, tous nos efforts font vains.
(*Revenant dans le périftile.*)
En eft-ce affez, grands Dieux !... Mes exécrables mains
Ont fait périr mon Roi, fa veuve & mon époufe !...
Antigone, ton ame eft-elle encor jaloufe ?
Infenfible témoin de cette horrible mort,
Envîras-tu toûjoûrs la douceur de mon fort ?
De ma félicité fi ton grand cœur s'irrite,
Partage-la, croi-moi, pren ce fer, & m'imite.
(*Il fe tuë.*)

L'HIEROPHANTE.

Arrêtez !... O faint temple ! ô Dieu jufte & vengeur !
Dans quel palais profane a-t-on vû plus d'horreur !

ANTIGONE.

Ainfi donc Alexandre & fa famille entière,
Succeffeurs, affaffins, tout eft cendre & pouffière.
Dieux, dont le monde entier éprouve le couroux,
Maîtres des vils humains, pourquoi les formiez-vous ?
Qu'avait fait Statira ? qu'avait fait Olimpie ?
A quoi réfervez-vous ma déplorable vie ?

Fin du cinquiéme & dernier acte.

REMARQUES

A L'OCCASION

D'OLIMPIE.

ACTE I.

SCENE I.

Softène, on va finir ces myftères terribles.

CEs myftères & ces expiations font de la plus haute antiquité, & commençaient alors à devenir communs chez
les Grecs. *Philippe* père d'*Alexandre*, fe fit initier aux myftères de la Samothrace avec la jeune *Olimpias* qu'il époufa
depuis. C'eft ce qu'on trouve dans *Plutarque* au commencement de la vie d'*Alexandre*, & c'eft ce qui peut fervir à
fonder l'initiation de *Caffandre* & d'*Olimpie*.

Il eft difficile de favoir chez quelle nation on inventa ces
myftères. On les trouve établis chez les Perfes, chez les Indiens, chez les Egyptiens, chez les Grecs. Il n'y a peut-être
point d'établiffement plus fage. La plûpart des hommes, quand
ils font tombés dans de grands crimes, en ont naturellement
des remords. Les légiflateurs qui établirent les myftères & les
expiations, voulurent également empêcher les coupables repen-
tans de fe livrer au defefpoir, & de retomber dans leurs crimes.

La créance de l'immortalité de l'ame était partout le fondement de ces cérémonies religieufes. Soit que la doftrine
de la métempfychofe fût admife, foit qu'on reçût celle de la

réunion de l'efprit humain à l'efprit univerfel ; foit que l'on crût, comme en Egypte, que l'ame ferait un jour rejointe à fon propre corps ; en un mot, quelle que fût l'opinion dominante, celle des peines & des récompenfes après la mort était univerfelle chez toutes les nations policées.

Il eft vrai que les Juifs ne connurent point ces myftères, quoiqu'ils euffent pris beaucoup de cérémonies des Egyptiens. La raifon en eft que l'immortalité de l'ame était le fondement de la doctrine Egyptienne, & n'était pas celui de la doctrine Mofaïque. Le peuple groffier des Juifs, auquel Dieu daignait fe proportionner, n'avait même aucun corps de doctrine : il n'avait pas une feule formule de prière générale établie par fes loix. On ne trouve ni dans le *Deutéronome*, ni dans le *Lévitique*, qui font les feules loix des Juifs, ni prière, ni dogme, ni créance de l'immortalité de l'ame, ni peines, ni récompenfes après la mort. C'eft ce qui les diftinguait des autres peuples ; & c'eft ce qui prouve la divinité de la miffion de *Moyfe*, felon le fentiment de Monfieur *Warburton*, Évêque de Worcefter. Ce Prélat prétend que Dieu daignant gouverner lui-même le peuple Juif, & le récompenfant ou le puniffant par des bénédictions, ou des peines temporelles, ne devait pas lui propofer le dogme de l'immortalité de l'ame, dogme admis chez tous les voifins de ce peuple.

Les Juifs furent donc prefque les feuls dans l'antiquité, chez qui les myftères furent inconnus. *Zoroaftre* les avait apportés en Perfe, *Orphée* en Thrace, *Ofiris* en Egypte, *Minos* en Crète, *Ciniras* en Chypre, *Erectée* dans Athènes. Tous différaient, mais tous étaient fondés fur la créance d'une vie avenir, & fur celle d'un feul Dieu. C'eft furtout ce dogme de l'unité de l'Etre fuprême qui fit donner partout le nom de *myftères* à ces cérémonies facrées. On laiffait le peuple adorer des Dieux fecondaires, des petits Dieux, comme les appelle Ovide, *vulgus Deorum*, c'eft-à-dire les ames des héros que l'on croyait participantes de la divinité, & des êtres mitoyens entre Dieu & nous. Dans toutes les célébrations des myftères en Grèce, foit à Eleufis, foit à Thèbes, foit dans la Samothrace, ou dans les autres ifles, on chantait l'hymne d'*Orphée ;*

*Marchez dans la voye de la justice , contemplez le seul maître
du monde , le* Démiurgos. *Il est unique , il existe seul par lui-
même ; tous les autres étres ne sont que par lui ; il les anime
tous : il n'a jamais été vû par des yeux mortels , & il voit au
fond de nos cœurs.*

Dans presque toutes les célébrations de ces mystères , on
représentait sur une espèce de théâtre , une nuit à peine éclai-
rée , & des hommes à moitié nuds , errans dans ces ténèbres,
poussans des gémissemens & des plaintes, & levans les mains
au ciel. Ensuite venait la lumière , & l'on voyait le *Démiurgos*
qui représentait le maître & le fabricateur du monde , con-
solant les mortels , & les exhortant à mener une vie pure.

Ceux qui avaient commis de grands crimes, les confessaient
à l'Hiérophante , & juraient devant Dieu de n'en plus commettre. On les appellait dans toutes les langues d'un nom
qui répond à *Initiatus , Initié ,* celui *qui commence une nouvelle
vie ,* & qui entre en communication avec les Dieux , c'est-
à-dire , avec les héros , & les demi-Dieux , qui ont mérité
par leurs exploits bienfaisans d'être admis après leur mort auprès de l'Etre suprême.

Ce font là les particularités principales qu'on peut recueillir
des anciens mystères dans *Platon ,* dans *Cicéron ,* dans *Por-
phire , Eusèbe , Strabon* & d'autres.

Les parricides n'étaient point reçus à ces expiations : le
crime était trop énorme. *Suétone* rapporte que *Néron ,* après
avoir assassiné sa mère , ayant voyagé en Grèce , n'osa assister
aux mystères d'*Eleusine. Zozime* prétend que *Constantin ,* après
avoir fait mourir sa femme , son fils , son beau-père , & son
neveu , ne put jamais trouver d'Hiérophante qui l'admît à la
participation des mystères.

On pourrait remarquer ici que *Cassandre* est précisément
dans le cas où il doit être admis au nombre des initiés. Il
n'est point coupable de l'empoisonnement d'*Alexandre ;* il n'a
répandu le sang de *Statira* que dans l'horreur tumultueuse
d'un combat , & en défendant son père. Ses remords sont
plutôt d'une ame sensible , & née pour la vertu , que d'un
criminel qui craint la vengeance céleste.

SCENE II.

Il était un grand-homme. (ALEXANDRE.)

IL eſt bon d'oppoſer ici le jugement de *Plutarque* ſur *Aléxandre*, à tous les paradoxes, & aux lieux communs qu'il a plû à *Juvénal* & à ſes imitateurs de débiter contre ce héros. *Plutarque* dans ſa belle comparaiſon d'*Alexandre* & de *Céſar*, dit que *le héros de la Macédoine ſemblait né pour le bonheur du monde, & le héros Romain pour ſa ruine*. En effet, rien n'eſt plus juſte que la guerre d'*Alexandre*, Général de la Grèce, contre les ennemis de la Grèce, & rien de plus injuſte que la guerre de *Céſar* contre ſa patrie.

Remarquez ſurtout que *Plutarque* ne décide qu'après avoir peſé les vertus & les vices d'*Alexandre* & de *Céſar*. J'avouë que *Plutarque*, qui donne toûjours la préférence aux Grecs, ſemble avoir été trop loin. Qu'aurait-il dit de plus de *Titus*, de *Trajan*, des *Antonins*, de *Julien* même, ſa Religion à part ? Voilà ceux qui paraiſſaient être nés pour le bonheur du monde, plutôt que le meurtrier de *Clitus*, de *Caliſtène* & de *Parménion*.

SCENE IV.

Protégez à jamais, ô Dieux en qui j'eſpère.

CE ſpectacle ferait peut-être un bel effet au théâtre, ſi jamais la piéce pouvait être repréſentée. Ce n'eſt pas qu'il y ait aucun mérite à faire paraître des prêtres & des prêtreſſes, un autel, des flambeaux, & toute la cérémonie d'un mariage. Cet appareil, au contraire, ne ferait qu'une miſérable reſſource, ſi d'ailleurs il n'excitait pas un grand intérêt, s'il ne formait pas une ſituation, s'il ne produiſait pas de l'étonnement & de la colère dans *Antigone*, s'il n'était pas lié avec les deſſeins de *Caſſandre*, s'il ne ſervait à expliquer

quer le véritable fujet de fes expiations. C'eft tout cela enfemble qui forme une fituation. Tout appareil dont il ne ré-
fulte rien, eft puérile. Qu'importe la décoration au mérite
d'un poëme ? Si le fucćès dépendait de ce qui frappe les yeux,
il n'y aurait·qu'à montrer des tableaux mouvans. La partie
qui regarde la pompe du fpeĉtacle, eft fans doute la dernière;
on ne doit pas la négliger, mais il ne faut pas trop s'y attacher.

Il faut que les fituations théatrales forment des tableaux
animés. Un peintre qui met fur la toile la cérémonie d'un
mariage, n'aura fait qu'un tableau affez commun, s'il n'a peint
que deux époux, un autel & des affiftans. Mais s'il y ajoute
un homme dans l'attitude de l'étonnement & de la colère,
qui contrafte avec la joie des deux époux, fon ouvrage aura
de la vie & de la force. Ainfi au fecond aĉte *Statira* qui
embraffe *Olimpie* avec des larmes de joie, & l'Hiérophante
attendri & affligé ; ainfi au troifiéme aĉte *Caffandre* reconnaiffant *Statira* avec effroi, & *Olimpie* dans l'embarras &
dans la douleur ; ainfi au quatriéme aĉte *Olimpie* aux pieds
d'un autel, defefpérée de fa faibleffe, & repouffant *Caffandre*
qui fe jette à fes genoux ; ainfi au cinquiéme, la même *Olimpie* s'élançant dans le bucher aux yeux de fes amans épou-
vantés, & des prêtres, qui tous enfemble font dans cette attitude douloureufe, empreffée, égarée, qui annonce une marche précipitée, les bras étendus, & prêts à courir au fecours;
Toutes ces peintures vivantes formées par des aĉteurs pleins
d'ame & de feu, pourraient donner au moins quelque idée
de l'excès où peuvent être pouffées la terreur & la pitié,
qui font le feul but, la feule conftitution de la tragédie. Mais
il faudrait un ouvrage dramatique, qui étant fufceptible de
toutes ces hardieffes, eût auffi les beautés qui rendent ces
hardieffes refpeĉtables.

Si le cœur n'eft pas ému par la beauté des vers, par la
vérité des fentimens, les yeux ne feront pas contens de ces
fpeĉtacles prodigués ; & loin de les applaudir, on les tour-
nera en ridicule, comme de vains fupplémens qui ne peuvent
jamais remplacer le génie de la poëfie.

Il eft à croire que c'eft cette crainte du ridicule, qui a

prefque toûjours refferré la fcène Françaife dans le petit cer-
cle des dialogues, des monologues, & des récits. Il nous a
manqué de l'action ; c'eft un défaut que les étrangers nous
reprochent, & dont nous ofons à-peine nous corriger. On
ne préfente cette tragédie aux amateurs que comme une efquiffe légère & imparfaite d'un genre abfolument néceffaire.

Par ce feu de Vefta qui n'eft jamais éteint.

Le feu de *Vefta* était allumé dans prefque tous les temples
de la terre connuë. *Vefta* fignifiait *feu* chez les anciens Perfes, & tous les favans en conviennent. Il eft à croire que
les autres nations firent une Divinité de ce feu, que les Perfes ne regardèrent jamais que comme le fymbole de la Divinité. Ainfi une erreur de nom produifit la Déeffe *Vefta*,
comme elle a produit tant d'autres chofes.

ACTE II.

SCENE II.

Elle (STATIRA) vous parle ici, ne l'interrogez plus.

NOn-feulement les défauts de cette tragédie ont empêché
l'auteur d'ofer la faire jouer fur le théâtre de Paris, mais
la crainte que le peu de beautés qui peut y être, ne fût expofé à la raillerie, a retenu l'auteur encor plus que fes défauts. La même légéreté qui fit condamner *Athalie* pendant
plus de vingt années par ce même peuple qui applaudiffait
à la *Judith* de *Boyer*, les mêmes prétextes qui fervirent à
jetter du ridicule fur un prêtre & fur un enfant, peuvent
fubfifter aujourd'hui. Il eft à croire qu'on dirait, Voilà une
tragédie jouée dans un couvent ; *Statira* eft religieufe, *Caffandre* a fait une confeffion générale, l'Hiérophante eft un
directeur &c.

Mais auffi, il fe trouvera des lecteurs éclairés & fenfibles, qui pouront être attendris de ces mêmes reffemblances, dans lefquelles d'autres ne trouveront que des fujets de plaifanterie. Il n'y a point de Royaume en Europe qui n'ait vû des Reines s'enfevelir les derniers jours de leur vie dans des monaftères après les plus horribles cataftrophes. Il y avait de ces afyles chez les anciens, comme parmi nous. La *Calprenède* fait retrouver *Statira* dans un puits ; ne vaut-il pas mieux la retrouver dans un temple ?

Quant à la confeffion de fes fautes dans les cérémonies de la Religion, elle eft de la plus haute antiquité, & eft expreffément ordonnée par les loix de *Zoroaftre*, qu'on trouve dans le *Sadder*. Les initiés n'étaient point admis aux myftères fans avoir expofé le fecret de leurs cœurs en préfence de l'Etre fuprême. S'il y a quelque chofe qui confole les hommes fur la terre, c'eft de pouvoir être réconcilié avec le ciel, & avec foi-même. En un mot, on a tâché de repréfenter ici ce que les malheurs des grands de la terre ont jamais eu de plus terrible, & ce que la Religion ancienne a jamais eu de plus confolant & de plus augufte. Si ces mœurs, ces ufages ont quelque conformité avec les notres, ils doivent porter plus de terreur & de pitié dans nos ames.

Il y a quelquefois dans le cloître je ne fais quoi d'attendriffant & d'augufte. La comparaifon que fait fecrettement le lecteur entre le filence de ces retraites & le tumulte du monde, entre la piété paifible qu'on fuppofe y régner & les difcordes fanglantes qui défolent la terre, émeut & tranfporte une ame vertueufe & fenfible.

A C T E   I I I.

S C E N E   I I.

Les intrigues des cours, les cris des factions,
N'ont point encor troublé nos retraites obscures.
(*C'est l'Hiérophante qui parle.*)

CEt exemple d'un prêtre qui se renferme dans les bornes de son ministère de paix, nous a paru d'une très-grande utilité, & il serait à souhaiter qu'on ne les représentât jamais autrement sur un théâtre public qui doit être l'école des mœurs. Il est vrai qu'un personnage qui se borne à prier le ciel, & à enseigner la vertu, n'est pas assez agissant pour la scène ; mais aussi il ne doit pas être au nombre des personnages dont les passions font mouvoir la piéce. Les héros emportés par leurs passions agissent, & un grand-prêtre instruit. Ce mêlange heureusement employé par des mains plus habiles poura faire un jour un grand effet sur le théâtre.

On ose dire que le grand-prêtre *Joad* dans la tragédie d'*Athalie* semble s'éloigner trop de ce caractère de douceur & d'impartialité qui doit faire l'essence de son ministère. On pourrait l'accuser d'un fanatisme trop féroce, lorsque rencontrant *Mathan* en conférence avec *Jozabeth*, au lieu de s'adresser à *Mathan* avec la bienséance convenable, il s'écrie :

,, Quoi ! fille de David, vous parlez à ce traître!
,, Vous souffrez qu'il vous parle ! & vous ne craignez pas
,, Que du fond de l'abîme entr'ouvert sous ses pas,
,, Il ne sorte à l'instant des feux qui vous embrasent,
,, Ou qu'en tombant sur lui ces murs ne vous écrasent!
,, Que veut-il ? De quel front cet ennemi de Dieu
,, Vient-il infecter l'air qu'on respire en ce lieu ? ''

Mathan femble lui répondre très-pertinemment en difant,

„ On reconnaît Joad à cette violence ;
„ Toutefois il devrait montrer plus de prudence ;
„ Refpectez une Reine &c. "

On ne voit pas non plus pour quelle raifon *Joad* ou *Jojada* s'obftine à ne vouloir pas que la Reine *Athalie* adopte le petit *Joas*. Elle dit en propres termes à cet enfant, Je n'ai point d'héritier , je prétens vous traiter comme mon propre fils.

Athalie n'avait certainement alors aucun intérêt à faire tuer *Joas*. Elle pouvait lui fervir de mère , & lui laiffer fon petit Royaume. Il eft très-naturel qu'une vieille femme s'intéreffe au feul rejetton de fa famille. *Athalie* en effet était dans la décrépitude de l'âge. Les *Paralipomènes* difent que fon fils *Ochofias* ou *Achazia* avait quarante-deux ans quand il fut déclaré *Melk* , ou *Roitelet*. Il régna environ un an. Sa mère *Athalie* lui furvécut fix ans. Suppofons qu'elle fût mariée à quinze ans, il eft clair qu'elle avait au moins foixante-quatre ans. Il y a bien plus. Il eft dit dans le quatriéme livre des Rois que *Jéhu* égorgea quarante-deux frères d'*Ochofias* , & cet *Ochofias* était le cadet de tous fes frères. A ce compte, pour peu qu'un des quarante-deux frères eût été majeur , *Athalie* devait être âgée de cent-fix ans , quand le prêtre *Joad* la fit affaffiner. *a)*

Je n'examine point ici comment le père d'*Ochofias* pouvait avoir quarante ans & fon fils quarante-deux quand il lui

---

a) Voici le compte :

Athalie fe marie à 15. ans. . . . . 15.
Elle a quarante-deux fils. . . . . . . 42.
Ochofias le quarante-troifiéme commence à régner à 42. ans. 42.
Il règne un an. . . . . 1.
Athalie règne après lui 6. ans. . . . . . . 6.

Somme totale . 106.

Ppp iij

fuccéda. Je n'examine que la tragédie. Je demande feulement
de quel droit le prêtre *Joad* arme fes Lévites contre la Reine
à laquelle il a fait ferment de fidélité ? De quel droit trompe - t - il *Athalie* en lui promettant un tréfor ? De quel droit
fait - il maffacrer fa Reine dans la plus extrême vieilleffe ?

Athalie n'était certainement pas fi coupable que *Jéhu* qui
avait fait mourir foixante & dix fils du Roi *Achab*, & mis
leurs têtes dans des corbeilles, à ce que dit le quatrième livre des Rois. Le même livre rapporte qu'il fit exterminer tous
les amis d'*Achab*, tous fes courtifans & tous fes prêtres.

Cette Reine avait à la vérité ufé de repréfailles. Mais ap-
partenait - il à *Joad* de confpirer contre elle & de la tuer ?
Il était fon fujet : & certainement dans nos mœurs & dans
nos loix il n'eft pas plus permis à *Joad* de faire affaffiner fa
Reine, qu'il n'eût été permis à l'Archevêque de Cantorbéry
d'affaffiner *Elizabeth*, parce qu'elle avait fait condamner *Marie Stuart*.

Il eût falu, pour qu'un tel affaffinat ne révoltât pas tous
les efprits, que Dieu, qui eft le maître de notre vie & des
moyens de nous l'ôter, fût defcendu lui - même fur la terre
d'une manière vifible & fenfible, & qu'il eût ordonné ce
meurtre ; or c'eft certainement ce qu'il n'a pas fait. Il n'eft
pas dit même que *Joad* ait confulté le Seigneur, ni qu'il lui
ait fait la moindre prière avant de mettre fa Reine à mort.
L'Ecriture dit feulement qu'il confpira avec fes Lévites, qu'il
leur donna des lances, & qu'il fit affaffiner Athalie *à la porte
aux chevaux*, fans dire que le Seigneur approuvât cette conduite.

N'eft - il donc pas clair, après cette expofition, que le rôle
& le caractère de *Joad* dans *Athalie*, peuvent être du plus
mauvais exemple, s'ils n'excitent pas la plus violente indi-
gnation ? Car pourquoi l'action de *Joad* ferait - elle confacrée ?

Dieu n'approuve certainement pas tout ce que l'hiftoire
des Juifs rapporte. L'Efprit Saint a préfidé à la vérité avec
laquelle tous ces livres ont été écrits. Il n'a pas préfidé aux
actions perverfes dont on y rend compte. Il ne loue ni les
menfonges d'*Abraham*, d'*Ifaac* & de *Jacob*, ni la circoncifion
impofée aux Sichémites pour les égorger plus aifément, ni

l'incefte de *Juda* avec *Thamar* fa belle - fille , ni même le meurtre de l'Egyptien par *Moyfe.* Il n'eft point dit que le Seigneur approuve l'affaffinat d'*Eglon* Roi des Moabites par *Aod* ou *Eud* ; il n'eft point dit qu'il approuve l'affaffinat de *Sizera* par *Jaël* , ni qu'il ait été content que *Jephté* , encore teint du fang de fa fille , fît égorger quarante - deux mille hommes d'*Ephraïm* au paffage du Jourdain , parce qu'ils ne pouvaient pas bien prononcer *Shibolet.* Si les Benjamites du village de Gabaa voulurent violer un Lévite , fi on maffacra toute la tribu de *Benjamin* , à fix cent perfonnes près , ces actions ne font point citées avec éloge.

Le St. Efprit ne donne aucune louange à *David* pour s'être mis , avec cinq cent brigands chargés de dettes , du parti du Roitelet *Akis* ennemi de fa patrie , ni pour avoir égorgé les vieillards , les femmes , les enfans & les beftiaux des villages alliés du Roitelet , auquel il avait juré fidélité , & qui lui avait accordé fa protection.

L'Ecriture ne donne point d'éloge à *Salomon* pour avoir fait affaffiner fon frère *Adonija* , ni à *Bahafa* pour avoir affaffiné *Nadab* , ni à *Zimri* ou *Zamri* pour avoir affaffiné *Ela* & toute fa famille , ni à *Amri* ou *Homri* pour avoir fait périr *Zimri* , ni à *Jéhu* pour avoir affaffiné *Joram.*

Le St. Efprit n'approuve point que les habitans de Jérufalem affaffinent le Roi *Amafias* fils de *Joas* , ni que *Sellum* fils de *Jabès* affaffine *Zacharias* fils de *Jéroboam* , ni que *Manahem* affaffine *Sellum* fils de *Jabès* , ni que *Facée* fils de *Romeli* affaffine *Facéïa* fils de *Manahem* , ni qu'*Ozée* fils d'*Ela* affaffine *Facée* fils de *Romeli.* Il femble au contraire que ces abominations du peuple de Dieu font punies par une fuite continuelle de défaftres prefque auffi grands que fes forfaits.

Si donc tant de crimes & tant de meurtres ne font point excufés dans *l'Ecriture* , pourquoi le meurtre d'*Athalie* ferait-il confacré fur le théâtre ?

Certes , quand *Athalie* dit à l'enfant , Je prétens vous traiter *comme mon propre fils* ; *Jozabeth* pouvait lui répondre :
» Eh bien , Madame , traitez - le donc comme votre fils , car
» il l'eft : vous êtes fa grand'mère ; vous n'avez que lui d'hé-
» ritier ; je fuis fa tante : vous êtes vieille ; vous n'avez que

» peu de tems à vivre ; cet enfant doit faire votre confolation.
» Si un étranger & un fcélerat comme *Jéhu*, Melk de Sa-
» marie , affaffina votre père & votre mère ; s'il fit égorger
» foixante & dix fils de vos frères , & quarante-deux de
» vos enfans, il n'eſt pas poffible que pour vous venger de
» cet abominable étranger , vous prétendiez maſſacrer le feul
» petit-fils qui vous refte : vous n'êtes pas capable d'une
» démence fi exécrable & fi abfurde : ni mon mari, ni moi
» ne pouvons avoir la fureur infenfée de vous en foupçonner:
» ni un tel crime , ni un tel foupçon ne font dans la nature.
» Au contraire on élève fes petits-fils pour avoir un jour
» en eux des vengeurs. Ni moi, ni perfonne ne pouvons
» croire que vous ayez été à la fois dénaturée & infenfée.
» Elevez donc le petit *Joas* ; j'en aurai foin, moi qui fuis fa
» tante , fous les yeux de fa grand'mère.

Voilà qui eſt naturel , voilà qui eſt raifonnable : mais ce
qui ne l'eſt peut-être pas , c'eſt qu'un prêtre dife ; J'aime
mieux expofer le petit enfant à périr, que de le confier à fa
grand'mère ; j'aime mieux tromper ma Reine , & lui promettre
indignement de l'argent pour l'affaffiner , & rifquer la vie de
tous les Lévites par cette confpiration , que de rendre à la
Reine fon petit-fils. Je veux garder cet enfant, & égorger
fa grand'mère , pour conferver plus longtems mon autorité.
C'eſt là au fond la conduite de ce prêtre.

J'admire comme je le dois , la difficulté furmontée dans la
tragédie d'*Athalie*, la force, la pompe, l'élégance de la ver-
fification , le beau contrafte du guerrier *Abner* & du prêtre
Mathan. J'excufe la faibleffe du rôle de *Jozabeth* ; j'excufe
quelques longueurs ; mais je crois que fi un Roi avait dans
fes Etats un homme tel que *Joad*, il ferait fort bien de l'enfermer.

A C T E   IV.

S C E N E   III.

Profanes , c'en eſt trop. Arrètez , reſpectez
Et le Dieu qui vous parle , & ſes ſolemnités.

IL ferait à fouhaiter que cette fcène pût être repréſentée dans la place qui conduit au périſtile du temple ; mais alors cette place occupant un grand eſpace , le veſtibule un autre , & l'intérieur du temple ayant une aſſez grande profondeur , les perſonnages qui paraiſſent dans ce temple ne pourraient être entendus. Il faut donc que le fpectateur fupplée à la décoration qui manque.

On a balancé longtems ſi on laiſſerait l'idée de ce combat fubſiſter , ou ſi on la retrancherait. On s'eſt déterminé à la conferver , parce qu'elle paraît convenir aux mœurs des perfonnages , à la piéce qui eſt toute en fpectacles , & que l'Hiérophante femble y foutenir la dignité de fon caractère. Les duels font plus fréquens dans l'antiquité qu'on ne penfe. Le premier combat dans *Homère* eſt un duel à la tête des deux armées , qui le regardent , & qui font oiſives ; & c'eſt préciſément ce que propoſe *Caſſandre*.

A C T E   V.

S C E N E   D E R N I E R E.

Appren que je t'adore & que je m'en punis.
(*Olimpie en ſe jettant dans le bucher.*)

LE fuicide eſt une choſe très-commune fur la fcène Françaife. Il n'eſt pas à craindre que ces exemples foient imités par les fpectateurs. Cependant , ſi on mettait fur le
Tom. V. & du Théâtre le troiſiéme.   Q q q

théâtre un homme tel que le *Caton* d'*Adiffon*, philofophe & citoyen, qui ayant dans une main le *Traité de l'immortalité de l'ame* de *Platon*, & une épée dans l'autre, prouve par les raifonnemens les plus forts, qu'il eft des conjonctures, où un homme de courage doit finir fa vie, il eft à croire que les grands noms de *Platon* & de *Caton* réunis, la force des raifonnemens & la beauté des vers, pourraient faire un affez puiffant effet fur des ames vigoureufes & fenfibles, pour les porter à l'imitation dans ces momens malheureux où tant d'hommes éprouvent le dégoût de la vie.

Le fuicide n'eft pas permis parmi nous. Il n'était autorifé ni chez les Grecs, ni chez les Romains par aucune loi, mais auffi n'y en avait-il aucune qui le punît. Au contraire, ceux qui fe font donné la mort, comme *Hercule*, *Cléomène*, *Brutus*, *Caffius*, *Arria*, *Petus*, *Caton*, l'Empereur *Othon* &c. ont tous été regardés comme des grands-hommes & comme des demi-Dieux.

La coutume de finir fes jours volontairement fur un bucher a été refpectée de tems immémorial dans toute la haute Afie; & aujourd'hui même encore, on en a de fréquens exemples dans les Indes orientales.

On a tant écrit fur cette matière, que je me bornerai à un petit nombre de queftions.

Si le fuicide fait tort à la fociété, je demande fi ces homicides volontaires, & légitimés par toutes les loix, qui fe commettent dans la guerre, ne font pas un peu plus de tort au genre humain?

Je n'entens pas par ces homicides, ceux qui s'étant voués au fervice de leur patrie & de leur Prince, affrontent la mort dans les batailles: je parle de ce nombre prodigieux de guerriers auxquels il eft indifférent de fervir fous une Puiffance ou fous une autre, qui trafiquent de leur fang comme un ouvrier vend fon travail & fa journée, qui combattront demain pour celui contre qui ils étaient armés hier, & qui fans confidérer ni leur patrie ni leur famille, tuent, & fe font tuer pour des étrangers. Je demande en bonne foi fi cette efpèce d'héroïfme eft comparable à celui de *Caton*, de *Caffius*, & de *Brutus*? Tel foldat, & même tel officier, a combattu tour-à-tour pour la France, pour l'Autriche & pour la Pruſſe.

Il y a un peuple ſur la terre, dont la maxime non encor démentie, eſt de ne ſe jamais donner la mort, & de ne la donner à perſonne. Ce ſont les *Philadelphiens*, qu'on a ſi ſottement nommé *Quakers*. Ils ont même longtems refuſé de contribuer aux frais de la dernière guerre qu'on faiſait vers le Canada pour décider à quels marchands d'Europe appartiendrait un coin de terre endurci ſous la glace pendant ſept mois, & ſtérile pendant les cinq autres. Ils diſaient pour leurs raiſons que des vaſes d'argile tels que les hommes, ne devaient pas ſe briſer les uns contre les autres pour de ſi miſérables intérêts.

Je paſſe à une ſeconde queſtion.

Que penſent ceux qui parmi nous périſſent par une mort volontaire ? Il y en a beaucoup dans toutes les grandes villes. J'en ai connu une petite, où il y avait une douzaine de ſuicides par an. Ceux qui ſortent ainſi de la vie penſent-ils avoir une ame immortelle ? Eſpèrent-ils que cette ame ſera plus heureuſe dans une autre vie ? Croyent-ils que notre entendement ſe réunit après notre mort à l'ame générale du monde ? Imaginent-ils que l'entendement eſt une faculté, un réſultat des organes, qui périt avec les organes mêmes, comme la végétation dans les plantes eſt détruite quand les plantes ſont arrachées, comme la ſenſibilité dans les animaux, lorſqu'ils ne reſpirent plus, comme la force, cet être métaphyſique, ceſſe d'exiſter dans un reſſort qui a perdu ſon élaſticité ?

Il ſerait à déſirer que tous ceux qui prennent le parti de ſortir de la vie, laiſſaſſent par écrit leurs raiſons, avec un petit mot de leur philoſophie. Cela ne ſerait pas inutile aux vivans & à l'hiſtoire de l'eſprit humain.

TABLE

des Piéces contenues dans ce cinquiéme volume.

www.ingramcontent.com/pod-product-compliance
Lightning Source LLC
Chambersburg PA
CBHW052351020726
47503CB00001B/207